Stefanie Mohr

Die vergessenen Schwestern

Originalausgabe – Erstdruck

Widmung

Für Mike

Danksagung

Danken möchte ich allen, die mich zu dem Projekt ermutigt haben und mir mit Rat und Tat zur Seite standen. Ohne die tatkräftige Unterstützung von Schussel, Arno Nym und Polizeifreund wäre mir wohl der Einblick in den polizeilichen Berufsalltag verwehrt geblieben. Harald, Birgit, Christine, Beate und Susanne lieferten mir immer wieder hilfreiche Anregungen und Korrekturvorschläge. Ein besonderer Dank gilt Ute und Wolfram, die mein Projekt zu jedem Zeitpunkt mit sehr viel persönlichem Einsatz begleitet haben. Diesen einfühlsamen und innovativen Gedankenaustausch möchte ich nicht missen! Dank gebührt nicht zuletzt all jenen, die hier nicht namentlich erwähnt sind, aber doch, jeder auf seine Art und Weise, zur Entstehung dieses Buches beigetragen haben, sowie jenen, die mir zur praktischen Umsetzung und Fertigstellung des Projektes verhalfen.

Ihnen allen gilt mein herzlicher Dank.

Stefanie Mohr

Die vergessenen Schwestern

Nürnberg-Krimi

Schardt Verlag Oldenburg

Bibliographische Information der Deutschen Bibliothek:

Die Deutsche Bibliothek verzeichnet diese Publikation in *Der Deutschen Nationalbibliografie*; detaillierte bibliographische Daten sind im Internet über *http://dnb.de* abrufbar.

1. Auflage 2005

Schardt Verlag
Uhlhornsweg 99a
26129 Oldenburg
Tel.: 0441-21779287
Fax: 0441-21779286
Email: schardtverlag@t-online.de
Herstellung: Fuldaer Verlagsanstalt

ISBN 3-89841-221-0

1

Es war spät in der Nacht oder früh am Morgen, je nachdem, wie man es betrachten wollte. Die Kneipe im Fürther Stadtpark hatte längst geschlossen, und er mußte sich jetzt wohl oder übel auf den Heimweg machen.

Wieder einmal war es ein schöner Abend gewesen. Sicher einer der letzten Abende, die man draußen verbringen konnte, wenn man sich mit entsprechender Kleidung gegen die kühleren Temperaturen wappnete. Außerdem waren die Tische im Biergarten mit Heizstrahlern ausgestattet, so daß es, auch wenn man längere Zeit saß, nicht allzu kalt wurde.

Ansonsten war es wie immer gewesen: Ein Großteil der Kumpels kam. Wie jeden Freitagabend genoß er es, sich mit den Leuten unterhalten zu können, in deren Kreis er einen festen Platz innehatte. Alle lagen auf derselben Wellenlänge, waren unkompliziert und weltoffen. Wenn er etwas auf den Tod nicht ausstehen konnte, waren es Leute, die alles kompliziert machten und ihm nur immer überflüssige Arbeiten aufhalsten. Einfach so, nur um ihn zu ärgern, nur um sich selbst wichtig zu machen und zu profilieren.

Warum sollte er beispielsweise die Firma, die er mit dem Schneeräumen für den kommenden Winter beauftragen wollte, fragen, wie hoch die Eigenbeteiligung im Schadensfall sei? Wen interessierte das schon – außer die nervige Kuh im Erdgeschoß, die natürlich immer alles doppelt genau nahm. Schließlich war er der Hausverwalter und nicht sie, und das sollte auch so bleiben! Sie würde schon früh genug erfahren, wie hoch die Selbstbeteiligung sei; nämlich dann, wenn wirklich jemand hinfallen sollte. Es lohnte sich nicht, sich schon vorher Gedanken darüber zu machen! Energisch schob er diesen äußerst unwillkommenen Gedanken beiseite. Wie war er jetzt nur darauf gekommen? Der Schnee würde gut und gern noch drei Monate auf sich warten lassen.

Unterdessen kam er bei seinem Motorrad an, das er immer rechts neben dem Eingang zum Stadtpark abstellte. Er setzte den Helm auf und kickte die Maschine energisch an, und zu seiner Verwunderung röhrte sie schon beim ersten Mal laut auf. Manchmal brauchte er zehn Versuche, bis der alte Hobel ansprang.

Er fuhr durch die menschenleeren Straßen. Nachts um fast ein Uhr waren immer wenige Menschen unterwegs. Dennoch entschied er sich auch heute wieder bewußt für die kleinen Nebenstraßen. Er wußte nicht genau, wieviel er getrunken hatte, aber es war, wie meistens, wesentlich mehr, als daß er einer Polizeistreife begegnen durfte; schließlich wollte er nicht, wie vor drei Jahren, seinen Führerschein abgeben, auch wenn er ihn momentan nicht so dringend benötigte wie damals. Immerhin war er seit einem halben Jahr arbeitslos. Nicht daß er beabsichtigte, dies zu einem Dauerzustand werden zu lassen, aber jetzt sollte Vater Staat ihm ruhig einmal eine kleine Auszeit bezahlen. Danach würde man schon sehen. Vielleicht würde er sich doch selbständig machen, schließlich war er ein gewiefter Programmierer, der einiges auf dem Kasten hatte. Und er fühlte sich bei weitem nicht zu alt für den Job, auch wenn er schon auf der falschen Seite der Vierzig stand.

Über seinen Gedanken kam er in seiner Straße an. Geräuschvoll stieß er die Gartentür auf, so daß sie gegen den Pfeiler knallte, und fuhr knatternd den schmalen Gartenweg entlang, bis er vor dem Fahrradunterstand ankam, in dem er seit Jahren seine Maschine abstellte. Auch das wollte ihm die Kuh aus dem Erdgeschoß vermiesen: Er solle seinen Hobel auf den öffentlichen Parkplätzen abstellen! Ja, wer war er denn? Er wohnte hier schon wesentlich länger! Aus lauter Unmut darüber ließ er das Motorrad noch einmal aufheulen, bevor er das Licht und den Motor abschaltete.

Während er den Gartenweg entlangging, nahm er den Helm ab und wischte sich den Schweiß mit dem Ärmel von der Stirn. Wenigstens konnte der Helm seiner Frisur nichts anhaben – seit Jahren trug er seine Haare oder besser das, was von seiner ehemals dunklen Haarpracht noch übrig war, auf genau fünf Millimeter getrimmt . Nicht, daß ihn diese Notwendigkeit gestört hätte; er fand sich so sogar viel männlicher und mit der Brille auch viel intellektueller aussehend. Er sperrte die schwere Haustür des über hundertjährigen Jugendstilhauses auf und drückte den Lichtschalter.

Gemessenen Schrittes stieg er leicht schwankend die Stufen zu seiner im zweiten Stock gelegenen Wohnung empor. Ganz so sicher war er also doch nicht mehr auf den Beinen. Er lächelte in sich hinein und beschloß, den Abend mit einem weiteren Bier vor dem Fernseher zu beenden; er konnte ja ausschlafen.

Das war der letzte klare Gedanke, den er fassen konnte.

Im nächsten Moment rutschten ihm seine Füße weg, und er fiel vornüber, die Hand in der Jackentasche um seinen Wohnungsschlüssel gekrampft.

Sein Körper schlug auf den alten, ausgetretenen Eichenstufen auf. Ein stechender Schmerz in der Schläfe durchzuckte seinen Kopf, bevor Dunkelheit auf ihn herabstürzte. Eine Dunkelheit, die ihn nicht mehr verlassen sollte.

2

Frank Hackenholt war ein ruhiger, ausgeglichener Mann, der in den drei Jahren, in denen er jetzt bei der Kripo Nürnberg als Erster Hauptkommissar und stellvertretender Kommissariatsleiter arbeitete, viele Sympathien gewonnen hatte.

Bei seinen Ermittlungen arbeitete er gründlich, ohne übermäßig pedantisch zu wirken. Er geriet auch nicht in Panik, wenn sich ein Fall festgefahren zu haben schien. Dann erhöhte er regelmäßig sein persönliches Arbeitspensum, ohne seine Mitarbeiter für das Steckenbleiben verantwortlich zu machen und den Druck, den der Chef und die Presse auf ihn ausübten, nach unten weiterzugeben.

Wer über ihn behauptete, daß er nicht ehrgeizig sei, hatte nur insofern recht, als ihm an einer steilen Karriere nichts lag. Er war ein genügsamer und zufriedener Mensch. In seine Fälle konnte er sich jedoch wie ein Bluthund verbeißen, vor allem, wenn er das Gefühl hatte, daß etwas übersehen wurde.

Da er auch mit Vorgesetzten viel Verhandlungsgeschick bewiesen hatte und als eher neutraler Kollege präsidiumsinterne Dinge mit mehr Abstand sah, konnte er immer wieder Lösungsvorschläge erarbeiten, die zunächst für Verblüffung sorgten, nach einigem Zögern dann aber doch, zumeist mit erheblichem Erfolg, umgesetzt wurden.

Dennoch blieb er eher ein Außenseiter. Er trat seinen Kollegen gegenüber immer freundlich auf und übernahm auch den einen oder anderen zusätzlichen Dienst ; den Präsidiumsstammtisch hatte er jedoch noch nie besucht, und auch auf ein Feierabendbier kam er nur mit, wenn er nicht schon wieder eine Absage rechtfertigen konnte.

Sein höflich distanziertes Auftreten änderte sich erst, als Ralph Wünnenberg vor anderthalb Jahren als neuer Kollege zum Team stieß. Wünnenberg und Hackenholt fanden sofort einen Draht zueinander. Vielleicht führte auch die Tatsache, daß sie beide in einer fremden Stadt waren, zu der engen Freundschaft, die sie fast von Anfang an miteinander verband. Sie arbeiteten nicht nur beruflich eng zusammen, sondern verbrachten auch einen Teil ihrer Freizeit gemeinsam.

Gerade im letzten halben Jahr, seit sich die Probleme zwischen Wünnenberg und dessen Freundin erheblich intensiviert hatten, stand dieser immer öfter bei seinem Kollegen vor der Tür – manchmal mit Schlafsack. Hackenholt gewährte ihm dann immer ein paar Tage Asyl, in denen Wünnenberg Kraft für die nächste häusliche Kampfrunde sammelte.

Wünnenberg war ein anderer Typ als Hackenholt. Nicht nur, daß er jünger war, die fünf Jahre spielten sicher nicht die große Rolle. Wünnenberg erinnerte Hackenholt immer an den Scheinriesen aus Jim Knopf, nur daß Wünnenberg nicht kleiner wurde, wenn man sich ihm näherte, im Gegenteil, er wurde immer noch größer. Obschon Hackenholt mit seinen 1,82 Metern nicht klein war, so wurde er von Wünnenberg doch haushoch überragt. Was Wünnenberg jedoch von vielen großen Menschen unterschied, war, daß er unheimlich dürr und fast zerbrechlich wirkte. Man mußte sich immer wieder wundern, wo der Mann die ganze Kraft, die er besaß, hernahm; und Kraft hatte er.

Wünnenberg, der aus einem kleinen Dorf an der Grenze zu Baden-Württemberg stammte, hatte in München seine Polizeikarriere begonnen. Die Versetzung nach Nürnberg verdankte er im Grunde nur seiner Freundin, die sich am Ende ihrer ärztlichen Ausbildung verzweifelt nach einer Stelle umsah und schließlich von einer Nürnberger Klinik eine Zusage erhielt.

Nachdem sie monatelang an ihren freien Tagen gependelt waren, stellten beide fest, daß ihre Beziehung dies nicht mehr lange überdauern würde. Aus diesem Grund bewarb sich Wünnenberg um eine Stelle bei der Kripo Nürnberg.

Leider stellte sich schon bald nach dem Bezug der neuen gemeinsamen Wohnung heraus, daß die Beziehung wohl doch mehr gelitten hatte, als beide sich das vorgestellt hatten.

Mindestens einmal im Jahr erforderte es die gesellschaftliche Etikette, sich bei einer Einladung der Gattin des Kriminaldirektors sehen zu lassen. Während Wünnenberg diese Abende anfangs immer allzu bewußt machten, daß er eine besondere Anziehungskraft auf Fettnäpfchen ausübte, genoß Hackenholt die Festlichkeiten.

Nicht nur, daß es beim Kriminaldirektor immer vorzügliche Weine gab, seine Gattin brachte zudem die herrlichsten Speisen auf den Tisch. Und Hackenholt liebte gutes Essen. Allerdings hatte er sich in der Vergangenheit schon mehrfach gefragt, wie Frau Möllenhäußer das alles schaffte, da sie immer nur für kurze Zeit in der Küche verschwand.

Wenn er selbst etwas kochte – was nur gelegentlich vorkam – erschien es ihm immer so, als stehe er stundenlang in der Küche; und wenn er dieser auch nur für wenige Minuten den Rücken kehrte, war garantiert schon ein nicht mehr zu behebender Schaden an seinen vermeintlichen Köstlichkeiten entstanden. Aber Frauen hatten das vielleicht besser im Griff.

Hackenholt und Wünnenberg kamen nach Wünnenbergs anfänglichen Desastern überein, die Einladungen immer gemeinsam anzunehmen. Wünnenbergs Freundin konnte durch nichts überzeugt werden, ihn zu einem solchen Abend zu begleiten, und Hackenholt war Junggeselle, er erschien sowieso immer ohne Anhang. Wenn beide zusammen fuhren, hatte das auch den Vorteil, daß zumindest einer von ihnen Alkohol trinken konnte. Zumindest in der Theorie wäre das ein Grund gewesen: tatsächlich machte sich Wünnenberg nichts aus Alkohol, so daß er sowieso immer bei Mineralwasser blieb, und Hackenholt trank selten mehr als ein Glas Wein, welches er jedoch um so mehr genoß.

An diesem Abend holte Hackenholt Wünnenberg ab, um gemeinsam zu Möllenhäußers zu fahren. Hackenholt hatte in einer kleinen Confiserie in Mögeldorf eine Schachtel handgemachter Pralinen für die Dame des Hauses besorgt.

„Guten Abend, Herr Hackenholt", begrüßte ihn Frau Möllenhäußer. „Ach, und Sie haben ja auch gleich Herrn Wünnenberg mitgebracht, wie nett." Sie lächelte beide freundlich an. „Kommen Sie doch herein."

„Guten Abend, Frau Möllenhäußer. Wie geht es Ihnen?" fragte Wünnenberg zuvorkommend.

„Ach, wenn ich Sie beide im Haus habe, dann verfliegt mir jede Langeweile", zwinkerte sie ihm zu, woraufhin Wünnenberg errötete und hoffte, daß sie mit dieser Bemerkung nicht gerade darauf anspielte, daß er bei einem seiner ersten Besuche versehentlich die Meerschweinchen der Enkelkinder aus dem Käfig gelassen und es fast eine Stunde gedauert hatte, bis alle fünf wieder eingefangen gewesen waren.

„Wir haben Ihnen eine Kleinigkeit mitgebracht, Frau Möllenhäußer", mischte sich Hackenholt schnell ins Gespräch.

„Oh, vielen herzlichen Dank." Freudig nahm sie die kleine, edle Schachtel entgegen. „Die werde ich verstecken müssen, sonst ist sie leer, bevor ich dazu komme, sie zu genießen."

In diesem Moment trat ihr Gatte aus dem Wohnzimmer, um die neu eingetroffenen Gäste zu begrüßen; Frau Möllenhäußer entschwand in Richtung Küche. Das Wohnzimmer war mit großen, bequemen Sesseln und Sofas eingerichtet. Alles erinnerte sehr an ein englisches Landhaus, vor allem das im offenen Kamin knackende Feuer.

Zu Hackenholts Verwunderung waren die Sessel nicht mit Kolleginnen und Kollegen besetzt. Statt dessen entdeckte er Oberstaatsanwalt Peters und zwei Richter vom Landgericht, die er nur entfernt kannte; deren Gattinnen sah er zum ersten Mal. Dies war eine ungewöhnliche Zusammensetzung. Normalerweise blieben die Polizisten unter sich.

Das Essen war ein Gedicht – wie immer. Zunächst tischte Frau Möllenhäußer kleine gegrillte Auberginen- und Zucchinischeiben auf, gefolgt von einer Kürbissuppe mit Sahnehäubchen, sodann gab es Feldsalat mit Speckstückchen. Der Hauptgang bescherte ihnen Rehrücken mit Rosmarinkartöffelchen und Rotkraut, den Abschluß bildeten kleine Pannacottatörtchen mit einer herben Himbeersauce. Hackenholt schwebte im siebten Himmel, Wünnenberg kämpfte mit den diversen Besteckteilen. Nachdem der letzte Gang abgetragen war, lobte Hackenholt, der neben der Dame des Hauses saß, überschwenglich das famose Essen. Frau Möllenhäußer wies das Lob ehrlich erstaunt zurück: „Aber Herr Hackenholt, Sie wissen doch, daß ich das nicht selbst koche." Hackenholt sah sie verwirrt an und ein erstauntes „Nicht?" entfuhr ihm.

„Aber nein", sagte sie lachend, „ich engagiere für unsere kleinen Treffen immer eine Köchin. Das macht es für mich ja gerade so schön: ich muß nichts machen außer mir vorher zu überlegen, was ich gern haben möchte." Verschmitzt fügte sie mit gesenkter Stimme hinzu: „Wissen Sie, wenn ich nicht die ganze Zeit in der Küche wäre, würde alles anbrennen, und wer sollte dann ein Auge auf Herrn Wünnenberg werfen, damit er den Meerschweinchen nicht versehentlich zu nahe kommt?"

Die Gattin des Oberstaatsanwalts interessierte sich sofort für die Idee mit der Köchin, da sie selbst auch gern einlud, aber die damit verbundene Küchenarbeit ihre Lust darauf immer erheblich dämpfte.

Frau Möllenhäußer erklärte, daß sie über eine Bekannte an ihre Köchin gekommen sei. Die Freundin hatte eines Tages damit angefangen, deutlich häufiger Esseneinladungen auszusprechen; auch die Gerichte, die sie fortan auftischte, wurden wesentlich aufwendiger und raffinierter. Irgendwann hatte Frau Möllenhäußers Bekannte ihr dann verraten, daß sie über die Einladung zu einer musikalischen Matinée bei ihrer Nachbarin eine junge Frau kennengelernt habe, die einen kulinarischen Service für festliche Anlässe im kleinen Rahmen betreibe. Als Frau Möllenhäußers Tochter ihrer Mutter dann auch noch sagte, daß sie diese Frau von früher aus der

Universität kenne und sogar ihren Namen wisse, beschloß auch die Gattin des Kriminaldirektors, einen Test zu wagen.

Was zunächst im Rahmen eines festlichen Essens für sie und ihren Mann begann (da konnte ja nicht viel schiefgehen), wurde schon bald auf Einladungen für Freunde und Bekannte ausgeweitet und endete mit der Idee, von Zeit zu Zeit auch die Kollegen ihres Gemahls auf diese Art zu verköstigen.

Als Frau Möllenhäußer kurze Zeit später mit Frau Peters aufstand, um in die Küche zu gehen, da Frau Peters die Möglichkeit beim Schopf pakken und sich die junge Frau gleich vorstellen lassen wollte, bat Hackenholt, sich anschließen zu dürfen. Er hatte der Erzählung fasziniert gelauscht. Dabei war ihm die Idee gekommen, daß sich hier vielleicht eine Chance bot, seinen bald anstehenden 40. Geburtstag ohne den befürchteten Aufwand zu feiern. Er hatte in den vergangenen Wochen nämlich schon so manches Mal darüber nachgedacht: seine Wohnung war groß genug, um ein paar Leute einzuladen; die Verköstigung war das echte Problem.

Das erste, was Hackenholt in der Küche auffiel, war, daß sie absolut ordentlich und aufgeräumt wirkte. Ihm kamen schon Zweifel, ob die Köstlichkeiten tatsächlich hier gekocht worden waren, bis er in einer Ecke einen Stapel Kochtöpfe entdeckte, die noch darauf warteten, abgespült zu werden. An der Spüle stand eine junge Frau, die Hackenholt auf Anfang dreißig schätzte. Sie hatte ein weißes, kurzärmeliges T-Shirt an und eine lange, ehemals wohl weiße Schürze umgebunden, auf der allerlei Flecken prangten und davon Zeugnis ablegte, daß die Frau wirklich die Köchin der leckeren Speisen des Abends war. Sie schien überrascht zu sein, daß eine kleine Invasion in ihr Reich stattfand. Dennoch schaute sie die Eindringlinge mit einem offenen Lächeln an.

Frau Möllenhäußer stellte sie einander vor: „Das ist Sophie. Sophie, das ist Frau Peters, und das ist Herr Hackenholt. Beide waren so begeistert von deinen Künsten, daß sie dich unbedingt kennenlernen wollten.“

Hackenholt lobte das Essen nochmals ganz ausdrücklich. Die Frau schien sich darüber zu freuen, zumindest lächelte sie ihn mit strahlenden Augen an.

Sophie erklärte auf Frau Peters Frage hin geduldig, daß sie sowohl bei ihren Kunden in deren Küche zu sämtlichen Anlässen koche als auch die fertigen Speisen und Häppchen liefere, wenn ihr die Küche der Kunden nicht zur Verfügung stehe. „Vielleicht ist es am besten, wenn ich Ihnen meine kleine Broschüre gebe“, beschloß sie und holte aus einem Korb, der unter dem Tisch stand, zwei Broschüren heraus. Hackenholt, der immer sehr auf Stimmen achtete, fiel auf, daß sie eine äußerst angenehme, ruhige Stimme hatte, die viel Selbstbewußtsein ausstrahlte.

„Morgen früh wird Sophie ein kleines Buffet bei uns zusammenstellen. Unsere Tochter hat ein paar Doktoranden von der Universität zum Brunch eingeladen“, erläuterte Frau Möllenhäußer.

Hackenholt hatte die kleine farbige Broschüre durchgeblättert und steckte sie in die Innentasche seines Jacketts. „Ich finde das eine tolle Idee.“

Frau Peters pflichtete ihm bei: „Ich werde mich auf alle Fälle bei Ihnen melden, das klingt alles ganz verlockend.“

Die drei kehrten ins Wohnzimmer zurück, wo es sich die Gesellschaft inzwischen vor dem Kamin gemütlich gemacht hatte. Später am Abend servierte Frau Möllenhäußer noch eine Kanne von Sophies handgebrühtem Kaffee.

Als Hackenholt auf die Uhr sah, bemerkte er, daß es schon nach 23 Uhr war. Kurze Zeit später brach die versammelte Gesellschaft auf.

Wünnenberg hatte den Abend über abwesend gewirkt. Hackenholt wurde den Eindruck nicht los, daß seinen Kollegen etwas bedrückte, und ging deshalb noch mit in dessen Wohnung, nachdem Wünnenberg versichert hatte, daß seine Freundin Nachtschicht in der Klinik habe.

Die Wohnung machte wie immer einen chaotischen Eindruck. Kaum, daß Hackenholt durch die Tür trat, stolperte er fast über zwei Kartons in der Größe von Umzugskisten, aus denen Computerteile ragten. Er wußte, daß Wünnenberg ein passionierter Bastler und Technikfreak war, vor allem, wenn es um Computer ging. Nachdem sie es sich im Wohnzimmer bequem gemacht hatten, kam Wünnenberg sofort zur Sache.

„Petra will für ein Jahr mit ‚Ärzte ohne Grenzen‘ nach Südafrika gehen.“

Hackenholt war zunächst sprachlos, denn er hätte Wünnenbergs Freundin nicht so viel Engagement zugetraut, das zweifellos nötig ist, um sich für ein solches Unternehmen zu interessieren. Vielleicht war sie doch nicht die oberflächliche, abweisende Person, für die er sie bisher gehalten hatte. Deshalb wählte er seine Worte mit Bedacht, als er sagte: „Das ist sicher eine ganz schön anstrengende Sache. Wie ist sie denn auf diese Idee gekommen?“

„Sie hat sich schon immer für solche Projekte interessiert. Vor vier Wochen ist eine ihrer Kolleginnen in der Klinik aus Somalia zurückgekommen und hat ihr davon erzählt, wie es dort zugegangen ist. Seither kann man mit ihr kaum noch ein vernünftiges Wort wechseln, ständig hält sie mir vor, daß es Menschen gibt, die nicht mal ärztlich versorgt werden können."

„Das klingt so, als ob sie sich schon entschieden habe", stellte Hakkenholt fest.

„Ich dachte, es gehe wieder vorbei, aber heute abend, bevor du mich abgeholt hast, hat sie mir gesagt, daß sie schon vor einiger Zeit an die Vereinigung geschrieben habe. Ab Anfang November wird sie sich für ein Jahr vom Klinikbetrieb freistellen lassen." Resigniert schüttelte Wünnenberg den Kopf und fuhr fort: „Sie hat mich nicht einmal gefragt; sie habe mich nur über ihre Pläne in Kenntnis setzen wollen, hat sie gesagt."

In Hackenholts Ohren klang es nach dem Anfang vom Ende. Er konnte die Verzweiflung, die in Wünnenbergs Stimme mitschwang, gut verstehen. Auch er war verlassen worden. Die Angst vor der Einsamkeit und das Gefühl des Verlassenseins kannte er nur zu gut. Es hatte bei ihm über ein Jahr gedauert, bis er sich und sein Leben nach dem Tod seiner Freundin wieder in den Griff bekommen hatte. Seine geliebte Svenja, der er heute noch nachtrauerte, war innerhalb eines halben Jahres gestorben, nachdem man bei ihr Krebs diagnostiziert hatte. Die Chemotherapie hatte ihr nicht geholfen, sondern das Ende sogar noch beschleunigt. Er hatte damals ein halbes Jahr unbezahlten Urlaub genommen, um mit ihr die letzten Wochen auf ihrer kleinen Lieblingsinsel in der Nordsee verbringen zu können, bevor nur noch das steril wirkende Krankenhausbett und das Ende auf sie warteten. Svenjas Tod war für ihn der Anlaß, seiner Heimatstadt Münster den Rücken zu kehren und seine Arbeitsstelle bei der Mordkommission einem Kollegen anzubieten, der von Nürnberg unbedingt nach Nordrhein-Westfalen wechseln wollte.

Mit einem Seufzer sah Hackenholt seinen Kollegen an und versuchte ihm, so gut es ging, Trost zu spenden. Es wurde ein langes Gespräch, aber er schaffte es, Wünnenberg Mut zu machen.

Gerade als er sich von seinem Kollegen verabschieden wollte, machte sein Diensthandy leise vibrierend auf sich aufmerksam. Resigniert meldete er sich.

Es war Viertel vor zwei Uhr morgens, am Samstag, dem 5. Oktober 2002.

Lila – 1

Da sie kein Auto hatte, mußte sie fast zwei Stunden lang zu Fuß nach Hause laufen. Der Bus fuhr schon lange nicht mehr.

Unterwegs überlegte es sich das Wetter dann auch noch anders, und feiner, aber umso hartnäckigerer Sprühregen hüllte sie ein. Als sie endlich zu Hause ankam, waren ihre Haare durchnäßt, ihre Kleidung klamm und ihre Finger gefühllos.

Achtlos warf sie ihren Rucksack auf den Boden und ging direkt ins Badezimmer. Hier hatte sie die Heizung auf höchster Stufe laufen lassen. Jetzt war sie froh darüber. Sie entkleidete sich und stieg in die enge Duschkabine. Als das warme Wasser auf ihren Körper prasselte, entspannten sich ihre Muskeln allmählich.

Nachdem sie sich abgetrocknet und in ihren vorgewärmten Bademantel gehüllt hatte, ging sie in ihr Wohnzimmer. Ein hübscher, verwinkelter Raum mit einem angrenzenden Wintergarten, der ins Grüne hinausblickte.

Manchmal sah sie um diese Jahreszeit im morgendlich aufsteigenden Nebel ein paar Hasen auf der Wiese vor dem Waldrand hoppeln. Einmal war es auch ein Reh.

Sie ging zu dem Bild ihrer jüngeren Schwester hinüber, das auf dem kleinen Konsoltisch stand, und nahm es in die Hand. Zärtlich ließ sie die Finger über deren Gesicht gleiten. Sie lächelte wehmütig, stellte das Bild an seinen Platz zurück und zündete die Kerzen an, die auf dem Tisch verteilt waren.

3

Als Hackenholt mit seinem Kollegen Wünnenberg in der Meuschelstraße ankam, sahen sie die Fahrzeuge der Spurensicherung und zwei Streifenwagen vor dem Haus stehen. Auf der Straße hatte sich zwar noch keine Menschenansammlung gebildet, wie das sonst inzwischen leider so üblich war, aber ein Blick auf die umliegenden Häuser zeigte, daß ihre Arbeit dennoch beobachtet wurde. Hackenholt seufzte im stillen und nickte dem Streifenbeamten zu, als er sich an ihm vorbei durch die Eingangstür schob.

Im Hausflur trat ihnen Christian Berger, der Streifenpolizist, der mit seiner Kollegin Birgit Glahn als erster am Einsatzort angekommen war, entgegen.

„Wissen wir schon, wer der Tote ist?“ fragte Wünnenberg nach einer knappen Begrüßung.

„Es handelt sich um Peter Siebert, 43 Jahre. Er hat hier im zweiten Stock gewohnt“, antwortete Berger sofort und fügte, die nächste Frage vorwegnehmend, hinzu: „Gefunden haben ihn Leute aus dem dritten Stock, ein Junge namens Dominik Schwartz und dessen Vater. Meine Kollegin ist bei ihnen.“

Wünnenberg murmelte einen Dank und steckte das Notizbuch weg, in welches er sich die Namen notiert hatte, aber Berger wußte noch mehr. „Herr Siebert soll hier allein gelebt haben. Als ich vorsorglich an seiner Wohnungstür klingelte, öffnete auch niemand.“

Christine Mur, die Leiterin der Spurensicherung, grüßte sie vom Treppenabsatz. In Hackenholts Augen war sie eine der fähigsten Mitarbeiterinnen, die es im Präsidium gab. Zugegeben, manchmal war sie etwas ruppig, aber ihre besonnene und umsichtige Arbeitsweise hatte ihnen schon oft Anhaltspunkte geliefert, die andernfalls übersehen worden wären. Daher freute er sich, sie hier zu sehen. Ihr Team hatte den äußersten Rand der Stufen mit einer dünnen Plastikfolie ausgelegt.

„Ihr könnt bis zum Treppenabsatz zwischen dem ersten und zweiten Stock gehen“, sagte sie und drückte Wünnenberg ihre Taschenlampe in die Hand. „Die werdet ihr brauchen.“

Auf seinen verwirrten Blick erklärte sie: „Die Treppenhausbeleuchtung ist recht unterschiedlich, hier unten geht es ja noch, aber je weiter man nach oben kommt, desto weniger Watt haben die Glühbirnen.“

Sorgsam darauf achtend, sich am Rand der Stufen zu halten, stiegen die beiden Männer die Treppe hinauf.

Der Tote lag auf den Stufen zwischen dem Treppenabsatz des ersten und zweiten Stockwerks. Das erste Ungewöhnliche, das Hackenholt an dem auf dem Bauch liegenden Mann wahrnahm, war, daß seine Füße nach unten, zum ersten Stock, zeigten. Wenn jemand auf der Treppe stürzte, fiel er sie normalerweise hinunter und nicht hinauf. Hackenholt blickte sich um, aber es lag nirgendwo eine Tasche oder ein anderer Gegenstand, den der Mann getragen haben konnte. Etwas, das als Grund dienen könnte, eine Stufe übersehen zu haben und ins Stolpern gekommen zu sein.

Der Hauptkommissar betrachtete die leblose Gestalt genauer und prägte sich Details ein. Der Kopf lag in der Mitte der Treppe, den starren Blick auf das Geländer geheftet. Auf den Treppenstufen über ihm waren verschmierte dunkle Flecken erkennbar.

Hackenholt fiel die unnatürliche Haltung des Kopfes auf. Der Winkel, in dem der Kopf überstreckt da lag, war zu groß, um noch normal zu sein.

„Warum sprecht ihr nicht schon mal mit den Leuten, die ihn gefunden haben? Dann können wir hier in Ruhe weitermachen“, hörte er Mur hinter sich sagen. Auch der Kollege vom Erkennungsdienst wartete mit seiner Fotoausrüstung hinter ihnen und trat ruhelos von einem Fuß auf den anderen.

„Um in den dritten Stock zu kommen, müßt ihr die Treppe wieder hinuntergehen und dann mit dem Aufzug vom Erdgeschoß in das Zwischengeschoß zwischen dem zweiten und dem dritten Stock fahren. Kollege Heger hat sich vom dritten Stock nach unten gearbeitet, es liegt also eine Plastikfolie aus, auf der ihr laufen könnt.“

Die Wohnungstür im dritten Stock war nur angelehnt. Neben der Klingel stand der Name Schwartz. Eine junge Streifenbeamtin kam ihnen im Flur entgegen. „Dominik Schwartz, der Junge, der den Mann gefunden hat, sitzt mit seinem Vater in der Küche. Seine Mutter hat anscheinend ein Schlafmittel genommen, zumindest ist sie nicht wachzubekommen.“

Hackenholt und Wünnenberg betraten eine große Wohnküche, in der für viel mehr Leute Platz war als nur für die zwei anwesenden Personen. Hackenholt stellte sich und seinen Kollegen vor.

Wünnenberg zog ein kleines Diktiergerät aus der Tasche und legte es auf den Tisch. „Ich möchte das Gespräch gern aufnehmen, dann ist es leichter mit dem Protokoll, das hinterher geschrieben werden muß“, erklärte er den beiden Zeugen in ruhigem Ton.

Hackenholt wandte sich an den Jungen, der seiner Schätzung nach um die 16 sein mochte.

„Sie haben den Mann gefunden?"
„Ja", antwortete der Junge einsilbig.
„Wissen Sie, wie spät es war?"
Dominik zuckte mit den Schultern und zupfte mit den Fingern nervös an einem Pickel. „Muß wohl so halb zwei gewesen sein."
„Was genau ist passiert?"
„Nichts, ich bin einfach die Treppe heraufgekommen, und er lag genau vor mir, als ich um die Ecke bog." Als der Kommissar nichts sagte, fuhr er aggressiv fort: „Mensch, ich bin ganz schön erschrocken, als ich ihn da liegen sah, mit dem Blut und so."
„Ja, damit rechnet man nicht. Was haben Sie dann gemacht?"
„Ich habe mir gedacht, daß er vielleicht nur hingefallen und bewußtlos geworden ist, deshalb bin ich zu uns hochgelaufen und habe meinen Vater geweckt."
Hackenholt wandte seine Aufmerksamkeit dem Familienoberhaupt zu. Er sah seinem Sohn sehr ähnlich. Auch er hatte für Franken recht ungewöhnliche rötlich blonde Haare.
„Dominik hat mich aufgeweckt, ich hatte schon geschlafen", ergriff jetzt Herr Schwartz das Wort. „Ich zog mir nur schnell den Bademantel an und bin dann sofort mit einem Erste-Hilfe-Kasten die Treppen hinunter, um zu schauen, was los war. Aber ich konnte nichts mehr für Peter tun. Deshalb habe ich die Polizei gerufen."
„Sie haben den Toten erkannt?"
„Ja, natürlich. Es ist Peter Siebert aus dem zweiten Stock."
„Haben Sie den Toten angefaßt oder bewegt?"
„Warum fragen Sie das?" wollte Herr Schwartz verwundert wissen. Als der Kommissar nicht antwortete, fuhr er fort: „Ich habe ihn an der Schulter gerüttelt, weil ich dachte, daß er bewußtlos sei. Aber als ich seine Augen sah, wußte ich, daß es zu spät war und ich Peter nicht mehr helfen konnte. Ich habe dennoch versucht, am Hals seinen Puls zu fühlen, aber es gab keinen mehr. Das war alles, was ich gemacht habe."
„Sie sagten, daß Sie geschlafen hätten, als Ihr Sohn nach Hause kam."
Als Herr Schwartz nickte, fuhr Hackenholt fort: „Sie haben also vorher nichts gehört?"
Bedauernd schüttelte der Mann den Kopf. „Gar nichts."
Jetzt schaltete sich Wünnenberg, der bislang nur konzentriert zugehört hatte, in das Gespräch ein. „Dominik, als Sie nach Hause kamen, war die Haustür da abgesperrt?"

„Natürlich nicht“, antwortete der Junge ohne zu zögern.

Sein Vater schien die Verwirrung des Kommissars auf diese schlichte Antwort zu bemerken. „Wir hier im Haus sind übereingekommen, daß wir die Haustür auch nachts nicht abschließen. Es ist viel zu unpraktisch, wenn die Leute von ganz oben immer erst hinunterfahren müssen, um die Tür aufzusperren, wenn sie abends Besuch bekommen.“

„Und wo sind Sie zu so später Stunde hergekommen?“ fragte Wünnenberg weiter.

„Ich war bei einem Schulfreund. Wir spielen freitagabends immer Rollenspiele“, antwortete der Junge.

Hackenholt wechselte das Thema. „War Herr Siebert verheiratet? Als die Kollegen an seiner Tür klingelten, hat niemand geöffnet.“

„Peter lebte allein, er war nicht gebunden.“

„Kennen Sie seine Familie oder irgendwelche Angehörigen?“

„Seine Eltern besitzen außerhalb einen Bauernhof, aber mehr kann ich Ihnen nicht sagen.“

Sie fuhren mit dem Aufzug wieder hinunter ins Erdgeschoß. Christine Mur lehnte mit einem Becher an der Wand, die aufgeschraubte Thermoskanne stand neben ihr auf dem Boden. Sie drehte den Kopf zu ihnen um, als sie beide aus dem Aufzug steigen hörte.

„Wir warten auf Dr. Puellen.“ Ihr Blick sprach Bände. Sie mochte den kleinen und etwas fülligen, aber um so dynamischeren Rechtsmediziner nicht sonderlich. Hackenholt warf ihr einen fragenden Blick zu.

„Was sagst du zu dem Ganzen?“

Sie zuckte mit den Schultern. „Es sieht komisch aus, wie er da liegt. Ich bin mir nicht sicher, ob das wirklich ein Unfall war, deswegen wollte ich ja auch, daß du kommst und dir alles anschaust.“

„Was meinst du genau damit?“ fragte Hackenholt sofort nach, da er immer sehr an Murs Einschätzungen interessiert war.

Die Antwort blieb sie ihm schuldig, denn in diesem Moment wurde die Haustür hinter ihnen schwungvoll aufgestoßen.

„Guten Abend allerseits, oder sollte ich Guten Morgen sagen?“

„Hallo Dr. Puellen.“ Hackenholt wandte sich dem Mediziner zu. „Kommen Sie, wir müssen in den zweiten Stock.“

Die Szene im Treppenhaus war inzwischen hell erleuchtet, die Kriminaltechnik hatte Scheinwerfer aufgebaut. Dr. Puellen stellte seinen Koffer ab, ließ sich und den beiden Kommissaren aber noch einen Moment Zeit, um die Details in sich aufzunehmen. Nachdem er seine Schuhe mit einfachen Plastiküberziehern versehen hatte, die ihm Mur wortlos in die Hand gedrückt hatte, trat er auf den Toten zu.

„Die Bilder haben Sie schon alle im Kasten?“ fragte er, während er in Einweghandschuhe schlüpfte.

„Wir hatten ja lange genug Zeit dafür“, schnaubte Mur und wandte sich demonstrativ ab.

Hackenholt warf ihr einen warnenden Blick zu. Diesen ignorierend hielt sie den Kollegen einen kleinen durchsichtigen Plastikbeutel mit Schlüsseln entgegen. „Seine Wohnungsschlüssel! Ich dachte, ihr wollt euch vielleicht schon einmal umsehen.“

„Uns bleibt auch nichts erspart“, stöhnte Wünnenberg genervt, als sie die Wohnung betraten und feststellten, daß es sich um eine Jugendstiletage mit sicherlich mehr als 140 Quadratmetern handelte. „Wie kann eine einzelne Person in so einer großen Wohnung leben?“ Dabei dachte er an seine eigene kleine Dreizimmerwohnung, in der er und seine Freundin sich ständig auf die Füße traten.

Sie verschafften sich einen ersten groben Überblick von den Räumlichkeiten, indem sie systematisch von Zimmer zu Zimmer gingen. Gerade als sie im Eßzimmer unter der Basisstation des Telefons ein handgeschriebenes Telefonnummernverzeichnis fanden, steckte Mur ihren Kopf durch die Tür und teilte mit, daß der Rechtsmediziner fertig sei.

Zurück im Treppenhaus sahen sie, daß Dr. Puellen seine Tasche zusammenpackte und sich die dünnen Latexhandschuhe abstreifte.

„Ich bin soweit fertig. Wegen der Obduktion gebe ich Ihnen noch Bescheid, Sie oder einer Ihrer Kollegen wird ja dabei sein wollen. Aber eins kann ich Ihnen jetzt schon sagen: Er hat ein gebrochenes Genick.“

Die beiden Kommissare sahen ihn resigniert an.

„Ja, ich fürchte, ich denke das gleiche wie Sie“, fuhr der Arzt fort. „Fremdeinwirkung kann ich im Moment nicht ausschließen. Er hat eine Platzwunde an der Schläfe, wo er auf der Stufe aufgeschlagen ist. Wie soll er sich da das Genick gebrochen haben? Außerdem fallen alkoholisierte Personen normalerweise so, daß sie nicht übermäßig viel Schaden nehmen. Das hängt damit zusammen, daß ihre Reflexe nicht mehr so gut funktionieren.“ Er hob abwehrend die Hände, als er sah, daß Wünnenberg seinen Mund öffnete. „Er war sicher noch nicht lange tot, bevor er gefunden wurde, aber darüber reden wir nach der Obduktion.“

Mehr war aus Dr. Puellen nicht herauszuholen.

Mur, die auf dem Treppenabsatz stand und das Gespräch mithörte, nickte zustimmend mit dem Kopf.

„Schaut mal genau in die hintere Ecke dieser Stufe."

Sie wies mit dem Finger auf eine Stufe in der Höhe, auf der die Knie des Toten lagen. Wenn man ganz genau hinsah, konnte man erahnen, daß es dort auf der alten, unebenen Stufe feucht schimmerte.

„Als wir kamen, hat es nicht geregnet, die Straßen waren trocken", gab sie zu bedenken. „Und es wird sicher auch niemand um Mitternacht die Hausordnung erledigt haben."

Hackenholt nickte ihr anerkennend zu.

„Wir haben Proben davon genommen, bevor Dr. Puellen kam. Auch die Stufen darüber und darunter waren feucht. Sobald die Treppe frei ist, werde ich sie mir noch einmal genau ansehen", schloß sie.

Hackenholt und Wünnenberg begaben sich wieder in die Wohnung des Toten und überließen es Mur, den Abtransport der Leiche zu überwachen.

Hackenholt setzte sich im Eßzimmer an den Tisch und begann, das Telefonverzeichnis genauer zu studieren. Wünnenberg nahm sich unterdessen ein winziges angrenzendes Arbeitszimmer vor, das von einem Computer und diversem Zubehör ausgefüllt war. Sie würden den Computer mitnehmen und alle herumliegenden Datenträger dazu, aber die Auswertung war Aufgabe eines Spezialisten. Wünnenberg wandte sich dem Wohnzimmer zu. Obwohl er alle verfügbaren Lichtschalter drückte, wurde es in dem Zimmer nicht heller, und das war eindeutig zu schummrig, um irgend etwas entdecken zu können. Im Schlafzimmer gab es schon gar kein elektrisches Licht. Entweder war der Typ hoffnungslos romantisch oder entsetzlich sparsam, zumindest was Strom anbetraf, mutmaßte Wünnenberg.

Hackenholt beendete die Durchsicht des Telefonregisters. „Der scheint Gott und die Welt gekannt zu haben", meinte er zu Wünnenberg, bevor sie sich gemeinsam der Küche und der angrenzenden Speisekammer zuwandten. „Aber immerhin hat er alles ordentlich notiert, auch seine Familie steht in dem Register."

Die Durchsicht der Küche legte nahe, daß Siebert gern gekocht hatte. Zumindest für eine Junggesellenwohnung war die Küche überdurchschnittlich gut und mit äußerst hochwertigen Kochgeräten ausgestattet. Eine Überraschung erwartete sie in der Speisekammer, die vielmehr die Bezeichnung ‚Getränkekammer' verdient hätte. Neben fünf Kästen Bier, und hierbei handelte es sich nicht um gängige norddeutsche Sorten, sondern um verschiedene fränkische, wirkten die zwei Wasser- und Orangensaftkästen lächerlich. Die Querseite des Raumes war mit einem mannshohen Weinregal bedeckt. Hackenholt zog prüfend verschiedene Flaschen heraus. Es war vorwiegend kalifornischer und südafrikanischer Rotwein mittlerer Preisklasse.

Auch das Badezimmer förderte nichts Verwunderliches zutage. Der Raum war spartanisch eingerichtet: Toilette, Badewanne, die offensichtlich auch als Dusche genutzt wurde, und ein Handwaschbecken mit einem großen geschwungenen Sechziger-Jahre-Spiegel über der Ablage. Es gab keinerlei Badezimmermöbel. Ein Handtuch hing neben dem Waschbekken, und ein Badetuch lag vor der Wanne. Rasierzeug, Zahnpasta und -bürste waren auf der Ablage unter dem Spiegel aufgereiht. Keine Spur von Kosmetika. Das Zimmer machte einen sauberen Eindruck, genau wie die Küche. In der Abstellkammer trat wieder das inzwischen schon bekannte Glühlampenproblem auf.

Als Hackenholt und Wünnenberg gerade beschlossen hatten, daß es für sie in der Wohnung im Moment nichts weiter zu tun gebe, trat Mur in die Wohnung und winkte sie zu sich heran.

„Ich wollte euch noch etwas zeigen."

Sie stiegen ein paar Stufen hinunter zu der Stelle, wo eine kleine Plastikflasche mit einer strohhalmähnlichen Verlängerung stand. Mur nahm die Flasche in die Hand und spritzte ein paar Tropfen Flüssigkeit auf den Holzboden. Dann massierte sie energisch mit dem Finger in kleinen Kreisen auf der Stelle herum. Wünnenberg konnte sich nur mit Mühe ein Grinsen verkneifen.

„Schaut!" sagte Mur barsch, als hätte sie Wünnenbergs Gedanken erahnt.

Hackenholt ging neben ihr in die Hocke. Unter ihrem Finger hatte sich Schaum gebildet. Jetzt rieb sie Zeigefinger und Daumen gegeneinander. Auch Hackenholt tauchte seinen Finger in den Schaum und rieb darin herum. Es fühlte sich glitschig, fast schmierig an. Als er seine Finger an die Nase hielt, nahm er einen schwachen Seifengeruch wahr. Mur sah ihn auffordernd an.

„Ich weiß nicht", sagte er. „Könnte das nicht jeder Haushaltsreiniger sein?"

„Glaube ich nicht. Normale Scheuermilch schäumt nicht so stark. Außerdem sind die meisten Mittel heute sehr scharf und haben irgendeinen Duft beigemischt, aber das hier riecht einfach nur nach Seife."

Wünnenberg sah sie skeptisch an. „Du meinst, jemand hat mit Seife auf den Stufen herumgerieben, damit der Mann ausrutscht?“

Mur schüttelte den Kopf. „Nicht Körperseife“, antwortete sie mit einem leisen Lächeln. „Ich würde das für gute alte Schmierseife halten. Mal schauen, was das Labor dazu sagt. Wenn wir Glück haben, finden die auch Reste davon an seinen Schuhen.“

Mehr gab es im Moment nicht zu tun. Wünnenberg versiegelte Sieberts Wohnungstür. Mur wollte sich noch in der Nacht darum kümmern, daß die sichergestellten Proben zum LKA nach München gesandt wurden. Für den Morgen plante sie, mit einem Team in die Wohnung zurückzukehren, um diese erkennungsdienstlich zu untersuchen. Wünnenberg sollte die Anwesenheit bei der Obduktion übernehmen. Hackenholt selbst nahm sich vor, die Eltern des Toten zu informieren und eine erste, behutsame Befragung vorzunehmen. Das hatte jedoch bis zum Morgen Zeit. Er wollte ihnen noch eine letzte ruhige Nacht gönnen.

Als der Hauptkommissar das Haus in der Meuschelstraße verließ, bemerkte er, daß das Wetter sich verschlechtert hatte: leichter Nieselregen hatte eingesetzt, und die Temperatur war spürbar gesunken.

Es war Samstagmorgen, Viertel vor fünf.

4

Zurück in seiner Wohnung, blieb Hackenholt einen Moment vor dem Spiegel stehen und musterte sein müdes Gesicht. Er wurde nicht jünger. Es fiel ihm immer schwerer, die Nacht durchzumachen. Wie sollte das erst in ein paar Jahren werden?

Wieder betrachtete er die grauen Haare, die sich zunehmend in seine kurzgeschnittenen dunkelbraunen mischten, während er den vergangenen Abend nochmals vor seinem geistigen Auge Revue passieren ließ. Die Möllenhäußers mit ihrer hübschen Villa am Stadtrand waren für ihn der Inbegriff des friedlichen Ehepaares. So hatte er sich sein Leben vorgestellt: mit Kindern, einem Haus und einem großen Garten.

Jetzt wurde er bald vierzig. Und was war aus ihm geworden? Ein müder Mann, dessen Haare langsam grau wurden, und der, genau wie Wünnenberg, es in naher Zukunft tun würde, jeden Abend in eine leere, kalte Wohnung zurückkehrte. Er sollte etwas an seinem Leben ändern, sollte wieder auf Menschen zugehen, er wurde schließlich nicht jünger.

Resigniert wandte er sich vom Spiegel ab und ging ins Schlafzimmer. Wenn er jetzt nicht zusah, daß er ins Bett kam, würde er gar keinen Schlaf mehr bekommen. Er zog sich aus und legte seine getragene Kleidung wie immer ordentlich gefaltet in einen Wäschekorb. Dann stellte er den Wekker auf sieben Uhr und schlüpfte unter die Bettdecke.

Als das Läuten der Uhr ihn knapp zwei Stunden später aus dem Bett fahren ließ, fühlte er sich erstaunlich erholt; er hatte die kurze Zeit tief und traumlos geschlafen. Hackenholt setzte Kaffee auf, der langsam durch die Kaffeemaschine tröpfelte, während er sich unter die Dusche stellte. Ohne Kaffee ging bei ihm nichts. Er hatte es schon mit allen möglichen anderen Getränken probiert, da er glaubte, seinen Kaffeekonsum einschränken zu müssen, aber von den morgendlichen Tassen kam er einfach nicht los.

Der Blick aus dem Fenster verriet ihm, daß das Wetter weiterhin mit grauen Wolken aufwartete, die sich zunehmend verdichteten und Regen ankündigten.

Als er in seinen schwarzen Skoda stieg, war es erst halb acht. Er fuhr beim Präsidium vorbei, um eine Kollegin für das bevorstehende Gespräch mit Peter Sieberts Eltern mitzunehmen. Wünnenberg war schon vor ihm da gewesen: auf Hackenholts Schreibtisch lag ein Zettel, auf dem stand, daß Wünnenberg mit dem Kollegen Stellfeldt zu der für 7.15 Uhr angesetzten Obduktion aufgebrochen sei.

Typisch Dr. Puellen; er begann sein Tagwerk bevorzugt in den frühen Morgenstunden, solange am rechtsmedizinischen Institut noch Ruhe herrschte und er mit seinem Assistenten ungestört arbeiten konnte.

Hackenholt ging in das benachbarte Zimmer der Kollegen Stellfeldt und Honka, fand dieses jedoch verwaist vor. Im Geschäftszimmer wurde ihm mitgeteilt, daß sich die Kollegin Simone Honka mit einer Grippe krank gemeldet habe. Leise Verwünschungen vor sich hinmurmelnd ging Hackenholt zum Bereitschaftsraum, um zu sehen, welche Kollegen dort anwesend waren und wer entbehrt werden konnte. Er wußte, daß sein Kommissariat aufgrund der ersten Grippewelle des Herbstes personell unterbesetzt war. Außerdem befanden sich zwei Kollegen auf Fortbildung, einer im Urlaub und eine weitere Kollegin war vor einer Woche in Mutterschutz gegangen und bislang noch nicht ersetzt worden. Er würde einen Kollegen von der Streife bitten, ihn zu begleiten.

Zu seinem Erstaunen sah er Christian Berger in der Wochenendzeitung lesend in einer Ecke des Bereitschaftsraums sitzen. Als er auf ihn zutrat, blickte der junge Polizist auf und grüßte ihn.

„Guten Morgen.“

„Guten Morgen. Was tust du denn noch hier? Du hattest doch gestern Nachtschicht.“

„Nein, nein, ich hatte Spätdienst. Es war einfach Pech, daß wir gerade noch in der Nähe waren, als der Einsatz in der Meuschelstraße begann“, grinste der junge Mann gutmütig.

Hackenholt fragte Berger rundheraus, ob er Lust habe, ihm in den nächsten Tagen etwas zur Hand zu gehen, da sein Team gerade unterbesetzt sei und er dringend einen weiteren Mitarbeiter brauche. „Selbstverständlich würde ich das mit deinem Chef abklären“, schloß Hackenholt.

Berger strahlte über das ganze Gesicht, meinte dann aber schüchtern: „Wenn du glaubst, daß ich nützlich sein kann, von mir aus gern.“

„Ich werde das sofort abklären. Du wärst mir am liebsten, denn du warst auch am Tatort und kennst dich in der Sache schon aus“, rief Hakkenholt im Hinauseilen über die Schulter.

In seinem Zimmer angekommen, griff Hackenholt zum Telefonhörer und verschwendete keine Zeit mit Höflichkeiten, sondern stellte Bergers Dienstgruppenleiter sofort seine Situation dar und bat, den Kollegen für die nächsten Tage zu ihm abzukommandieren. Dann schrieb er einen Zettel, den er auf Wünnenbergs Schreibtisch legte und in dem er ihm mitteilte, daß er den Kollegen Berger mitgenommen habe und bei den Eltern des Verstorbenen sei. Ferner schlug er ein erstes Treffen der kompletten Ermittlungsgruppe für 10.30 Uhr vor; Wünnenberg solle versuchen, die Kollegin Mur zu erreichen und sie bitten, an der Sitzung teilzunehmen.

Als er sich endlich mit Berger auf den Weg machte, war es schon kurz nach acht Uhr, doch da Samstag war, gab es noch verhältnismäßig wenig Verkehr.

Peter Sieberts Eltern wohnten in Boxdorf, einem kleinen Vorort im Nürnberger Knoblauchsland. Als sie die gewünschte Adresse erreichten, sahen sie, daß es sich um einen alten Bauernhof handelte. Die Hofstelle wurde auf einer Seite von einem Wohnhaus und auf den anderen beiden Seiten von alten Holzscheunen begrenzt. Alles lag sauber und verlassen da. Nachdem sie ausgestiegen waren, konnten sie ein paar Hühner gackern hören.

Hackenholt klingelte an der niedrigen Tür des alten sandsteinernen Wohnhauses. Nach einer Weile näherten sich schlurfende Schritte. Die Tür wurde geöffnet. Im Rahmen stand ein älterer Mann und sah Hackenholt fragend an. Sein Blick wurde jedoch besorgt, als er dessen uniformierten Kollegen ausmachte.

„Ja?"

„Guten Morgen. Mein Name ist Frank Hackenholt, das ist mein Kollege Christian Berger. Wir sind von der Kripo Nürnberg. Sind Sie Herr Siebert?" stellte Hackenholt sich und seinen Kollegen vor, während er dem Mann seinen Dienstausweis hinhielt.

Der Mann nickte zögernd und bat sie ins Haus.

„Wer ist da?" hörten sie eine weibliche Stimme aus dem Inneren des Hauses rufen.

„Die Polizei", rief der Mann zurück.

Er führte sie in das erste Zimmer, gleich links neben der Haustür. Es war wohl die „gute Stube", wie man sie früher genannt hätte. Der Raum war niedrig. Der Boden bestand aus dunklen, blank polierten Eichendielen. Obwohl die Wände weiß gekalkt waren, machte der Raum einen düsteren Eindruck, was sicher auch daher kam, daß nur wenig Tageslicht durch die winzigen, an Gucklöcher erinnernden Fensterchen hereindringen konnte. Die Einrichtung bestand aus alten Möbeln des vorigen Jahrhunderts. Der einzige Komfort, den Hackenholt entdecken konnte, war ein Heizkörper an der einen Wand und ein riesiges Fernsehgerät auf der anderen Seite des Raumes. Als sie sich gerade setzen wollten, kam eine Frau herein, die sich geschäftig ihre Hände an der Schürze abwischte.

„Ich war gerade noch beim Abwaschen", entschuldigte sie sich.

„Das ist meine Frau", erklärte Herr Siebert. „Worum geht es denn?"

„Frau Siebert, Herr Siebert", begann Hackenholt seine traurige Mitteilung und schaute die Eheleute dabei fest an. „Ich habe sehr schlechte Nachrichten für Sie. Ich muß Ihnen leider mitteilen, daß man Ihren Sohn Peter heute nacht tot aufgefunden hat."

„Was? Unseren Peter? Das kann nicht sein!" entfuhr es der Frau, die kreidebleich wurde.

„Es tut mir sehr leid", war alles, was Hackenholt darauf sagen konnte. Es entstand eine Pause, da der Hauptkommissar den Eheleuten Zeit lassen wollte, den ersten Schock zu überwinden.

„Ich habe es ja schon immer gewußt", wetterte Herr Siebert plötzlich los. „Dieses verdammte Motorrad! Gefahren ist er damit wie der Henker. Immer hab ich ihm gesagt, er soll sich ein anständiges Auto kaufen, aber auf seinen alten Vater hört man ja nicht." Der alte Mann war vor Zorn rot angelaufen.

„Nein“, versuchte Hackenholt den aufgebrachten Mann zu bremsen. „Es war nicht das Motorrad. Er ist im Treppenhaus in der Meuschelstraße umgekommen.“

Die Frau holte ein Taschentuch aus ihrer Schürzentasche und preßte es sich auf den Mund. Undeutlich hörte man sie dahinter murmeln: „Mein Gott, er hat immer so viel getrunken.“

„Wir müssen auf das Ergebnis der Obduktion warten. Im Moment wissen wir noch nichts Genaueres; es kann ein Unfall gewesen sein, aber wir können auch Fremdeinwirken nicht ausschließen“, versuchte Hackenholt die Eltern behutsam darauf vorzubereiten, daß er ihnen noch ein paar Fragen stellen mußte. „Ich weiß, daß das für Sie ein furchtbarer Schock ist, aber ich würde Ihnen dennoch gern schon jetzt ein paar Fragen stellen.“

Aus dem Augenwinkel nahm Hackenholt wahr, daß Berger aus seiner Uniformjacke einen Notizblock zog und sich möglichst unauffällig verhielt, um die Angehörigen nicht zu verschrecken.

Behutsam fragte Hackenholt: „Hatte Ihr Sohn eine Freundin?“

Der Vater zuckte mit den Schultern, aber die Mutter antwortete mit leiser, zittriger Stimme. „Im Moment hatte er keine. Von seiner letzten trennte er sich erst vor ein paar Wochen. Die Monika hatte ich richtig gern. Sie kümmerte sich so um Peter. Ich habe mir wirklich gewünscht, daß er sie heiratet.“ Nach einem Moment fügte sie seufzend hinzu: „Aber keine hielt es lang mit ihm aus.“

„Wie meinen Sie das?“ fragte Hackenholt vorsichtig nach.

„Na, sein ständiges In-die-Kneipe-Gerenne und das viele Bier“, schnaubte die Mutter.

„Ach, sei still“, fuhr der Mann sie an. „Er war wie jeder andere junge Mann! Du willst nur immer, daß alle zu Hause sitzen.“

Hackenholt wechselte das Thema. „Können Sie mir sagen, wo er gearbeitet hat?“

„Zur Zeit war er arbeitslos“, erwiderte der Vater schroff. „Das kann heutzutage jedem passieren, wenn man nicht gerade Beamter ist.“

„Vater“, mahnte die Frau. „Er war bis vor einem halben Jahr bei Ericsson beschäftigt, aber die Niederlassung in Nürnberg wurde geschlossen, und alle wurden entlassen. Peter hat seither immer mit dem Gedanken gespielt, sich selbständig zu machen.“

„Können Sie mir etwas über Peters Freunde sagen?“

„Er hat sich in den letzten Jahren immer mehr von uns zurückgezogen“, erklärte die Mutter bekümmert. „Früher war er mit dem Jürgen Degel und dessen Bruder Günther sehr gut befreundet, aber was daraus geworden ist, weiß ich nicht. Jürgen ist vor ein paar Jahren nach Brandenburg gegangen, weil er dort eine Stelle bekommen hat. Er hat Jura studiert. Sein Bruder ist, glaube ich, in Fürth geblieben und hatte dort zumindest vor ein paar Jahren eine Zoohandlung."

„Daß wir von denen nichts mehr hören, ist auch gut so", polterte der Vater wieder los. „Die machten immer nur Scherereien."

Ein kurzer Blick bestätigte Hackenholt, daß Berger die beiden Namen notierte.

„Fällt Ihnen sonst noch jemand ein?"

Die Frau schüttelte nur den Kopf.

„Hatte Peter Geschwister?" wollte Hackenholt als nächstes wissen.

„Wir haben noch einen Sohn und eine Tochter, aber zu denen hatte Peter kein besonders gutes Verhältnis. Er ist in den letzten Jahren ein Einzelgänger geworden."

Berger vermerkte noch Namen und Adressen der Geschwister, die ihnen die Mutter nannte. Dann verabschiedeten sich die beiden Polizisten, nicht ohne zu erwähnen, daß am Nachmittag ein Kollege komme, der die Eheleute zur Pathologie bringen werde, da sie die Leiche noch offiziell identifizieren mußten.

Auf dem Rückweg zum Auto gab Hackenholt Berger seine Autoschlüssel und bat ihn, sie zum Präsidium zu chauffieren. Unterwegs hörte er die Nachrichten ab, die in der Zwischenzeit auf seinem Handy eingegangen waren, und rief dann Wünnenberg unter dessen Mobilnummer zurück. Sein Kollege teilte ihm mit, daß die Mannschaft der Spurensicherung schon unter Christine Murs Leitung in die Wohnung in der Meuschelstraße aufgebrochen gewesen sei, bevor er und Stellfeldt von der Obduktion aufs Präsidium zurückgekommen seien. Er habe daraufhin mit Mur telefonisch vereinbart, das Treffen nicht im Präsidium, sondern in Peter Sieberts Wohnung abzuhalten.

So bat Hackenholt Berger, direkt in die Meuschelstraße zu fahren, unterwegs jedoch an einer Bäckerei zu halten. Dann fragte er ihn: „Was hältst du von dem, was die Eltern gesagt haben?"

„Mhm, für mich klang es so, als wenn Siebert nicht sonderlich viel Kontakt zu ihnen gehabt hätte. Das ist ihm vielleicht auch nicht zu verdenken, wenn sie ihn immer kritisiert haben."

„Ja, ich glaube, die Eltern wollten nicht zugeben, wie wenig sie wirklich von ihrem eigenen Sohn wußten."

„Was steht denn für heute weiter auf dem Programm?“ fragte Berger ermutigt.

„Jetzt haben wir in der Meuschelstraße eine erste Besprechung. Ralph Wünnenberg und Manfred Stellfeldt waren bei der Obduktion und werden uns hoffentlich Genaueres zu Todesart und -zeitpunkt sagen können. Es ist vor allem wichtig, daß wir einen Unfall zweifelsfrei ausschließen können. Außerdem wird Christine Mur bei dem Gespräch anwesend sein. Sie und ihre Kollegen von der Spurensicherung nehmen sich heute vormittag Sieberts Wohnung vor. Vielleicht können sie uns sogar schon etwas sagen.“

Berger nickte. „Werden wir danach mit der Vernehmung der Hausbewohner beginnen oder erst die Freunde und Geschwister besuchen?“

„Das Wichtigste ist, daß wir heute mit allen Hausbewohnern sprechen. Wenn wir damit zu lange warten, können sich die Leute nicht mehr an Einzelheiten erinnern und fangen an, die Tage zu verwechseln, aber natürlich sind auch die Geschwister und Freunde wichtig. Wir werden uns daher aufteilen“, erläuterte Hackenholt. „Ich hoffe, du hast nicht schon bereut, daß du dich dazu bereit erklärt hast, bei uns einzuspringen. Ich fürchte, es werden ein paar arbeitsintensive Tage auf uns zukommen.“

„Aber nein“, wehrte Berger ab. „Ganz im Gegenteil. Ich freue mich wirklich, daß ich bei den Ermittlungen dabei sein kann.“

In der Meuschelstraße mußten sie erst eine Runde um den Block drehen, bis sie in einer Nebenstraße eine Parklücke entdeckten, in die Berger Hackenholts Octavia quetschen konnte.

Als sie bei Siebert läuteten, wurde kommentarlos der Türsummer betätigt. An der Wohnungstür nahm Wünnenberg sie mit den Worten: „Da seid ihr ja endlich“ in Empfang. „Wir haben interessante Neuigkeiten. Und wir haben frischen Kaffee“, fügte er hinzu, als er die Bäckertüten in Hackenholts Arm sah.

Hackenholt machte Christian Berger mit Manfred Stellfeldt bekannt; Christine Mur kannte den jungen Beamten bereits und nickte ihm erfreut zu.

Mur schenkte den Kaffee aus und verteilte die Tassen, die sie in der Küche gefunden hatte. Wünnenberg inspizierte den Inhalt der Bäckertüten, besann sich dann aber doch noch seiner guten Manieren und riß die Tüten so auf, daß sich alle bedienen konnten. So versorgt begannen sie die Besprechung.

„Wenn ihr einverstanden seid, fange ich mit den Ergebnissen der Obduktion an“, begann Stellfeldt.

„Dr. Puellen ist heute morgen mal wieder zur Höchstform aufgelaufen.“ Wünnenberg schnitt bei dem rückblickenden Gedanken eine Grimasse.

„Als erstes eröffnete er uns, daß der Tote einen Blutalkoholwert von 1,6 Promille hatte, und dann wurde in dem Zusammenhang bei der Obduktion noch eine beginnende Leberzirrhose festgestellt.“

„Das wundert mich nicht, wenn man bedenkt, was er hier alles in der Wohnung gebunkert hat“, warf Mur ein.

„Was für uns jedoch von Interesse ist, ist die Tatsache, daß er eine Prellung und Kopfplatzwunde an der linken Schläfe hatte, die vom Sturz auf die Treppe herrühren. Dr. Puellen hat feine Schmutz- und Holzpartikelchen in der Wunde gefunden. Ich bin mir sicher, daß die mit den Proben übereinstimmen, die du von der Treppe genommen hast“, wandte sich Stellfeldt an Mur. „Ferner hatte der Tote eine frische Quetschung an der rechten Schulter, und sein Genick war zwischen dem ersten und zweiten Halswirbel gebrochen.“

„Kann es nicht sein, daß er doch auf den Rücken gefallen und mit dem Kopf seitlich auf die Stufen aufgeschlagen ist?“ wandte Hackenholt ein. „Dann wären nicht nur die Kopfplatzwunde und das gebrochene Genick erklärt, sondern auch die Schulter.“

„Das habe ich Dr. Puellen auch gefragt“, meldete sich Wünnenberg zu Wort, „aber hört euch selbst an, was er dazu meinte.“

Er stellte sein kleines Diktiergerät auf den Tisch und drückte auf die Play-Taste. Im Raum erscholl Dr. Puellens entrüstete, durch das Band leicht verzerrte Stimme.

„Herr Wünnenberg, wie soll er das gemacht haben? Erst schlägt er mit der rechten Schulter auf, dann dreht er noch schnell den Kopf um, damit er mit diesem auf der linken Seite aufschlägt? Denken Sie doch mal mit! Außerdem halte ich es für absolut unmöglich, daß er sich auf diesen Treppen – alten, ausgetretenen Holztreppen, wohlgemerkt – durch einen einfachen Sturz das Genick hätte brechen können. Nein, nein, da ist nachgeholfen worden. Schauen Sie, der Wirbelkanal wurde sauber zwischen dem ersten und zweiten Halswirbel durchtrennt. Das ist sehr weit oben. Wenn er gestürzt wäre und sich den Hals gebrochen hätte, dann wäre der Bruch tiefer gewesen, und ich hätte Knochenabsplitterungen an den Wirbeln gefunden. Wenn Sie mich fragen, ist es folgendermaßen abgelaufen: er ist die Treppe hinaufgegangen und aus irgendeinem Grund gestolpert und gestürzt. So wie seine Schläfe aussieht, möchte ich meinen, daß er dabei das Bewußtsein verlor. Dann hat jemand von hinten eine Hand um sein Kinn gelegt und mit der anderen den Hinterkopf umfaßt und ihm mit einem Ruck den Hals gebrochen. Damit er mehr Kraft hat und den nötigen Druck auf das Genick ausüben kann, hat er dem Toten einen Fuß auf die rechte Schulter gestellt und so den Körper auf den Boden gedrückt."

Wünnenberg schaltete sein Diktiergerät aus. „Es war also zweifelsfrei Mord."

Mur blickte von ihren Notizen auf und sagte: „Wenn wir Glück haben, findet das Labor Spuren auf seiner Jacke, sofern der Mörder in die Substanz getreten ist, die er auf den Stufen verteilt hat."

„Zum Todeszeitpunkt konnte uns Puellen nicht viel Neues sagen. Er meinte, daß er es nicht genauer als auf einen Zeitraum von einer halben Stunde und eineinhalb Stunden eingrenzen könne. Inoffiziell tippte er auf eine halbe Stunde", fuhr Stellfeldt in seinem Bericht fort. „Das wäre dann also zwischen Mitternacht und ein Uhr dreißig."

Als Hackenholt das Wort ergriff, bemerkte er überrascht, daß Berger sein Notizbuch aufgeschlagen vor sich liegen hatte und wieder eifrig mitschrieb. „Noch etwas anderes. Wir haben jetzt zwar die ganze Zeit ‚er' gesagt, aber wie schaut es aus, könnte es auch eine Frau gewesen sein?"

„Laut Dr. Puellen ist erstaunlich wenig Kraft erforderlich, wenn man jemandem auf die beschriebene Art den Hals brechen will. Er hält es durchaus für möglich, daß eine Frau das fertigbringt, wenn sie genug Entschlußkraft hat", beantwortete Stellfeldt die Frage.

Mur wechselte das Thema und wollte wissen, wie es bei den Eltern des Verstorbenen gewesen sei. Sie blickte dabei Berger fragend an. Hackenholt, der bemerkte, daß sie so den neuen Kollegen ermutigen wollte, auch etwas zu dem Gespräch beizutragen, nickte ihm auffordernd zu. Berger faßte das Gespräch mit den Eheleuten Siebert in kurzen Sätzen zusammen und brachte das Wesentliche auf den Punkt, ohne seinen Bericht unnötig auszuschmücken.

Sodann berichtete Mur selbst: „Zu den heute nacht sichergestellten Proben und Abstrichen kann ich nur sagen, daß wir alles per Kurier zum LKA geschickt haben. Im Treppenhaus haben wir unzählige Fingerabdrücke und vor allem Haare jeder Farbe und Länge gefunden. Ich fürchte allerdings, daß sie uns im Moment nicht viel weiterbringen."

„Schade", bedauerte Hackenholt, „das klingt nicht sonderlich vielversprechend."

„Stimmt“, räumte Mur ein, „aber ich habe noch etwas anderes für euch.“

Gespannt richteten sich alle Blicke auf sie. Sie hielt einen kleinen Beutel in die Luft, der in einem anderen Beutel eingepackt war. Dieser enthielt kleine olivgrüne Brocken. Alle reckten die Köpfe, um genauer erkennen zu können, was das war.

„Dieses Tütchen haben wir im Wohnzimmer gefunden. Es war fein säuberlich in eine kleine Schatulle gepackt.“

„Marihuana. Gut gemacht“, lobte Hackenholt halbherzig. Er hatte sich mehr von der Durchsuchung der Wohnung erhofft. „Ich befürchte, das bringt uns im Moment auch nicht auf eine heiße Spur. Wenn das alles war, schlage ich vor, daß wir versuchen, mit den Hausbewohnern zu sprechen. Wissen wir schon, wer hier im Haus wohnt?“

Stellfeldt zog eine Liste aus seiner Tasche. „Ich habe, bevor wir aufgebrochen sind, auf dem Präsidium nachgeschaut, wer hier amtlich gemeldet ist. Im Erdgeschoß wohnt eine gewisse Sophie Rhom, im ersten Stock eine Patricia Teck, die Familie Schwartz aus dem dritten Stock habt ihr zum Teil ja schon kennengelernt. Die Wohnung im vierten Stock ist unklar, auf dem Klingelschild steht Dauville, aber gemeldet ist niemand. Im Dachgeschoß wohnt eine Carina Jakobi und in der anderen Wohnung eine Susanne Rauch.“

„Klingt nach einem Haus voller Frauen“, stellte Wünnenberg grinsend fest, „da könnte ich mir auch vorstellen einzuziehen.“ Das brachte ihm einen bohrenden Blick von Mur ein.

„Wie wollen wir das aufteilen?“ fragte er daher betont sachlich.

„Mir wäre es ganz recht, wenn ihr beide“, Hackenholt wies auf Stellfeldt und Wünnenberg, „mit der Befragung der Hausbewohner beginnt. Christian und ich könnten dann schon mal versuchen, Peter Sieberts Geschwister zu besuchen und die beiden Freunde aufzuspüren, von denen uns die Eltern erzählt haben“, meinte Hackenholt nachdenklich. „Wir brauchen dringend mehr Informationen über den Toten.“

Es war Samstag, 11.30 Uhr.

Lila – 2

Sie erwachte auf dem Sofa im Wintergarten. Wäre der Himmel nicht bewölkt gewesen, hätte sie sehen können, daß die Sonne schon hoch am Himmel stand. So sah sie nur dunkle Regenwolken. Langsam dehnte und streckte sie sich. Ihr Nacken war verspannt, da sie unruhig geschlafen hatte. Zunächst hatte sie geglaubt, daß sie, wie so häufig in letzter Zeit, überhaupt keinen Schlaf finden würde, aber irgendwann im Morgengrauen war sie doch eingenickt. Dann hatten sie wieder die alten Alpträume heimgesucht.

Jetzt stand sie auf und ging zur Toilette. Auf dem Rückweg stellte sie den Wasserkocher an und bereitete ein Teetablett vor. Während sie auf das Kochen des Wassers wartete, sah sie aus dem Fenster. Trotz des trüben Wetters leuchteten draußen die Astern und Chrysanthemen in herbstlichen Farben.

Der Wasserkocher schaltete sich mit einem leisen Klicken, das sie herumfahren ließ, ab. Sie atmete tief durch und konzentrierte sich darauf, das Zittern ihrer Hände unter Kontrolle zu bringen. Dann brühte sie den Tee auf, nahm das Tablett mit in den Wintergarten und stellte es auf den dortigen Couchtisch. Essen mochte sie nichts.

Seit dem Tod ihrer Schwester hatte sie häufig keinen Appetit und deshalb auch schon ziemlich abgenommen. Sie war früher schon keine kräftige Frau gewesen, aber jetzt wurde sie richtiggehend dürr. Auch ihr Gesicht hatte sich verändert: die frohe Heiterkeit, die es einmal ausgestrahlt hatte, war einer alles verzehrenden Hagerkeit gewichen.

Sie goß eine Tasse Tee ein und nippte vorsichtig daran, um sich nicht die Lippen zu verbrennen.

5

Als Wünnenberg und Stellfeldt im Erdgeschoß klingelten, machte ihnen niemand auf. Im ersten Stock hatten sie mehr Glück. Eine Frau um die Vierzig öffnete die Tür und fragte zurückhaltend: „Ja bitte?"

„Kripo Nürnberg. Mein Name ist Ralph Wünnenberg, und das ist mein Kollege Manfred Stellfeldt", übernahm Wünnenberg die Vorstellung, während beide Polizisten ihre Dienstausweise vorzeigten.

„Worum geht es denn bitte?" fragte die Frau vorsichtig.

„Dürfen wir hereinkommen, wir hätten ein paar Fragen", bat Wünnenberg.

Die Frau zuckte mit den Schultern, ließ die Beamten jedoch in die Wohnung und führte sie in ein Zimmer, in dem ein übergroßer, beigefarbener Tisch sofort die Blicke der Eintretenden auf sich zog. Das wenige, was von der Wohnung zu sehen war, ließ auf eine luxuriöse Ausstattung schließen.

„Frau Teck, stört es Sie, wenn wir das Gespräch aufnehmen, dann müssen wir nicht mitschreiben", bat Stellfeldt. Als sie keine Einwände erhob, fuhr er fort: „Wir kommen wegen Herrn Siebert."

Frau Teck sah ihn interessiert an. „So? Hat sich jemand über ihn beschwert?"

„Wie meinen Sie das?" fragte Wünnenberg, ohne sein Erstaunen zu zeigen.

„Ich dachte nur. Das ist das erste, was mir zu Peter Siebert einfällt", sagte sie mit einem Schulterzucken. „Ich höre ihn immer nachts, wenn er nach Hause kommt und Krach macht. Das hört sogar Frau Rhom unter mir noch", setzte sie mißbilligend hinzu.

Offensichtlich waren Frau Teck die Geschehnisse der Nacht noch nicht zu Ohren gekommen.

„Herr Siebert ist heute nacht im Treppenhaus zu Tode gekommen", teilte ihr Wünnenberg die Neuigkeit mit.

„Was?" rief Frau Teck aus. „Peter ist tot? Wie ist das denn passiert?"

Wünnenberg glaubte, in der Stimme eine Nuance zu hören, die mehr nach Erleichterung oder Freude als nach bloßem Erstaunen klang.

„Er wurde ermordet."

Frau Teck sah die Beamten mit aufgerissenen Augen an. „Das kann doch nicht sein", sagte sie abweisend.

„Haben Sie gestern abend irgend etwas gehört?"

„Nein, ich habe seit einiger Zeit gesundheitliche Probleme und nahm deswegen gestern abend eine Schlaftablette. Ich bin schon um acht Uhr ins Bett gegangen.“

„Im Moment stehen wir noch ganz am Anfang unserer Ermittlungen. Wir wären Ihnen dankbar, wenn Sie uns etwas über Herrn Siebert erzählen könnten.“

Frau Teck schien einen Moment nachzudenken. „In meinen Augen führte er ein merkwürdiges Leben. Peter hat immer die Nacht zum Tag gemacht. Auch als er noch arbeitete, ging er immer erst um zehn oder elf Uhr zur Arbeit. Dafür lief nachts stundenlang der Fernseher. Wenn er Freunde da hatte, war es immer noch lauter.“

Wünnenberg fragte nach: „Haben Sie ihn mit jemandem streiten hören?“

„Streiten würde ich das nicht nennen, sie waren eben angetrunken.“

Wünnenberg nickte ihr verstehend zu: „Kennen Sie seine Freunde?“

„Nein. Er hat zwar immer das ganze Haus zu seinen Geburtstagsfesten eingeladen, aber ich bin nie hin.“

„Wissen Sie, ob er eine Freundin hatte?“

„Nein.“

„Wie ist Herr Siebert denn mit den übrigen Nachbarn ausgekommen?“

„Wissen Sie, Peter war unser Hausverwalter, da kommt es schon mal zu Meinungsverschiedenheiten. Vor allem Frau Rhom lag in den meisten Dingen ziemlich konträr zu ihm, und auch Frau Rauch war in letzter Zeit nicht mehr so sonderlich gut auf ihn zu sprechen, aber das ging ja nicht gegen ihn als Person.“

„Noch etwas ganz anderes. Wohnen Sie hier allein?“ wechselte Wünnenberg das Thema.

„Ja.“

„Und gestern abend waren Sie auch allein?“

„Ja, natürlich. Wie schon gesagt, ich fühlte mich nicht wohl und habe eine Schlaftablette genommen. Deswegen habe ich auch das Telefon ausgeschaltet. Es wird niemand bezeugen können, was ich gemacht habe“, gab sie kühl zur Antwort.

„Was machen Sie beruflich, Frau Teck?“ versuchte Stellfeldt das Gespräch nochmals in eine andere Richtung zu lenken.

„Ich habe mich aus gesundheitlichen Gründen zur Ruhe gesetzt, zuvor leitete ich die Bewährungshilfe in Regensburg.“

Stellfeldt verbarg sein Erstaunen hinter seiner nächsten Frage; er hätte nicht gedacht, daß diese Frau schon im Ruhestand sei. Auf ihn machte sie einen sehr vitalen Eindruck, aber manchmal konnte man Krankheiten nicht auf den ersten Blick erkennen. „Können Sie uns sagen, wann Frau Rhom zurück ist? Als wir bei ihr geklingelt haben, öffnete niemand."

„Tut mir leid, wir sind zwar befreundet, pflegen uns aber nicht über unser Kommen und Gehen zu unterrichten."

Damit begleitete sie die Beamten zur Tür. „Eine allerletzte Frage habe ich noch", meinte Wünnenberg, der schon vor der Tür stand. „Hat bei Ihnen gestern abend jemand geläutet?"

„Wie oft soll ich Ihnen noch sagen, daß ich eine Schlaftablette genommen und nichts gehört habe?" Sie schloß geräuschvoll die Tür.

Als die Ermittler bei Schwartz schellten, öffnete ihnen ein junger Mann. Wünnenberg fragte ihn, wer er sei.

„Ich bin Jörg Schwartz. Wollen Sie hereinkommen?"

Ganz selbstverständlich wandte sich Jörg Schwartz um und wies ihnen den Weg in die Küche. Dort saß noch ein anderer Junge, der wie die jüngere Ausgabe von Jörg Schwartz aussah.

„Das ist mein Bruder Fred", stellte Jörg Schwartz vor.

„Sind Ihre Eltern auch da?" fragte Stellfeldt.

„Nein, tut mir leid", bedauerte Jörg.

„Und Dominik?"

„Der pennt noch, den bekommt man am Wochenende nie vor eins oder zwei aus dem Bett."

„Na, dann fangen wir mit Ihnen an", entschied Wünnenberg großzügig.

„Geht es um die Sache mit Peter heute nacht?" wollte Fred wissen.

„Ja, wir brauchen von allen Hausbewohnern eine Aussage. Das ist reine Routine. Wir wollen möglichst genau rekonstruieren, was passiert ist und wer sich zu diesem Zeitpunkt wo aufgehalten hat", erklärte Wünnenberg geduldig. „Wo waren Sie gestern abend?" wandte er sich an Jörg Schwartz.

„Oh, ich kann Ihnen da überhaupt nicht weiterhelfen. Ich bin erst heute vormittag nach Hause gekommen."

„Wo waren Sie denn?"

„In Kempten. Ich bin zur Zeit bei der Bundeswehr und durfte erst heute vormittag heimfahren."

„Und Sie?" wandte sich Wünnenberg an Fred.

„Ich war gestern abend hier."

„Den ganzen Abend?“

„Ja, ich habe mit meiner Mutter ferngesehen. Da kam die Fortsetzung von einem Film, den ich unbedingt sehen wollte.“

„Und danach?“

„Danach hat meine Mutter eine Tasse Kakao gekocht, und dann sind wir alle schlafen gegangen.“

„Was hat Ihr Vater den Abend über gemacht?“

„Der ist wieder total spät von der Arbeit nach Hause gekommen und aß erst um neun Uhr zu Abend. Dann hat er sich in sein Arbeitszimmer gesetzt und Berichte getippt, weil er den Tag über noch nicht genug gemacht hat.“ Der Junge schnitt eine Grimasse.

„Haben Sie heute nacht irgend etwas gehört?“

„Nein, ich habe überhaupt nichts mitbekommen. Unser Vater hat mir heute morgen davon erzählt, bevor sie weggefahren sind.“

„Weggefahren?“ fragte Wünnenberg mit gerunzelter Stirn.

„Ja, unsere Eltern sind nach Kassel gefahren. Das machen sie in letzter Zeit ständig, weil dort ein alter Großonkel von uns lebt, dem es nicht gut geht und der betreut werden muß.“

„Ah, ja“, stieß Wünnenberg gepreßt hervor. „Gibt es dort zumindest ein Telefon?“

„Ich kann Ihnen Papas Handynummer geben“, bot der Junge hilfsbereit an.

„Ja, das wäre gut.“

„Dann ist es jetzt wohl Zeit, Dominik klarzumachen, daß er sich von seinem Kopfkissen verabschieden muß“, meinte Stellfeldt. „Wo finden wir ihn?“

„Gleich dort drüben.“ Jörg nickte auf eine Zimmertür, die der Küche gegenüber lag.

Die Beamten klopften laut an die Tür. Das Zimmer, das sie betraten, war nicht abgedunkelt. Dies schien den Zimmerbewohner jedoch beim Schlafen nicht weiter zu stören. Der Raum war klein, wirkte aber durch seine enorme Höhe nicht so. Außerdem hatte ein findiger Kopf diese Gegebenheit erkannt und ein Hochbett gebaut, so daß der Platz darunter genutzt werden konnte. Da der Schlafbereich so hoch lag, strahlte er eine gewisse Intimität aus, als wolle das Bett seinen Bewohner vor ungebetenen Blicken schützen. Im Zimmer sah es chaotisch aus. Überall lagen zusammengeknüllte Kleidungsstücke herum. Die Wände waren mit Kinoplakaten verziert. Außerdem zeugten eine selbstgebastelte Hellebarde und ein überdimensionales Schwert von Dominiks Hang zu Rollenspielen. Sogar ein alter, löchriger Umhang mit Kapuze war an die Wand genagelt. Was Wünnenbergs Blick jedoch sofort auf sich zog, war der skelettierte Kopf eines Tieres. Er tippte auf eine Kuh. Die jungen Leute hatten schon eigenartige Vorstellungen von Wandschmuck.

„Was 'n los?“ ertönte es gereizt von oben aus dem Bett herab.

„Hallo Dominik. Mein Name ist Ralph Wünnenberg, und das ist mein Kollege Manfred Stellfeldt. Wir haben uns heute nacht schon einmal kurz unterhalten“, wandte sich Wünnenberg von der vermeintlichen Kuh dem Jungen zu.

„Was wollen Sie denn schon wieder? Ich hab Ihnen doch heute nacht schon alles gesagt“, maulte der Junge.

„Mhm“, sagte Wünnenberg, „aber weißt du, die Dinge haben sich in der Zwischenzeit geändert, und deswegen müssen wir dir noch ein paar Fragen stellen. Es geht doch in Ordnung, wenn ich ‚du‘ sage?“

„Wieso, was hat sich denn geändert?“ erklang es gelangweilt aus dem Bett.

„Komm doch bitte erst einmal von da oben runter. Es unterhält sich so schlecht, wenn man noch im Bett liegt.“

Aus dem Bett war nur ein Stöhnen zu vernehmen. Aber gerade als Wünnenberg in einem schärferen Ton seiner Bitte Nachdruck verleihen wollte, knarrte das Bett leise, und Dominik wühlte sich aus seiner Decke und kletterte die Leiter hinab. Er hatte einen alten ausgebeulten Schlafanzug an, der nicht mehr so recht zu dem Erscheinungsbild des Jungen mit seinen langen, zu einem Pferdeschwanz gebundenen Haaren passen wollte.

„Was ist denn jetzt so anders als heute nacht?“ forderte der Junge erneut zu wissen und ließ sich auf das Sofa fallen. Wünnenberg nahm ungefragt auf dem Schreibtischstuhl Platz und zog abermals sein kleines Diktiergerät aus der Tasche.

„Das kennst du ja schon.“

Stellfeldt lehnte sich gegen ein Bücherregal und beobachtete den Jungen.

„Dominik“, sagte Wünnenberg in ernstem Ton, der anscheinend bis zum verschlafenen Gehirn des Jungen durchdrang. Der Junge blickte auf und sah den Beamten abwartend an.

„Die Sache hat sich seit heute nacht insofern geändert, daß wir nun wissen, daß Herr Siebert nicht einfach so auf der Treppe gestürzt ist, da wurde nachgeholfen. Mit anderen Worten: Wir ermitteln in einem Mordfall", erklärte Wünnenberg.

„Was?" rief der Junge ungläubig. „Aber Sie glauben doch nicht, daß ich ihn umgebracht habe!"

„Nein, das glauben wir nicht, aber du bist für uns ein sehr wichtiger Zeuge. Deshalb müssen wir dir noch ein paar Fragen stellen. Versuch dich genau zu erinnern. Jede noch so winzige Kleinigkeit kann von Bedeutung sein, auch wenn du denkst, daß es völlig nebensächlich ist. Am besten fängst du an der Stelle an, als du bei deinen Kumpels aufgebrochen bist. Wann war das?"

„Das war gegen Viertel nach eins. Um eins haben wir mit dem Spiel aufgehört, und dann bin ich mit Denis los. Wir sind gelaufen, weil wir 20 Minuten auf den Bus hätten warten müssen."

„Wo wohnt denn dein Freund, bei dem ihr gespielt habt, und wie heißt er?"

„Er heißt Ray Yon und wohnt in der Stirnerstraße."

„Und von dort seid ihr heute nacht nach Hause gelaufen? Ist Denis den ganzen Weg mit dir gegangen?"

„Nein, der muß in die Düsseldorfer Straße, deshalb haben wir uns am Nordring getrennt."

Wünnenberg nickte. „Und weiter?"

„Ich bin hergekommen, habe Licht angemacht und bin die Treppen rauf."

Wünnenberg schüttelte den Kopf. „Nein, nein, so geht das nicht. Du mußt ganz langsam erzählen. Stück für Stück. Als du zum Haus gekommen bist, stand die Gartentür offen, oder mußtest du sie aufmachen?"

Der Junge überlegte. Er schien sich jetzt große Mühe zu geben. „Sie war geschlossen", sagte er dann mit Bestimmtheit. Er war sich sicher.

„Hast du einen Schlüssel für die Gartentür gebraucht?"

„Nein, die hat nur eine Klinke, die kann man nicht absperren."

„Okay." Wünnenberg signalisierte ihm fortzufahren.

„Dann habe ich die Haustür aufgeschlossen." Er zögerte einen Moment. „Die war nicht abgesperrt. Das ist sie nie, das wissen Sie ja schon. Dann habe ich das Licht eingeschaltet. Das war nicht an." Wieder überlegte er einen Moment. „Ich bin die Treppe rauf. Peter Siebert habe ich erst gesehen, als ich genau vor ihm auf dem Treppenpodest zwischen dem ersten und dem zweiten Stock stand. Ich war in Gedanken noch bei unserem Spiel. Deswegen bin ich so erschrocken, als plötzlich jemand auf der Treppe lag."

„Du hast also auf dem Treppenabsatz gestanden, und Herr Siebert lag vor dir. Was genau hast du gesehen?"

„Sie meinen, wie er da lag?"

Wünnenberg nickte.

„Er lag auf dem Bauch, so als ob sich jemand zum Schlafen hinlegt. Der Kopf war auf die Seite, zum Treppengeländer, gedreht. Und dann habe ich das Blut auf der Treppe gesehen." Der Junge schluckte heftig. „Ich konnte doch nicht wissen ...", brach es aus ihm hervor.

„Nein", beschwichtigte Wünnenberg, „das ist schon gut. Was hast du dann gemacht?"

„Ich bin an ihm vorbei und ..."

„Wie bist du an ihm vorbei?"

Der Junge sah ihn verständnislos an.

„Er lag doch mitten auf der Treppe", verdeutlichte Wünnenberg. „Wo bist du da genau vorbei?"

„Ach so, das meinen Sie. Ich bin ganz dicht an der Wand entlang. Schon allein, weil ich nicht in das Blut treten wollte. Dann habe ich unsere Wohnungstür aufgeschlossen und im Gang Licht gemacht. Ich lief sofort zu meinen Eltern ins Schlafzimmer und habe meinen Vater wachgerüttelt. Erst hat er nicht verstanden, was ich von ihm wollte, aber dann stand er auf, zog seinen Bademantel an und holte aus dem Bad den Erste-Hilfe-Kasten. Er sagte zu mir, daß ich in die Küche gehen und Kaffee kochen solle, bevor er die Treppe hinunter gestiegen ist. Es hat nicht lange gedauert, bis er wieder hier war. Ich hörte ihn im Flur telefonieren. Als er in die Küche kam, sagte er, daß Peter tot sei und er die Polizei gerufen habe." Der Junge schien froh zu sein, endlich das Ende der Geschichte erreicht zu haben.

„Laß uns noch einmal einen Schritt zurückgehen. Ist dir auf der Treppe irgend etwas aufgefallen?"

„Nein."

„War die Treppe rutschig oder feucht, so als ob sie frisch gewischt wäre?"

Dominik schüttelte den Kopf. „Nein, wer sollte denn nachts die Treppe wischen? Der Putzmann kommt immer am Montagnachmittag."

„Die Treppe war auch nicht rutschig? Auch nicht an der Stelle, an der Herr Siebert lag?" hakte Wünnenberg nochmals nach.

„Mir ist das zumindest nicht aufgefallen, aber ich habe nicht darauf geachtet.“ Dominik klang zweifelnd.

„Zu euch kommt ein Putzmann?“

„Nicht zu uns. Der übernimmt die Hausordnung im ganzen Haus“, erklärte ihm Dominik.

Wünnenberg kam eine Idee. „Weißt du, wo die Putzsachen aufbewahrt werden?“

Dominik schüttelte den Kopf „Keine Ahnung, da müssen Sie mit meiner Mutter reden, die kümmert sich darum, daß das läuft.“

„Ja, das werden wir wohl müssen“, sagte Wünnenberg und schaltete im Aufstehen seinen Recorder aus. „Danke Dominik, wir gehen jetzt mal ein Stockwerk höher zu euren Nachbarn.“

„Das können Sie sich sparen“, riet ihnen der Junge. „Die leben in Frankreich und nutzen die Wohnung nur als Feriendomizil.“

Obwohl Dominik sie vorgewarnt hatte, gingen sie in den vierten Stock hinauf und klingelten. Wie abzusehen war, rührte sich nichts. Stellfeldt wollte gerade die Treppe weiter hinaufsteigen, als Wünnenberg aus einem Impuls heraus vorschlug, sich im Keller umzuschauen, bevor sie mit den Bewohnern im Dachgeschoß weitermachten.

Als sie die Treppe hinunterkamen und sich dem Keller näherten, bemerkten sie, daß die Tür offenstand und Licht brannte. Ein leises Rumoren ließ sie innehalten.

„Scheint, als kämen wir gerade richtig“, raunte Stellfeldt Wünnenberg zu, bevor sie leise die Treppen hinunterschlichen. Im Keller spähten sie um die Ecke und sahen am Ende des Ganges einen erleuchteten Raum. Das Piepsen eines Handys ließ sie innehalten. Abwartend blieben sie stehen und lauschten. Es war Christine Murs Stimme. Nachdem sie ihr Gespräch beendet hatte, gingen die beiden Kommissare bemüht geräuschvoll den Gang entlang, damit die Kollegin ihr Kommen hörte.

„Na, was macht ihr denn hier?“ fragte Mur überrascht.

„Wir hatten offensichtlich die gleiche Idee wie du“, erwiderte Stellfeldt mit einem Grinsen. „Dominik Schwartz erwähnte, daß es hier einen Putzmann gebe, der immer Montagnachmittags die Hausordnung erledigt. Leider konnten wir Frau Schwartz nicht danach fragen, wo der Putzmann seine Sachen aufbewahrt, weil sie mit ihrem Mann übers Wochenende weggefahren ist. Also haben wir uns gedacht, wir könnten uns genauso gut selbst mal im Keller umschauen.“

„Hast du etwas Brauchbares gefunden?“ wollte Wünnenberg wissen.

„Hier stehen zwar einige Putzmittel auf dem Regal, falls du aber wissen willst, ob auch Schmierseife darunter ist, muß ich dich leider enttäuschen. Aber ich habe vorsorglich alle Reiniger eingepackt."

Alle drei drehten sich um, als sie Schritte hörten. Eine Frau um die dreißig stand in der Tür und sah sie fragend an. Sie hatte die Hände in die Hüften gestemmt und runzelte die Stirn.

„Grüß Gott", sagte sie argwöhnisch. „Was machen Sie hier?"

Sie hatte etwas an sich, das sie autoritär wirken ließ.

„Darf ich fragen, wer Sie sind?" versuchte Wünnenberg entgegenzuhalten.

„Mein Name ist Rhom. Sophie Rhom. Und Sie sind Herr ...?" konterte die Frau.

„Wünnenberg. Das ist mein Kollege Manfred Stellfeldt."

„So, so, und was machen Sie hier?"

Die Frau ließ sich nicht aus dem Konzept bringen. Wünnenberg zückte seinen Ausweis und hielt ihn ihr entgegen. „Wir sind von der Kripo."

Frau Rhom studierte eingehend den Ausweis, bevor sie ihn an Wünnenberg zurückgab und sich Stellfeldt zuwandte. „Haben Sie auch einen?"

Nachdem sie auch Stellfeldts Ausweis geprüft hatte, wandte sie sich wieder Wünnenberg zu. „Ich fürchte, ich verstehe immer noch nicht, was Sie hier im Keller machen."

„Wir hätten ein paar Fragen an Sie."

„An mich? Wäre es nicht besser, wenn Sie sich an Herrn Siebert im zweiten Stock wenden? Er ist unser Hausverwalter. Ich helfe Ihnen zwar gern, wenn ich kann, aber ich möchte ihm nicht vorgreifen."

„Nein, nein", sagte Wünnenberg schnell, „Sie sind genau die Richtige. Könnten wir in Ihre Wohnung gehen? Hier unten ist es so ungemütlich."

Frau Rhom warf ihm einen belustigten Blick zu. Da es sich um einen Gewölbekeller handelte, mußte sich Wünnenberg genau in die Mitte stellen, wo die Decke am höchsten war, um halbwegs aufrecht stehen zu können. Ging er einen Schritt zur Seite, stieß er an die Decke. Zu seinem Ärger schien Frau Rhom seine Misere bemerkt zu haben.

„Na, dann kommen Sie mal mit, bevor Sie sich noch einen krummen Rücken holen", sagte sie und wandte sich der Kellertür zu.

Wünnenberg folgte ihr auf dem Fuß und gab so Stellfeldt die Möglichkeit, das Gespräch mit Mur in Ruhe zu beenden.

Als Wünnenberg Frau Rhoms Wohnung betrat, fühlte er sich in ein früheres Jahrhundert zurückversetzt. In der Diele hing ein riesiger Kristallüster an der Decke, neben der Tür stand ein alter Jugendstilschrank, der anscheinend als Garderobe genutzt wurde. Gegenüber der Eingangstür stand eine alte Kommode, auf der ein gut zwei Meter hoher Spiegel thronte. Die Wände der Diele und des sich anschließenden langen Flurs wurden von alten bronzenen Wandkerzenhaltern verziert, die in regelmäßigen Abständen angebracht waren. Offensichtlich dienten sie nicht nur der Dekoration, sondern wurden auch benutzt, da sie mit halb abgebrannten Kerzen bestückt waren. Zwischen den Kerzenhaltern hingen alte Portraits, wie man sie in einer Ahnengalerie erwarten würde. Auf der anderen Seite stand ein steinerner Putto, der aussah, als sei er, samt Podest, direkt aus einem Schloßgarten in diese Wohnung gekommen. Für Wünnenberg war das eindeutig zu viel des Guten.

Sophie Rhom hatte das Mienenspiel des Kommissars beobachtet. „Ich bin gerade erst nach Hause gekommen. Leisten Sie mir Gesellschaft bei einer Tasse Tee?“ fragte sie mit leisem Spott in der Stimme.

Wünnenberg lehnte zögernd ab.

„Gehen Sie doch schon mal ins Speisezimmer und setzen Sie sich, ich bin gleich da.“ Sie wies mit der Hand auf eine Tür.

Wünnenberg schlenderte in das Zimmer und sah sich um. Noch mehr alter Plunder. Das Irritierendste aber war ein großer Plüschelch, der am Kopfende des Eßtisches, genau der Tür gegenüber, saß und ihn anstarrte. Wünnenberg schüttelte resigniert den Kopf. War das ein Haus voller Exzentriker?

„Elche scheinen Sie auch nicht zu begeistern“, hörte er Frau Rhoms Stimme hinter sich, die ihn herumfahren ließ. „Mit Meerschweinchen kann ich leider nicht dienen.“

Wünnenberg sah sie mißtrauisch an. „Wie meinen Sie das?“

Frau Rhom zuckte die Schultern. „Ich dachte nur“, sagte sie unbestimmt und holte eine Tasse aus der Vitrine, bevor sie Stellfeldt auf dessen Klingeln hin einließ.

„Waren Sie heute nacht zu Hause, Frau Rhom?“ eröffnete Wünnenberg das Gespräch.

Sophie Rhom sah ihn verblüfft an. Wünnenberg hatte den Eindruck, daß sie ihn gleich fragen werde, was ihn das angehe, aber sie schluckte die scharfe Erwiderung herunter und sagte schlicht: „Nein.“

„Heute nacht ist Herr Siebert hier im Haus zu Tode gekommen“, informierte Wünnenberg sie.

„Peter Siebert?“ zweifelte sie, als wenn sie sich nicht so recht vorstellen könne, daß dieser Person etwas zugestoßen sein könnte. Dann hob sie den Blick und sah Wünnenberg scharf an. „Sie sind von der Mordkommission, nicht wahr?“

Wünnenberg nickte.

„Peter Siebert wurde umgebracht?“ Ihre Stimme klang, als sei sie sich jetzt völlig sicher, daß Wünnenberg ihr einen Bären aufbinden wollte.

„Ja.“ Die knappe Antwort machte klar, daß er es ernst meinte.

„Ich fasse es nicht! Hat also doch endlich jemand diesem Mistkerl den Hals umgedreht“, sagte sie kopfschüttelnd.

Wünnenberg setzte sich schlagartig aufrecht hin.

„Was meinen Sie damit?“ fragte er betont beiläufig.

„Stimmt doch. Wissen Sie, ich halte nicht viel davon, daß man nichts Schlechtes über Tote sagen soll.“

Es war eine Feststellung, keine Verteidigung. Die Frau schien völlig unbekümmert zu sein. Oder sie war eiskalt.

„Können Sie mir sagen, was mit Peter passiert ist?“

„Bitte beantworten Sie meine Frage. Was haben Sie mit dieser Aussage gemeint?“

Frau Rhom zuckte mit den Schultern. Als hätte sie die plötzliche Anspannung der beiden Kommissare bemerkt, schien sie nun auf der Hut zu sein. „Jetzt legen Sie nicht jedes Wort auf die Goldwaage“, versuchte sie abzuwiegeln. „Peter Siebert war ein Mistkerl.“

„Inwiefern?“ schaltete sich nun Stellfeldt in das Gespräch ein.

„Siebert glaubte, er sei der Nabel der Welt. Er ließ nur seine eigene Meinung gelten, war rücksichtslos, immer auf seinen eigenen Vorteil bedacht und hat andere gern untergebuttert. Er war einfach das, was man sich unter einem Macho vorstellt. Nach dem Motto, nur Männer machen alles richtig, und Frauen sollten am besten gar keine Meinung äußern dürfen. Reden Sie mal mit den anderen im Haus, da hat jede der Frauen zu spüren bekommen, was er von ihr hielt. Natürlich hat er vorne herum immer freundlich gegrinst, aber hinten herum, was meinen Sie, was da gelaufen ist! Ich war die einzige, die sich offen mit ihm angelegt hat. Das war den anderen eine Lehre. Mit mir hat er im letzten halben Jahr quasi nicht mehr gesprochen, weil er genau wußte, daß ich ihm Kontra gebe.“

„Aber deswegen bringt man doch keinen um“, versuchte Stellfeldt Frau Rhom aus der Reserve zu locken.

„Stimmt“, gab sie freimütig zu. „Dafür würde ich keinen umbringen, aber ich bin mir sicher, daß Sie bei Peter Siebert ein paar Leichen im Keller finden werden. Wehe, wenn Sie das jetzt auch wieder wörtlich nehmen“, fügte sie an Wünnenberg gewandt hinzu.

„Wofür würden Sie denn einen Mord begehen?“ gab dieser zurück.

„Ich weiß nicht, ich war noch nicht in der Lage, das entscheiden zu müssen.“

„Wissen Sie, ob Herr Siebert eine Freundin hatte?“ wollte Stellfeldt wissen.

„Im Moment glaube ich nicht, aber wie ich bereits sagte: Peter und ich redeten nur noch das Allernötigste miteinander.“

„Gut, dann würde uns noch interessieren, wo Sie gestern abend waren“, läutete Wünnenberg das Ende des Gesprächs ein.

In Frau Rhoms Augen blitzte es auf. „Ich habe heute vormittag für Frau Sunders gearbeitet und die Nacht im Haus ihrer Eltern verbracht. Es wird für Sie sicher kein Problem sein, das nachzuprüfen.“ Sie notierte ihnen Frau Sunders Handynummer.

Als Wünnenberg und Stellfeldt gegangen waren, setzte sie sich auf das Sofa und grübelte über ihr Verhalten nach. Sie war sich völlig im klaren, daß sie den Beamten mehr hätte erzählen müssen, aber gegen Wünnenberg und dessen argwöhnische Reaktionen hatte sie sofort ein Widerwille gepackt, den sie nicht hatte unterdrücken können.

Während Wünnenberg und Stellfeldt im Aufzug nach oben fuhren, legte Wünnenberg dar, daß er Frau Rhoms Verhalten äußerst verdächtig finde. Stellfeldt versuchte ihn zu bremsen: „Jetzt schalt mal wieder einen Gang runter, Ralph. Nur weil sie diese unglückliche Bemerkung gemacht hat, heißt das noch lange nicht, daß sie etwas mit der Sache zu tun hat. Wenn sie es war, hätte sie doch sicher nicht gerade diese Formulierung benutzt. Außerdem können wir ihr Alibi nicht einfach so übergehen, solange wir es nicht überprüft haben.“

„Ich hatte eher den Eindruck, daß sie der Typ ist, der die Flucht nach vorn antritt. Schau doch nur, das ganze Haus weiß, wie schlecht sie sich mit Siebert verstanden hat. Gerade weil sie weiß, was wir von den Leuten im Haus erfahren werden, geht sie in die Offensive“, bekräftigte Wünnenberg seine Meinung.

„Jetzt hören wir mal, was uns die Damen im Dachgeschoß erzählen können“, versuchte Stellfeldt das Thema zu beenden. „Welche zuerst?“

Die Frage beantwortete sich indes von allein, da plötzlich die Tür der linken Wohnung geöffnet wurde. Vor ihnen stand eine Frau mit kurzen blonden Haaren, die einen knallgelben Regenmantel trug und einen Einkaufskorb in der Hand hielt. Erschreckt zuckte sie zurück, als sie die beiden Beamten vor sich stehen sah.

„Frau Jakobi?“ fragte Stellfeldt, der die Klingelschilder der zwei nebeneinander liegenden Wohnungstüren gelesen hatte.

„Sind Sie von der Kripo?“

Stellfeld nickte. „Können wir mit Ihnen sprechen?“ Als sie zögerte, fügte er hinzu: „Es wird nicht lange dauern. Sie würden uns sehr entgegenkommen.“

„Gut, dann kommen Sie“, sagte die Frau gedehnt und trat von der Tür zurück.

Als Stellfeldt ihr seinen Dienstausweis zeigen wollte, winkte sie ab. „Das glaube ich Ihnen auch so.“

Stellfeldt fragte sich im stillen, ob sie damit zum Ausdruck bringen wollte, daß er wie ein Polizist aussah. „Mein Name ist Manfred Stellfeldt, und das ist mein Kollege Ralph Wünnenberg.“

„Ich bin Carina Jakobi.“ Sie zog ihren Regenmantel aus und warf ihn nachlässig über einen Stuhl.

Sobald man ihre Wohnung betreten hatte, stand man in einem großen Raum, der die gesamte Wohnung zu umfassen schien. In der Mitte gab es eine schmale Wendeltreppe, über die man das darüberliegende Geschoß erreichte. Stellfeldt schätzte, daß es sich um einen ausgebauten Spitzboden handeln mußte, in dem sich die privaten Räume der Bewohnerin verbargen.

Frau Jakobi führte die beiden Beamten zu zwei Sofas. Interessiert sah sich Stellfeldt um. Die Wände waren voller Bilder. Manche waren gegenständlich, andere abstrakt. In allen Bildern erkannte er, daß sie mit den gleichen Farben und immer wiederkehrenden Formen gemalt waren. Genau solche Bilder hatte er auch schon im ganzen Haus auf den Treppenabsätzen der jeweiligen Stockwerke gesehen.

„Ich bin Künstlerin“, erklärte Carina Jakobi, die seinem Blick gefolgt war. „Das sind alles Bilder von mir, aber deswegen sind Sie ja nicht hier.“

„Sie wissen schon, warum wir kommen?“ hakte Stellfeldt nach.

„Ja. Ich habe heute morgen Monika Schwartz getroffen. Sie erzählte mir, daß Peter heute nacht im Treppenhaus gestürzt sei.“

Stellfeldt war etwas enttäuscht, daß sie schon Bescheid wußte. So hatte sie die Möglichkeit gehabt, darüber nachzudenken, wie sie sich der Polizei gegenüber verhalten und was sie sagen wolle.

„Ja, das ist richtig", gab er zu. „Allerdings ist er nicht einfach gestürzt. Er wurde ermordet."

Das schien Frau Jakobi allerdings neu zu sein. Sie errötete heftig.

„Sie sind überrascht?"

„Ja, natürlich."

„Aber vorher, als Sie erfuhren, daß Herr Siebert tot ist, waren Sie nicht überrascht?"

„Monika sagte, daß er auf der Treppe gestürzt sei." Sie rieb ihre gefalteten Hände aneinander. „Peter hat oft heftig getrunken. Ich dachte, er sei im Suff die Stufen hinuntergefallen."

„Nun, so scheint es nicht gewesen zu sein", beharrte Stellfeldt. „Waren Sie heute nacht hier?"

„Ich war gestern abend im Theater und bin ungefähr um 23 Uhr nach Hause gekommen."

„Haben Sie den Aufzug oder die Treppe genommen?" fragte der Ermittler sofort nach, da er hoffte, sie könne etwas über den Zustand der Treppe sagen. Er wurde jedoch enttäuscht.

„Ich nehme immer den Aufzug."

Stellfeldt seufzte resigniert, bevor er fortfuhr: „Haben Sie in der Nacht irgendwelche Geräusche gehört? Hat vielleicht jemand bei Ihnen geklingelt?"

„Nein. Ich schlafe oben." Sie wies mit der Hand zum Dachboden. „Da hört man nichts von dem, was hier im Haus passiert."

„Können Sie sich vorstellen, daß Herr Siebert Feinde hatte?"

„Muß er ja wohl, wenn ihn jemand umgebracht hat." Als sie den genervten Gesichtsausdruck des Kommissars sah, fügte sie hinzu, „Ich habe noch nie darüber nachgedacht, ob einer meiner Nachbarn Feinde hat. Wenn einer von ihnen Feinde hat, dann war es sicher Peter. Er hatte wohl einen Hang, sie sich im Handumdrehen zu machen."

„Können Sie das etwas genauer erklären?"

Diesmal war es Frau Jakobi, die seufzte. „Ich werde es Ihnen wohl besser selbst erzählen, bevor Sie es von jemand anderem erfahren." Sie holte tief Luft: „Vielleicht ist Ihnen schon aufgefallen, daß im ganzen Haus Bilder von mir hängen. Bei einer Eigentümerversammlung vor drei Jahren haben wir beschlossen, das Treppenhaus mit Bildern zu verzieren, da es sehr kahl und trist wirkte. Sophie Rhom hat mich gefragt, ob ich mir vorstellen könne, ein paar meiner Bilder aufzuhängen. Sie meinte, daß das Haus dann quasi meine eigene Galerie sei und meine Kunden sich schon beim Hinaufgehen einige meiner Werke ansehen könnten. Mich hat die Idee sofort begeistert. Als ich dieses Jahr am Neujahrstag nach Hause kam, stand eines meiner Bilder gegen Sophies Wohnungstür gelehnt. Ich fand das sehr merkwürdig. Deshalb habe ich das Bild genommen und bin damit die Treppe hinaufgestiegen. Auf Peter Sieberts Treppenabsatz hing kein einziges meiner Bilder mehr, da steckten nur die leeren Nägel in der Wand. Ich war schrecklich wütend und bin in meine Wohnung gestürmt, um mir zu überlegen, was ich machen soll. Ich rief Sophie an und fragte, ob sie etwas mitbekommen habe. Sie wußte nicht einmal, daß ein Bild vor ihrer Tür gestanden hatte. Ich habe das ganze Haus abgesucht und sogar in die Mülltonnen geschaut. Am Abend erreichte ich schließlich Peter und fragte ihn, ob er wisse, was mit meinen Bildern passiert sei. Er aber sagte, daß er noch gar nicht vor die Tür gegangen sei und von nichts wisse. Ich war außer mir. Das können Sie sicher nicht verstehen, aber meine Bilder sind mir wichtig. Ach, ich kann es nicht erklären." Hilflos ließ sie die Hände in den Schoß fallen. „Einige Wochen später standen plötzlich die zwei fehlenden Bilder vor meiner Wohnungstür. Ich habe alles Sophie erzählt, und sie rückte Peter auf die Pelle. Sie hat ihn beschimpft, daß er meine Bilder abgehängt habe. Zu guter Letzt gab er zu, daß seine Kumpels aus Jux die Bilder versteckt hätten.

Ich war zunächst sehr froh darüber, die Bilder zurückzuhaben und überlegte lange, ob ich sie wieder an ihren alten Platz im Treppenhaus hängen solle. Sophie hat mir zwar abgeraten, ich aber hängte die Bilder trotzdem zurück.

Ein paar Wochen später, als ich die Treppe hinunterging, war wieder eines der Bilder weg." Als Frau Jakobi sah, daß Wünnenberg langsam ungeduldig wurde, erzählte sie schnell weiter. „Auch dieses Bild ist nach ein paar Wochen wieder aufgetaucht, aber es war ruiniert, hatte Flecken und stank. Diesmal ging ich persönlich zu Peter und stellte ihn wutentbrannt zur Rede, aber er hat mich nur ausgelacht."

Frau Jakobis Handknöchel waren weiß, so fest krampfte sie die Hände ineinander. Sie hatte sich in Rage geredet, aber jetzt sank sie in sich zusammen. „So ein Mensch war Peter Siebert, mehr kann ich Ihnen nicht sagen."

Die Beamten dankten ihr und machten sich auf den Weg zur Nachbarwohnung.

Frau Rauch war eine Frau Ende fünfzig, die recht zerbrechlich aussah und extrem nach Zigaretten roch. Sie wirkte äußerst angespannt. Nachdem sie die Beamten in die Wohnung gebeten hatte, zündete sie sich sofort eine Zigarette an.

„Wir hätten ein paar Fragen wegen Herrn Siebert, Frau Rauch."

Bei diesen Worten brach Frau Rauch ohne Vorankündigung in Tränen aus.

„Standen Sie Herrn Siebert nahe, Frau Rauch?" fragte Stellfeldt behutsam.

Die Frau schüttelte energisch den Kopf und machte einen sichtbaren Versuch, sich zusammenzureißen, was ihr aber nicht gelingen wollte.

„Entschuldigen Sie mich einen Moment." Sie erhob sich vom Sofa und lief schnell aus dem Zimmer. Stellfeldt sah Wünnenberg mit hochgezogenen Augenbrauen an. Die Beamten hörten sie in der Küche hantieren: der Wasserhahn lief, und ein Glas klirrte. Eine Schublade wurde geöffnet und wieder geschlossen, dann konnte man hören, wie sie sich die Nase putzte.

Als sie wieder ins Zimmer zurückkehrte, hatte sie sich etwas gefaßt. „Entschuldigen Sie", murmelte sie leise, „aber seit ich weiß, daß Peter tot ist, geht es mir nicht gut."

„Wie haben Sie erfahren ...?" fragte Stellfeldt.

„Meine Nachbarin hat mich heute morgen informiert. Frau Jakobi."

Stellfeldt hätte sie als nächstes gern gefragt, was sie an dieser Nachricht so erschüttert habe, befürchtete aber einen erneuten Ausbruch und entschied sich daher zunächst für eine andere Frage.

„Was haben Sie denn gestern abend gemacht?"

„Ich habe ein Buch gelesen, aber weil ich mich nicht richtig konzentrieren konnte, rief ich eine Freundin an. Wir telefonierten fast den ganzen Abend lang. Ich bin gleich nach dem Gespräch um halb elf ins Bett gegangen."

„Heute nacht haben Sie nichts gehört?"

„Nein, hier oben bekommt man nicht viel mit, wenn im Haus etwas los ist. Das hat auch seine Vorteile. Wir haben hier auch nie etwas von Peters Festen gehört, vor denen es den anderen im Haus immer graute."

„Und heute morgen hat Ihnen Frau Jakobi erzählt, was ihr Frau Schwartz berichtet hatte?"

Frau Rauch nickte.

„Das hat Sie so aus der Fassung gebracht?“ fragte Stellfeldt nun doch.

„Nein“, flüsterte Frau Rauch. „Es ist nur, jetzt weiß ich gar nicht mehr, was ich machen soll.“

„Warum das denn, Frau Rauch?“ bohrte der Kommissar behutsam weiter.

In ihre Augen traten wieder Tränen. „Schauen Sie, ich bin völlig am Ende. Peter hat mich fast meine gesamten Ersparnisse gekostet und alles für nichts und wieder nichts.“

Stellfeldt hielt es für besser, an dieser Stelle zu schweigen, und hoffte, daß die Frau von allein weitersprechen werde, was sie schließlich auch tat.

„Als ich vor einem Jahr diese Wohnung kaufte, habe ich mein ganzes Geld reingesteckt. Ich habe alles umgebaut und renoviert, habe sogar neue Fenster einbauen und die Wände verputzen lassen. Alles habe ich mit Peter Siebert abgesprochen, weil er doch der Verwalter war. Kaum war ich mit allem fertig, hat es im vierten Stock angefangen reinzuregnen. Alle sagten, das längst fällige Dach müsse jetzt endlich neu eingedeckt werden.

Verstehen Sie, Peter hat zu mir nie ein Wort gesagt, daß das Dach in absehbarer Zukunft saniert werden muß. Dann hätte ich das alles nicht gemacht, dann hätte ich gewartet. Jetzt sind überall Risse in den Wänden, und die Dachfenster hätte ich auch nicht selbst zahlen müssen. Ich habe mein ganzes Geld zum Fenster hinausgeschmissen, und mein Anteil an der Dachrenovierung betrug noch einmal 10.000 Euro. So viel Geld hatte ich gar nicht mehr, ich mußte es mir von Freunden leihen.

Letzte Woche war ich vor lauter Verzweiflung bei meinem Rechtsanwalt, und der sagte, daß ich vielleicht einen Teil meines Geldes wiederbekommen könne, weil Peter mir nichts gesagt hat. Und jetzt ist er tot!“

Frau Rauch weinte nun wieder heftig, machte dieses Mal aber keine Anstalten, sich unter Kontrolle zu bringen.

Stellfeldt murmelte etwas Unverständliches, das mitfühlend klang, bedankte sich leise und sagte, sie fänden allein hinaus.

Vor der Tür holte er tief Luft. „Unser Herr Siebert scheint wirklich ein Mistkerl gewesen zu sein.“

Wünnenberg war in Gedanken versunken.

„Was ist los?“ wollte Stellfeldt wissen.

„Wir hätten sie noch fragen sollen, was sie von der Rhom hält“, entgegnete Wünnenberg

„Fängst du jetzt schon wieder an? Genauso gut kannst du behaupten, daß es Frau Rauch war, sie hat nicht einmal versucht, sich ein Alibi zu geben."

„Siehst du, genau deswegen. Keiner hier hat ein Alibi, nur die Rhom gibt eines an. Wenn ich einen Mord begehen wollte, würde ich doch als erstes dafür sorgen, daß ich ein Alibi habe. Die Rauch hätte auch gar kein Motiv, denn sie wollte ja ihr Geld zurückhaben, und das ging nur, solange Siebert lebendig war."

„Und was soll die Rhom für ein Motiv haben?"

„Das weiß ich noch nicht, aber sie wollte uns ja ganz offensichtlich einiges nicht auf die Nase binden."

Die beiden Beamten gingen die Treppe hinunter und sahen, daß Sieberts Wohnung wieder versiegelt war. Auch die Kellertür war verschlossen. Die Spurensicherung hatte ihre Arbeit hier beendet und war aufs Präsidium zurückgefahren. Dorthin machten sich nun auch die beiden Beamten auf den Weg.

6

Zu dem Zeitpunkt, als Wünnenberg und Stellfeldt nach der Lagebesprechung gegen halb zwölf die Wohnung des Ermordeten verlassen hatten, suchte Hackenholt in Sieberts Telefonverzeichnis die Namen, die Sieberts Eltern ihnen genannt hatten. Sowohl die Geschwister als auch die beiden Freunde waren ordentlich mit Adressangaben verzeichnet.

Hackenholt holte sich von Mur eine kleine Plastiktüte und wickelte das Telefonregister darin ein, bevor er es in seiner Jackettasche verstaute. Dabei bemerkte er, daß bereits etwas in dieser Tasche steckte. Verwundert zog er das dicke Papier heraus und erkannte die kleine Informationsbroschüre von Frau Möllenhäußers Köchin. Er erinnerte sich sogar noch an den Namen der jungen Frau, die ihn mit ihren Künsten beeindruckt hatte: Sophie. Im Geist machte er sich eine Notiz, sie baldmöglichst anzurufen. Aber im Moment war keine Zeit dafür. So steckte er die Unterlagen in die Tasche seines Jacketts zurück.

Hackenholt überlegte, ob Berger und er zunächst die Geschwister oder den Freund des Verstorbenen aufsuchen sollten. Sie wollten herausfinden, wo Siebert den Freitagabend verbracht hatte. Da Günther Degel ganz in der Nähe wohnte, entschied er, mit ihm anzufangen.

Günther Degel wohnte in einer Seitenstraße einer stark befahrenen Ringstraße, die um ganz Nürnberg herumführte. Das Haus sah aus, als wäre es in der Nachkriegszeit gebaut worden, allerdings hatte man es offensichtlich erst kürzlich grundlegend renoviert. Das Gebäude war gelb verputzt. Die Grundfarbe wurde jedoch durch dicke, wellenförmige Streifen in einem anderen gelben Farbton durchbrochen. Der Sockel des Hauses war grün, und auch die Fenster hatte man durch eine grüne Umrandung hervorgehoben. An einer Hausecke prangte ein drei Meter großer Kreis in verschiedenen Rot- und Orangetönen, der Hackenholt an eine aufgehende Sonne erinnerte.

Als sie klingelten, öffnete ein Mann in Sieberts Alter die Tür und fragte freundlich, was er für sie tun könne.

Hackenholt blieb es erspart zu sagen, daß sie von der Polizei waren, das hatte der Mann schon an Bergers Uniform gesehen. So zeigte er nur seinen Dienstausweis und stellte sich und seinen Kollegen namentlich vor, ohne zu erwähnen, warum sie gekommen seien.

Herr Degel bat sie ohne zu zögern herein. „Wissen Sie etwas Neues wegen unserer Zoohandlung?"

Hackenholt schüttelte den Kopf. „Nein, tut mir leid. Wir sind in einer ganz anderen Sache hier."

Degel sah ihn erstaunt an. Bevor er jedoch nachfragen konnte, fuhr Hackenholt schon fort.

„Kennen Sie einen Peter Siebert?"

„Ja, natürlich. Er ist ein sehr guter Freund. Warum?"

„Wir haben da ein paar Fragen", umging Hackenholt die Antwort. „Wann haben Sie ihn zuletzt gesehen?"

„Gestern waren wir, wie jeden Freitagabend, beim Stammtisch im Fürther Stadtpark."

„Können Sie mir sagen, wie lange Herr Siebert geblieben ist?"

„Nein, tut mir leid. Ich bin gestern schon früher heimgefahren. Wir hatten letzte Woche so viel Streß wegen des Einbruchs in unserem Zoogeschäft, daß meine Frau sowieso schon verärgert war, daß ich überhaupt gegangen bin. Deshalb bin ich um halb zwölf nach Hause gefahren. Völlig umsonst, denn sie hat schon geschlafen", fügte der Mann resigniert hinzu.

„Als Sie gingen, war Herr Siebert aber noch da?"

„Ja, natürlich. Er ist erst gegen 21 Uhr gekommen. Warum interessiert Sie das alles?" forderte Degel erneut zu wissen.

Hackenholt teilte ihm daraufhin mit, was seinem Freund in der Nacht zugestoßen war.

Degel mußte sich am Tisch festhalten; die Nachricht traf ihn völlig unerwartet.

„Es tut mir sehr leid“, fügte Hackenholt an und gab dem Mann einen Moment Zeit, sich wieder zu sammeln.

„Können Sie uns etwas mehr über diesen Stammtisch sagen?“

„Was ...“, krächzte Degel und mußte sich räuspern, „was wollen Sie denn wissen?“

„Was ist das für ein Stammtisch, und wo ist der genau?“

„Den Stammtisch gibt es schon seit vielen Jahren in dieser Form. Wir treffen uns Freitag abends. Im Sommer gehen wir in das Café im Fürther Stadtpark, das ist so eine Art Biergarten, und im Winter in eine Kneipe in der Gustavstraße.

Zum Stammtisch gehören ganz verschiedene Leute. Die meisten von uns kennen sich schon aus der Uni, obwohl wir nicht alle das gleiche studiert haben. Mein Bruder Jürgen hat Jura studiert, ich Philosophie und Peter Informatik. Früher waren viele bei Ericsson, es kommen aber auch ehemalige Studienkollegen. Mein Bruder kannte Peter schon lange vor mir und hat ihn mit zum Stammtisch gebracht. Auch ich habe mich von Anfang an sehr gut mit ihm verstanden. Er war so locker und unkompliziert, hat das gemacht, worauf er Lust hatte, und hielt sich nicht an irgendwelche Konventionen. Als Jürgen nach Brandenburg ging, weil er dort einen Job bekommen hat, haben Peter und ich öfters etwas allein unternommen.“

„Können Sie mir sagen, wer gestern abend alles bei dem Stammtisch anwesend war?“ wollte Hackenholt wissen.

Degel zählte ein paar Namen auf, die Berger wiederum notierte.

„Normalerweise sind wir mehr, aber gestern war in Fürth ein Kneipenbummel, und da kamen ein paar Leute nicht. Insgesamt sind wir über zwanzig Personen, aber es können nie alle, meistens sind wir so zehn bis zwölf Mann.“

„Gibt es keine Frauen bei Ihrem Stammtisch?“ fragte Hackenholt erstaunt.

„Nein“, wehrte Degel ab, „das ist reine Männersache.“

„Sie sagten vorhin, Sie mußten gestern früher gehen. Wie lange geht denn normalerweise der Stammtisch?“

„Normalerweise reden wir immer, bis der Biergarten schließt, und das ist um halb eins. Im Sommer sitzen wir dann schon noch manchmal viel länger dort, aber jetzt im Herbst, wenn es kühler wird, gehen wir recht pünktlich, weil es ziemlich kalt wird, wenn die Heizstrahler ausgeschaltet werden."

Das war also das Geheimnis des herbstlichen Biergartens. Hackenholt hatte sich schon gewundert, wie man es bei den niedrigen Temperaturen draußen noch so lang aushalten konnte.

„Wer, glauben Sie denn, ist gestern länger geblieben?"

„Peter ist immer mit als einer der letzten gegangen, aber Sie können Wolfgang Gruber fragen, der bleibt auch immer ziemlich lange sitzen."

„Wissen Sie, wie es bei Herrn Siebert mit Frauen aussah? Hatte er eine Partnerin, oder gab es sonst jemanden?"

„Das weiß ich nicht, ich kannte nur Monika Damps, aber von der hat er sich getrennt."

Hackenholt fand es merkwürdig, daß ein Mann, der angeblich so gut mit Siebert befreundet gewesen war, nichts über dessen Frauengeschichten wußte. Er wechselte jedoch das Thema, ohne genauer nachzufragen.

„Hatte Herr Siebert Feinde? Können Sie sich jemanden denken?"

„Peter war so ein feiner Kerl, der konnte keiner Fliege etwas zuleide tun. Wie soll so jemand Feinde haben? Ich meine, klar, die bei ihm im Haus, die haben alle immer rumgesponnen und ihm irgendwelchen Bürokratenkram aufgehalst, aber Peter hat das immer ganz locker genommen, auch wenn ihn das furchtbar genervt hat."

Hackenholt nahm das zur Kenntnis. Sicher würden seine Kollegen ihm später auf dem Präsidium mehr über Sieberts Stellung in der Hausgemeinschaft sagen können. Hackenholt wollte das Gespräch langsam zum Ende bringen.

„Sie sagten, daß Ihr Bruder in Brandenburg sei. Hatte er denn noch Kontakt zu Herrn Siebert?"

„Ja, natürlich. Jürgen kommt regelmäßig nach Nürnberg. Ungefähr alle vier bis sechs Wochen. Die beiden waren immer gut befreundet, daran hat sich auch durch die Entfernung nichts geändert. Er wohnte meistens bei Peter und nur ganz selten bei uns. Es kam auch immer darauf an, wie meine Frau gerade gelaunt war. Aber bei Peter war schließlich Platz. Manchmal bin ich auch dort geblieben, wenn wir ein bißchen feiern wollten."

„Wann war Ihr Bruder das letzte Mal in Nürnberg?"

„Vor zwei Wochen."

„Wir würden gern mit ihm sprechen, vielleicht könnten Sie ihm das ausrichten. Es wäre natürlich einfacher, wenn wir hier mit ihm reden könnten und nicht die Kollegen in Brandenburg bemühen müßten."

„Ich werde es ihm sagen. Sicher wird er sofort kommen, wenn er das mit Peter erfährt. Sobald ich weiß, wann er hier ist, gebe ich Ihnen Bescheid."

„Gut, das wäre wirklich sehr freundlich. Falls Ihnen noch etwas einfallen sollte, wären wir Ihnen dankbar, wenn Sie uns anrufen", sagte Hakkenholt und legte eine Visitenkarte mit seiner Dienstnummer auf den Tisch.

Im Auto holte Hackenholt Sieberts Telefonregister aus der Tasche. Berger las die sechs Namen, die Degel ihnen genannt hatte, vor, und Hakkenholt suchte diese im Telefonverzeichnis heraus. Alle waren notiert. Wolfgang Gruber wohnte in einem Außenbezirk von Erlangen. Hackenholt sah auf seine Uhr, das würden sie nicht schaffen, es war mittlerweile kurz vor zwei. Er schlug die anderen Namen nach und schaute, ob es noch jemanden gab, der in der Nähe wohnte. Udo Popp. Sicherheitshalber rief Hackenholt die angegebene Telefonnummer an, es war schließlich Samstagnachmittag.

Eine Frauenstimme meldete sich. Hackenholt erklärte ihr, daß er Herrn Jürgen Popp sprechen wolle.

„Tut mir leid, mein Mann ist mit unserem Sohn vor einer halben Stunde zum Clubspiel gegangen. Worum geht es denn bitte?"

„Ich hätte ein paar Fragen, bei denen Ihr Mann mir vielleicht weiterhelfen kann. Wann kommt er denn zurück?"

„Ich schätze, daß er so gegen fünf, spätestens halb sechs wieder da ist."

„Danke schön, dann probiere ich es später noch einmal", verabschiedete sich Hackenholt.

Nachdem sie nochmals alle Adressen durchgegangen waren, rief Hakkenholt eine weitere Nummer an. Diesmal meldete sich sogar nur der Anrufbeantworter, der ihm mitteilte, daß leider niemand zu Hause sei, er aber gern eine Nachricht hinterlassen könne, was Hackenholt jedoch nicht wollte. Danach fuhren die beiden Beamten zum Präsidium zurück. Berger sollte sich dort einen Streifenwagen nehmen, um die Eltern abzuholen und zur Leichenhalle zu bringen.

In der Dienststelle hatte sich Hackenholt gerade einen Kaffee geholt, als sein Telefon zu läuten begann. Der Name des Mannes sagte Hackenholt nichts. Der Mann erklärte ihm, Günther Degel habe ihn in seinem

Antiquitätengeschäft angerufen, weil auch er mit Peter Siebert befreundet war und zum Stammtisch ging. Da er um 15 Uhr sowieso Feierabend mache, sei es für ihn kein Problem, anschließend beim Polizeipräsidium vorbeizukommen, sein Laden sei ganz in der Nähe. Hackenholt war erstaunt, wie schnell sich der Tod des Kumpels herumzusprechen schien.

Während der Hauptkommissar auf den Mann wartete, der sich ihm als Martin Müller vorgestellt hatte, versuchte er, stichpunktartig alles auf seinem Notizblock zu notieren, was er über Siebert bislang erfahren hatte. Hackenholt war ein Mensch, dem es leichter fiel, Zusammenhänge herzustellen und Fragen zu formulieren, wenn ihm etwas schriftlich vorlag. So schrieb er Peter Sieberts Namen in die Mitte des Notizblocks und begann systematisch außen herum die bekannten Fakten zu plazieren. Immer wieder sah er dabei aus dem Fenster auf die herbstlich verfärbten Blätter des Kastanienbaums im Innenhof des Präsidiums.

Eine Viertelstunde später wurde er vom diensthabenden Beamten der Wache informiert, daß Herr Müller eingetroffen sei. Hackenholt nahm seinen Notizblock, holte Müller im Erdgeschoß ab und führte ihn in das Besprechungszimmer des Kommissariats.

Martin Müller war ein einsachtzig großer Mann mit Vollbart und runder Brille, der auf seine Art gemütlich und behäbig wirkte. Hackenholt konnte ihn sich gut in einem Biergarten vorstellen. Vielleicht kam das auch von dem leichten Bauchansatz, den der Mann hatte.

Der Stammtischbekannte kam gleich zur Sache. „Ich bin Martin Müller und habe in der Hutergasse einen kleinen Antiquitätenladen. Dort hat mich Günther Degel angerufen. Er erzählte mir, was mit Peter passiert ist. Das ist ja eine schreckliche Geschichte. Günther gab mir Ihre Telefonnummer. Er meinte, Sie würden mit mir sprechen wollen, weil ich gestern mit Wolfgang Gruber und Peter Siebert als letzter gegangen bin."

Hackenholt fragte sich im stillen, wer auf Günther Degels Initiative noch so alles anrufen werde. Im Grunde genommen war er ihm aber dankbar, da es wichtig war, den Abend des Ermordeten schnell rekonstruieren zu können.

„Was mich am meisten interessiert, ist, wann Herr Siebert gestern abend den Biergarten verlassen hat."

„Der Biergarten macht immer um halb eins zu. Zu diesem Zeitpunkt werden auch die Heizstrahler ausgeschaltet, damit man nicht noch länger sitzen bleibt. Wir haben in Ruhe unser Bier ausgetrunken, bevor wir gegangen sind, denn hetzen lassen wir uns nicht."

Das mochte Hackenholt dem Mann gern glauben. In seinem Kopf entstand langsam ein Bild, wie die Stammtische der Männer abliefen.

„Gestern, oder vielmehr heute morgen, waren wir die letzten. Das sagte ich ja schon. Wolfgang Gruber, Peter und ich. Peters Motorrad stand am westlichen Seiteneingang des Stadtparks. Ich hatte mein Auto in der entgegengesetzten Richtung geparkt. Wolfgang ist mit mir gegangen. Deswegen verabschiedeten wir uns gleich beim Biergarten von Peter." Der Mann wirkte aufrichtig bekümmert.

„Wie spät war es denn da?" fragte Hackenholt nochmals nach.

„Genau weiß ich es nicht, aber es war noch nicht eins. Ich denke, daß es so Viertel vor eins oder zehn vor eins war."

Hackenholt notierte sich die Angabe.

„Waren Sie eng miteinander befreundet?"

„Naja, das kommt darauf an, was man unter eng versteht. Wir haben uns nur am Stammtisch gesehen, aber wir helfen uns natürlich gegenseitig, wenn einer etwas braucht."

„Wie meinen Sie das?"

„Peter hatte zum Beispiel immer wieder Fragen, wer irgendwelche Bauarbeiten macht. Mal brauchte er einen Zimmermann, ein anderes Mal war es ein Flaschner. Günther bat er einmal, einen Blick auf einen Plan zu werfen, oder Rüdiger fragte er gelegentlich nach kleinen Rechtsgeschichten."

„Wie war Herr Siebert denn gestern?"

„Wie immer. Peter ist ... Peter war ein ganz Lustiger. Vor allem, wenn er trank. Er gab ständig Geschichten zum besten, über die alle lachten. Gestern war er nicht anders. Aber wissen Sie, wir sprechen immer über Allgemeines. Damit will ich jetzt natürlich nicht sagen, daß wir nur oberflächliches Zeug reden. Das ganz sicher nicht. Wir können uns schon in ein Thema vertiefen, aber Peter hat selten etwas von sich selbst erzählt, also nichts wirklich Privates oder von echten Problemen."

„Und Herr Siebert hatte gestern wieder einiges getrunken und angefangen, Geschichten zu erzählen?" tippte Hackenholt an.

Der Mann zögerte einen Moment. Vielleicht, weil ihm gerade bewußt wurde, gesagt zu haben, daß Siebert mit dem Motorrad und er selbst mit dem Auto unterwegs gewesen waren. Hackenholt, der das Zögern bemerkte, kam ihm zu Hilfe: „Ich bin nicht von der Verkehrspolizei. Wir wissen schon, daß Herr Siebert 1,6 Promille hatte."

Der Mann nickte erleichtert und fuhr fort. „Ja, gestern war es noch mal so richtig lustig. Wir haben alle gesagt, daß es jetzt sicher nicht mehr lange dauert, bis wir in unsere Winterkneipe umziehen müßten. Deswegen hat jeder das Wetter noch einmal genossen.“

Hackenholt dachte, daß ‚das Wetter‘ wohl ein Synonym für ‚das Bier‘ sei und alle kräftig gebechert hätten. Er würde die Zeitangaben mit einem Fragezeichen versehen müssen.

„Können Sie sich denn noch an eine Geschichte erinnern, die Herr Siebert erzählt hat?“

„Ach, es ging meistens um die Leute, die bei ihm im Haus wohnen. Nur ganz selten waren da auch mal Geschichten über seine Ex dabei.“

Hackenholt nickte ihm aufmunternd zu.

„So genau weiß ich das auch nicht mehr, es war vor allem witzig, wie Peter Frauen beschrieb.“

„Hat er denn in letzter Zeit auch mal etwas von einer neuen Freundin erzählt?“

Der Mann schüttelte schon den Kopf, hielt dann aber plötzlich inne. „Doch“, sagte er langsam, „irgend etwas hat er erzählt. Es klang so, als ob er gerade eine anbaggern würde, aber ich habe nicht genauer darauf geachtet.“

„Wann war das?“

„Also gestern war es nicht, es wird wohl letzte oder vorletzte Woche gewesen sein.“

Mehr wußte der Mann nicht zu sagen.

Als Hackenholt zu seinem Zimmer zurückkam und die Tür öffnete, hörte er Wünnenberg gerade sagen: „... falls Sie mich unter der angegebenen Nummer nicht erreichen, hinterlassen Sie mir bitte eine Nachricht, unter welcher Nummer ich Sie zurückrufen kann. Es ist wirklich sehr wichtig, daß ich Sie so schnell wie möglich spreche.“ Damit legte Wünnenberg den Telefonhörer auf.

Hackenholt sah ihn fragend an.

„Ich habe gerade versucht, das Alibi von Frau Rhom zu überprüfen, aber unter der Handynummer, die sie uns nannte, ist nur die Mailbox zu erreichen“, schnaubte Wünnenberg, als ob das alles erklärte.

„Wo ist Manfred?“ wollte Hackenholt wissen.

„Der sitzt drüben in seinem Zimmer und tippt einen Bericht“, erklärte ihm Wünnenberg und fragte neugierig: „Wie war’s denn bei euch, und wo warst du jetzt? Ich habe dein Auto auf dem Parkplatz stehen sehen, aber du warst verschwunden."

„Ich hatte gerade noch ein Gespräch mit einem von Peter Sieberts Freunden. Er arbeitet hier in der Nähe und konnte mir ein paar Informationen über den gestrigen Kneipenbesuch geben. Christian ist mit den Eltern zur Leichenhalle gefahren, aber er müßte bald wieder zurück sein. Wir können uns in einer halben Stunde zusammensetzen und die Ergebnisse vergleichen. Sagst du den anderen Bescheid?"

Wünnenberg stand auf und ging zu Stellfeldt ins Zimmer. Er hatte den Wink verstanden. Hackenholt wollte allein sein. Das kam manchmal vor, wenn er sich vor Besprechungen einen Überblick verschaffen oder in Ruhe nachdenken wollte und Wünnenberg ihn mit seinem Gezappel störte.

Bevor Wünnenberg zum Team stieß, hatte Hackenholt das Zimmer für sich gehabt. Aufgrund seines Dienstgrades stand Hackenholt auch ein eigenes Büro zu. Da im Präsidium aber chronischer Platzmangel herrschte und er Wünnenberg unter seine Fittiche genommen hatte, war dieser mit in das Zimmer gezogen. Normalerweise gefiel es Hackenholt, nicht ständig allein zu sein und die Wände des Büros anzustarren.

Ein leises Klopfen an der Tür riß Hackenholt aus seinen Überlegungen, die er hinsichtlich des zeitlichen Ablaufs der Tat angestellt hatte. Er rief laut „Herein" und sah auf seine Uhr. 25 Minuten waren vergangen, seit Wünnenberg den Raum verlassen hatte. Christian Berger stand in der Tür. Er wirkte wieder schüchtern, wie am Morgen.

„Ich wollte nur sagen, daß ich wieder zurück bin."

Hackenholt nickte ihm freundlich zu. „War es schlimm?"

Berger seufzte. „Heute morgen haben beide ja recht gefaßt gewirkt, aber jetzt war es eine Tragödie. Zumindest ist inzwischen ihre Tochter bei ihnen zu Hause und hilft ein bißchen."

Hackenholt führte Berger zum Besprechungszimmer, in dem Stellfeldt und Wünnenberg schon warteten. Auch Christine Mur stand am Fenster. Alle sahen Hackenholt erwartungsvoll an, als er ins Zimmer trat.

Zunächst berichteten Wünnenberg und Stellfeldt fast eine halbe Stunde lang von ihren Gesprächen mit den Hausbewohnern.

Stellfeldt faßte zusammen: „Siebert scheint bei keinem in der Hausgemeinschaft sonderlich beliebt gewesen zu sein. Alle waren zwar schokkiert, aber eher darüber, daß in ihrem Haus überhaupt jemand umgebracht wurde, als über die Tatsache, daß Herr Siebert das Opfer war. Um ihn als Mensch hat keiner der Nachbarn getrauert."

„Keine der Frauen hat ein Alibi", stellte Wünnenberg heraus. „Nur Frau Rhom hat behauptet, eines zu haben, aber das konnte ich noch nicht nachprüfen. Außerdem wissen wir, daß Frau Rhom sich gern mit Siebert anlegte und sie sich öfters stritten."

„Dann mußt du aber auch sagen, daß Frau Jakobi auf ihn sauer war, weil er eines ihrer Bilder ruiniert hat, und Frau Rauch nervlich am Ende ist, weil sie ihr Geld in einen sinnlosen Ausbau investiert hat. Frau Teck ist die einzige, die sich nur über seine nächtlichen Eskapaden beschwerte. Von den Schwartz' wissen wir noch gar nichts", fiel ihm Stellfeldt ins Wort.

„Aber an der Rhom ist was, irgendwas, das spüre ich, ich kann es nur nicht sagen. Habt ihr das nicht auch gemerkt?" kam Wünnenberg wieder auf seine Lieblingsverdächtige zurück.

Christine Mur sah ihn an und sagte dann mit Bedacht: „Ralph, kann es sein, daß du die Frau einfach nicht magst, weil sie im Keller recht forsch aufgetreten ist und ein paar ironische Bemerkungen gemacht hat? Ich meine, es ist doch allen bekannt, daß du Frauen, die dir die Meinung sagen, nicht sonderlich grün bist."

Hackenholt ergriff schnell das Wort, da er wußte, daß Wünnenberg jetzt etwas Unüberlegtes sagen würde, wenn er ihn zu Wort kommen ließ.

„Wir werden auf alle Fälle Frau Rhoms Alibi gründlich überprüfen und auch die anderen Hausbewohner, denn sie stehen natürlich ganz oben auf unserer Liste. Aber jetzt laßt Christian mal erzählen, was wir bei Herrn Degel erfahren haben."

Christian schlug seine Notizen auf und erzählte, daß sie von Günther Degel genau das Gegenteil dessen, was die Leute in Sieberts Haus über ihn sagten, zu hören bekommen hätten. Danach berichtete Hackenholt, wie es gekommen war, daß Herr Müller ihn im Präsidium aufgesucht hatte, um eine Aussage zu machen.

„Jetzt können wir den Tatabend schon relativ genau rekonstruieren. Siebert ist kurz nach 21 Uhr mit seinem Motorrad im Fürther Stadtpark angekommen. Er hat das Motorrad am Westausgang geparkt und ging zu seinem Freitagsstammtisch im Biergarten. Ungefähr um Viertel vor eins verabschiedete er sich von den anderen beiden, die mit ihm als letzte gingen. Er machte sich auf den Weg zu seinem Motorrad und fuhr vermutlich auf direktem Weg nach Hause. Vom Fürther Stadtpark zu seiner Wohnung wird er vielleicht eine Viertelstunde gebraucht haben. Nachts um eins sind die Ampeln nur noch auf den Hauptstraßen in Betrieb, er konnte also zügig fahren. Dominik Schwartz findet ihn um halb zwei. Das bedeutet, wir können den Tatzeitpunkt auf den Zeitraum zwischen ein Uhr und 1.30 Uhr eingrenzen."

Alle nickten. Das war ein erster Erfolg in einem sehr frühen Ermittlungsstadium. Ob ihnen das weiterhalf, würde sich zeigen.

„Ich weiß ja nicht, ob euch das auch auffällt", meldete sich Christine Mur zu Wort, „aber wann immer ihr von einer Frau erzählt habt, war sie wütend auf Siebert, nur die Männer kamen mit ihm klar."

„Ja, so hat es auch Frau Rhom ausgedrückt", erinnerte sich Stellfeldt. „Sie sagte so etwas Ähnliches wie, er lasse nur die Meinung eines Mannes gelten, einer Frau solle man am besten den Mund verbieten."

„Ja, da hast du etwas Wichtiges gesagt", stimmte Hackenholt der Kollegin zu. „Gibt es schon etwas Neues vom Labor?"

Mur schüttelte den Kopf: „Die arbeiten daran, aber es sind so viele Proben, die wir ihnen geschickt haben. Es wird wohl Anfang der Woche werden, bis wir etwas erfahren."

Damit war die Besprechung zu Ende. Die Ermittlungsgruppe vereinbarte, sich am nächsten Morgen um 10 Uhr wieder im Präsidium zu treffen. Die Kollegen verabschiedeten sich, nur Hackenholt und Wünnenberg kehrten in ihr Zimmer zurück.

Auf Wünnenbergs Schreibtisch lag ein gelber Klebezettel, auf dem stand, daß Frau Sunders angerufen und nach ihm gefragt habe, eine Rückrufnummer habe sie jedoch nicht hinterlassen können, sie werde es am Sonntag nochmals versuchen. Wünnenberg wählte erneut ihre Handynummer, bekam aber diesmal nur die weibliche Ansagestimme zu hören, die ihm ins Ohr hauchte, er möge es zu einem späteren Zeitpunkt nochmals versuchen, da dieser Anschluß vorübergehend nicht zu erreichen sei. Er hatte doch ausdrücklich um einen Anruf unter seiner Handynummer gebeten! Verärgert warf Wünnenberg den Zettel in den Abfall.

Hackenholt machte keinerlei Anstalten, zusammenzupacken.

„Ich habe Hunger", stellte Wünnenberg fest. „Wollen wir etwas essen gehen?"

Hackenholt blickte von seinen Notizen auf. „Willst du nicht lieber nach Hause und deine Zeit mit Petra verbringen?"

Wünnenberg seufzte: „Ich weiß gar nicht, ob sie zu Hause ist."

„Warum rufst du sie nicht einfach an?" Hackenholt wies mit seinem Bleistift auf das Telefon.

Wünnenberg zog den Apparat zu sich heran. Obwohl Hackenholt versuchte, dem Gespräch nicht zu lauschen, entging ihm nicht, daß Wünnenbergs Freundin offenbar gute Laune hatte und einem gemeinsamen Abendessen zustimmte. Als Wünnenberg aufgelegte, meinte Hackenholt daher nur: „Wenn du die Befragungen von heute aufgenommen hast, laß mir die Kassetten da, damit ich sie mir anhören kann. Und dann mach, daß du nach Hause kommst, bevor das Stimmungsbarometer wieder umschlägt."

Nachdem Wünnenberg gegangen war, legte Hackenholt seinen Stift beiseite und öffnete das Fenster. Kalter Wind wehte in den Raum und vermischte sich mit der abgestandenen, warmen Luft. Hackenholt griff nach dem Kassettenrecorder, um das erste Band einzulegen, als er es sich anders überlegte. Genausogut konnte er das zu Hause machen. Ihm fiel ein, daß er heute noch einkaufen mußte, um irgend etwas zum Essen im Haus zu haben. Daher packte er kurzerhand den Recorder und die Kassetten in seine Tasche und verließ das Büro.

Als Hackenholt das Licht ausschaltete, war es Viertel nach fünf Uhr.

Lila – 3

Nachdem sie sich geduscht und angezogen hatte, widmete sie sich wieder ihren Bildern.

Nicht nur ihr Leben hatte sich verändert. Auch ihre Bilder waren anders. Die fröhlichen Farben waren schreienden Orange- und Türkistönen gewichen. Rot beherrschte nun ihre Bilder; und immer häufiger schlich sich auch Schwarz in ihre Kompositionen. Zunächst nur vereinzelt und unauffällig, dann jedoch immer häufiger und auf immer größer werdenden Flächen, bis sie vor ein paar Wochen selbst erschrocken war, als sie plötzlich vor einer komplett schwarzen Leinwand stand.

Sie konnte sich nicht daran erinnern, wie sie dieses Bild gemalt hatte, aber sie faßte es als ein Zeichen auf.

Jetzt war es Zeit für sie, sich fertig zu machen und noch einen dicken Pullover anzuziehen, damit sie auf dem Fahrrad nicht fror. Sie wollte zum Friedhof.

Am liebsten suchte sie ihn in der Abenddämmerung auf, wenn sie sicher war, daß die anderen Leute schon nach Hause gegangen waren und sie mit ihrer Schwester allein sein konnte. Nicht, daß der Friedhof häufig frequentiert wurde. Sie hatte ganz bewußt den alten, eher verlassen wirkenden Waldfriedhof gewählt und nicht den großen, schier unüberschaubaren in der Stadt, auf dem ihre Eltern begraben lagen.

Bevor sie sich auf den Weg machte, schnitt sie noch ein paar der bläulich-lila Astern, die ihre Schwester so geliebt und von denen sie ihren Spitznamen erhalten hatte: Lila.

7

Hackenholt fuhr mit dem Auto aus der Stadtmitte hinaus. Allein um den Altstadtring zu erreichen, benötigte er fast eine Viertelstunde. Überall war Stau. Seine Gedanken schweiften zurück zur gestrigen Esseneinladung. Er beneidete die Möllenhäußers, die heute abend sicherlich die Reste des Festmahls verspeisten. Bei dem Gedanken an den zarten Rehrücken lief ihm das Wasser im Mund zusammen. Aber es war nicht nur das leckere Essen, das er vermißte, sondern auch die angenehmen Tischgespräche und das ganze Ambiente.

Irritiert fragte er sich, warum er jetzt schon wieder daran dachte. War das seine beginnende Midlifecrisis? Ging es allen Männern so, die vierzig wurden? Machte man da automatisch eine Bestandsaufnahme, überlegte, was man erreicht hatte und, vor allem, was nicht? Oder waren das noch die Nachwirkungen des nächtlichen Gesprächs mit Wünnenberg, die ihn innerlich so aufwühlten. Das hatte er doch die letzten Jahre in den Griff bekommen und akzeptiert. Es schien nun mal sein Schicksal zu sein, das Leben allein zu verbringen.

Als er sich aus seinen trüben Gedanken riß, merkte er, daß er ganz automatisch die Richtung zu seiner Wohnung eingeschlagen hatte. Auch gut, dann würde er eben keinen Großeinkauf machen, sondern nur das Nötigste in dem kleinen Edeka-Laden an der Ecke mitnehmen. Andersherum, wann würde er die Zeit haben, all die Dinge zu besorgen, die ihm langsam ausgingen? Jedenfalls nicht in den nächsten Tagen. Die versprachen, arbeitsreich zu werden, denn, ob er wollte oder nicht, er wurde das Gefühl nicht los, daß sich da mehr hinter dem neuen Fall verbarg, als man auf den ersten Blick annahm.

Er parkte vor dem kleinen Eckladen. Normalerweise kaufte Hackenholt recht bewußt ein und gehörte zu den Leuten, die zu Hause immer einen Zettel hatten, auf dem sie aufschrieben, was sie alles benötigten. Heute mußte er allerdings ohne den Zettel auskommen, da dieser noch in der Küche lag. So packte er ein paar Dinge in seinen Korb, von denen er ahnte, daß er sie notiert hatte, bei ein paar anderen riet er, und bei Milch, Kaffee und Brot war er sich sicher. Den Spülmaschinenreiniger, den er sonst verwendete, führte das Geschäft nicht mehr im Sortiment. Da er sich nicht erinnern konnte, wieviel er noch zu Hause hatte, kaufte er eine andere Packung. Er wollte auf alle Fälle das Problem umgehen, von Hand spülen zu müssen.

Als er an der Kasse bezahlte, merkte er, daß er auch nicht bei der Bank gewesen war. Er verstaute seine Einkäufe im Auto und überlegte kurz, ob er direkt nach Hause fahren sollte, entschied sich dann jedoch für den Umweg zum Geldautomaten.

Das Haus, in dem sich Hackenholts Wohnung befand, lag am Stadtrand. Hinter dem Anwesen gab es ein paar Felder, und dahinter begann der Nürnberger Reichswald. Hackenholt stellte seinen Wagen in die Garage und trug die Einkäufe in die Wohnung.

Als er sich im Schlafzimmer umzog, sah er, daß der Korb mit der Schmutzwäsche voll war. Er sortierte seine Kleidung in verschiedene Berge nach 30 und 60 Grad und legte schwarze Kleidungsstücke, die separat gewaschen werden mußten, zur Seite. Sodann füllte er die Waschmaschine mit der ersten Ladung.

In der Küche legte er eine CD von REM ein und begann, Zwiebeln zu schneiden. Bereits im Supermarkt hatte er sich dafür entschieden, Spaghetti mit Hackfleischsauce zu kochen.

Nachdem er gegessen hatte, nahm er die Wäsche aus der Maschine und legte sie in den Trockner, bevor er es sich im Wohnzimmer auf dem Sofa bequem machte und den Kassettenrecorder mit einer von Wünnenbergs Gesprächsmitschnitten bestückte. Interessiert lauschte er Carina Jakobis Stimme, die von ihren Bildern im Treppenhaus erzählte. Er hatte sich einen Stift und Papier auf den Fußboden gelegt, um sich etwaige Fragen notieren zu können.

Als er wieder aufwachte, hatte sich der Kassettenrecorder längst ausgeschaltet. Nur das leise Piepsen des Trockners, das verkündete, daß die Wäsche trocken sei, unterbrach die Stille der Wohnung. Mit einem Stöhnen rappelte sich Hackenholt vom Sofa auf und ging ins Bad, um die Wäsche etwas nachlässig über einen Wäscheständer zu hängen. Das ordentliche Zusammenlegen würde bis morgen warten müssen. Danach machte er sich auf den Weg ins Bett.

Am Sonntagmorgen wurde er von Sonnenstrahlen, die durch die große Fenstertür auf sein Bett schienen, geweckt. Es war erst halb acht. Da er genügend Zeit hatte, bis er im Präsidium sein mußte, legte er zunächst die Wäsche vom gestrigen Abend zusammen und schlüpfte dann in seinen Jogginganzug. Den Sonntag nutzte er, wann immer es ging, zum Joggen. Heute lief er eine große Runde. Er genoß die morgendliche Ruhe und dachte an Frau Jakobis Erzählung zurück. Leider verstand er von Kunst nicht sonderlich viel, daher kannte er sich in der Szene auch nicht aus.

Nach einigem Grübeln fiel ihm ein, daß eine Bekannte von Wünnenbergs Freundin eine Galerie betrieb. Die könnte er nach Frau Jakobis Bekanntheit fragen.

Zu Hause duschte er und machte Frühstück. Dann setzte er sich mit dem Kassettenrecorder hin und hörte sich das Band mit Frau Teck an. Er holte sich wieder Stift und Papier und schrieb diesmal auch wirklich alle Fragen auf, die ihm durch den Kopf gingen. Danach steckte er die anderen Bänder ungehört zurück in seine Tasche und machte sich auf den Weg.

Der Präsidiumsparkplatz war zwar nicht völlig verwaist, wirkte am Sonntagvormittag aber doch ziemlich verlassen, als Hackenholt sein Auto abstellte. In seinem Büro notierte er in Stichpunkten seine Gedanken und Fragen, über die er so schnell wie möglich Gewißheit erlangen wollte.

Als Wünnenberg kam, bat er ihn, als erstes die Telefonnummer des Stadtparkcafés herauszufinden und zu überprüfen, wie die Öffnungszeiten festgelegt waren. Falls es auch tagsüber geöffnet war, wollte er später dort vorbeischauen. Er selbst schlug Grubers Nummer in Sieberts Telefonregister nach.

Der Mann war gleich persönlich am Apparat. „Ich hätte Sie auch noch angerufen, aber ich wußte nicht, ob die Polizei auch am Sonntag arbeitet“, überraschte er Hackenholt. „Gestern abend hat mich Martin Müller angerufen und dann auch noch Günther Degel. Ich kann es noch gar nicht fassen, was da mit Peter Siebert passiert ist.“

„Ich möchte später mit einem Kollegen bei Ihnen vorbeikommen, Herr Gruber“, bat Hackenholt. „Ist es gegen 14 Uhr möglich?“

Gruber fragte ihn, ob er es nicht etwas früher einrichten könne, da am Nachmittag Besuch komme. Er schlug zwölf Uhr vor. Hackenholt war einverstanden und notierte sich eine kurze Wegbeschreibung, da die Neubausiedlung, in der Gruber wohnte, noch nicht im Stadtplan eingezeichnet war.

Als er das Gespräch beendet hatte, informierte ihn Wünnenberg: „Das Stadtparkcafé hat schon geöffnet. Ich habe mit dem Wirt gesprochen. Er berichtete, daß er am Freitagabend selbst bis zum Schluß dort gewesen sei. Ich sagte ihm, daß wir später zu ihm kämen, er ist heute den ganzen Tag dort.“

„Gut, dann fahre ich vor Gruber bei ihm vorbei. Vielleicht erinnert er sich an Siebert“, plante Hackenholt. „Versuchst du noch, die Freundin von Petra zu erreichen? Die mit der Galerie“, fügte er hinzu, als er bemerkte, daß Wünnenberg irritiert war. „Ich dachte, sie könnte uns etwas über Carina Jakobi erzählen."

„Ach, du meinst Julia Sommer. Das sollte kein Problem sein, aber ich fürchte, ich erreiche sie erst am Montag wieder, wenn die Galerie geöffnet hat. Reicht dir das? Ich habe ihre Privatnummer nicht, und Petra möchte ich nicht darum bitten. Sie würde fragen, wozu ich die Nummer wissen will, und wenn ich ihr sage, daß wir eine berufliche Auskunft brauchen, meckert sie wieder, daß ich ihre Freunde ausnutze."

„Ja, natürlich. Ist auch nur eine Routinefrage. Ich denke nicht, daß Siebert eines ruinierten Bildes wegen umgebracht wurde."

Wünnenberg zuckte mit den Schultern. „Wurden Leute nicht schon wegen viel weniger umgebracht?"

„Wo bleiben Christian und Manfred?" wunderte sich Hackenholt.

„Ich schau mal nach."

Ein paar Minuten später kamen alle drei Beamte in Hackenholts Zimmer. Dieser legte ihnen das Programm für den Tag dar.

„Ich habe für zwölf Uhr einen Termin mit einem von Sieberts Stammtischbekannten, einem Wolfgang Gruber, vereinbart. Davor möchte ich noch einen Abstecher ins Stadtparkcafé machen, um die Zeitangaben zu überprüfen. Wenn es für euch okay ist, nehme ich wieder Christian mit", wandt sich Hackenholt an Wünnenberg und Stellfeldt. „Könntet ihr mit Sieberts Geschwistern sprechen? Versucht herauszufinden, wie sie ihrem Bruder gegenüber eingestellt waren. Außerdem sollten wir versuchen herauszubekommen, wer Peter Siebert beerbt und was es überhaupt zu erben gibt. Hatte er eine Lebensversicherung, gehörte ihm die Wohnung, und war sie schuldenfrei? Dann solltet ihr die Geschwister noch fragen, ob sie etwas über Sieberts Liebesleben wissen."

Stellfeldt machte sich Notizen. „Gibst du uns die Adressen und Telefonnummern?"

Hackenholt reichte ihm Sieberts Telefonregister. „Falls wir es schaffen, sprechen wir nach unserem Besuch bei Gruber noch mit der Exfreundin, ansonsten müssen wir das unbedingt morgen nachholen. Wenn ihr die Geschwister befragt habt, könntet ihr noch einmal mit den Eltern reden, aber das muß nicht unbedingt sein. Wir hatten bislang ja eher den Eindruck, daß sie nicht sonderlich viel über Sieberts Leben wissen. Mir ist lieber, ihr macht heute ein bißchen früher Schluß, denn ab morgen wird es viel zu tun geben. Ruft mich auf dem Handy an, falls sich etwas Neues ergibt, ansonsten treffen wir uns morgen früh um halb neun."

Gerade, als Stellfeldt hinausgehen wollte, klopfte es. In der Tür standen Frau Möllenhäußer und deren Tochter Beate Sunders.

„Na, da treffen wir ja die versammelte Mannschaft an“, sagte Frau Möllenhäußer erfreut. „Guten Morgen, meine Herren“, grüßte sie in die Runde, „meine Tochter Beate kennen Sie ja.“

„Guten Morgen, Frau Möllenhäußer, hallo Frau Sunders“, erwiderte Hackenholt erstaunt und setzte an letztere gerichtet hinzu: „Wir haben uns ja schon lange nicht mehr gesehen. Wie geht es Ihnen?“

„Danke, gut“, versicherte ihm Frau Sunders strahlend.

„Sie müssen mittlerweile Dr. Sunders sagen“, berichtigte ihn Frau Möllenhäußer.

Hackenholt stand auf, und trat um seinen Schreibtisch herum, um Frau Sunders herzlich die Hand zu schütteln und zu gratulieren.

„Das ist aber eine schöne Überraschung, daß Sie uns besuchen kommen“, wandte er sich an Frau Möllenhäußer. „Womit kann ich Ihnen helfen?“ Ihm war nicht so ganz klar, wie er zu dieser Ehre kam. Eine Essenseinladung konnte kaum schon wieder der Grund sein.

„Um ehrlich zu sein, wollen wir zu Herrn Wünnenberg“, stellte Frau Möllenhäußer richtig.

Wünnenberg sah wie vom Blitz getroffen auf. „Zu mir? Was kann ich denn für Sie tun?“

„Genau das wollte ich von Ihnen erfahren“, lachte Frau Sunders. „Sie haben mir doch die Nachricht hinterlassen, daß Sie mich ganz dringend sprechen müssen.“

Wünnenberg sah sie verständnislos an. „Sind Sie sicher?“

„Ganz sicher, Herr Wünnenberg“, nickte Frau Sunders. „Sie haben gestern nachmittag auf meine Mailbox gesprochen, und ich rief im Präsidium an und ließ Ihnen ausrichten, daß ich mich heute noch mal bei Ihnen melde, weil ich Sie gestern nicht erreichen konnte.“

Nun endlich wurde Wünnenberg der Zusammenhang klar. „Sie kennen Frau Rhom?“ fragte er ungläubig.

Jetzt war es Frau Möllenhäußer, die verwirrt aussah. Auch Frau Sunders war erstaunt. „Es geht um Sophie?“

„Was ist mit ihr passiert?“ wollte Frau Möllenhäußer atemlos wissen.

Hackenholt, der auch nicht verstand, was das alles zu bedeuten hatte, versuchte die Situation zu retten, indem er die Damen bat, Platz zu nehmen.

Wünnenberg sagte bedrückt: „Frau Rhom ist nichts passiert. Ich hätte da nur ein paar Routinefragen."

„Ja?" ermunterte ihn Frau Sunders.

„Frau Rhom hat Sie als Alibi angegeben. Sie hat behauptet, daß sie in der Nacht von Freitag auf Samstag bei Ihnen übernachtet hat."

„Ja, das stimmt, Herr Wünnenberg", bestätigte Frau Sunders.

„Aber Sie haben sie doch kennengelernt", rief Frau Möllenhäußer ungeduldig und sah Hackenholt stirnrunzelnd an. „Was ist denn nur los?"

Inzwischen hatte Hackenholt begriffen, daß Sieberts Nachbarin Sophie Rhom und Frau Möllenhäußers Köchin Sophie ein und dieselbe Person sein mußten. So kam er denn Wünnenberg zu Hilfe: „Sie erinnern sich doch sicher noch an vorgestern abend, als wir zu diesem wundervollen Essen bei Ihnen eingeladen waren." Als Frau Möllenhäußer nickte, fuhr er fort: „In der Nacht wurden Ralph Wünnenberg und ich zu einem Einsatz in die Meuschelstraße gerufen."

„Aber da wohnt doch Sophie", rief Frau Möllenhäußer aus.

„Genau", stimmte ihr Hackenholt zu. „Bei Frau Rhom im Treppenhaus wurde ein Mann tot aufgefunden. Gestern haben Ralph Wünnenberg und Manfred Stellfeldt die Hausbewohner befragt. Und Frau Rhom hat Sie als Alibi angegeben", vereinfachte Hackenholt die Geschichte an dieser Stelle. „Leider hat Frau Rhom Ralph nicht gesagt, daß sie die famose Köchin unseres Abendessens war, und Ralph war schließlich nicht mit in der Küche, um sie kennenzulernen. Er konnte sie nicht erkennen. Und beim Namen Sunders haben wir alle nicht an Sie gedacht." Hier verschwieg Hakkenholt wohlweislich, daß Wünnenberg ihm gegenüber den Namen Sunders gerade zum ersten Mal erwähnt hatte. Wünnenberg stand schon dumm genug da. „Ich muß gestehen, daß auch ich zwischen Ihrer Sophie und Frau Rhom keinen Zusammenhang gesehen habe", setzte Hackenholt noch eins drauf.

An Wünnenberg gewandt erklärte er: „Weißt du, das phantastische Essen am Freitagabend hat nämlich Frau Rhom gekocht, ich bin ihr in der Küche begegnet."

Frau Möllenhäußer atmete erleichtert auf. „Jetzt sagen Sie aber bloß nicht, daß Sie Sophie verdächtigen, mit der Sache etwas zu tun zu haben. Da kann ich Ihnen versichern, daß das nicht der Fall ist. Sophie hat die Nacht bei uns verbracht. Wir haben noch lange vor dem Kamin gesessen und uns unterhalten, bevor wir alle ins Bett gingen. Und am nächsten

Morgen hat Sophie ein Buffet hergerichtet, sie verließ uns erst nach zwölf Uhr."

Frau Möllenhäußers Tochter nickte zustimmend.

„Dann ist das geklärt. Vielen Dank, daß Sie sich extra die Mühe gemacht haben, zu uns aufs Präsidium zu kommen", bedankte sich Hackenholt.

„Ach, nicht der Rede wert, mein Mann wollte sowieso ein paar Unterlagen holen, bevor wir mit den Enkelkindern in die Fränkische Schweiz fahren", sagte Frau Möllenhäußer und stand auf. „Aber ganz im Vertrauen, Herr Hackenholt. Sophie ist wirklich eine ganz reizende Person. Für sie würde ich mich jederzeit verbürgen. Reden Sie mit ihr. Ich bin mir sicher, daß sie Ihnen einiges erzählen kann. Manchmal ist sie etwas zurückhaltend, aber sie wird Ihnen sicher helfen, wenn Sie sie darum bitten. Sie hat einen Blick für Menschen und kennt die Leute bei sich im Haus sehr gut. Außerdem hegt sie keine Vorurteile gegen Polizisten; bei uns gehört sie inzwischen quasi zur Familie."

„Da kann ich meiner Mutter nur zustimmen. Unterschätzen Sie Sophie nicht, weil Sie sie als Köchin kennengelernt haben und jeder nur ihren Vornamen benutzt. Manche Leute sind nicht, was sie zu sein scheinen", sagte Frau Sunders geheimnisvoll.

Nachdem Frau Möllenhäußer mit ihrer Tochter das Zimmer verlassen hatte, konnte sich Wünnenberg nicht länger beherrschen. „Das hat diese Rhom doch mit Absicht getan! Die hat genau gewußt, daß sie mich lächerlich macht! Sie hätte doch nur ein Wort zu sagen brauchen, bei wem sie war. Aber nein, statt dessen gibt sie mir nur die Handynummer. Woher soll ich denn wissen, daß die Möllenhäußers Tochter gehört?"

„Ist ja gut, Ralph", versuchte Hackenholt, der das Ganze eher amüsant als peinlich fand, es herunterzuspielen. „Niemand macht dir einen Vorwurf."

„So viel zum Thema: ‚an Frau Rhom ist irgendwas, das spüre ich'", konnte Stellfeldt ein Sticheln nicht lassen.

Hackenholt sah ihn mit hochgezogener Augenbraue an.

Wenig später machten sich Wünnenberg und Stellfeldt auf den Weg.

Da bis zu ihrer Verabredung mit Herrn Gruber noch ein wenig Zeit blieb, beauftragte Hackenholt Berger, mit der Recherche über Frau Teck zu beginnen. Er selbst schlug Monika Damps' Telefonnummer und Adresse in Sieberts Register nach. Unter ‚D' fand er aber nur einen mit einem schwarzen Filzstift dick durchgestrichenen Eintrag. Auch unter ‚M' für

Monika gab es keine passende Notiz. Er blätterte das ganze Register durch, fand aber auf keiner Seite einen Hinweis auf Sieberts Exfreundin. Das öffentliche Telefonbuch half ihm auch nicht weiter. Auch dort gab es keinen passenden Eintrag. Als Ausweg aus dieser Misere fiel ihm Günther Degel ein.

„Degel“, meldete sich der Mann nach dem zweiten Klingelton.

„Hallo Herr Degel, hier ist Hackenholt von der Kripo Nürnberg. Herr Degel, ich habe nur zwei kurze Fragen an Sie.“

„Ja?“

„Hatten Sie inzwischen Gelegenheit, mit Ihrem Bruder zu sprechen?“

„Ja, natürlich. Er ist schon auf dem Weg nach Nürnberg. Er kommt heute nachmittag an, Sie kennen ja den Verkehr.“

„Prima. Könnten Sie ihm ausrichten, daß ich mich morgen gern mit ihm unterhalten möchte?“

„Ja, ich habe ihm schon gesagt, daß Sie nach ihm gefragt haben. Er wollte gerne am Montag zu Ihnen aufs Präsidium kommen.“

„Könnten wir das für 14 Uhr vereinbaren?“

„Ich werde es ihm bestellen. Das geht sicher.“

„Noch etwas. Sie haben in unserem Gespräch Frau Damps erwähnt. Wissen Sie, wo sie wohnt?“

Ohne zu zögern, antwortete Degel: „Die wohnt bei Peter gleich ums Eck, in der Hastverstraße.“

Hackenholt warf einen Blick ins Telefonbuch, das noch aufgeschlagen auf dem Schreibtisch lag. Eine Monika Damps in der Hastverstraße war nicht genannt. Daher fragte er nach: „Haben Sie ihre Telefonnummer und die Hausnummer?“

Degel verneinte beides, meinte aber, daß das Haus ganz leicht zu finden sei, da es das einzige gelbe, moderne Haus in der Straße sei, in der sich sonst nur Jugendstilhäuser befänden.

Hackenholt notierte sich die Angaben. Es würde ihm wohl nichts anderes übrigbleiben, als unangemeldet bei Frau Damps vorbeizufahren und zu hoffen, daß sie zu Hause sei.

Er sah auf die Uhr und zog seine Jacke an. Berger saß mit seiner Kollegin Birgit Glahn in Stellfeldts Büro und schaute gebannt auf den Bildschirm. Vor ihnen lag schon ein kleiner Stapel Papier.

Berger deutete darauf und sagte stolz: „Wir haben schon einiges über Frau Tecks Berufsleben gefunden. Birgit hat immer gute Ideen, unter welchen Schlagwörtern man brauchbare Informationen findet.“

„Prima, aber jetzt müssen wir wirklich los. Am besten nehmen wir die Unterlagen mit, dann muß ich nicht mehr ins Büro zurück."

Als Hackenholt und Berger in Richtung des Stadtparkcafés starteten, war es bereits halb zwölf. Bei Herrn Gruber würden sie sich verspäten.

8

Wünnenberg saß sehr schweigsam neben Stellfeldt im Auto und sah angestrengt aus dem Fenster.

„Jetzt komm schon", sagte Stellfeldt versöhnlich. „Abgesehen davon, daß sich deine Hauptverdächtige als Freundin der Frau des Kriminaldirektors entpuppt hat, ist doch nichts passiert." Fast hätte er wieder losgelacht, er fand die ganze Angelegenheit zum Brüllen komisch, aber er schaffte es, sich zu beherrschen. Wünnenberg seufzte nur.

Sieberts Schwester, Anette Siebert, wohnte mit ihrem Mann Wolfgang Runge in einem großen Wohnblock in Nürnberg-Rehhof.

Als Stellfeldt und Wünnenberg die Wohnung im zweiten Stock betraten, hatten sie das Gefühl, direkt gegen eine Wand zu laufen. Sie tauchten in eine Atmosphäre ein, die vor Spannung schier knisterte.

Kaum hatten sie die Wohnungstür hinter sich geschlossen, fragte Herr Runge schroff: „Was wollen Sie von uns? Wir hatten nichts mit Peter zu tun."

„Es tut uns wirklich leid, wenn wir Ihren Sonntag stören", sagte Stellfeldt beschwichtigend, „aber wir haben ein paar Fragen an Sie beide, auf die wir möglichst schnell eine Antwort brauchen." Er wandte sich an Frau Siebert. „Zunächst möchten wir Ihnen unser Beileid aussprechen, Frau Siebert."

Die Frau nickte, Herr Runge fiel dem Kommissar aber schon wieder ins Wort: „Sie brauchen gar nicht zu glauben, daß es mir oder meiner Frau leid tut, daß Peter tot ist."

„Vielleicht könnten wir uns erst einmal setzen", schlug Stellfeldt vor.

Frau Siebert errötete und bat sie ins Wohnzimmer, wo sie ihnen zwei Stühle anbot. Den dritten gab sie ihrem Mann, mehr Stühle waren nicht vorhanden. Während sie in die Küche ging, um einen Hocker zu holen, sahen sich die Beamten unauffällig in dem Zimmer um. Da der Flur schon völlig kahl war und die Jacken an uralten und unansehnlichen Kleiderhaken an der Wand hingen, überraschte es nicht, daß auch dieses Zimmer leer und heruntergekommen wirkte. Es gab kein einziges Möbelstück, das nicht mindestens 20 Jahre auf dem Buckel hatte. Technische Geräte wie Fernseher oder Videorecorder waren nirgends zu entdecken. Außerdem war es kalt. Die Heizung war offensichtlich nicht eingeschaltet.

Frau Siebert kehrte mit einem alten Hocker zurück, auf dem sie Platz nahm.

„Wie können wir Ihnen helfen?“ fragte sie abwartend.

„Vielleicht erzählen Sie uns zunächst einmal ganz allgemein von Ihrem Bruder“, schlug Stellfeldt vor.

Als Wünnenberg das Diktiergerät aus der Tasche holte, polterte Herr Runge gleich wieder los. „Was soll das? Werden wir jetzt verhört? Dann rufe ich sofort meinen Anwalt an.“

„Nein, nein“, versuchte Wünnenberg zu beruhigen, „wir müssen später nur ein Protokoll über das Gespräch anfertigen, und wenn wir es aufzeichnen, geht es schneller.“

„Nein, das kommt überhaupt nicht in Frage“, beharrte Runge. „Wenn Sie es aufnehmen, sagen wir kein Wort.“

Resigniert packte Wünnenberg das Diktiergerät weg und zog sein Notizbuch und einen Stift aus der Jacke. Auch das schien Herrn Runge nicht zu behagen. Wünnenberg ignorierte jedoch dessen starren Blick.

Stellfeldt wandte sich wieder Frau Siebert zu, die dem Wortwechsel mit versteinerter Miene gefolgt war.

„Was können Sie uns über Ihren Bruder sagen?“

„Ich weiß nicht, was Sie wissen wollen.“

„Wußten Sie, daß Ihr Bruder immer Freitag abends zum Stammtisch in den Stadtpark ging?“

„Das hat er früher immer gemacht, ob er das jetzt noch tat, weiß ich nicht.“

„Wie war denn Ihr Kontakt zu Ihrem Bruder?“

„Ich habe Peter im letzten halben Jahr überhaupt nicht gesehen.“ Sie blickte angestrengt auf ihre Hände, um dem Kommissar nicht ins Gesicht sehen zu müssen.

„Kennen Sie Herrn Sieberts Freundin?“ fragte er provokativ.

Die Frau blickte überrascht auf, senkte dann aber sofort wieder den Blick. „Ich wußte gar nicht, daß er eine Freundin hat.“

„Sie kennen Frau Damps nicht?“

„Doch, aber jemand hat mir erzählt, daß da Schluß sei.“

„Wer hat Ihnen das gesagt?“

„Das weiß ich nicht mehr. Vielleicht meine Mutter."

„Worüber haben Sie sonst noch gesprochen?"

Die Frau zuckte nur mit den Schultern, sagte aber nichts. Nachdem Stellfeldt einige Zeit gewartet hatte, bohrte er weiter: „Haben Sie auch darüber gesprochen, daß Herr Siebert dabei war, sich eine neue Freundin zu suchen?"

Stumm schüttelte sie den Kopf.

„Was ist zwischen Ihnen und Herrn Siebert vorgefallen? Warum hatten Sie seit einem halben Jahr keinen Kontakt mehr?"

„Das geht Sie gar nichts an, das kümmert nur die Familie", lautete die barsche Antwort von Herrn Runge.

„Herr Runge, wir untersuchen den Mord an Ihrem Schwager", erwiderte Stellfeldt scharf, dem es nun langsam reichte. „Da ist alles wichtig."

„Wir haben uns gestritten", lenkte die Frau ein. „Es ging um nichts Bestimmtes."

Das ließ Stellfeldt so stehen. Sie würde ihm ja doch keine bessere Antwort geben, er konnte später beim Bruder versuchen zu erfahren, was dahinter steckte. Vorausgesetzt, er kooperierte etwas besser als die beiden hier.

„Wissen Sie, ob Ihr Bruder ein Testament gemacht hat?" wechselte er das Thema.

„Nein, wie sollte ich das wissen?"

Stellfeldt sah ein, daß er sich die Frage nach einer Lebensversicherung und dem Besitzstand der Wohnung sparen konnte.

„Dann würde mich noch interessieren, wo Sie beide in der Nacht von Freitag auf Samstag waren."

„Das ist ja wohl die Höhe. Schauen Sie, daß Sie verschwinden. Das ist ja absurd!" brüllte Herr Runge los, der die ganz Zeit über ein verkniffenes Gesicht gemacht hatte.

Die Frau sah ihn entgeistert an und flüsterte leise: „Hier zu Hause. Wir waren beide zu Hause."

Wünnenberg, dem es endgültig reichte, erhob sich und sagte knapp: „Danke, daß Sie uns Ihre Zeit geopfert haben. Bitte kommen Sie morgen um 11 Uhr aufs Präsidium, wir werden die Befragung dort fortsetzen. Seien Sie bitte pünktlich."

„Das können Sie nicht machen, das ist die reinste Schikane", ließ Runge seinem Zorn nun freien Lauf.

„Wir können Ihnen auch eine offizielle Vorladung schicken, wenn Ihnen das lieber ist", gab Wünnenberg bissig zurück.

„Ich werde meinen Anwalt mitbringen", konterte Runge lautstark.

„Vielleicht überlegen Sie sich bis morgen, was Sie zu verbergen versuchen. Indem Sie ein solches Theater machen, halten Sie unsere ganzen Ermittlungen auf und machen sich selbst verdächtig. Wir haben Ihnen nur ganz allgemeine Routinefragen gestellt, die wir jedem anderen auch stellen", verabschiedete sich Stellfeldt.

Hackenholt war noch nie zuvor im Fürther Stadtpark gewesen. Es verwunderte ihn ziemlich, daß es mitten im Park ein Café mit Biergartenbetrieb geben sollte, aber bereits nach wenigen Schritten in die Grünanlage konnte er in einiger Entfernung ein paar Bierbänke und -tische unter großen Platanen sehen. Zwischen den Bäumen hingen Girlanden mit bunten Glühbirnen. Selbst bei diesen herbstlichen Temperaturen saßen ein paar Leute draußen und genossen die Sonnenstrahlen. Am Eingang fragten die Beamten eine Bedienung nach dem Wirt. Sie bat um einen Moment Geduld. Als das Mädchen zurückkam, folgte ihr ein kleiner, äußerst fülliger Mann mit Glatze.

Er stellte sich ihnen als Sebastian Unger vor. Der Mann wußte sofort, von wem die Beamten sprachen, als Hackenholt sich nach dem Männerstammtisch vom Freitagabend erkundigte.

„Das ist eine Truppe, das kann ich Ihnen sagen", gab er fröhlich Auskunft. „Manchmal wundert es mich wirklich, daß die nicht völlig betrunken werden bei all dem, was sie bestellen."

„Kennen Sie die Herrschaften persönlich?"

„Nein, keinen einzigen, aber es ist eine ungewöhnliche Gruppe, die fällt jedem auf."

„Denken Sie bitte an letzten Freitag abend, die Nacht zum Samstag. Wann haben Sie da geschlossen?"

„Wir haben pünktlich um halb eins zugemacht."

„Sind Sie sich sicher? Es ist für uns sehr wichtig."

„Ja, um Punkt halb eins werden bei uns draußen die Heizstrahler ausgeschaltet. Aber um die Uhrzeit waren vorgestern nur noch die Männer vom Stammtisch hier."

„Einer der Männer erzählte uns, daß die Runde manchmal noch sitzen bleibt, nachdem Sie geschlossen haben. Ist Ihnen letztes Mal jemand aus der Gruppe aufgefallen, der nach halb eins noch hier saß?"

„Ja, drei Männer blieben etwas länger als die anderen, aber wenn wir um diese Jahreszeit die Heizstrahler ausschalten, wird es schnell kalt.“

„Wann genau sind die drei Freitagnacht gegangen?“

„Das war Viertel vor eins. Ich habe auf die Uhr gesehen, weil ich mich gerade daran machen wollte, sie nach Hause zu schicken, als sie aufstanden und gingen.“

Hackenholt und Berger bedankten sich und marschierten zum Auto zurück.

Als nächstes fuhren Wünnenberg und Stellfeldt zu Sieberts Bruder Konrad. Ein Mann, der aussah, wie Peter Siebert in zehn Jahren ausgesehen haben könnte, öffnete ihnen. Auch er hatte praktisch keine Haare mehr auf dem Kopf und die restlichen so abrasiert, daß man dachte, einen Glatzköpfigen vor sich zu haben. Allerdings zierte sein Gesicht ein Vollbart, der schon ergraut war. Indes war er um den Bauch herum beträchtlich fülliger als sein Bruder. Der Empfang war zwar auch hier nicht herzlich, aber auch nicht feindselig.

Wünnenberg begann sofort mit der Erklärung, warum er das Gespräch aufzeichnen wolle, und Herr Siebert hatte nichts dagegen einzuwenden.

„Es tut uns wirklich leid, daß wir Sie nicht zur Ruhe kommen lassen“, entschuldigte sich Wünnenberg nochmals ausdrücklich, nachdem er dem Mann gegenüber seine Beileidsbezeugungen ausgesprochen hatte, „aber wir haben ein paar Fragen, von denen wir hoffen, daß Sie sie uns beantworten können.“

„Oh, hoffentlich machen Sie sich da nicht zu viele Hoffnungen. Ich hatte nicht viel Kontakt zu Peter, aber fragen Sie ruhig. Ich will mich bemühen, Ihnen soweit wie möglich zu helfen.“

„Da haben Sie schon fast unsere erste Frage angeschnitten, Herr Siebert. Bislang haben wir noch niemanden gefunden, der uns viel über Ihren Bruder sagen konnte.“

„Das wundert mich nicht. Peter hat sich in den letzten Jahren verändert. Früher, als er noch klein war, war er immer das Nesthäkchen. Irgendwann veränderte er sich. Ich glaube, das war so um die Zeit, als sich Jana von ihm getrennt hat.“

Dieser Name war den Beamten noch völlig unbekannt.

„Jana Sattler. Sie war Peters erste große Liebe. Mit ihr war er einige Jahre zusammen. Peter hat die Wohnung in der Meuschelstraße gekauft, und sie haben sogar geplant zu heiraten. Alles war prima, bis es von heute auf morgen plötzlich aus war. Zumindest hat er das so erzählt. Ich habe von Jana nach der Trennung nie wieder etwas gehört. Peter sagte, sie sei nach München gegangen und habe dort kurz darauf einen anderen Mann geheiratet. In der Zeit danach wurde er zunehmend verschlossener, hat sich immer mehr zurückgezogen und einen recht unsteten Lebenswandel geführt. Ich glaube, da hat er angefangen, sich immer wieder bewußt zu betrinken. Außerdem hatte er noch diesen Freund, Jürgen Degel, mit dem er wohl häufiger versumpfte. Allerdings hatte ich zu dieser Zeit schon kaum mehr Kontakt zu Peter. Meine Schwester Anette hat sich immer wieder mal um ihn bemüht, aber es hat nie wirklich geklappt."

„Ihre Schwester hat sich um Kontakt zu Ihrem Bruder bemüht?"

„Ja, aber wie gesagt, das war immer nur von kurzer Dauer. Vor einem halben Jahr ist dann irgend etwas passiert, und seither durfte man in Anettes Gegenwart Peters Namen nicht einmal mehr denken. Fragen Sie mich nicht, was das war oder worum es ging, ich habe nicht die leiseste Ahnung."

„Uns wurde berichtet, daß Ihr Bruder zuletzt eine Freundin namens Monika Damps hatte."

„Die kenne ich nur vom Hörensagen, ich bin ihr nie persönlich begegnet. Sie war wohl ein paar Mal dabei, wenn Peter bei unseren Eltern zu Besuch war, und meine Mutter hat sich gefreut, daß er endlich wieder eine richtige Freundin hatte."

„Wußten Sie, daß es mit der wieder aus war?"

Siebert nickte. „Meine Mutter erwähnte es einmal."

„Davon, ob er sich eine neue Freundin suchen wollte, wissen Sie nichts?"

„Nein, überhaupt nichts."

„Haben Sie eine Ahnung, wie es um die Finanzen Ihres Bruders stand?"

„Da hatte ich gar keinen Einblick, aber nachdem er zuletzt arbeitslos war, hatte er wohl nicht sonderlich viel Geld."

„Und die Wohnung? Wann hat er die gekauft?"

Siebert schloß die Augen und rechnete im stillen. „Nageln Sie mich nicht darauf fest, ich glaube, das war vor ungefähr fünfzehn Jahren."

„Gibt es ein Testament?"

„Daran habe ich noch gar nicht gedacht", meinte Siebert betroffen. „Mir ist überhaupt noch nicht richtig bewußt, daß Peter tot ist. Auch wenn es für mich sicher keinen großen Unterschied macht."

Der Mann hing einen Moment lang Erinnerungen nach, bevor er wieder auf die ursprüngliche Frage zurückkam. „Von einem Testament weiß ich nichts, aber das soll nichts heißen."

Als Wünnenberg und Stellfeldt die Wohnung verließen, bemerkten sie, daß sie auf viele ihrer Fragen immer noch keine zufriedenstellende Antwort hatten. Niemand schien etwas Definitives über Siebert zu wissen. Das einzige, was sie erfahren hatten, war, daß Sieberts Schwester und Schwager recht empfindlich auf Fragen nach Siebert reagierten.

Da sich die beiden Beamten keine neuen Erkenntnisse von einem Gespräch mit den Eltern versprachen, machten sie sich auf den Rückweg zum Präsidium.

Dort wählte Stellfeldt Hackenholts Mobilnummer, erreichte aber nur dessen Mailbox, auf der er eine kurze Nachricht hinterließ, bevor er Feierabend machte.

Wünnenberg setzte sich sofort vor seinen Computer und begann im Intranet seine Recherche über Wolfgang Runge. Das absurde Verhalten des Mannes ließ ihm keine Ruhe. Aber erst, als er seine Suche auf dessen Frau Anette Siebert erweiterte, förderte er ein paar interessante Dinge zutage. Er stieß einen leisen Pfiff aus. Bevor auch er sich auf den Heimweg machte, legte er die ausgedruckten Seiten auf Hackenholts Schreibtisch.

Hackenholt vertraute Berger wieder seinen Autoschlüssel an und dirigierte ihn vom Stadtpark in das Neubauviertel, das laut Gruber noch nirgendwo eingezeichnet war. Das wollte er gern glauben, da er eher das Gefühl hatte, zu einer Baustellenbesichtigung aufgebrochen zu sein als in ein Neubaugebiet, in dem schon jemand wohnte. Die Straßen waren nicht geteert, der Schotter von den vielen Lastwagen ausgefahren und voller Schlaglöcher und Pfützen. Die Gärten waren noch nicht einmal eingezäunt, geschweige denn angelegt. Einige Häuser standen im Rohbau, bei anderen fehlte der Putz.

Das richtige Haus fanden sie nur, weil sie an einer Haustür den von Gruber beschriebenen bunten Papierdrachen sahen. Eine kleine pummelige Frau, die ein Baby auf dem Arm hielt, öffnete. Sie bat Hackenholt und Berger, die Schuhe vor der Tür stehen zu lassen, und führte sie in einen Raum, der als Eßzimmer diente.

Herr Gruber sah viel jünger aus, als er sein konnte, und wirkte wie ein Mann, der gewohnt war, mit seinen Händen zu arbeiten.

„Wenn ich richtig informiert bin, waren Sie Freitagnacht zusammen mit Herrn Martin Müller und Herrn Peter Siebert der letzte, der den Biergarten im Stadtpark verlassen hat. Können Sie sich noch an die Uhrzeit erinnern?“ begann Hackenholt.

„Ja. Martin, Peter und ich waren in der Tat mal wieder die letzten. Wir haben eine Frage fertig diskutiert, bevor wir gegangen sind. Ich kann Ihnen sogar ganz genau sagen, wann wir aufgestanden sind, weil nämlich unmittelbar vorher die Kirchturmglocke die dreiviertelte Stunde geschlagen hat.“

Berger notierte die Angaben.

„Herr Siebert hatte sich vor ein paar Wochen von seiner Freundin getrennt, aber er soll schon eine neue gehabt haben. Wissen Sie Näheres darüber?“

„Die Exfreundin kenne ich nur vom Erzählen, aber bei der Neuen klang es für mich eher so, als ob er da noch gewaltig was vor sich hätte, um die Frau rumzukriegen.“

„Könnten Sie bitte versuchen, sich an alles zu erinnern, was Herr Siebert in diesem Zusammenhang gesagt hat? Wir müssen diese Frau finden. Erwähnte er vielleicht einen Namen oder wo er sie kennengelernt hat?“

„Das war eine ziemlich verrückte Geschichte. Deshalb bin ich mir auch nicht sicher, ob sie wirklich stimmt oder ich etwas falsch verstanden habe“, sagte der Mann unsicher.

„Versuchen Sie es dennoch“, ermutigte ihn Hackenholt.

„Also, das Komische war, daß die Frau normalerweise nicht an Männern interessiert ist. Peter hat das zumindest immer betont und Witze darüber gemacht. Woher er sie kannte, weiß ich nicht. Es klang so, als kenne er sie schon länger. Er machte immer wieder Andeutungen, daß sie viel Geld besitze und sie sich jetzt auf einmal für ihn interessiere. Ich glaube, er nannte sie Siggi, aber da bin ich mir nicht sicher. Warum fragen Sie nicht Günther Degel, der müßte Genaueres wissen.“

Das dachte Hackenholt auch und nahm sich vor, Herrn Degel bald etwas intensiver auf den Zahn zu fühlen.

„Wissen Sie, wie Herr Siebert finanziell zurechtkam?“

„Sie meinen, weil er arbeitslos war? Geld war für Peter kein Thema, darüber sprach er nie. Er hat bei Ericsson gut verdient und reichlich Arbeitslosengeld bekommen, wie er immer wieder erwähnte. Zumindest im Biergarten konnte man nicht feststellen, daß er sich weniger leistete“, meinte Gruber mit einem schiefen Grinsen.

„Können Sie sich irgend jemanden vorstellen, der Herrn Siebert nach dem Leben getrachtet hätte?“

„Nein. Mir ist das völlig unbegreiflich.“

„Jetzt steht der Degel aber ganz schön blöd da!“ stellte Berger fest, als sie gingen. „Das bedeutet, er hat uns absichtlich nichts von der Frau erzählt.“

Hackenholt nickte zerstreut. In Gedanken war er noch bei dem Gespräch.

„Wo fahren wir jetzt hin?“ wollte Berger wissen.

Hackenholt riß sich zusammen und kehrte aus seinen Gedanken zurück. „Mhm, eigentlich wollte ich diese Frau Damps besuchen, aber von hier aus ist das genau in der entgegengesetzten Ecke Nürnbergs. Vielleicht fahren wir erst zur Dienststelle, dann kannst du dort in dein Auto umsteigen.“

„Ich komme immer mit der U-Bahn. Auf dem Präsidium sind nie so viele Parkplätze, als daß sie für alle reichen, deshalb habe ich mir eine Mobicard für die öffentlichen Verkehrsmittel gekauft. Vor allem im Stoßverkehr geht das schneller, und ich sitze sowieso meistens den ganzen Tag im Auto.“

„Dann halten wir an der nächsten U-Bahnstation, und ich entlasse dich für heute“, entschied Hackenholt.

Berger protestierte: „Nein, nein, das muß nicht sein. Ich komme gern noch mit.“

Hackenholt wußte das Engagement des Kollegen zu schätzen. Er war mittlerweile sehr froh, Berger mit in sein Team genommen zu haben.

Es stellte sich heraus, daß Monika Damps in der Straße wohnte, in der Berger am Vortag Hackenholts Wagen geparkt hatte. Degel behielt recht: Das Haus stach inmitten der alten herrschaftlichen Jugendstilanwesen förmlich ins Auge. Laut Namensschild wohnte Frau Damps im dritten Stock. Trotz mehrfachen Klingelns rührte sich nichts. Hackenholt überlegte, ob er eine seiner Visitenkarten in den Briefkasten werfen solle, auf der er sie um einen Anruf bat, entschied sich dann aber vorläufig dagegen.

„Dann sind wir fertig für heute“, sagte Hackenholt. „Wo soll ich dich hinbringen?“

Berger bedankte sich, erklärte aber, Hackenholt solle sich keine Mühe machen, von dieser Straße aus könne er in knapp fünf Minuten nach Hause laufen.

Hackenholt klopfte seine Jacke ab und fand schließlich Peter Sieberts Wohnungsschlüssel, den er vorsorglich eingesteckt hatte. Insgeheim hatte er gehofft, daß es seine Zeit zulasse, in der Wohnung vorbeizuschauen. Ihm war wichtig zu überprüfen, ob es persönliche Unterlagen gab, die Sieberts finanzielle Verhältnisse preisgaben.

Als der Hauptkommissar den Hausflur betrat, stieg ihm der verlockende Duft frischgebackenen Kuchens in die Nase. Sofort dachte er an Sophie Rhom und beschloß, später, wenn er mit der Arbeit fertig war, bei ihr zu klingeln. Er stieg in den zweiten Stock hinauf, ohne ein weiteres Lebenszeichen in dem großen Haus wahrzunehmen.

Die Luft in Sieberts Wohnung begann bereits abgestanden zu riechen. Er ging ins Eßzimmer, wo er seine Jacke über einen Stuhl legte. Es war kalt, die Heizung war nicht eingeschaltet. Langsam wanderte er nochmals durch die ganze Wohnung.

In einem Zimmer, dem er keinen genauen Gebrauch zuordnen konnte, fand er Regale mit Aktenordnern. Es waren wesentlich mehr Ordner, als er Siebert zugetraut hätte. Wahllos zog er den ersten aus dem Regal und blätterte darin. Dabei fiel ihm wieder ein, daß Siebert der Hausverwalter gewesen war. Dadurch konnte er fast die Hälfte der Ordner aussortieren. Ein weiteres Viertel war voller Unterlagen, die verschiedene Programmiersprachen betrafen. Leider war nur ein kleiner Teil der Ordner ordentlich beschriftet. Hackenholt trug die restlichen, die vielversprechend aussahen, ins Eßzimmer, um sie dort oberflächlich durchzublättern.

Es war eine mühselige Arbeit, und er hatte das Gefühl, schon ewig dazusein, obwohl gerade mal eine halbe Stunde vergangen war. Von Ordner zu Ordner wurde er frustrierter, da die privaten ein heilloses Durcheinander enthielten. Außerdem wurde ihm in dem ungeheizten Raum kalt, so daß er seine Jacke wieder anziehen mußte. Nach einer Stunde gelangte er endlich beim letzten Ordner an. Der Stapel mit den vermeintlich interessanten Unterlagen blieb dürftig.

Gerade als er die ersten Ordner in den Arm nahm, um sie wieder an ihren angestammten Platz zurückzutragen, kam einer der kunstvoll auf dem Tisch aufgetürmten Stapel ins Rutschen und polterte zu Boden. Nur Sekunden später läutete es an der Tür Sturm.

Sieberts Türglocke war kein angenehmer Gong, sondern schrillte in schiefen, das Trommelfell verletzenden Tönen. Hackenholt nahm sich nicht erst die Zeit, die Ordner, die er im Arm hielt, abzulegen, sondern stürmte auf kürzestem Wege zur Tür und riß sie schwungvoll auf.

Mit einem Satz wich die Frau, die vor der Tür stand, vor ihm zurück. Erst Sekunden später wurde Hackenholt klar, daß er sie durch sein heftiges Öffnen erschreckt hatte.

Es war Sophie Rhom. Einige Schritte weiter die Treppe hinunter wartete eine andere Frau, die ein Telefon in der Hand umklammerte.

„Mein Gott, haben Sie mich erschreckt!“ stöhnte Sophie, die Arme vor der Brust verschränkt. Zu der anderen Frau gewandt, die Hackenholt mißtrauisch musterte, sagte sie so beruhigend wie möglich: „Das ist Hauptkommissar Hackenholt. Also kein Grund zur Sorge.“

Hackenholt verstand nicht.

„Patricia hat Sie in der Wohnung herumlaufen und immer wieder Stühle rücken hören. Sie hat Sie für einen Einbrecher gehalten und bei mir angerufen, weil sie nicht wußte, ob sie die Polizei rufen soll. Ich wollte nachsehen, ob wirklich jemand in der Wohnung ist. Und dann habe ich diesen Krach gehört und ohne nachzudenken auf die Klingel gedrückt“, schloß sie atemlos.

„Tut mir leid, daß ich Sie erschreckt habe“, entschuldigte sich Hackenholt nachdrücklich. Kurzerhand legte er die Unterlagen, die er noch im Arm hielt, auf den Boden und trat aus der Tür, um sich Frau Teck vorzustellen. Erst als er ihr seinen Dienstausweis unter die Nase hielt, schien auch sie endlich beruhigt zu sein.

Sophie sah nach wie vor mitgenommen aus. So setzte er sein charmantestes Lächeln auf und legte ihr leicht die Hand auf den Arm. „Es war wirklich nicht meine Absicht, Sie zu erschrecken, aber es freut mich, Sie wieder zu sehen, Frau Rhom.“

Sophie wurde rot. Für ihre Ohren hatte er das ‚Rhom‘ so betont, daß sie sich augenblicklich an ihre Angaben erinnert fühlte, die sie Wünnenberg gegenüber gemacht hatte.

„Ich glaube, ich muß Ihnen da noch etwas erklären“, murmelte sie verlegen.

Hackenholt sah sie fragend an. Frau Teck verschwand, ohne ein weiteres Wort zu verlieren, in ihrer Wohnung.

„Ich weiß, daß ich Herrn Wünnenberg das mit den Möllenhäußers hätte sagen müssen, aber er war so ..., so ..., ich weiß auch nicht, wie ich sagen soll.“

„Ist schon gut“, winkte Hackenholt ab, als er begriff, warum sich die junge Frau so wand. „Frau Möllenhäußer hat uns heute vormittag über Sie aufgeklärt und uns davon überzeugt, daß wir Sie von unserer Verdächtigenliste streichen können."

Sophie war die Erleichterung anzusehen.

„Wollen wir nachher einen Kaffee zusammen trinken gehen?" fragte Hackenholt versöhnlich.

„Wenn Sie mögen, können wir den bei mir trinken. Ich habe gerade frische Muffins gebacken."

„Das klingt sehr verlockend. Ich wollte mich nämlich auch wegen des tollen Essens bei Ihnen melden."

Sophie nickte. „Brauchen Sie noch lange?"

„Nein, geben Sie mir zwei Minuten, um die Ordner wegzubringen." Hackenholt stellte die Ordner zurück und packte die Unterlagen, die er mitnehmen wollte, in eine mitgebrachte Tüte, bevor er die Wohnungstür versiegelte.

In Sophies Wohnung war es angenehm warm. Sie nahm ihm seine Jakke ab und hängte sie in den Dielenschrank, dann führte sie ihn in ihr Wohnzimmer. Gleich neben der Tür stand ein prächtiger alter Jugendstilkachelofen, in dem es leise knackte. Sie rückte Hackenholt einen alten Wiener Barocklehnsessel zurecht.

„Setzen Sie sich doch. Ich brauche einen Moment für den Kaffee."

„Kann ich Ihnen helfen?"

Sophie lachte freundlich. „Nein, lassen Sie mal. Das schaffe ich gerade noch."

Sie verschwand durch eine angrenzende Tür. Kurz darauf hörte er leises Rumoren und Geschirrklappern im Nebenraum. Hackenholt sah sich um. Im Gegensatz zu Wünnenberg fand er das Zimmer äußerst behaglich. Auf ihn machte der Raum einen stimmigen Eindruck, aber er hätte nicht in Worte fassen können, was er über seine Bewohnerin zum Ausdruck brachte. Sie hatte ganz eindeutig einen Hang zu allem, was alt war. Bei dem Gedanken fiel ihm ein, daß sie vielleicht Martin Müller kannte.

Als Sophie fertig war, öffnete sie die Tür weit und bat ihn in das andere Zimmer hinüber. Da Hackenholt seit dem Frühstück nichts mehr gegessen hatte, langte er bei den angebotenen Muffins eifrig zu und fragte sich, wie viele er davon wohl essen dürfe, ohne allzu gefräßig zu erscheinen.

Ein anderes Körbchen auf dem Tisch enthielt noch warme englische Scones. Sophie zeigte ihm, wie man diese mit Marmelade und Sahne aß. Obwohl der Tisch sich kaum zu leeren schien, war Hackenholt bald so satt, daß er kapitulieren mußte.

Sie hatten unbeschwert über Gott und die Welt geplaudert, und Hakkenholt hatte es sorgsam vermieden, Sophie auf die Geschehnisse im Haus anzusprechen. Als er nun versuchte, über die Frage, ob sie Martin Müller kenne, das Thema darauf zu lenken, sagte sie: „Ja, natürlich kenne ich ihn. Ich habe einen Vitrinenschrank bei ihm gekauft. Er steht im Arbeitszimmer. Wollen Sie ihn sich ansehen?"

Hackenholt spürte, daß sie durch dieses Angebot von der eigentlichen Frage ablenken wollte, stimmte aber zu. Nicht nur, weil er neugierig auf die restliche Wohnung war, sondern auch, um Sophie nicht zu drängen.

Ihr Arbeitszimmer paßte völlig zum restlichen Ambiente der Wohnung. Ein alter Jugendstilschreibtisch und der Vitrinenschrank stammten aus dem neunzehnten Jahrhundert. Die Ecke zierte ein wesentlich älterer gußeiserner Ofen, der sehr nach einem Museumsstück aussah. Das einzige, was so gar nicht zu dem Rest des Zimmers passen wollte, war ein alter Tisch, auf dem ein Computer mit allem möglichen Zubehör thronte.

Hackenholt sah sich den Vitrinenschrank genauer an. Durch die Glastüren entdeckte er eine Vielzahl englischer und französischer Bücher und Wörterbücher. Darunter sah er zu seiner Verwunderung eine ansehnliche Sammlung von Gesetzestexten und juristischen Kommentaren.

„Haben Sie etwas mit Jura zu tun?" fragte er erstaunt.

Sie sah ihn nachdenklich an, bevor sie vorschlug: „Kommen Sie mit ins Wohnzimmer hinüber, dann erzähle ich Ihnen ein bißchen von mir."

Sophie bot ihm wieder den Sessel vor dem Kachelofen an und setzte sich selbst auf das Sofa gegenüber. Sie griff nach einem Tablett, welches auf dem Tisch stand, und goß Hackenholt ein Glas Rotwein aus einer alten, geschwungenen Karaffe ein, bevor sie aus ihrem Leben zu erzählen begann. Wie sie nebenher gejobbt habe, um sich das Jurastudium zu finanzieren, jedoch mit steigender Semesterzahl immer mehr zu der Einsicht gelangt sei, daß es ihr keinen Spaß machen würde, täglich mit kleinlichen juristischen Streitereien konfrontiert zu werden. Wie sie es schließlich aufgegeben und sich den Sprachen zugewandt habe und jetzt als freiberufliche Übersetzerin arbeite und seit geraumer Zeit nebenbei einen Cateringservice für kleine Festlichkeiten betreibe.

Hackenholt war von ihrer Erzählung beeindruckt. Jetzt wußte er, was Möllenhäußers Tochter mit der Bemerkung meinte, er solle Sophie nicht unterschätzen, weil er sie als Köchin kennengelernt habe.

Sie unterhielten sich noch eine ganze Weile, bis Hackenholt mit einem Blick auf die Uhr bestürzt feststellte, daß er schon weit über drei Stunden bei Frau Rhom saß.

Als er sich zum Gehen fertig machte, verschwand sie kurz in der Küche und kam mit einer hübschen kleinen Konditorenschachtel zurück, die sie sorgfältig in einer Papiertasche verstaute und ihm in die Hand drückte.

„Vielleicht kann ich Herrn Wünnenberg damit etwas besänftigen?" meinte sie hoffnungsvoll und blickte verlegen auf ihre Schuhspitzen. „Richten Sie ihm bitte aus, daß ich ihm keine Schwierigkeiten machen wollte."

Hackenholt nahm dankend an. Auch wenn sein Kollege sich davon nicht beruhigen lassen würde, er selbst hatte die Muffins sehr gemocht. Sie verabredeten, daß sich Hackenholt am folgenden Tag bei ihr melden werde, da sie seine Küche einer ernsthaften Prüfung unterziehen solle.

Als sie Hackenholt in das kalte Treppenhaus verabschiedete, war es zehn Minuten vor sieben Uhr. Eindeutig zu spät, um nochmals bei Monika Damps' Wohnung vorbeizuschauen.

Lila – 4

Nach Lilas Tod hatte sie deren Nachlaß geregelt. Nicht, daß es da viel zu regeln gegeben hätte. Die wenigen Habseligkeiten ihrer Schwester verschenkte sie größtenteils an deren Freunde, außer dem einen oder anderen Erinnerungsstück, das sie selbst behielt.

In dem Karton, den sie mit in ihre Wohnung nahm, waren auch Lilas Tagebücher. Lange schreckte sie davor zurück, diese aufzuschlagen. Sie nahm sie zwar von Zeit zu Zeit in die Hand, legte sie dann aber unverrichteter Dinge wieder weg.

An dem Abend jedoch, an dem sie vor dem schwarzen Bild aus ihrer Trance erwacht war, ließ sie alles stehen und liegen und verkroch sich mit den Tagebüchern in ihr Bett. Sie wollte sich ihrer Schwester nahe fühlen und las die ganze Nacht hindurch.

Am nächsten Morgen war sie völlig erschöpft. Sie hatte in dieser Nacht die grauenhaften Dinge durchlebt, die Lila das Leben gekostet hatten. Endlich verstand sie die Zusammenhänge. Sie hätte gern um ihre Schwester geweint, aber ihre Kehle war wie zugeschnürt.

In dieser Nacht fand eine Veränderung ihrer Gefühlswelt statt. So, als ob ein Teil von ihr abstürbe. Zunächst fühlte sie in sich eine unbeschreibliche Leere, die sich dann jedoch mit Trauer füllte und allmählich in Wut umschlug.

9

Der Montagmorgen präsentierte sich mit einer dicken Wolkendecke, durch die den ganzen Tag kein Sonnenstrahl dringen sollte. Alles war und blieb in trübes, graues Licht getaucht.

Hackenholt saß an seinem Schreibtisch und sah Sieberts Unterlagen durch. Nachdem er eine grobe Vermögensaufstellung angefertigt hatte, wandte er seine Aufmerksamkeit den Unterlagen zu, die Berger zum Thema Patricia Teck aufgetrieben hatte. Als er einen Teil davon gelesen hatte, suchte er unter Wünnenbergs Kassetten die Aufnahme des Gesprächs mit Frau Teck heraus und legte sie in den Recorder ein.

Der Eindruck, den er gestern von der Frau gewonnen hatte, deckte sich mit dem, den die Bandaufnahme vermittelte. Hackenholt hatte sie ängstlich erlebt, froh darüber, sich zurückziehen zu können. Außerdem hatte sie sehr nervös gewirkt, was sich noch zu verstärken schien, als Sophie ihr sagte, daß er von der Polizei sei. Die Zeitungsnotizen schienen jedoch einen völlig anderen Menschen zu beschreiben. Er blätterte zum Ende der Papiere und las den letzten Artikel. Dieser war äußerst kurz. Es war eine Pressemitteilung vom Dezember letzten Jahres, die bekanntgab, daß die bisherige Leiterin der Bewährungshilfe in Regensburg mit sofortiger Wirkung aus gesundheitlichen Gründen in den Ruhestand versetzt werde. Ihr Nachfolger sei der bislang in Hessen tätig gewesene, geschätzte Herr Kollege Dr. Jungkunz.

Das war nicht gerade ergiebig. Allerdings blieb Hackenholt keine Zeit, die anderen Artikel zu lesen, da es fast halb neun war und die Besprechung beginnen sollte.

Als er ins Besprechungszimmer trat, erwarteten ihn Berger, Stellfeldt und Mur angeregt diskutierend.

„Wo ist Ralph?“ fragte Hackenholt in die Runde.

Alle zuckten die Schulter. Stellfeldt tippte Wünnenbergs Mobilnummer ins Telefon. Niemand meldete sich, was sich allerdings sofort aufklärte, da Wünnenberg genau in diesem Moment in das Besprechungszimmer trat. Hackenholt stellte Sophies Karton mit den Muffins auf den Tisch und öffnete ihn. Ein leckerer Duft ging von den kleinen Kuchen aus.

„Mensch, du verwöhnst uns aber“, lobte Mur.

„Wo sind die denn her?“ fragte Stellfeldt mit vollem Mund. „Die sind viel besser als die aus der Kantine.“

„Jetzt sag schon!“ drängte auch Mur. „Meiner ist mit Karotten und Haselnüssen und irgendeinem Gewürz, auf das ich noch nicht komme. Eine superleckere Mischung.“

Wünnenberg, der gerade zulangen wollte, zog schnell die Hand wieder zurück. „Bist du jetzt zum Öko mutiert?“ fragte er entsetzt.

„Quatsch“, mischte sich Stellfeldt wieder ein, „meiner ist völlig normal, mit Ananas und Kokosflocken.“

Endlich nahm sich auch Wünnenberg einen der kleinen Kuchen.

„Weißt du“, sagte Hackenholt in unschuldigem Ton, „eigentlich sind die alle für dich. Nein, das stimmt nicht, nicht für dich, sondern wegen dir.“

Wünnenberg blickte erstaunt auf.

„Das ist Frau Rhoms Friedensangebot. Ich finde, man kann es ihr nicht abschlagen.“ Dann erzählte Hackenholt, was gestern noch passiert war, nachdem er sich von Berger verabschiedet hatte. Dabei verkürzte er seinen Aufenthalt in Sophies Wohnung auf ein paar unbedeutende Minuten, erzählte aber ausführlich von dem Erlebnis, für einen Einbrecher gehalten worden zu sein. Alle lachten.

„So, jetzt aber zum ernsten Teil der Sache“, mahnte er danach. „Wie war es gestern bei Sieberts Bruder und Schwester?“

Wünnenberg ergriff das Wort. „Bei der Schwester sind wir böse auf die Nase gefallen. Sie und ihr Mann waren derart unkooperativ, daß wir sie für heute um 11 Uhr aufs Präsidium bestellt haben, damit sie ihre Aussagen hier fortsetzen. Der Mann hat uns die ganze Zeit nur beschimpft, und sie gab nur die allernötigsten Antworten. Ich bin gespannt, ob er heute morgen wirklich mit seinem Anwalt kommt“, schloß Wünnenberg.

Stellfeldt fügte noch ein paar Erläuterungen hinzu und beschrieb die merkwürdige Atmosphäre, die in der Wohnung geherrscht hatte.

Wünnenberg nickte. „Deswegen habe ich mich gestern nachmittag noch an den Computer gesetzt und versucht, ein paar Informationen über die beiden aufzutreiben. Über Herrn Runge gibt es nichts in unserem Intranet, aber über seine Frau habe ich ein paar Einträge im Register gefunden. Und jetzt gerade war ich beim Kollegen Wenger vom Dezernat für Wirtschaftskriminalität. Deswegen bin ich auch so spät dran. Was er mir erzählt hat, war ziemlich interessant.“

Alle lauschten gebannt Wünnenbergs Bericht.

„Frau Siebert hatte bis vor ungefähr einem Jahr eine florierende Unternehmensberatungsfirma. Vor gut zwölf Monaten wurde sie von einem ihrer Kunden angezeigt, Geschäftsgeheimnisse an Dritte verkauft zu haben. Innerhalb von sechs Wochen folgten noch drei weitere Anzeigen. Ihre Kunden war sie damit alle los, und sie wurde auf Schadenersatz verklagt. Um Ostern herum mußte sie Konkurs anmelden."

„Das war vor einem halben Jahr", dachte Stellfeldt laut.

Wünnenberg nickte zustimmend.

„Und vor einem halben Jahr kam es zum endgültigen Zerwürfnis zwischen den Geschwistern Siebert", fuhr Stellfeldt nachdenklich fort. „Ob das ein Zufall ist?"

„Siebert konnte sehr gut mit Computern umgehen", stellte Wünnenberg heraus.

„Wir sollten jetzt keine voreiligen Schlüsse ziehen. Warten wir ab, was uns die beiden heute sagen. Sie hatten jetzt eine Nacht lang Zeit nachzudenken", mahnte Hackenholt. „Unterdessen werde ich dafür sorgen, daß wir so schnell wie möglich die Ermittlungsunterlagen aus unserer Kriminalaktenverwaltung bekommen. Vielleicht finden wir dort etwas Aufschlußreiches."

Die Beamten kamen überein, daß sich Wünnenberg und Hackenholt Runge vornehmen würden. Stellfeldt und Berger wollten versuchen, Frau Siebert zum Sprechen zu bewegen.

„Jetzt sollten wir uns aber wieder den anderen Spuren widmen, wir dürfen gerade jetzt nichts übergehen", lenkte Hackenholt die Besprechung auf die anderen offenen Aspekte. Er berichtete, was er und Berger am Vortag herausgefunden hatten. Von dem Gespräch mit Gruber hob er besonders dessen Aussage bezüglich Sieberts Freundin in spe hervor. Dabei verdeutlichte er, daß Günther Degel offensichtlich bewußt etwas verschwiegen hatte und sie herausfinden müßten, warum dem so war.

Als Hackenholt erwähnte, daß das Bezugsrecht für den Todesfall in der Lebensversicherungspolice auf eine Jana Sattler lautete, wurde er von Stellfeldt unterbrochen.

„Von der hat uns Sieberts Bruder erzählt. Er meinte, daß sie Sieberts erste große Liebe gewesen sei und die beiden große Pläne geschmiedet hätten, bis von einem Tag auf den anderen Schluß gewesen sei." Das restliche Gespräch faßte er mit wenigen Worten zusammen.

Damit war fürs erste alles gesagt. Hackenholt machte sich daran, die Aufgaben zu verteilen.

„Ralph", wandte er sich an Wünnenberg, „bitte ruf heute unbedingt in der Galerie an und sieh zu, ob wir etwas über Frau Jakobis Bilder herausbekommen. Danach wäre es prima, wenn du dich mit den Unterlagen über Frau Teck auseinandersetzen könntest. Schau dir an, was Christian schon zusammengestellt hat. Vielleicht hast du eine Idee, wie wir noch mehr über sie herausbekommen.“

Wünnenberg nickte und machte sich eine Notiz.

„Manfred“, Hackenholt sah den anderen Kollegen an, „versuch du dich mit Sieberts Bank in Verbindung zu setzen und bitte sie um Einsicht der Konten. Außerdem frage bitte bei der Versicherung nach, ob sich an dem Bezugsrecht etwas geändert hat. Falls nicht, werden wir diese Frau Sattler aufspüren müssen.“

„Christian“, kam Hackenholt jetzt auf den letzten Kollegen zu, „ich habe Herrn Jürgen Degel heute für 14 Uhr aufs Präsidium bestellt. Es wäre schön, wenn du bei der Befragung dabei sein könntest. Danach würde ich gern noch einmal zu Frau Damps fahren.“

Christian nickte.

Als sie mit ihrer Besprechung fertig waren, war es bereits kurz nach elf. Ein Kollege aus der Wache gab ihnen Bescheid, daß ein Herr Runge und dessen Frau Anette Siebert auf sie warteten. Berger holte das Ehepaar ab.

Wie zu erwarten war, setzte der erste lautstarke Protest ein, als Wünnenberg Herrn Runge in das Besprechungszimmer bat, Berger Frau Siebert jedoch in ein angrenzendes führte, in dem Stellfeldt wartete. Hackenholt kam gerade aus seinem eigenen Büro, als Herr Runge mit seiner Szene begann. Er beobachtete den Mann einen Augenblick unbemerkt, bevor er sich ihm vorstellte.

„Guten Tag, Herr Runge. Ich bin Hauptkommissar Hackenholt, meinen Kollegen kennen Sie ja bereits. Seien Sie doch so freundlich und kommen Sie in das Besprechungszimmer, dort können wir uns in Ruhe unterhalten.“

Hackenholt wies mit einer gebieterischen Handbewegung zur Tür. Einen Moment lang schien Runge zu erwägen, weiterhin Widerstand zu leisten, besann sich dann aber und schritt unwirsch in das Zimmer. Ursprünglich hatte Hackenholt vorgehabt, sich bei dem Gespräch im Hintergrund zu halten, um Wünnenberg die Gesprächsführung zu überlassen. Jetzt spürte er jedoch, daß es besser war, sich offen neben Wünnenberg zu setzen und keinen Zweifel daran zu lassen, wie ernst es ihnen war.

„Herr Runge“, begann Wünnenberg sehr formell, nachdem er das gut sichtbare Tonbandgerät eingeschaltet und Datum, Uhrzeit sowie die Namen der anwesenden Personen genannt hatte. „Wie Sie bereits wissen, wurde Ihr Schwager in der Nacht von Freitag auf Samstag ermordet. Leider wollten Sie uns gestern auf unsere Frage, was Sie zur Tatzeit machten, keine Antwort geben. Deshalb frage ich Sie jetzt noch einmal: Wo waren Sie zwischen Freitagabend 22 Uhr und Samstagmorgen 2 Uhr?"

„Das hat Ihnen meine Frau doch schon gesagt. Wir waren beide zu Hause", schnappte Runge.

„Und was haben Sie da gemacht?"

„Ferngesehen."

„Und wo steht Ihr Fernseher?"

„Was geht Sie das an?"

„Wo steht Ihr Fernseher?" fragte Wünnenberg nochmals nach. „Ich habe keinen in Ihrer Wohnung gesehen."

Runge schluckte. Nach einem Moment antwortete er brüsk: „Ich habe mich mit meiner Frau unterhalten."

„Kann das jemand bezeugen?"

„Das weiß ich nicht, es ist Ihre Aufgabe, das herauszufinden."

„Sie haben sich bis nachts um zwei mit Ihrer Frau unterhalten?" fragte Wünnenberg nochmals nach.

„Nein, so um eins sind wir ins Bett gegangen."

„Worum ging es bei der Unterhaltung?"

„Das geht Sie gar nichts an."

Wünnenberg wechselte das Thema. „Wie war Ihr Verhältnis zu Peter Siebert?"

„Wir hatten nichts miteinander zu schaffen. Er war ein aufgeblasener Wichtigtuer."

„Aber er war Ihr Schwager", protestierte Wünnenberg.

„Ich habe Anette geheiratet, nicht ihren Bruder. Hätte ich den vorher gekannt, hätte ich es mir vielleicht sogar anders überlegt", blaffte Runge zurück.

„Er hat Sie also nicht manchmal besucht, oder Sie ihn?"

Der Mann schüttelte energisch den Kopf.

„War das schon immer so?" wollte Wünnenberg wissen.

„Am Anfang unserer Ehe hat sich meine Frau mehrfach darum bemüht, Kontakt zu ihm aufzunehmen. Sie glaubte, er benötige ihre Hilfe, aber ich bat sie, das zu unterlassen. Sie hat den Kontakt zu ihm dann völlig abgebrochen." Runge wirkte zufrieden.

Wünnenberg hütete sich, das Thema der Straftaten anzuschneiden, die Frau Siebert vorgeworfen wurden, da er dazu erst noch die Ermittlungsakten studieren mußte. Er fand es jedoch bemerkenswert, daß Runge die Sache mit keinem Wort erwähnte.

„Wissen Sie, was in Peter Sieberts Testament steht?“ fragte Wünnenberg listig.

„Ich habe Ihnen doch gerade erklärt, daß wir keinen Kontakt hatten. Woher sollte ich dann das wissen?“ schoß der Mann zurück.

Sie machten noch eine ganze Weile so weiter, bis die Beamten sicher waren, nichts Neues in Erfahrung bringen zu können.

„Bitte warten Sie hier; ich werde das Gespräch von der Sekretärin tippen lassen. Sie müssen das Protokoll dann noch unterschreiben“, teilte ihm Wünnenberg mit.

Damit war die Vernehmung zu Ende.

Hackenholt bat Stellfeldt und Berger zu sich ins Büro. Sie verglichen kurz die wesentlichen Aussagepunkte der Eheleute und kamen überein, daß Berger mit seiner Kollegin Glahn sofort aufbrechen sollte, um die Nachbarn des Ehepaars zu befragen. Ihre Aufgabe war es herauszufinden, ob jene die Eheleute zum fraglichen Zeitpunkt in der Wohnung gehört hatten.

Hackenholt griff zum Telefonhörer und rief in der Kriminalaktenverwaltung an, um die Akteneinsicht bezüglich Anette Siebert in die Wege zu leiten. Als eine der Schreibdamen hereinkam und das Protokoll von Frau Siebert vorlegte, ging Hackenholt in den Nebenraum eines Verhörzimmers und hörte sich das Band mit Frau Sieberts Aussage an. Sein erster Eindruck war, daß sie sehr müde und resigniert klang. Auch auf Stellfeldts Fragen antwortete sie so knapp wie möglich, ohne irgendwelche Informationen preiszugeben. Im wesentlichen stimmte sie mit ihrem Gatten überein. Sie sagte aus, daß sie den Abend zusammen in der Wohnung verbracht hätten. Ihren Bruder Peter habe sie seit langem nicht mehr gesehen und auch vorher kaum Kontakt zu ihm gehabt. Über sein Leben wisse sie nichts, es habe sie auch nicht interessiert. Als ob er nicht ihr Bruder wäre, sondern eine völlig fremde Person, dachte Hackenholt.

Zurück im Zimmer teilte Wünnenberg ihm mit, daß er in der Galerie nur eine Angestellte erreicht habe. „Sie konnte mir nicht weiterhelfen, aber sie meinte, daß sie den Namen Carina Jakobi schon einmal gehört habe. Auf alle Fälle wird sie ausrichten, daß ich angerufen habe und Julia Sommer um einen Rückruf bitten.“

Hackenholt nickte.

Zehn Minuten später steckte Stellfeldt den Kopf zur Tür herein und gab Bescheid, daß er zu der Bank fahre, bei der Siebert sein Konto hatte. „Danach schaue ich auch noch bei der Versicherung vorbei. Beide wollten mir am Telefon keine Auskunft geben. Es kann also dauern, bis ich wieder zurück bin."

Hackenholt hätte jetzt auch gern das Präsidium verlassen, aber er riß sich zusammen und las weiter in den Akten.

Wünnenberg hatte sich daran gemacht, im Internet die Archive diverser Zeitungen nach Patricia Teck zu durchforsten, und war so vertieft, daß er nicht mitbekam, als gegen 2 Uhr sein Telefon klingelte. Hackenholt nahm das Gespräch an seiner Stelle an.

„Hallo, hier spricht Julia Sommer. Ralph Wünnenberg hat in meiner Galerie angerufen, während ich bei einem Kunden war."

„Das ist richtig. Leider ist er jetzt gerade verhindert, Frau Sommer, aber wenn es Sie nicht stört, spreche ich mit Ihnen. Wir benötigen nämlich eine Auskunft über eine Nürnberger Künstlerin."

Er erklärte ihr, worum es ging und was er von ihr wissen wollte.

„Puh, das sind ganz schön viele Fragen auf einmal, und auf die meisten habe ich aus dem Stegreif keine Antwort", gestand die Galeristin, als Hakkenholt geendet hatte. „Aber ich kann mich bei ein paar Kollegen umhören, deren Galerien mehr in Richtung moderne Kunst gehen. Frau Jakobi ist mir zwar ein Begriff, und ich kenne einige ihrer Bilder, aber ich habe mich nie weiter für sie interessiert. Wie dringend ist es denn?"

„Um ehrlich zu sein, bräuchten wir die Auskunft so schnell wie möglich."

„Ich weiß nicht, ob ich das bis heute abend schaffe, aber bis morgen vormittag habe ich sicher ein paar der Dinge herausgefunden, für die Sie sich interessieren."

„Das wäre prima. Ich rufe Sie an, oder vielleicht komme ich auch vorbei, je nach dem, wie morgen meine Termine liegen."

Sie beendeten das Gespräch. Kaum hatte er aufgelegt, begann sein eigenes Telefon zu läuten. Es war der wachhabende Beamte, der mitteilte, daß Jürgen Degel pünktlich zum vereinbarten Termin eingetroffen sei. Hackenholt bat, Degel auszurichten, daß er sich noch einen Moment gedulden möge und fragte nach, wo sich Berger und Glahn befänden. Nach kurzer Rücksprache erfuhr er, daß beide noch in Rehhof mit Runges Nachbarn beschäftigt seien und frühestens in einer Stunde zurückkämen.

Deshalb wandte sich Hackenholt an Wünnenberg und riß diesen aus seinen Recherchen.

Das erste, was Hackenholt durch den Kopf ging, als er Jürgen Degel sah, war, daß auf ihn der Begriff ‚Beau‘ zutraf. Der Mann war überkorrekt gekleidet und wirkte dabei sehr extravagant. Dazu paßten sein volles, schulterlanges Haar und das markante Kinn. Man würde ihn in einer Menschenansammlung nicht so leicht übersehen.

Wünnenberg kramte seinen kleinen Recorder hervor und legte ein Band ein.

Hackenholt begrüßte Degel. „Vielen Dank, Herr Degel, daß Sie sich Zeit für uns genommen haben, und natürlich auch, daß Sie nach Nürnberg gekommen sind. Es ist für uns wesentlich angenehmer, direkt mit Ihnen zu sprechen, als das über die Amtshilfe mit der Kripo Brandenburg machen zu müssen. Aber Sie kennen sich ja aus. Wenn ich es richtig in Erinnerung habe, erwähnte Ihr Bruder, daß Sie Jurist sind.“

„Ja, das ist richtig“, bestätigte Degel.

„Wann haben Sie Herrn Siebert zum letzten Mal gesehen?“

„Das war Sonntag vor zwei Wochen. Da war ich das letzte Mal in Nürnberg und habe bei Peter gewohnt.“

„War Herr Siebert an dem Wochenende so wie immer oder nervöser oder ängstlicher als sonst?“

„Er war wie immer, einfach gut drauf.“

„Er hat sich über nichts beklagt oder über Dinge gesprochen, die ihn beunruhigt hätten? Oder war er besonders ausgelassen, besonders fröhlich?“

„Nein, da war kein Unterschied. Peter war immer ganz lässig und cool. Er hat sich über nichts beklagt, und beunruhigt hat ihn ganz bestimmt nichts. Er war eben lebenslustig und hat alles in vollen Zügen genossen. Er war kein Spießer, verstehen Sie?“

Hackenholt verstand, daß Degel damit offensichtlich ihn meinte.

„Wir haben in Herrn Sieberts Wohnung Marihuana gefunden.“

„Ja, und?“

„Das scheint Sie nicht zu verwundern.“

„Nein, wir haben manchmal zusammen ein Pfeifchen geraucht.“

„Woher hatte er das Marihuana?“

„Es kann sein, daß das noch von mir ist. Er hat mich mal gebeten, etwas zu besorgen“, gab Degel gleichmütig zu.

„Wissen Sie, wie es mit Sieberts Finanzen aussah?“

„Nein, aber ich habe ihn nie klagen hören.“

„Er hatte keine finanziellen Probleme?“

„Nicht daß ich wüßte. Er brauchte nicht viel.“

„Etwas ganz anderes. Sie wissen nicht zufällig, ob Herr Siebert ein Testament gemacht hat und wo das hinterlegt ist?“

„Nein, tut mir leid, wir gehen wohl alle nicht davon aus, daß wir so plötzlich aus dem Leben gerissen werden“, antwortete Degel kühl. „Außerdem hatte Peter niemanden zu versorgen. Ihm konnte also egal sein, was nach ihm passiert. Ich glaube nicht, daß er ein Testament hatte, aber definitiv weiß ich es nicht. Ich bin mir jedoch absolut sicher, daß es ihn nicht im mindesten interessieren würde, wie sich seine Familie um sein Erbe streitet.“

„Herr Siebert schien insgesamt nicht sonderlich viel für seine Familie übrig zu haben.“

„Das hat auf Gegenseitigkeit beruht. Die haben sich auch nicht für ihn interessiert. Peter war der Meinung, daß man sich seine Familie nicht aussuchen kann, seine Freunde hingegen schon. Also hat er sich immer mehr für seine Freunde interessiert als für seine Familie.“

„Hat er Ihnen jemals den Grund dafür genannt, warum er zu seiner Schwester ein so schlechtes Verhältnis hatte?“

„Die waren ihm viel zu spießig. Seinen Schwager konnte er überhaupt nicht ausstehen. Er hat sich halb kaputt gelacht, als die bankrott gegangen sind.“

„Er hat Ihnen davon erzählt?“

„Klar, das war schließlich der Anlaß für eine kleine Feier. Die ganze Zeit haben die auf piekfein gemacht, und dann hat sie der Gerichtsvollzieher bis aufs letzte Hemd gepfändet. Peter fand das köstlich.“

Hackenholt dachte, daß das Sieberts Charakter recht deutlich widerspiegelte.

„Aber er hat Ihnen nicht gesagt, warum sich das Verhältnis vor einem halben Jahr plötzlich so verschlechtert hat, daß man in Anette Sieberts Gegenwart nicht mal mehr seinen Namen aussprechen durfte?“

„Nein, das erwähnte er nicht, aber ich nehme an, daß er sie ausgelacht und ihr das auch genau so ins Gesicht gesagt hat.“

„Wir haben in seiner Wohnung eine Versicherungspolice für eine Lebensversicherung gefunden. Wußten Sie, daß er eine hat?“

„Die hat Peter sicher gebraucht, als er die Wohnung kaufte, um den Kredit für die Wohnung abzusichern.“

„Die Begünstigte ist laut dieser Police eine Frau Jana Sattler. Kennen Sie die?“

„Sehen Sie, wie ich gesagt habe, die Versicherung stammt aus der Zeit, als er die Wohnung gekauft hat. Mit der Sattler ist er zusammen in die Wohnung gezogen, sie war seine große Liebe. Ich habe sie gekannt, aber sie ist schon vor Jahren nach München gegangen.“

„Wissen Sie, wie sie heute heißt?“

„Ich glaube, sie heißt jetzt Brunner, aber sparen Sie sich Ihre nächste Frage, ich weiß nicht, was aus ihr geworden ist.“

„Was können Sie uns über Monika Damps sagen?“

„Die war nichts für Peter, das wußte ich gleich von Anfang an. Peter sah es mit der Zeit auch so, aber es war schwer, sie wieder loszuwerden.“

„Wie ist das zu verstehen?“

„Sie hat geklammert und wollte Peter nicht loslassen. Immer wieder rief sie an oder paßte ihn auf der Straße ab und versuchte, ihn zu überreden, es noch einmal zu probieren.“

„Warum war sie nichts für Herrn Siebert?“

„Sie versuchte immer, Peter zu bevormunden, wollte ihm sagen, was er zu machen habe und was nicht. Er sollte zum Beispiel vom Stammtisch fern bleiben, und sie wollte auch nicht, daß Peter so oft mit mir zusammen war. Ich war ihr zu oberflächlich und arrogant.“ Degel verzog spöttisch das Gesicht.

„Soweit wir wissen, hat sich bereits eine andere Frau für ihn interessiert. Sie soll recht vermögend sein.“

Zum ersten Mal während des Gesprächs sah man Degel sein Unbehagen an. Er hatte anscheinend nicht damit gerechnet, daß sie von der neuen Freundin wußten.

„Dazu kann ich Ihnen nicht viel sagen“, versuchte er abzuwiegeln.

„Versuchen Sie es dennoch. Ich kann mir nicht vorstellen, daß Herr Siebert Ihnen gegenüber daraus ein Geheimnis machte, wenn er es allen anderen am Stammtisch auch erzählt hat.“

„Er kannte sie schon länger. Warum er sich jetzt plötzlich für sie interessiert hat, weiß ich auch nicht.“

„Woher hat er sie gekannt?“

„Ich glaube, sie besuchte öfter jemanden bei ihm im Haus, aber wie er mit ihr ins Gespräch gekommen ist, weiß ich wirklich nicht. Es hat mich auch nicht interessiert."

„Uns wurde gesagt, daß die Dame sich bislang mehr zu Frauen hingezogen gefühlt habe."

„Ja, das habe ich auch gehört", gab Degel unbestimmt zurück.

„Fanden Sie das nicht merkwürdig?"

„Vielleicht hat sie kapiert, daß es ihr mit einem anständigen Kerl doch mehr Spaß macht", lachte Degel selbstgefällig.

Hackenholt fühlte sich zutiefst abgestoßen.

„Wie heißt die Dame denn?"

„Habe ich vergessen", behauptete Degel und sah dem Hauptkommissar dabei in die Augen.

Hackenholt wußte, daß er log, sah aber ein, daß er über diese Frau nicht mehr herausbekommen würde. Daher kam er zur letzten Frage, die er Degel stellen wollte.

„Was glauben Sie, warum Herr Siebert umgebracht wurde?"

„Das ist wohl eine Frage, auf die Sie eine Antwort finden müssen, nicht ich."

Hackenholt nickte wie in Gedanken. „Werden Sie lange in Nürnberg bleiben?"

„Das weiß ich noch nicht."

„Bitte sagen Sie uns unbedingt Bescheid, bevor Sie wieder fahren."

„Ja, ist gut, ich habe verstanden."

„Noch etwas", meinte Hackenholt, „wo wohnen Sie jetzt im Moment?"

„Ich habe mich bei meinem Bruder einquartiert."

„Gut, dann wissen wir, wie wir Sie erreichen können. Vielen Dank, daß Sie aufs Präsidium gekommen sind."

Degel nickte und ließ sich von Wünnenberg nach draußen bringen.

„Komischer Zeitgenosse", war alles, was Wünnenberg sagte, als er ins Zimmer zurückkam und sich wieder seinen Recherchen widmete, aus denen er für den Rest des Nachmittags nicht mehr auftauchen sollte.

Um halb vier kehrten auch Berger und Glahn von ihrer Befragung zurück. Sie hatten übergründlich gearbeitet und nicht nur die unmittelbaren Nachbarn über, unter und neben den Eheleuten Runge/Siebert befragt, sondern über den Hausmeister auch ausfindig gemacht, welcher Stellplatz dem Ehepaar gehörte. Sodann hatten die beiden Beamten sämtliche Tiefgaragennutzer befragt, ob sie am fraglichen Abend bemerkt hätten, daß

Runges Auto nicht auf seinem Parkplatz gestanden habe, aber keiner der Anwohner hatte von dem Auto Notiz genommen.

Was die unmittelbaren Nachbarn jedoch gehört hatten, war ein lautstarker Streit zwischen Herrn Runge und Frau Siebert, der allerdings gegen Mitternacht zu Ende war. Zu diesem Zeitpunkt fühlte sich nämlich der Nachbar unter ihnen belästigt und hämmerte unwirsch an die Wohnungstür des Ehepaares, um laut seine Ruhe zu fordern. Daraufhin war es schlagartig still geworden. Niemand hatte bemerkt, ob danach noch jemand die Wohnung verließ.

Gegen fünf Uhr war Hackenholt mit der Durchsicht der bisherigen Ermittlungsakte fertig. Auf seinem Schreibblock notierte er, daß er das Nachlaßgericht anrufen müsse, um bei der dortigen Hinterlegungsstelle nachzufragen, ob sie ein Testament von Peter Siebert in Verwahrung hatten. Hackenholt riß Wünnenberg einmal mehr aus den Tiefen seiner Computerrecherche, als er ihm mitzuteilen versuchte, daß er auf dem Heimweg noch in Martin Müllers Antiquitätenladen vorbeischauen werde.

In Müllers Laden war nicht viel los: Außer Hackenholt war nur eine einzige Kundin anwesend, die eifrig mit Müller um einen antiken Weichholzschrank feilschte. Der Hauptkommissar schaute sich unterdessen im Geschäft um und fand auf einem kleinen Tischchen in der Ecke alte Besteckteile. Das erinnerte ihn daran, daß er Sophie Rhom noch anrufen wollte. Spontan entschied er sich für eine alte Damasttischdecke, die er auf einem Buffett im hinteren Teil des Ladens entdeckte. Er wußte zwar die Maße seines Tischs nicht auswendig, aber er schätzte, daß die Tischdecke passen könnte. Fast hätte er über dem Stöbern den ursprünglichen Grund seines Kommens vergessen.

„Herr Müller, Sie haben mir bei unserem Gespräch erzählt, daß Herr Siebert sich manchmal in juristischen Fragen an einen seiner Stammtischfreunde wandte. Könnten Sie mir sagen, wer das genau war?“

„Das ist Dr. Rüdiger Voss.“ Müller wirkte erstaunt.

„Hat Herr Dr. Voss eine Kanzlei?“

„Ja, warten Sie einen Moment.“ Müller verschwand durch eine Tür mit der Aufschrift „Privat“. Kurz darauf kam er, in einem kleinen Notizbüchlein blätternd, zurück.

„Die Kanzlei ist in Lauf an der Pegnitz. Wollen Sie die Adresse und Telefonnummer der Kanzlei oder die Privatnummer?“

„Die von der Kanzlei genügt mir vollauf“, sagte Hackenholt.

Müller notierte sie und packte den Zettel zu der Tischdecke in eine Plastiktüte, die er über den Verkaufstresen schob.

Danach machte sich der Ermittler auf den Nachhauseweg. Unterwegs hielt er noch beim Thailänder und nahm sich sein Abendessen mit. Heute hatte er keine Lust zu kochen, er mußte sowieso noch die anderen zwei Ladungen Wäsche waschen. Er befand, dies seien genug haushälterische Tätigkeiten für einen Abend.

In der Nacht wurde Hackenholt wach. Ihm fiel ein, daß er vergessen hatte, sich bei Sophie zu melden. Als er auf die Uhr schaute, war es zwei. Keine Zeit, um irgend jemanden anzurufen. Die nächste Stunde verbrachte er damit, sich im Bett hin und her zu wälzen. Schließlich stand er auf und legte die neu erworbene Tischdecke auf seinen Eßtisch. Sie paßte wunderbar. Danach wanderte er noch eine Stunde durch die Wohnung und hörte leise seine Lieblings-CD von REM.

Als er sich um vier Uhr wieder ins Bett legte, konnte er endlich einschlafen.

Am Morgen verschlief er prompt und wachte erst um halb neun auf. Er rief im Präsidium an, um Bescheid zu geben, daß er sich etwas verspäten werde. Danach stellte er sich unter die Dusche und genoß ausgiebig das warme Wasser.

Es war Dienstag, der 8. Oktober, neun Uhr.

10

Hackenholt versammelte die Ermittlungsgruppe im Besprechungszimmer. Alle hatten Notizblöcke und andere Unterlagen vor sich liegen. In die Ermittlung war Schwung gekommen. Nach einer kurzen Begrüßung gab er das Wort sogleich an Stellfeldt weiter.

„Wie ihr wißt, habe ich gestern den ganzen Nachmittag bei Sieberts Bank und Versicherung verbracht. Er hat die Wohnung vor fünfzehn Jahren, also 1987, gekauft. Der Kredit dafür läuft noch, aber diesbezüglich gab es keinerlei Auffälligkeiten. Auch seine Kontobewegungen waren so, wie man es erwartet: nur seine Gehälter, beziehungsweise sein Arbeitslosengeld sind eingegangen, er hat auch keine größeren Ausgaben gemacht. Es schien alles recht ausgewogen zu sein. So weit, so gut, aber jetzt kommt es: Der Filialleiter hat mir außerdem mitgeteilt, daß Siebert vor einem halben Jahr ein Bankschließfach angemietet hat. Nach einigem Hin und Her hat mir das Büro der Staatsanwaltschaft einen entsprechenden richterlichen Durchsuchungsbeschluß für das Fach in die Bank gefaxt. Der dortige Hausmeister hat es dann aufgebrochen, da ich den zweiten Schlüssel nicht hatte." Stellfeldt machte eine kleine Kunstpause und schaute triumphierend in die Runde. „Es waren 50.000 Euro Bargeld darin." Alle sahen überrascht drein.

„Außerdem haben wir in den Büchern der Bank nachgeschaut und festgestellt, daß Siebert nur ein einziges Mal zu seinem Schließfach gegangen ist, und zwar an dem Tag, als er es eröffnet hat."

Das ließ den Beamten Raum für Spekulationen.

Schließlich fuhr Stellfeldt fort: „Bei der Versicherung gab es keine Überraschung. Seine Lebensversicherung wurde Ende 2001 von DM auf Euro umgestellt. Dabei hat sich der Betrag nicht geändert, umgerechnet beläuft er sich auf knapp 150.000 Euro. Auch das Bezugsrecht wurde der Versicherung gegenüber nicht widerrufen, das Geld geht an Jana Sattler."

„Jana Sattler soll inzwischen Brunner heißen und in München leben", ergänzte Hackenholt.

„Nicht nur soll", erklärte Berger. „Ich habe gestern noch kurz mit Manfred gesprochen, nachdem ihr schon weg wart. Im Anschluß habe ich ein wenig herumtelefoniert. Frau Sattler hat ihren Wohnsitz im Juli 1990 in Nürnberg abgemeldet und ist nach München gezogen. Sie hat im September 1990 geheiratet und heißt nun Brunner. Hier habe ich ihre Adresse und Telefonnummer notiert." Berger schob Hackenholt ein Blatt Papier zu. „Und dann habe ich hier noch die Telefonnummer von Monika Damps." Berger legte einen weiteren Zettel vor Hackenholt.

Dieser staunte, kam aber nicht dazu nachzufragen, wie Berger das bewerkstelligt hatte, da es klopfte und eine der beiden Schreibkräfte des Kommissariats ihren Kopf zur Tür hereinsteckte.

„Dieses Fax ist gerade gekommen", sagte sie an Hackenholt gewandt und reichte ihm ein zweiseitiges Schreiben. Hackenholt nickte ihr dankend zu und überflog es.

„Das Schreiben ist von der Galerie, bei der wir gestern nachgefragt haben, was es Wissenswertes über Carina Jakobi gibt", sagte Hackenholt in die Runde. „Ich lese euch das Wichtigste daraus vor:

‚Carina Jakobi gehört zu den wenigen Nürnberger Künstlerinnen, die es geschafft haben, sich mit ihrer Kunst nicht nur deutschlandweit, sondern auch international einen Namen zu machen. Ihre Bilder sind um die ganze Welt gereist. Sie hat an vielen namhaften Ausstellungen, auch im Ausland, teilgenommen und einige bedeutende Preise gewonnen.

Sie beschäftigt sich seit vielen Jahren mit einem Kunstbereich, der ursprünglich in den USA angesiedelt war. Im Laufe der Jahre haben sich ihre Bilder immer wieder verändert: Sie sind vom rein abstrakten zum gegenständlichen Sujet übergegangen.

Einige ihrer Bilder haben Spitzenpreise erzielt. Üblicherweise wird man mit 4.000 – 7.000 Euro pro Bild rechnen müssen, wobei auf dem freien Markt derzeit nur wenige ihrer Kunstwerke angeboten werden. Allerdings gibt es einige unverkäufliche Stücke, die die Künstlerin in ihrem Haus ausstellt, da sie zu manchen ihrer Bilder eine ungewöhnlich starke Bindung entwickelt'", schloß Hackenholt.

„Wenn das wirklich stimmt, hängt im Treppenhaus in der Meuschelstraße ein Vermögen, und noch mal eins in ihrer Wohnung", stellte Stellfeldt betroffen fest. „Wer hätte das gedacht!"

„Wir sollten uns also nochmals mit der Dame unterhalten und versuchen, mehr über die Beschädigung ihres Bildes durch Herrn Siebert herauszufinden", meinte Hackenholt.

„Das ist ja alles schön und gut, aber jetzt hört euch erst mal an, was ich herausgefunden habe", trumpfte Wünnenberg auf, der sein Wissen nicht länger zurückhalten konnte. „Wie ihr wißt, habe ich ein bißchen über Frau Teck recherchiert. Dabei habe ich einen Artikel in der Abendzeitung gefunden, in dem es um einen kleinen Skandal geht. In dem Artikel ging es maßgeblich um Frau von Liebscher, und nur am Rande um Patricia Teck."

Als Wünnenberg begann, groß und breit zu erklären, wer Sieglinde von Liebscher sei, wurde er von Mur unterbrochen: „Wir wissen alle, wer das ist, den Teil kannst du also getrost auslassen."

„Ähm", räusperte sich Hackenholt, „ich weiß es nicht."

Mur sah ihn fassungslos an. „Das kann doch wohl nicht wahr sein. Du mußt sie doch bei einem offiziellen Anlaß kennengelernt haben."

Hackenholt schüttelte den Kopf. Jeder wußte doch, daß er die offiziellen Anlässe mied wie der Teufel das Weihwasser.

„Um es kurz zu machen", faßte Mur das Allernötigste über Frau von Liebscher zusammen. „Sie ist die Haupterbin einer alteingesessenen Fabrikantenfamilie, die hier in Nürnberg Mitte des neunzehnten Jahrhunderts eine Lebkuchenfabrik gegründet hat. Das Familienunternehmen gibt es heute noch. Es ist allerdings nicht mehr so bedeutend wie früher. Zieht daraus aber keine falschen Schlüsse; bei denen geht es um das richtig große Geld. Die Familie besitzt heute noch bedeutenden Einfluß und Ansehen."

„Und genau diese Haupterbin soll ein Verhältnis mit Frau Teck gehabt haben", ließ Wünnenberg die Bombe platzen.

„Ach komm, das kann doch nur eine Zeitungsente sein", wandte Stellfeldt sofort ein. „Da hat eine Geld und ist nicht verheiratet, und schon dichten die Zeitungsfritzen ihr etwas an."

„Könnte sein, aber ich finde es trotzdem interessant, daß die Teck darin erwähnt wird", verteidigte sich Wünnenberg.

„Viel interessanter finde ich, daß es nur einen Artikel dazu gab. Das ist bemerkenswert. Normalerweise bringt ein Blatt mehr als einen Artikel. Die schlachten das doch richtig aus", gab Mur zu bedenken.

„Wenn man es genau bedenkt, kann das nur zwei Gründe haben", kam die Schlußfolgerung von Berger. „Entweder hat die Familie der Zeitung mit einer Verleumdungsklage gedroht, oder sie hat sie durch eine Abstandszahlung dazu gebracht, nichts weiter darüber zu schreiben."

„Das ist auf alle Fälle ein interessanter Aspekt, den du da gefunden hast, Ralph", meinte Hackenholt, der bislang zu dem Ganzen geschwiegen hatte. „Wir werden versuchen, der Sache nachzugehen." Bei sich dachte er, daß er vielleicht Sophie Rhom ein paar Worte zu diesem Thema entlocken könne.

Als nächstes meldete sich Mur mit einer anderen Sache zu Wort: „Was ich euch zu sagen habe, birgt zwar keine Überraschungen mehr, untermauert aber unsere bisherigen Theorien. Ich habe nämlich endlich einen Bericht vom Landeskriminalamt bekommen. Die Substanz auf dem Boden war ganz eindeutig Schmierseife. Außerdem haben die Leute vom LKA zweifelsfrei bestätigt, daß an Sieberts Schuhen auch Reste davon waren, obwohl jemand versucht hat, sie abzuwischen. Ferner gab es Spuren von Schmierseife auf Sieberts Lederjacke, und zwar genau in Höhe des Schulterblatts.

Das bedeutet, daß der Tathergang eindeutig feststeht und unsere Rekonstruktion richtig war", schloß die Beamtin.

Im Anschluß erbat Hackenholt eine viertelstündige Pause, da ihm eingefallen war, daß er das Nachlaßgericht und die Kanzlei von Dr. Voss anrufen wollte, um sich zu erkundigen, ob diese etwas über ein etwaiges Testament von Siebert wüßten.

Als er wieder im Zimmer war, faßte er die neu gewonnenen Erkenntnisse zusammen: „Niemand konnte uns bislang einen Hinweis darauf geben, ob Siebert ein Testament gemacht hat, geschweige denn, wo er es aufbewahrt haben könnte. Ich habe auch beim Nachlaßgericht angefragt. Wir können vermutlich für den Moment davon ausgehen, daß es keines gibt. Als Motiv scheidet es aus, andernfalls wäre es inzwischen aufgetaucht. Somit könnte höchstens Frau Brunner gewußt haben, daß sie etwas erbt. Da sie sich schon vor Jahren von Siebert getrennt hat, scheint mir dies jedoch ziemlich unsicher.

Bei den Eheleuten Siebert/Runge haben wir das Problem, daß man sie bis Mitternacht hat streiten hören, für die Zeit danach haben sie kein überzeugendes Alibi. Es ist schade, daß keiner der Nachbarn gesehen hat, ob das Auto die ganze Nacht auf dem Parkplatz stand."

„Er hätte auch ein Taxi nehmen können, oder sie", warf Stellfeldt ein.

„Ja, das ist richtig. Dem sollten wir auf alle Fälle nachgehen", stimmte Hackenholt zu.

„Übrigens, heute morgen sind die Ermittlungsakten in Sachen Anette Siebert mit der Hauspost gekommen", fiel Wünnenberg jetzt ein. „Sie liegen bei mir auf dem Schreibtisch."

„Ich denke, wir sollten versuchen, über die Eheleute Genaueres herauszubekommen, aber wir müssen im Auge behalten, daß sie nicht die einzigen Verdächtigen sind. Deshalb sollten wir uns auch weiterhin um Frau Teck und Frau Jakobi kümmern und mit dem Reporter sprechen, der den Artikel über die Teck geschrieben hat."

Sie teilten die Aufgaben untereinander auf. Wünnenberg wollte sich den Akten widmen. Stellfeldt sollte zu dem Reporter Kontakt aufnehmen. Außerdem mußten noch Termine vereinbart und verschiedene andere Nachforschungen in die Wege geleitet werden.

Hackenholt selbst erledigte in kurzer Folge hintereinander mehrere Telefonate. Zunächst rief er Monika Damps' Nummer an, erreichte aber nur deren Anrufbeantworter. Danach wählte er die Telefonnummer von Frau Brunner in München.

Wenn die Frau darüber erstaunt war, daß sie einen Anruf der Kripo in Nürnberg erhielt, verbarg sie es.

„Was kann ich für Sie tun?" fragte sie höflich.

„Uns ist gesagt worden, daß Sie vor einigen Jahren mit einem Herrn Peter Siebert bekannt waren. Ist das richtig?" schnitt Hackenholt das Thema an.

„Ja, ich habe einige Zeit mit Peter Siebert zusammengelebt, aber dann trennten wir uns, und ich zog nach München und heiratete."

„Waren Sie seither nochmals wieder in Nürnberg?"

„Aber natürlich. Meine Eltern wohnten bis vor ein paar Jahren in Nürnberg. Ich habe sie regelmäßig besucht." In Frau Brunners Stimme mischte sich Verwunderung.

„Haben Sie Herrn Siebert bei einer dieser Gelegenheiten nochmals getroffen?"

Diese Frage verneinte sie ganz entschieden. „Wir haben jeglichen Kontakt zueinander abgebrochen."

„Wann waren Sie denn zuletzt in Nürnberg?" wollte Hackenholt wissen.

„Seit meine Mutter verstorben ist, wohnt mein Vater bei uns in München. Ich war mehr als zwei Jahre nicht mehr in Nürnberg."

Nachdem die Frau noch immer nicht nachgefragt hatte, warum Hakkenholt sich für all das interessierte, teilte er ihr die traurige Nachricht von sich aus mit. Vom anderen Ende der Leitung kam keine Reaktion. So fragte Hackenholt nach einer kleinen Weile vorsichtig: „Frau Brunner?"

„Ja, ich bin noch da", sagte sie mit gefaßter Stimme. „Das ist jetzt natürlich sehr überraschend."

„Ich würde mich gern noch ausführlicher mit Ihnen unterhalten", bat Hackenholt.

„Ich weiß nicht, was ich Ihnen dazu sagen kann. Ich hatte seit über zehn Jahren keinen Kontakt mehr zu Peter."

„Es wäre trotzdem wirklich wichtig."

Nach einem Moment des Zögerns sagte die Frau: „Gut, dann komme ich morgen nach Nürnberg. Ist es Ihnen morgen vormittag gegen 10 Uhr recht? Früher schaffe ich es nicht."

Hackenholt stimmte zu und machte einen Eintrag in seinen Terminkalender. Danach griff er zu seiner Jacke und suchte Berger, um mit ihm einmal mehr in die Meuschelstraße zu fahren.

Hackenholt klingelte bei Frau Jakobi. Nur ein paar Momente später konnte man deren forsche Stimme durch die Sprechanlage hören: „Ja bitte? Wer ist da?"

„Hauptkommissar Hackenholt von der Kripo Nürnberg. Ich würde gern mit Ihnen sprechen, Frau Jakobi."

Der Summer ertönte, und Hackenholt drückte die schwere Tür auf.

Frau Jakobi beäugte die beiden Polizisten neugierig, als sie aus dem Fahrstuhl traten und die letzten Stufen ins Dachgeschoß hinaufstiegen. „Sie habe ich hier noch nicht gesehen", stellte sie fest. Hackenholt blieb es dennoch erspart, seinen Dienstausweis vorzuzeigen, da sie fortfuhr: „Aber Frau Teck hat mir schon von Ihnen erzählt."

„Ja?" fragte Hackenholt gedehnt.

„Na, Sie sind doch der, den sie am Sonntagnachmittag für einen Einbrecher gehalten hat", grinste Frau Jakobi. Als sie Hackenholts betroffenes Gesicht sah, fügte sie hinzu: „Wissen Sie, wir sind ein kleines Haus, in manchen Dingen ein sehr kleines Haus. Auch wenn wir des öfteren nicht alle einer Meinung sind, so erfahren doch immer alle alles. Sie können froh sein, daß Sophie an dem Nachmittag zu Hause war. Die Teck wäre im Stande gewesen, die Polizei zu rufen und eine so verworrene Geschichte zu erzählen, daß sie mit einem kompletten Sonderkommando hier angerückt wäre, um Sie zu stellen." Ihre Stimme drückte aus, was sie offenbar von Frau Teck hielt. „Zumindest Sophie kann sie meistens bremsen. Nur schade, daß sie nicht immer zur Stelle ist. Aber lassen wir das. Was kann ich für Sie tun?" Sie hatte während des Gesprächs die Beamten in den Wohnraum geführt. Hackenholt sah sich um und machte dabei aus seiner Neugierde keinen Hehl.

„Sind das alles Bilder von Ihnen?"

„Ja."

„Ich verstehe nicht viel von Kunst", gab er zu. „Können Sie mir etwas über Ihre Malerei sagen?"

„Was interessiert Sie denn?" fragte Jakobi nach.

„Das weiß ich auch nicht genau. Ich meine: Wie machen Sie die Gemälde? Woher haben Sie die Ideen, und wie geht es dann weiter?" fragte er unbeholfen.

„Nun, ich bin ein Mensch, der mit offenen Augen durch die Welt geht. Ich lasse meine Umwelt auf mich wirken. Dann kommen mir manchmal ganz plötzlich Ideen für eine neue Komposition. Das klingt jetzt ziemlich verrückt, aber so ist es. Ich kann mich nicht hinsetzen und sagen: So, jetzt malst du ein Bild. Das muß von innen heraus kommen. Ich sehe etwas, mein Unterbewußtsein verarbeitet es und wandelt es in die von mir verwendeten geometrischen Formen um, und dann ist es plötzlich da, und ich muß alles stehen und liegen lassen und die Vision skizzieren. Wenn ich das nicht sofort mache, dann kommt es vor, daß die Ideen wieder weg sind und ich mich nicht mehr daran erinnern kann, wie ich das Bild beim ersten Mal sah. Und dann brauche ich gar nicht erst zu beginnen, weil es sowieso nichts mehr wird."

Hackenholt nickte unsicher.

„Wissen Sie, manche meiner Kunstwerke haben für mich eine ganz bestimmte Bedeutung. Viele Leute können es gar nicht verstehen, aber manche Gemälde verkörpern mein Innerstes."

Hackenholt fiel es wirklich schwer, dies in den Bildern wieder zu erkennen; er konnte moderner Kunst nun mal nichts abgewinnen.

Langsam wurde es Zeit, das Gespräch auf die Ausstellungsstücke im Hausflur zu lenken. „Meinen Kollegen haben Sie erzählt, daß die Bilder im Treppenhaus alle von Ihnen sind."

Jakobi nickte verstehend. „Ja, Herr Hauptkommissar, die sind alle von mir. Aber das sind nicht meine unverkäuflichen Werke, von denen ich mich niemals trennen kann. Die Gemälde dort zeigen meine künstlerische Entwicklung: Wie ich anfing, bis zu meinem heutigen Stil. Ich habe diejenigen ausgewählt, die eine kleine Geschichte erzählen. Jedes Stockwerk hat ein eigenes Thema, aber das fällt wohl nur den wenigsten Menschen auf. Das war Sophies Idee."

„Sie haben erzählt, daß ein Bild durch Herrn Siebert oder dessen Freunde ruiniert wurde."

„Ja", seufzte Frau Jakobi.

„Was genau ist damit passiert?"

„Das weiß ich nicht, ich war schließlich nicht mit dabei, aber es hat gestunken, und die Leinwand war fleckig. So, als ob jemand darauf uriniert hätte, oder noch schlimmer. Es war ruiniert, ich konnte es nicht mehr retten."

„Besitzen Sie das Bild noch? Ich würde es mir gern ansehen", brachte Hackenholt sein Anliegen vor.

„Tut mir leid. Ich war so schockiert darüber, daß ich es verbrannt habe. Das erschien mir am würdigsten für eines meiner Bilder. Ich hätte es nicht einfach in den Müll geben können. Ich kann Ihnen aber ein Foto von dem Bild zeigen. Als es noch intakt war, meine ich." Carina Jakobi stand auf und ging zu einer Vitrine, die mit Kunstbänden vollgestopft war. Sie mußte eine Weile suchen, bevor sie mit einem großen Umschlag zurückkam und diesem zwei Pappdeckel entnahm. Dazwischen befanden sich einige großformatige Fotos. „Hier, das ist es." Sie legte zwei Abzüge auf die Tischplatte. Hackenholt beugte sich darüber und studierte sie eingehend. Es war die Ansicht einer Brücke über einem Fluß. Das leitete Hackenholt zumindest aus dem Titel ab, der am unteren Ende der Photographie stand. Wenn man es ganz genau betrachtete, konnte man auch einiges erahnen, was eine Brücke und einen Fluß darstellen könnte, aber die Formen verschmolzen mit den Rechtecken und Quadraten des Hintergrunds, und die kräftigen Farben ließen seine Augen schon nach kurzer Zeit übergehen.

„War das Gemälde versichert?"

Jakobis Augen verengten sich. „Alle meine Bilder sind versichert", schnappte sie, „aber Ihre Frage zeigt nur, daß Sie nichts verstanden haben. Es geht hier nicht um Geld. Es geht um Kunst. Die Komposition ist für mich unwiederbringlich verloren. Da nutzt mir auch das Geld nichts."

Der Verlust des Bildes machte sie immer noch wütend; Hackenholt war von ihrem impulsiven Ausbruch überrascht.

Mit ruhigerer Stimme fuhr Carina Jakobi fort: „Ich versichere meine Ausstellungsstücke immer zu einem Pauschalpreis von 5.000 Euro. Aber ich habe den Verlust dieses Bildes nicht der Versicherung gemeldet. Es wäre mir unerträglich gewesen, das Werk in diesem Zustand anderen Leuten zu zeigen. Ich habe die Versicherung hierfür einfach erlöschen lassen."

Hackenholt nickte. Kurze Zeit später verließen er und Berger die Wohnung.

Sie nahmen die Treppe, nicht nur, weil sie noch zu Familie Schwartz mußten, sondern auch, weil sich beide die Bilder genauer anschauen wollten.

„Es ist schon verwunderlich, daß sie ihre Gemälde im Treppenhaus aushängt, auch wenn sie nicht so wertvoll sind", meinte Berger nach einer Weile. „Hier könnte doch jeder vorbeikommen und sich Bilder aussuchen, abhängen und mitnehmen."

„Ja, das ist richtig, aber vielleicht hat sie damit noch keine schlechten Erfahrungen gemacht. Verstehen kann ich das allerdings auch nicht."

Daß bei Schwartz' jemand zu Hause war, konnte man unschwer feststellen, da durch die geschlossene Tür zwei streitende männliche Stimmen über dem Dröhnen eines Staubsaugers zu hören waren.

Hackenholts Klingeln ging in dem Geräuschpegel völlig unter. Erst als der Staubsauger verstummte und Hackenholt erneut klingelte, öffnete eine Frau in Hackenholts Alter das kleine, in die Tür eingelassene vergitterte Fenster.

„Ja?"

„Frau Schwartz?"

„Ja."

„Hackenholt von der Kripo Nürnberg", wies sich der Hauptkommissar aus. „Können wir kurz mit Ihnen sprechen?"

Die Frau nickte, schloß das Fensterchen und öffnete die Tür.

„Kommen Sie, Sie wollen sicher zu meinem Mann. Ich gehe ihn holen.“

Berger sah sich neugierig im Wohnzimmer um, in das sie die Beamten führte. Die alte Stuckdecke begeisterte ihn. Hackenholt war eher enttäuscht von dem Zimmer. Nachdem er den gleichen Raum in Sophies Wohnung gesehen hatte, fand er diesen hier eher lieblos eingerichtet, aber das war Geschmackssache. Berger wäre von Sophies Wohnung sicher begeistert. Gerade als Hackenholt diesen Gedanken äußern wollte, betraten die Eheleute das Zimmer. Beide setzten sich, und Hackenholt begann das Gespräch.

„Wir hatten schon am Wochenende versucht, Sie zu erreichen“, begann er und ließ darin ein gewisses Maß an Vorwurf mitschwingen.

„Ja, da waren wir in Kassel. Unser Sohn erzählte uns, daß Sie nochmals hier waren. Aber ich weiß beim besten Willen nicht, was wir Ihnen noch hätten sagen können.“

„Es hat sich herausgestellt, daß Herr Siebert ermordet wurde. Da gibt es immer viele Fragen, denen wir nachgehen müssen“, erklärte Hackenholt.

„Und ich dachte, dem Jungen geht mal wieder die Phantasie durch. Dominik erzählte nämlich, daß es ein Mord sein soll.“

„Es ist leider so. Daher würde mich interessieren, wie Sie mit Herrn Siebert auskamen. Er scheint kein einfacher Mensch gewesen zu sein.“

„Wieso? Wir hatten nie Probleme mit ihm“, sagte Frau Schwartz erstaunt.

Ihr Mann stimmte zu. „Er war immer freundlich, nett und ist auch öfters zu mir heraufgekommen, wenn er Fragen wegen der Hausverwaltung hatte.“

„Sie hatten also keinen Ärger mit ihm? Es gab nie Anlaß, sich über ihn zu beschweren?“ formulierte Hackenholt seine Worte vorsichtig.

„Nein, gar nicht. Wissen Sie, wenn, dann hatte er sicher viel mehr Grund, sich über uns aufzuregen. Wir haben drei Söhne. Die sind alle hier aufgewachsen und trampelten Peter auf dem Kopf herum. Bei uns ist es immer laut, da können wir nicht erwarten, daß alle anderen mucksmäuschenstill sind.“

Hackenholt nickte. „Wenn Sie hier schon so lange wohnen, kannten Sie doch sicher Herrn Sieberts Freundinnen?“

Herr Schwartz schüttelte bedauernd den Kopf. „Nur Jana Sattler. Mit der ist er hier eingezogen, danach gab es keine bestimmte mehr."

„Wissen Sie, was für ein Verhältnis Herr Siebert zu seiner Familie hatte?"

„Nein, wie ich Ihnen in der Nacht schon sagte, von den Eltern weiß ich nur, daß sie irgendwo außerhalb einen Bauernhof haben." Nach einem Moment fügte Herr Schwartz hinzu: „Ich weiß wirklich nicht, was ich Ihnen über Peter erzählen könnte. Wir kannten auch seine Freunde nicht."

Hackenholt beließ es dabei und wandte sich an Frau Schwartz.

„Ihr Sohn erwähnte, daß Sie sich hier im Haus um die Hausordnung kümmern."

„Ja", bestätigte Frau Schwartz verdutzt. „Ich habe einen Hausservice, der die Hausordnung für uns erledigt, beauftragt."

„Wo bewahren Sie denn das Putzzeug auf, das für das Treppenhaus nötig ist?" hakte Hackenholt nach.

„Im Keller. Dort gibt es eine gemeinsame Waschküche, auch wenn die kaum jemand nutzt. In einer Ecke steht ein Regal, auf dem alles aufbewahrt wird. Brauchen wir etwas Neues, klingelt der Putzmann und sagt es mir. Ich besorge es und stelle es dann auf das Regal im Keller."

„Gilt das auch für die Reinigungsmittel?"

„Ja, natürlich."

„Kaufen Sie auch manchmal Schmierseife?" bohrte Hackenholt nach.

„Nein, Gott bewahre! Das ist doch antiquiert, das hat meine Mutter gemacht, heute gibt es viel modernere Mittel."

Bei Sophie Rhom verließ Hackenholt das Glück; in ihrer Wohnung blieb es auf sein Klingeln still. Kurzerhand zog er eine seiner Visitenkarten aus der Tasche und kritzelte ein paar Worte und seine private Telefonnummer auf die Rückseite, bevor er sie unter ihrer Tür hindurchschob.

Danach versuchten sie es ebenso erfolglos in der Nachbarstraße bei Frau Damps, mit dem kleinen Unterschied, daß Hackenholt dort keine Nachricht in den Briefkasten warf. Dann kehrten sie zur Dienststelle zurück.

Als sie auf den Präsidiumsparkplatz einbogen, stieg Wünnenberg gerade in sein Auto. Er berichtete kurz, daß er vom Aktenlesen bislang nur Kopfschmerzen bekommen habe, jedoch keinerlei Hinweise auf Peter Siebert.

„Jetzt fahre ich noch zur Taxizentrale. Es gibt mehrere Taxis, die Freitagnacht in Rehhof waren und dort jemanden abholten. Das will ich genauer überprüfen. Außerdem meinte die Telefonistin, daß ich vielleicht sogar gleich mit zwei der Fahrer sprechen könne, da diese auch heute Dienst haben."

Zurück in seinem Zimmer begann Hackenholt die Berichte zu lesen, die während seiner Abwesenheit auf seinem Schreibtisch gelandet waren. Nach einer Stunde holte er sich eine Tasse Kaffee.

Aus einem Impuls heraus wählte er nochmals Monika Damps' Nummer. Dieses Mal meldete sich eine Kinderstimme. Hackenholt war überrascht; ein Kind hatte bislang niemand erwähnt. Als er bat, Frau Damps sprechen zu dürfen, wurde der Telefonhörer geräuschvoll auf eine harte Unterlage gelegt, und trampelnde Kinderschritte rannten vom Telefon weg. Hackenholt überlegte, ob das Mädchen wohl seine Nachricht weitergegeben oder einfach ihr Interesse am Telefon verloren habe und er bis in alle Ewigkeiten warten könne, als er endlich sich rasch nähernde Schritte vernahm und gleich darauf atemlos „Damps" aus dem Telefonhörer schallte. Als ob sie die Verzögerung wieder gutmachen wollte, rief die Stimme, ohne dem Anrufer einen Moment Zeit für eine Antwort zu lassen: „Hallo, ist da noch jemand?"

Hackenholt meldete sich und erklärte einmal mehr, wer er war.

„Entschuldigen Sie", sagte Frau Damps atemlos, „ich habe das Telefon nicht gehört."

Hackenholt sagte ihr, daß er dringend mit ihr sprechen müsse, ohne dabei zu erwähnen, worum es genau ging. Frau Damps erklärte sich nach einigem Überlegen bereit, Hackenholt am Mittwochnachmittag zu empfangen. Da ihre Nichte zur Mittagszeit wieder von ihrer Schwester abgeholt werde, solle er um 14 Uhr bei ihr vorbeikommen, dann könne sie sich etwas Zeit für ihn einplanen.

Nach dem Gespräch tippte Hackenholt seinen eigenen Tagesbericht. Um halb acht sah er auf die Uhr und schaltete den Computer aus. Der Dienstagabend war – soweit es der Dienst zuließ – für das gemeinsame Squashspielen mit Wünnenberg reserviert.

Gerade als Hackenholt das gekippte Fenster schloß, klingelte sein Telefon.

„Hallo, hier ist Sophie Rhom", meldete sich Sophies freundliche Stimme.

„Hallo, da haben Sie aber Glück, daß Sie mich noch erwischen. Ich wollte gerade Feierabend machen."

„Störe ich Sie?“ fragte sie sofort nach. „Ich kann auch ein andermal anrufen.“

„Nein, keinesfalls“, log Hackenholt, der schon entsetzlich spät dran war.

„Ich habe leider gerade eben erst Ihre Visitenkarte gefunden. Sie wollten mit mir sprechen?“

„Ja, ich war heute nachmittag bei Ihnen im Haus und dachte, daß ich das auch gleich mit einem Besuch bei Ihnen verbinden könnte.“

„Geht es um etwas Bestimmtes?“ fragte Sophie nach.

„Ja“, meinte Hackenholt zögernd, „aber das möchte ich lieber persönlich mit Ihnen besprechen.“

In der Leitung herrschte einen Moment Stille, dann sagte Sophie: „Wenn Sie wollen, können Sie jetzt noch vorbeikommen. Ich wollte mir gerade etwas kochen. Leisten Sie mir doch Gesellschaft.“

Das klang verlockend. Hackenholt überlegte noch, ob er Wünnenberg so kurzfristig absagen könne, als Sophie sich räusperte.

„Ähm, das war nur so eine Idee“, meinte sie verlegen. „Sicher wollen Sie am Abend Ihre Ruhe von der Arbeit haben und Ihr Privatleben genießen. Wir können auch ein andermal reden.“

„Nein“, unterbrach Hackenholt sie rasch, „ich komme gern, wenn es Sie nicht stört, daß Sie mich dann schon wieder bei sich in der Wohnung herumsitzen haben.“

„Sie sind mir jederzeit willkommen“, versicherte Sophie lachend.

„Dankeschön. Dann bis gleich“, verabschiedete sich Hackenholt. Er zog sein Handy aus der Tasche und drückte die Taste mit der Kurzwahl zu Wünnenbergs Anschluß, während er aus seinem Zimmer ging. Er erklärte Wünnenberg, daß er immer noch im Büro sei und völlig die Zeit vergessen habe und daß gerade Frau Rhom angerufen habe, mit der er jetzt noch sprechen könne. Wünnenberg hatte nichts dagegen, ihre Verabredung zu verschieben. Er wünschte Hackenholt einen schönen Abend, was er zweifellos ironisch meinte.

Hackenholt hatte während des Gesprächs mit dem Kollegen das Präsidium verlassen und stand nun vor seinem Auto. Doch obwohl er alle Taschen abklopfte und durchwühlte, blieb sein Autoschlüssel verschwunden. Vor sich hinschimpfend eilte er zurück ins Präsidium und schaute in seinem Zimmer unter allen Papierstapeln und in den Schubladen nach. Sein Schlüsselbund war nicht auffindbar.

Resigniert setzte er sich zurück in seinen Bürodrehstuhl und dachte angestrengt nach, wann er den Autoschlüssel zuletzt gesehen hatte. Nach einigem Grübeln fiel ihm ein, daß er sich auch heute von Berger hatte chauffieren lassen. Offensichtlich hatte dieser vergessen, ihm den Schlüssel zurückzugeben. Das hatte er nun davon.

Er suchte Bergers Privatnummer heraus. Es meldete sich zwar ein Herr Berger, doch das war Christians Vater, der Hackenholt mitteilte, daß sein Sohn nicht zu Hause sei und er auch nicht wisse, wo man ihn erreichen könne, da sein Sohn kein Handy habe.

Hackenholt schärfte dem Mann ein, er möge seinem Sohn ausrichten, daß er ihn, Hackenholt, schnellstens unter seiner Handynummer zurückrufen solle. Es sei extrem wichtig, egal wie spät es werde.

Anschließend überlegte Hackenholt, ob er nochmals bei Sophie anrufen und seinen Besuch absagen sollte, entschied sich aber fast im gleichen Moment dagegen. Die Aussicht auf das sicherlich leckere Essen war einfach zu verlockend. So verließ er sein Zimmer erneut und organisierte sich im Wachraum einen Streifenwagen, der ihn in die Meuschelstraße fuhr.

Lila – 5

Wenn sie ihr Vorhaben auch weiterhin umsetzen wollte, mußte sie ihr weiteres Vorgehen gut planen. Dessen war sie sich im klaren. Sie war sich nur nicht ganz sicher, ob sie es durchstehen würde, ob sie sich so weit zusammennehmen könnte.

Ihr war durchaus bewußt, daß sie in den vergangenen Wochen immer lethargischer geworden war, daß es ihr immer schwerer fiel, sich auf etwas zu konzentrieren, daß sie immer mutloser wurde, ihr immer wieder der Gedanke kam, daß sie es vielleicht sowieso nicht schaffen würde.

Manchmal war sie sich sehr wohl bewußt, was in ihr vorging und daß sie krank war, daß sie dringendst zu einem Arzt gehen müßte. Aber wozu? Was gab es noch in ihrem Leben, für das es sich gelohnt hätte, all diese Mühe auf sich zu nehmen? Natürlich fühlte sie sich beeinträchtigt. Die Schlaflosigkeit machte ihr schwer zu schaffen, auch die immer wiederkehrenden Kopfschmerzen. Ihre Appetitlosigkeit hingegen störte sie nicht, die nahm sie kaum wahr. Aber diese ständige Grübelsucht, von der sie nicht mehr loskam, bereitete ihr Sorgen. Ständig wanderten ihre Gedanken ab, nie konnte sie länger bei einer Sache bleiben, immer hatte sie nun Angst, etwas falsch zu machen, etwas nicht zu schaffen, zu versagen, zu enttäuschen.

Aber sie mußte es schaffen, das war sie ihrer Schwester schuldig.

Deshalb griff sie entschlossen zum Telefonhörer und wählte eine Nummer, die sie auswendig gelernt hatte. Es meldete sich ein Anrufbeantworter, der ihr mitteilte, daß der gewünschte Ansprechpartner diese Woche nicht zu erreichen sei, da er aufgrund eines Trauerfalls habe verreisen müssen und erst ab kommendem Montag wieder zurück sei.

Sie hatte erfahren, was sie hatte wissen wollen. Jetzt mußte sie sich daran machen, einen Zeitplan aufzustellen, damit sie auch wirklich an alles dachte. Außerdem durfte sie sich nicht zuviel für einen Tag vornehmen, denn sie wußte, daß sie nur noch solche Dinge erledigen konnte, die sie sich fest vornahm. War es zuviel, verließ sie sofort der Mut, und Verzweiflung machte sich in ihr breit. Dann würde es ihr überhaupt nicht mehr gelingen, sich wieder aufzurappeln. Sie würde nur wieder in ihre Grübeleien versinken, noch mutloser werden. Ein Teufelskreis, den sie nicht zu durchbrechen vermochte.

11

In der Meuschelstraße angekommen, bedankte sich Hackenholt bei den Kollegen, bevor er aus dem Streifenwagen stieg. An der Haustür mußte er eine ganze Weile warten, bis auf sein Klingeln hin der Türsummer betätigt wurde, und dann stand an der Wohnungstür niemand bereit, um ihn in Empfang zu nehmen. Die Tür selbst war jedoch weit geöffnet. Als er sich gerade fragte, ob er einfach hineingehen solle, hörte er Sophies inzwischen vertraute Stimme die Küchengeräusche übertönend rufen: „Kommen Sie nur herein, Sie kennen sich doch aus. Ich bin gleich da."

Hackenholt trat ein und schloß die Tür hinter sich. Dann hängte er seine Jacke über einen Kleiderbügel in den Jugendstilschrank.

„Das freut mich wirklich, daß Sie heute abend noch nichts vorhatten", begrüßte Sophie ihn freudig.

Hackenholt folgte ihr in die Küche und sah sich aufmerksam um. Der Raum war völlig anders, als er ihn erwartet hatte. Auch dieses Zimmer wies typische Elemente des Jugendstils auf: Es gab eine Stuckdecke und einen alten Holzdielenfußboden. In den Raum eingepaßt war jedoch eine moderne Küche aus Edelstahl, die im Schein des Deckenlüsters nur so blinkte. Eine sehr gewagte Mischung, fand Hackenholt. Er hätte sich eine alte Holzküche gewünscht, aber wenn man Sophies Leidenschaft bedachte, war es klar, daß sie eine moderne Küche brauchte. Da es keinen Stuhl gab, lehnte sich Hackenholt gegen die Spüle. Es roch bereits köstlich.

„Was kochen Sie denn?" wollte er neugierig wissen.

„Ich hatte noch Kalbsgeschnetzeltes zu Hause", antwortete Sophie, während sie geriebene Kartoffeln in eine Pfanne gab. „Dazu mache ich jetzt Rösti, und hinter Ihnen steht ein Feldsalat. Trifft das Ihren Geschmack?"

„Voll und ganz", bestätigte Hackenholt zufrieden.

Sophie lächelte ihn flüchtig an. „Im Kühlschrank ist eine Flasche Weißwein. Wären Sie so nett und würden mir die geben?"

„Soll ich sie öffnen?"

„Ja, bitte." Sie reichte ihm einen Korkenzieher.

Nachdem er die Flasche entkorkt hatte, goß sie einen reichlichen Schluck über das Fleisch.

Das Essen war ein Gedicht. Hackenholt genoß es in vollen Zügen. Es sollte bis nach dem Abräumen dauern, daß er sich verzagt zu fragen begann, wie er sie nach ihren Nachbarn ausfragen solle.

„Worüber wollten Sie denn mit mir sprechen?“ kam Sophie ihm entgegen.

Erleichtert erklärte Hackenholt: „Mich interessieren mehrere Dinge. Ich weiß, daß Sie nicht gern über Ihre Nachbarn reden, aber Sie sind die einzige Person, die ich guten Gewissens fragen kann. Bei allen anderen bin ich mir nicht sicher, ob sie mir nicht doch etwas vormachen.“

Sophie seufzte resigniert. „Ich hatte schon befürchtet, daß ich mich nicht davor würde drücken können. Frau Möllenhäußer hat mich gewarnt, aber bitte vergessen Sie nicht, daß ich Ihnen nur meine subjektiven Eindrücke schildern kann.“

Hackenholt nickte.

„Bevor Sie jetzt anfangen, mir Löcher in den Bauch zu fragen, hätte ich auch eine Frage an Sie. Ich wüßte gern, wie Peter gestorben ist. Falls Sie mir das überhaupt sagen dürfen“, fügte sie schnell hinzu.

„Das hat Ihnen bisher niemand erzählt?“ fragte Hackenholt erstaunt.

„Nein“, antwortete sie schlicht.

Hackenholt schilderte knapp, was die Tatrekonstruktion ergeben hatte.

Sophie sah ihn einen Moment lang nachdenklich an. „Glauben Sie, daß es ein Mann war?“ wollte sie dann wissen.

„Es kann sowohl eine Frau als auch ein Mann gewesen sein.“

„Glauben Sie das wirklich?“

„Sie nicht?“

„Ich habe keinerlei Erfahrung mit Mord. Deswegen kann ich dazu nichts sagen, aber Schmierseife verbinde ich mit einer Frau. Ich kann mir keinen Mann vorstellen, der Treppenstufen mit Schmierseife bestreicht. Sind Männer nicht viel direkter? Würde ein Mann nicht sofort angreifen und sein Opfer überrumpeln?“

„Machen Sie weiter“, bat Hackenholt, als sie innehielt.

„Eine Frau, vor allem wenn sie nicht sonderlich groß oder kräftig ist, würde es sich vielleicht nicht zutrauen, einen Mann anzugreifen, auch wenn sie das Überraschungsmoment auf ihrer Seite hätte und wüßte, daß er angetrunken ist. Deshalb könnte ich mir vorstellen, daß eine Frau sich überlegt, ihr Opfer zu Fall zu bringen, um sich dann auf ihn zu stürzen. Bei einem Mann fände ich den Gedanken absonderlich.“

Hackenholt nickte zustimmend. Sophie faßte gerade seine eigenen Gedanken in Worte. „Ja, so sehe ich es auch. Aber ich kann die Ermittlungen jetzt noch nicht einengen, dann wäre die Gefahr zu groß, daß wir etwas übersehen“, erklärte er ihr. „Andererseits ist es nämlich für eine Frau äußerst ungewöhnlich, dem Opfer den Hals zu brechen.“

Sophie dachte einen Moment über das Gesagte nach, dann nickte sie. „Und jetzt wollen Sie von mir etwas über die Frauen in unserem Haus wissen.“ Sie holte tief Luft und schien sich für das Gespräch zu wappnen. „Nun, da haben wir Susanne Rauch. Über die kann ich Ihnen am wenigsten erzählen, weil sie noch nicht so lange hier wohnt. Meiner Meinung nach ist sie ziemlich fertig, weil sie ihre Wohnung ausgebaut hat und nicht wußte, daß eine komplette Renovierung des Daches anstand. Ich habe sie aber eher als ein Häufchen Elend erlebt und kann sie mir schlecht mit so fiesen Rachegelüsten vorstellen, die bis zu einem Mord reichen.

Das gleiche gilt auch für Carina Jakobi. Sie ist sicher keine Frau, die sich von jemandem die Butter vom Brot stehlen läßt, aber ich kann mir keinen Grund vorstellen, der sie so wütend machen würde, daß sie einen Mord beginge.“

„Siebert soll eines ihrer Bilder zerstört haben“, gab Hackenholt zu bedenken.

„Nicht nur soll“, bestätigte Sophie. „Ich an Carinas Stelle hätte ihn angezeigt und das Bild bezahlen lassen. Natürlich war sie wütend, aber so weit würde sie wegen ihrer Bilder nicht gehen. Ich glaube manchmal, sie hängt gar nicht so übertrieben an den Bildern. Das ist eher eine marktwirtschaftliche Entscheidung.“

„Was ist mit Familie Schwartz?“

Sophie winkte sofort ab: „Die Kinder sind kleine Halbstarke, aber insgesamt doch relativ vernünftig. Die metzeln sich höchstens gegenseitig nieder und treiben damit ihre Mutter in den Wahnsinn. Rüdiger kam immer recht gut mit Peter aus. Die Schwartz’ haben sich wirklich am besten von allen hier im Haus mit ihm verstanden.“

„Dann haben wir noch Patricia Teck“, leitete Hackenholt Sophies Gedanken zur letzten Hausbewohnerin weiter.

„Ich weiß nicht. Das scheint mir alles so weit hergeholt. Ich kann es mir bei keinem im Haus vorstellen. Mit Patricia bin ich ganz gut befreundet. Sie hat mir immer wieder den Rücken gestärkt, wenn ich mich mit Peter angelegt habe. Warum sollte sie ihn so hassen, daß sie ihn umbringt?“

„Erzählen Sie mir etwas über sie“, bat Hackenholt.

„Auf den ersten Blick mag sie manchmal ein bißchen überzogen und weltfremd wirken, aber sie meint es normalerweise nicht so. Sie hatte früher einen ziemlich verantwortungsvollen Posten, und der fehlt ihr sehr. Sie ist unheimlich hilfsbereit und freundlich, solange man sie nicht ausnutzen will. Da ist sie empfindlich."

„Wie stand sie zu Herrn Siebert?"

„Sie ist mit ihm wesentlich besser ausgekommen als ich", gab Sophie zu. „Sie hat sich immer sehr um eine freundschaftliche Haltung bemüht. Natürlich hat er sie manchmal genervt, wenn sie nachts schlafen wollte und es in seiner Wohnung mal wieder hoch herging, aber sonst hatte sie keine Probleme mit ihm."

„Wissen Sie, warum sie in Pension ist? Sie ist doch noch gar nicht so alt."

„Sie hatte große gesundheitliche Probleme. Was das genau war, weiß ich nicht. Ich habe sie nie danach gefragt, und sie hat es selbst auch nie erwähnt, aber sie war fast ein halbes Jahr lang weg und hat sich seither verändert. Sie ist nicht mehr so belastbar wie früher."

„In unseren Ermittlungen ist der Name Sieglinde von Liebscher im Zusammenhang mit diesem Haus aufgetaucht. Kennen Sie die?" fragte Hakkenholt nach einer kurzen Pause.

Sophie runzelte die Stirn. „Natürlich kenne ich Sieglinde von Liebscher. Ihr gehört die Wohnung über mir. Sie und Patricia Teck sind sehr eng befreundet. Außerdem gehört Sieglindes Schwester die Etage im vierten Stock. Sie hat in Frankreich geheiratet und lebt auch dort. Die Wohnung hier hat sie behalten, damit sie nicht im Hotel wohnen muß, wenn sie nach Nürnberg kommt."

Hackenholt fiel es in diesem Moment wie Schuppen von den Augen. Die Frau, die Siebert umworben hatte, sollte reich sein, und er sollte sie über dieses Haus kennen gelernt haben; außerdem sollte er schon seit längerem mit ihr bekannt sein. Wolfgang Gruber hatte sich an den Namen Siggi zu erinnern geglaubt. Siggi könnte eine Abkürzung für Sieglinde sein. Hackenholt war so in Gedanken versunken, daß er Sophies Stocken gar nicht bemerkte.

„Möchten Sie einen Kaffee?" fragte sie, als er aus seinen Gedanken wieder auftauchte.

„Ja, gern."

Im Wohnzimmer setzte sich Hackenholt wieder in den Wiener Barocksessel, den er langsam als seinen Stammplatz betrachtete, während Sophie den Kaffee aufsetzte. Als sie zurückkam, saß der Hauptkommissar völlig in Gedanken versunken, den Kachelofen fixierend, da. Sie stellte das Silbertablett auf den kleinen Wohnzimmertisch. Die Bewegung ließ Hackenholt aus seinen Gedanken schrecken.

„Entschuldigung", murmelte er.

„Was habe ich Ihnen denn erzählt, daß Ihre Gedanken Sie so fesseln?" fragte sie.

Hackenholt sah sie nachdenklich an. Er wog kurz ab und entschloß sich dann, ihr gegenüber offen zu sein. „Wir haben einen Zeitungsartikel gefunden, der unterstellt, daß Frau von Liebscher und Frau Teck eine lesbische Beziehung unterhielten. Allerdings ist noch nicht so ganz klar, wie es zu diesem Artikel kam und wie viel davon wahr ist. Außerdem soll Herr Siebert sich für Frau von Liebscher interessiert haben. Ich weiß nicht, wie das zusammen paßt, aber ich muß es herausfinden. Und wenn es nur dazu dient, Frau Teck und Frau von Liebscher von jedem Verdacht reinzuwaschen."

Er hatte eine Grenze überschritten und ihr sein volles Vertrauen entgegengebracht. Er wünschte sich inständig, daß es sich nicht als Fehler erweisen möge.

Sophie sah ihn immer noch unverwandt an. Ihre Gesichtszüge waren jedoch nicht mehr so angespannt wie zuvor, sondern wirkten wesentlich sanfter. Hackenholt bemerkte in diesem Moment überrascht, wie sehr er ihre Gegenwart genoß.

„Ich kann Ihnen die Frage nicht so beantworten, wie Sie sich das wünschen oder wie Sie das vielleicht auch erwarten. Sieglinde und Patricia sind sehr eng miteinander befreundet. Sie besuchen sich mehrmals am Tag, sie kochen zusammen, sie fahren zusammen in den Urlaub. Patricia kümmert sich um Sieglindes Geldanlagen und auch um einen Großteil ihrer Korrespondenz. Meiner Meinung nach kennt ihr gegenseitiges Vertrauen und ihre Freundschaft keine Grenzen. Ob sie das jedoch zum Paar macht, ist wohl Definitionssache. Für mich gehören sie zusammen, auch wenn sie das so nie in der Öffentlichkeit zeigen würden."

Hackenholt gab sich mit dieser Aussage zufrieden. Danach unterhielten sie sich noch eine Weile.

Erst als es schon ziemlich spät war, und er Sophies Gastfreundschaft nicht mehr länger strapazieren wollte, fiel Hackenholt wieder ein, daß er auf Bergers Rückruf wartete. Hastig ging er in die Diele und öffnete den Schrank, in dem seine Jacke hing. Sein Handy steckte ausgeschaltet in der Jackentasche. Im Stillen Verwünschungen ausstoßend, schaltete er es ein und bekam prompt die Mitteilung, mehrere Anrufe verpaßt zu haben. Er kehrte ins Wohnzimmer zurück und entschuldigte sich bei Sophie; er müsse kurz telefonieren. Als diese aufstehen wollte, um aus dem Zimmer zu gehen, damit er ungestört sei, bedeutete er ihr, sitzen zu bleiben. Er wählte Bergers Nummer. Sie war belegt. Hackenholt gab einen gereizten Laut von sich.

Sophie sah ihn fragend an.

„Ich habe meinem Kollegen heute meinen Autoschlüssel gegeben, als wir unterwegs waren, und er hat vergessen, ihn mir zurückzugeben", erklärte Hackenholt sein Problem.

„Wie sind Sie dann hierher gekommen?" fragte sie erstaunt.

„Ich habe mich von einer Streife fahren lassen."

Sophie nickte verstehend.

„Leider habe ich vor lauter Essen und Unterhaltung vergessen, daß ich meinen Kollegen um einen Rückruf bat und habe das Telefon in der Jacke gelassen. Jetzt ist wiederum bei ihm belegt."

Hackenholt drückte die Wahlwiederholung: immer noch belegt.

„Haben Sie denn keinen Ersatzschlüssel?" fragte Sophie verwundert.

„Doch, aber der liegt bei mir zu Hause."

„Und Ihren Wohnungsschlüssel hat auch Ihr Kollege?"

„Nein, meinen Wohnungsschlüssel habe ich noch. Wenn ich alle Schlüssel an einem einzigen Bund hätte, würde ich nie den richtigen finden."

„Aber dann ist das doch kein Problem. Wir fahren jetzt zu Ihnen, holen Ihren Ersatzschlüssel, und dann bringe ich Sie aufs Präsidium. Dort können Sie in Ihr Auto umsteigen, und morgen lassen Sie sich von Ihrem Kollegen den Schlüssel zurückgeben."

„Das kann ich jetzt nicht auch noch von Ihnen verlangen", protestierte Hackenholt. Doch ihm blieb nichts anderes übrig als ihr zu folgen, da sie aufstand und kurzerhand das Licht im Wohnzimmer ausschaltete.

Am nächsten Tag sollte im Präsidium das Gerücht kursieren, daß man Hauptkommissar Hackenholt nach Mitternacht auf dem Parkplatz gesehen haben wollte, wie er aus einem gelben Audi gestiegen sei und sich herzlich von dessen Fahrerin verabschiedet habe. Nachdem über das Privatleben des zurückhaltenden Hauptkommissars nur äußerst selten etwas zu hören war, drohte dieses Gerücht zur Sensationsmeldung des Tages zu werden.

In der morgendlichen Besprechung berichtete Stellfeldt, wie er den Dienstagnachmittag damit verbracht habe, den Reporter aufzuspüren, der den Artikel über die Damen Teck und von Liebscher verfaßt hatte. Dies hatte sich als schwieriges Unterfangen erwiesen, da er bei der Zeitung zunächst auf keinerlei Hilfsbereitschaft stieß. Er mußte erst klarstellen, daß er in einem Mordfall ermittelte und nicht gegen die Zeitung, bis es ihm endlich gelang, sich zum Chefredakteur vorzuarbeiten. Auch dieser verhielt sich zunächst abweisend und spielte die Bedeutung des Artikels herunter, aber irgendwann verstand er wohl, daß er Stellfeldt nicht eher wieder loswurde, als bis dieser zufriedengestellt war.

Es stellte sich heraus, daß der Reporter, der den Artikel verfaßt hatte, seit fast fünf Monaten nicht mehr bei der Zeitung arbeitete, unter anderem, da die Meldung über von Liebscher gänzlich in die Hose gegangen war. Obwohl der Mann beteuert hatte, die Informationen aus erster Hand zu haben und es auch Bilder gebe, die von Liebschers angebliches Verhältnis untermauerten, konnte er nichts davon präsentieren, als von Liebschers Hausjurist in der Redaktion auftauchte, um der Zeitung mit einer Verleumdungsklage zu drohen. Den Namen seines Informanten konnte oder wollte der Reporter nicht preisgeben, was wohl schlußendlich dazu führte, daß man ihm alsbald nahe legte, sich nach einem neuen Betätigungsfeld umzusehen.

Nachdem er dem Journalisten eine Dreiviertelstunde lang hinterhertelefoniert hatte, erklärte der Mann auf Stellfeldts Frage brüsk, daß er sich nicht mehr an den Vorfall erinnern könne. Erst als Stellfeldt ihm vorschlug, einen Termin im Nürnberger Präsidium zu vereinbaren, lenkte der Reporter ein.

Vor über einem halben Jahr hatte er von einem Bekannten gehört, daß dessen Stammtischkollege immer wieder Geschichten über Sieglinde von Liebscher in die Welt hinausposaune. Es stellte sich heraus, daß der Mann eine Wohnung im gleichen Haus besaß, in dem damals auch von Liebscher und jetzt ihre angebliche Gespielin wohnte. Was den Reporter jedoch überzeugte, war, daß der Mann sich im Besitz zweier Fotos und eines Briefes befand. Außerdem habe sich der Mann bereit erklärt, sich als Quelle zur Verfügung zu stellen. Als es jedoch darauf ankam, rückte er sein Beweismaterial nicht mehr heraus und behauptete, es nicht mehr zu besitzen. Der Reporter war sich daher sicher, daß der Mann von dem Pärchen eine finanzielle Zuwendung erhalten hatte. An den Namen des Mannes konnte sich der Reporter angeblich nicht mehr erinnern.

„Sollten wir ihn vielleicht doch aufs Präsidium vorladen?“ fragte Wünnenberg in die Runde.

„Ich glaube nicht, daß das etwas bringt. Meiner Meinung nach hat er gesagt, was er bereit war zu sagen; mehr wird er uns auch hier nicht erzählen. Außerdem kann ich mir nicht zusammenreimen, wie Siebert im gleichen Haus gewohnt haben soll wie Frau von Liebscher. Ich habe mir vorgenommen, heute bei den anderen lokalen Klatschreportern ein bißchen auf den Busch zu klopfen, ob sie etwas von der Sache wissen", legte Stellfeldt seine Pläne dar.

„In diesem Punkt kann ich euch ein paar interessante Zusammenhänge erklären. Ich war gestern abend noch bei Frau Rhom", begann Hackenholt seinen Bericht.

Stellfeldt warf Mur vielsagende Blicke zu. Berger lief bei dem Thema sofort puterrot an. Er hatte Hackenholt noch in der Nacht auf dem Handy erreicht und sich tausendfach für sein Versehen mit dem Schlüssel entschuldigt. Mur blickte belustigt in die Runde, verkniff sich jedoch eine Bemerkung. Hackenholt nahm nichts von alledem wahr.

„Frau Rhom konnte mir ein paar sehr interessante Dinge erzählen, von denen wir bislang keine Ahnung hatten", begann er und schilderte seinen Kollegen, was er am Vorabend in Erfahrung gebracht hatte.

„Dann könnte es also doch Siebert gewesen sein, der dem Reporter die Informationen zugespielt hat", stellte Wünnenberg fest.

„Wie ist es dann weitergegangen?" fragte Hackenholt. „Warum hat er einen Rückzieher gemacht?"

„Was ist, wenn wir an diesem Punkt die 50.000 Euro in Sieberts Bankschließfach ins Spiel bringen?" fragte Berger vorsichtig.

„Ja, an die habe ich auch gerade gedacht", stimmte Stellfeldt zu.

„Wann hat er das Geld im Schließfach deponiert?" wollte Wünnenberg wissen.

„Einen knappen Monat nachdem der Zeitungsartikel erschienen ist", antwortete Stellfeldt.

„Da kann ein Zusammenhang bestehen, es kann aber auch etwas ganz anderes bedeuten", überlegte Hackenholt.

„Aber wie paßt das damit zusammen, daß Siebert behauptet hat, von Liebscher sei seine neue Freundin?" wandte Wünnenberg ein.

„Das kannst du so nicht sagen", meinte Hackenholt, „wir haben nur die Aussagen, daß er sie angebaggert haben soll. Wer weiß, was er mit ihr vorhatte. Vielleicht dachte er, er könne sie nochmals erpressen. Dann müßte er allerdings noch irgendwo Material haben, mit dem er sie erpressen wollte."

„Was ist mit seinen Computerdateien und all dem Kram?“ fragte Wünnenberg nach.

„Da sitzt Kollege Kaselow Tag und Nacht drüber“, erklärte Mur. „Einen Großteil hat er schon ausgedruckt, und den habe ich auch durchgesehen, es war bislang nichts Brauchbares dabei. Einen anderen Teil muß er noch entschlüsseln. Siebert hat den Zugang zu manchen seiner Dateien recht gut geschützt. Außerdem habt ihr ja alle gesehen, wieviel das war.“

„Vielleicht stammt das Geld in Sieberts Schließfach wirklich von dem Pärchen und nicht aus einem etwaigen Verkauf von Daten, die er den Kunden seiner Schwester geklaut haben soll, wofür wir bislang keinerlei Beweise haben“, warf Wünnenberg in die Runde, bevor er begann, von seinem Termin zu berichten. „Mein Besuch bei der Taxizentrale gestern abend hat uns leider nicht weitergebracht. Es sind zwar Taxis nach Rehhof gefahren, aber die, die vor 23.30 Uhr dort jemanden abgeholt haben, mußte ich mir gar nicht anschauen, denn zu diesem Zeitpunkt haben die Eheleute Siebert/Runge ja nachweislich gestritten. Zwischen 23.30 und ein Uhr waren nur zwei Taxis in der Gegend. Das eine hat ein türkisches Pärchen abgeholt, und das andere beförderte zwei ältere Damen. In umgekehrter Richtung gab es ein Taxi, das gegen 2 Uhr eine Horde Jugendlicher an der Hauptstraße abgesetzt hat, und um 3.30 Uhr noch einmal eines, das einen alleinstehenden Mann durch die Gegend fuhr. Der Taxifahrer hat den Mann als klein und untersetzt beschrieben, was auf Runge nicht zutrifft. Andere Fahrgäste gab es in dieser Ecke nicht.“

„Wie schaut es mit Taxis aus, die die Meuschelstraße und deren nähere Umgebung angefahren haben?“ wollte Mur wissen.

„Es gibt kein einziges, das Freitagnacht dort war.“

„Damit ist jetzt zumindest klar, daß keiner der beiden mit dem Taxi zu Sieberts Adresse gefahren ist“, stellte Wünnenberg fest. „Wie machen wir jetzt weiter?“

„Ich schlage vor, daß jeder genau damit weitermacht, womit er gestern begonnen hat. Du, Ralph, schaust dir weiterhin die Akten von Frau Siebert an. Manfred, du hast ja schon gesagt, daß du in Sachen von Liebscher weitergraben willst. Ich habe heute vormittag einen Termin mit Frau Brunner, und am Nachmittag schauen wir bei Frau Damps vorbei“, wandte sich Hackenholt an Berger.

Als sie mit der Besprechung fertig waren, wartete Frau Brunner bereits im Wachvorraum. Berger führte sie zum Besprechungszimmer, in dem sich jetzt nur noch Hackenholt aufhielt.

Frau Brunner war eine große, äußerst schlanke Frau mit einem sehr filigranen Körperbau. Alles an ihr wirkte fein modelliert. Sie hatte lange schlanke Finger und gepflegte Hände. Ihr langes, glattes, dunkelbraunes Haar trug sie offen. Eine kleine, gerade Nase und schön geschwungene Lippen zierten ihr Gesicht. Das Bestechendste waren aber ihre dunklen Augen, die sich interessiert umsahen. Sie war nur leicht geschminkt, und der einzige Schmuck, den Hackenholt erkennen konnte, war ein feiner Goldring, der wohl ihr Ehering war. Sie trug ein dunkles, enggeschnittenes Geschäftskostüm. Einzig ihre Stimme war nicht so melodisch und sanft, wie sie hätte sein sollen, um zu ihr zu passen.

„Frau Brunner“, begann Hackenholt, „ich muß mich natürlich zuerst einmal ganz herzlich bei Ihnen bedanken, daß Sie sich die Mühe gemacht haben, zu uns hier aufs Präsidium zu kommen.“

Die Frau nickte ernst. „Ich glaube, es war die richtige Entscheidung. Die Nachricht von Peters Tod hat mich mehr verstört, als ich geglaubt hätte, daß sie es nach all den Jahren könnte.“

„Bitte erzählen Sie uns von der Zeit, als Sie mit Peter Siebert befreundet waren“, bat Hackenholt.

„Das ist alles so lange her. Ich war in Peter verliebt. Wir wollten sogar heiraten. Dann ist die Seifenblase geplatzt. Von einem Tag auf den anderen.“

„Könnten Sie ein bißchen weiter ausholen? Wie haben Sie Herrn Siebert kennengelernt?“

„Wir kannten uns schon als Kinder. Meine Eltern hatten in Boxdorf einen Bauernhof, genau wie Peters Eltern. Wir haben immer zusammen gespielt, wie das bei Nachbarskindern auf dem Dorf so üblich ist. Peters Bruder und Schwester waren auch immer dabei und natürlich auch noch andere Kinder. Peter war älter als ich, deshalb gingen wir nicht in dieselbe Klasse. Irgendwann haben wir uns aus den Augen verloren. Zum ersten Mal haben wir uns im Sommer 1980 bewußt wiedergesehen, als Peter seinen Wehrdienst bei der Bundeswehr abgeleistet hatte. Daran kann ich mich noch genau erinnern. Da gab es bei uns im Dorf seit Jahren wieder einmal eine Kirchweih. Ich hätte ihn fast nicht mehr erkannt. Zu diesem Zeitpunkt hatte ich schon mit meinem Studium begonnen, Peter fing im darauf folgenden Winter an. Wir verabredeten uns und ließen den Kontakt nicht wieder abreißen, obwohl das schwer war, da ich nicht in Nürnberg, sondern in Eichstätt studierte. An den Wochenenden besuchte Peter mich manchmal dort.

Er war sehr aufmerksam, und irgendwann passierte es, wir wurden ein Paar. Das war 1982. Peter kam von da an jedes Wochenende zu mir. Meine Eltern waren anfangs bestürzt, weil sie fürchteten, daß ich mein Studium vernachlässigen könnte. Sie hatten grundsätzlich aber nichts gegen Peter einzuwenden. Unsere Familien kannten sich ja seit Jahren.

Als Peter mit seinem Studium fertig war, bekam er sofort eine gut bezahlte Stelle bei Ericsson, und ich hatte eine Arbeit bei der Stadtmission angetreten. Nach einer Weile beschlossen wir, zusammenzuziehen. Zu diesem Zeitpunkt wohnten wir beide noch bei unseren Eltern. Peter hatte die Idee, die Wohnung in der Meuschelstraße zu kaufen."

Sie machte eine Pause.

„Wie ging es dann weiter?" ermutigte Hackenholt sie fortzufahren.

„Peter hat die Wohnung nach einigem Hin und Her im Herbst 1987 gekauft. Wir hatten gerade mal ein paar Monate glücklich zusammen in der Wohnung verbracht, als Peter anfing, wieder in seine alten Gewohnheiten zu verfallen.

Er traf sich immer öfter mit seinen alten Freunden, ohne mich zu fragen, ob ich mitkommen wolle, und der Stammtisch wurde ein regelmäßiger Bestandteil seiner Woche. War er mit seinen Kumpels zusammen, kam er oft stockbesoffen nach Hause. Mich hat das in zunehmendem Maße abgestoßen, und ich habe mich vor ihm geekelt, wenn er nachts ins Bett polterte und mich aufweckte. Besonders schlimm war es, wenn er mit Jürgen unterwegs war. Dann war er völlig überdreht."

„Einen Moment, bitte", unterbrach Hackenholt. „Mit Jürgen, meinen Sie da Herrn Degel?"

„Ja", bestätigte sie. Nach einem Moment fuhr sie fort. „Irgendwann wurde es mit Peter so schlimm, daß ich es nicht mehr aushielt. Wenn Peter zu sehr über die Stränge schlug, besuchte ich eine Studienfreundin, die es nach München verschlagen hatte. Dort lernte ich auf einer Geburtstagsfeier einen Mann kennen, mit dem ich mich sehr gut verstand, und als ich meine Sachen bei Peter packte, konnte ich sofort bei ihm einziehen. Wir haben zwei Monate später, im Sommer 1990, geheiratet. Das war das Beste, was ich machen konnte", schloß sie ihre Geschichte.

„Was war denn der Auslöser dafür, daß Sie sich so plötzlich von Herrn Siebert getrennt haben?" fragte Hackenholt nach.

Sie schluckte. Es war ihr anzumerken, daß sie darüber nicht sprechen wollte. Schließlich rang sie sich doch zu einer Antwort durch. „Eines Nachts kam Peter völlig betrunken nach Hause und hatte Jürgen wieder mitgebracht, obwohl wir besprochen hatten, daß das nicht mehr vorkommen sollte. Beide waren aufgekratzt und völlig von der Rolle. Sie haben mich geweckt. Peter hatte sich schon ausgezogen und wollte sich zu mir ins Bett legen. Jürgen war dabei, das gleiche zu tun. Als ich ihn anschrie, daß er aus meinem Bett und Schlafzimmer verschwinden solle, sagte Peter, daß ich mich nicht so zieren solle, Jürgen sei schließlich sein Freund und was Sein sei, dürften auch seine Freunde haben. Damit hat er mich gemeint. Er glaubte wirklich, ich ginge mit ihm und Jürgen ins Bett. Dann wurde er handgreiflich.

Ich habe mich gewehrt und es mit knapper Not geschafft, aus der Wohnung zu laufen. In dieser Nacht bin ich bei der Nachbarin im Erdgeschoß untergekommen, aber mir war klar, daß ich nur knapp entkommen war. Am nächsten Morgen habe ich mich in die Wohnung geschlichen, während die beiden noch schliefen und in aller Eile zwei Koffer zusammengepackt. Dann bin ich weggegangen und habe Peter nur noch ein einziges Mal gesehen."

„Wie hat Herr Siebert reagiert, als er feststellte, daß Sie Ihre Sachen gepackt hatten?" wollte Hackenholt wissen.

Ihr Gesicht verdunkelte sich bei dem Gedanken daran. „Es war schrecklich. Einfach nur schrecklich. Er kam bei mir in der Arbeit vorbei und hat dort eine riesige Szene gemacht. Er ging auf mich los, und wenn nicht zwei Kollegen dazwischengegangen wären, hätte er mich sicher krankenhausreif geschlagen. So habe ich nur ein blaues Auge abbekommen. Ich bin noch am gleichen Tag nach München gefahren. Von Peter Siebert habe ich nie wieder etwas gesehen oder gehört."

„War Herr Siebert jemals zuvor gewalttätig?"

„Wenn er getrunken hatte, war er immer anders, aber es war das erste Mal, daß er so weit ging, und ich wollte das kein zweites Mal erleben."

„Hat Ihnen seither irgend jemand etwas von Herrn Siebert erzählt?"

Sie schüttelte den Kopf. „Nein, ich habe seitdem mit niemandem mehr über Peter gesprochen. Auch meine Eltern verstanden, daß ich davon nichts hören wollte, obwohl sie nicht wußten, was genau passiert war. Sie mußten ja schließlich weiterhin mit Peters Eltern in der Nachbarschaft leben. Sie sehen, ich kann Ihnen überhaupt nichts aus jüngerer Zeit über Peter erzählen."

Hackenholt nickte.

„Als Herr Siebert die Wohnung gekauft hat, hat er eine Lebensversicherung abgeschlossen. Wußten Sie davon?"

„Nein“, sagte sie schlicht. „Er hat das mit der Wohnung und dem Kredit allein entschieden, ohne daß ich bei irgendeinem Termin dabeigewesen wäre oder irgendeine Unterschrift hätte leisten müssen. Ich weiß nicht einmal, wieviel die Wohnung gekostet hat.“

„Sie wissen also auch nicht, wer als Begünstigter in der Lebensversicherung benannt wird?“

Sie schüttelte nur den Kopf.

„Hat Herr Siebert damals, als Sie mit ihm zusammengelebt haben, ein Testament gemacht?“

Sie mußte einen Moment nachdenken, dann antwortete sie: „Ich weiß von keinem, und ich kann es mir auch nicht vorstellen, daß es eines gab. Andererseits hätte ich auch nicht gedacht, daß Peter eine Lebensversicherung hatte.“

„Frau Brunner, vielen Dank, daß Sie so offen zu uns waren. Bitte verstehen Sie meine letzte Frage nicht falsch. Es ist wirklich reine Routine“, betonte Hackenholt. „Können Sie mir sagen, wo Sie am letzten Freitag zwischen 23 und 2 Uhr morgens waren?“

Ihre Antwort kam ohne Zögern. „Ich war mit meinem Mann in Salzburg. Wir sind erst gegen Mitternacht aus einer Theatervorstellung in unser Hotel zurückgekommen.“

Berger notierte die Adresse des Hotels. Dies geschah nur der Form halber, Hackenholt war überzeugt, daß die Frau keine zehn Jahre damit gewartet hätte, Siebert umzubringen.

Als Berger mit der Meldung in Hackenholts Zimmer kam, daß Frau Brunners Angaben bestätigt worden seien und sich sogar der Portier des Salzburger Hotels erinnern konnte, daß die Eheleute erst nach Mitternacht aus dem Theater auf ihr Zimmer zurückgekehrt waren, beschloß Hackenholt, heute in der Kantine zu essen und lud Berger ein, ihm Gesellschaft zu leisten. Wünnenberg, der darin eine willkommene Möglichkeit sah, den vor ihm aufgetürmten Akten zu entkommen, schloß sich an. Stellfeldt war nicht in seinem Zimmer, hatte jedoch die Nachricht hinterlassen, daß er sich mit ein paar Journalisten treffe und erst am späten Nachmittag zurück sei.

Nach dem Essen fuhren Hackenholt und Berger zu Frau Damps, die schon ungeduldig wartete. Als allererstes fiel Hackenholt auf, daß zwischen ihr und Frau Brunner eine große Ähnlichkeit bestand. Sie waren derselbe Frauentyp: groß, sehr schlank, flachbusig, mit langen, dunklen, glatten Haaren und fein gemeißelten Gesichtszügen. Auch Frau Damps hatte dunkle, äußerst ausdrucksstarke Augen.

„Worum geht es denn? Sie haben sich am Telefon nur sehr vage ausgedrückt. Ich kann mir gar nicht vorstellen, in welchen Ermittlungen Sie auf meinen Namen gestoßen sein wollen.“

„Es sind wirklich nur ein paar Routinefragen, Frau Damps. Uns wurde gesagt, daß Sie bis vor kurzem die Freundin von Herrn Peter Siebert waren.“

Als die Frau dies nicht bestätigte, sondern ihn nur abwartend ansah, fragte Hackenholt nach: „Das ist doch so richtig, oder?“

„Ja, ich hatte bis vor einem Monat eine Beziehung mit Peter Siebert. Aber was hat Peter mit der Polizei zu tun? Ist er in Schwierigkeiten?“ Ihr Stimme klang atemlos.

„Frau Damps, ich muß Ihnen leider mitteilen, daß Herr Siebert tot aufgefunden wurde.“

„Tot aufgefunden?“ flüsterte sie kaum hörbar. „Aber, wie? Ich verstehe nicht.“

„Herr Siebert wurde letzten Freitag nachts im Treppenhaus vor seiner Wohnung ermordet.“

Mit dem, was nun folgte, hätte Hackenholt nicht im entferntesten gerechnet. Monika Damps wurde kreidebleich, sprang auf und rannte, die zur Faust geballte Hand vor den Mund haltend, aus dem Zimmer.

Hackenholt hatte im Laufe seiner Dienstzeit schon die ganze Bandbreite an Reaktionen erlebt. Dennoch machte ihn Frau Damps’ Entsetzen betroffen. Normalerweise reagierten nur direkte Angehörige so stark. Von einer Exfreundin hätte er das nicht erwartet. Er sah auf die Uhr. Seit Frau Damps das Zimmer verlassen hatte, waren sicher zehn Minuten vergangen. In der Wohnung war es völlig still. Berger rutschte nervös in seinem Sessel herum.

Nach weiteren fünf Minuten beschloß Hackenholt, nach der Frau zu sehen. Er trat in den Gang und rief ihren Namen. Keine Reaktion. Auch beim zweiten Rufen erhielt er keine Antwort. Hackenholt nickte Berger zu und begann mit der erstbesten Tür: klopfte kurz, während er ‚Frau Damps‘ rief, und öffnete dann. Berger tat es ihm gleich.

Sie fanden Frau Damps vor der Toilette kniend, erstickte, gurgelnde Laute von sich gebend. Hackenholt trat in den Raum und sprach sie leise an, aber sie reagierte nicht. Auch nicht auf ein vorsichtiges Schütteln ihrer Schulter. Kurz entschlossen trug er sie mit Berger ins Wohnzimmer, wo sie sie auf das Sofa setzten. Die Frau hatte die Augen weit aufgerissen. Ihr Atem ging kurz, flach und enorm schnell. Sie war nach wie vor kreidebleich, ihre Hände fühlten sich eiskalt an. Hackenholt, dem es gelang, ihren Puls zu ertasten, bemerkte, daß auch dieser, genau wie ihr Atem, raste.

Er bedeutete Berger, bei der Frau zu bleiben und zog sein Handy aus der Jackentasche. Schnell tippte er die Notrufnummer der Rettungsleitstelle ein.

Bereits nach wenigen Minuten hörten sie in einiger Entfernung das Martinshorn des Rettungswagens. Der Notarzt kam unmittelbar danach. Hackenholt schilderte rasch, wer sie waren und was vorgefallen sei. Der Notarzt warf nur einen kurzen Blick auf die Frau und meinte dann lakonisch „Hyperventilationstetanie“, bevor er den Sanitätern Anweisungen gab, welche Medikamente sie vorbereiten sollten.

„Was bedeutet das?“ fragte Hackenholt nach.

„Sie atmet zu schnell und hat dadurch zu viel Sauerstoff im Blut, deshalb signalisiert ihr ihr Körper, daß sie schneller atmen muß. Und so ist sie in einem Teufelskreis gefangen. Ich spritze ihr ein starkes Beruhigungsmittel, dann geht es ihr gleich wieder besser. Danach kann sie allerdings nicht allein hier bleiben. Hat sie Angehörige, die sich um sie kümmern können?“

Hackenholt erklärte wahrheitsgemäß, daß er das nicht wisse.

„Dann wird uns nichts anderes übrigbleiben, als sie in die Klinik zu bringen. Vielleicht ist das auch besser für sie, wenn man bedenkt, was zu diesem Anfall geführt hat. Sie scheint von Ihrer Mitteilung einen Schock bekommen zu haben. In der Klinik wird man sich um sie kümmern.“

Hackenholt seufzte. „Wie lange wird sie brauchen, bis sie wieder vernehmungsfähig ist?“

„Das kann ich Ihnen nicht sagen, aber heute und morgen können Sie ganz sicher nicht mit ihr sprechen“, meinte der Arzt nachdenklich. „Das Beruhigungsmittel ist sehr stark. Sie wird nur noch schlafen wollen und sich auf nichts konzentrieren können.“

Wünnenberg war äußerst erstaunt, die Kollegen so schnell wieder im Präsidium zu sehen. Hackenholt versuchte sich zwei Stunden lang erfolglos auf die Ermittlungsakten zu konzentrieren, was ihm jedoch nicht gelang, da seine Gedanken immer wieder zu dem Bild abschweiften, das sich ihm in Damps’ Wohnung eingeprägt hatte. Schließlich gab er auf und beschloß, früher Schluß zu machen. Berger hatte ihn vor einer halben Stunde informiert, daß es Frau Damps soweit gut gehe und sie tief und fest schlafe. Allerdings bestand der Stationsarzt darauf, daß sie vor Freitag ganz sicher nicht in der Lage sein werde, eine brauchbare Antwort zu geben. Man müsse ihr Zeit lassen.

Als Hackenholt frustriert seinen Schreibtisch aufräumte, bevor er ging, schlug Wünnenberg vor, an diesem Abend Squash spielen zu gehen. Hakkenholt überlegte einen Moment, dachte dann aber, daß er sowieso nichts Besonderes vorhabe. So vereinbarten sie eine Uhrzeit.

Hackenholt hatte das Bedürfnis, in Ruhe nachzudenken. Er nahm seinen Wagen und fuhr aus der Stadt hinaus. Ziellos und selbst nicht wissend, wohin er fuhr, stand er irgendwann mitten im Wald. Er parkte sein Auto auf einem kleinen forstwirtschaftlichen Weg und lief ziellos in den Laubwald hinein. Der Waldboden war mit buntem Laub übersät. Hackenholt genoß die Ruhe. Er atmete tief den würzigen Geruch des Waldes ein. Wie ein Kind schlurfte er durch die heruntergefallenen Blätter. Ohne an seine Schuhe zu denken, genoß er das Rascheln und merkte, wie seine Anspannung nachließ. Er konnte nicht so weitermachen und tagelang nur an seine Arbeit denken. Es mußte auch noch etwas anderes in seinem Leben geben.

Seine Gedanken wanderten zu Sophie Rhom. Seit er sie bei Möllenhäußers kennengelernt hatte, schob sie sich immer wieder in seine Überlegungen. Sie war ein ganz anderer Typ als seine frühere Freundin. Vielleicht machte das alles einfacher. Wenn Sophie Svenja zu ähnlich wäre, würde er sicher nur Gewissensbisse haben, Svenja ersetzen zu wollen. Aber das stimmte nicht. Sie würde immer ihren Platz in seinem Leben haben, aber es mußte jetzt endlich auch wieder Platz für jemand anderen geben. Jemanden, mit dem er sich nicht nur in seinen Gedanken unterhalten konnte. Jemanden, mit dem er sein Leben, seine Interessen teilen konnte. Eine Frau, mit der er diskutieren konnte, die ihn geistig forderte und ihre eigene Meinung vertrat. Aber auch eine Frau, deren körperliche Nähe er ertragen konnte. Sophie könnte diese Frau sein. Sie hatte eine offene, ehrliche und direkte Art, die er sehr schätzte. Ob sie gemeinsame Interessen hatten, würde sich mit der Zeit herausstellen. Gestern abend im Auto fühlte er sich sehr zu ihr hingezogen. Vielleicht hatte er sich deshalb so überaus herzlich von ihr verabschiedet.

Hackenholt setzte sich auf einen der Felsbrocken, die auf einer kleinen Lichtung in der Sonne lagen. Erst jetzt öffnete er seine Gedanken wieder seiner Arbeit. Er sah Siebert vor sich, wie dieser mit gebrochenem Genick auf den Stufen lag. Er dachte an Jana Brunners Geschichte und Monika Damps, an all das, was er von den Frauen über Siebert gehört hatte.

Es war Mittwoch, der 9. Oktober, 17.30 Uhr.

12

Am Donnerstagmorgen mußte die übliche Besprechung verschoben werden, da Hackenholt bereits im Wachraum gesagt wurde, er solle schnellstmöglich zum Kollegen Kaselow in den Keller gehen. Herbert Kaselow war einer der hauseigenen Computerspezialisten. Er kümmerte sich nicht nur um das Computernetzwerk des Präsidiums, sondern auch um beschlagnahmte Computer und Datenträger.

Kaselow war ein junger, findiger Mann Mitte zwanzig, der in Hackenholts Augen dem Klischee eines Hackers entsprach, der aber bislang immer und auf alles eine Antwort gefunden hatte. Mochten die Daten noch so versteckt oder gut geschützt sein, Kaselow fand und knackte sie alle, auch wenn er manchmal nächtelang durchzuarbeiten schien.

Hackenholt ging den langen, schmalen Gang entlang, der ins hintere Treppenhaus führte und stieg dort ins Souterrain hinunter. Kaselows Zimmer, das mehr einer Höhle als einem Arbeitsraum glich, machte auch heute einen chaotischen Eindruck.

Christine Mur saß schon bei Herbert Kaselow im Zimmer. Vor ihr türmte sich ein Papierstapel auf. Sie sah müde und erschöpft aus.

„Ich glaube, hier haben wir endlich etwas gefunden, das uns wirklich weiterbringen könnte“, sagte sie anstelle einer Begrüßung. „Herbert hat mich heute morgen um drei Uhr angerufen, als es ihm gelang, das Paßwort der Diskette zu knacken.“

Hackenholt nickte Kaselow gespannt zu.

„Das erste, was ich auf dieser Diskette gefunden habe“, an dieser Stelle wedelte Kaselow mit einer unscheinbaren schwarzen Diskette, „war ein Brief und ein eingescannter Zeitungsartikel.“

„Der Zeitungsartikel ist derselbe, den uns Ralph gezeigt hat“, warf Mur erklärend ein.

„Was steht in dem Brief?“ wollte Hackenholt gespannt wissen.

Mur nahm einen Ausdruck zur Hand, der bislang vor ihr auf dem Boden gelegen hatte, und las laut vor: „Liebe Sieglinde, was habe ich da in dem Zeitungsartikel über dich lesen müssen? Wenn du nicht möchtest, daß die Zeitung weitere peinliche Enthüllungen veröffentlicht, weißt du ja, wie du mich erreichen kannst. Keine Unterschrift und auch kein Datum.“

„Auch wenn der Brief nicht datiert ist, kann ich euch einen ungefähren zeitlichen Anhaltspunkt geben“, sagte Kaselow. „Die Diskette ist zum letzten Mal einen Tag, nachdem der Artikel erschienen ist, geändert worden. Vielleicht hilft euch das ja bei euren Überlegungen.“

Mur reichte Hackenholt eine dünne Klarsichtfolie mit den Ausdrucken. „Auf der Rückseite habe ich das Datum notiert, an dem das Dokument zuletzt verändert wurde.“

Hackenholt nickte. „Was habt ihr noch?“

„So genau weiß ich das nicht. Ich kann mit einem großen Teil der Daten, die Herbert ausgedruckt hat, nicht das Geringste anfangen, aber gerade das bestärkt mich in der Annahme, daß sie wichtig sind. Das muß sich ein Fachmann ansehen, jemand vom Dezernat für Wirtschaftskriminalität. Wenn du mich fragst, könnte es sich hierbei“, sie unterstrich ihre Worte, indem sie auf den Papierstapel vor sich klopfte, „um die Daten handeln, die in Frau Sieberts Firma gestohlen wurden.“

Hackenholt hatte sich in der Zwischenzeit auf einen Stuhl gesetzt, den er zuvor erst hatte frei räumen müssen. Er rieb sich über die Schläfen, als ob er befürchtete, Kopfschmerzen zu bekommen. „Habt ihr schon jemanden vom Wirtschaftsdezernat informiert?“

„Nein, wir wollten erst dir die Unterlagen zeigen“, antwortete Mur.

„Gut, dann nehmen wir sie mit nach oben in den Besprechungsraum. Ist das alles, was auf den Disketten war?“.

„Ja“, bestätigte Kaselow, „zumindest alles, was auf den geschützten Datenträgern war.“

„Bitte sperr die Disketten absolut sicher weg. Das sind alles ungeheuer wichtige Beweismittel. Aber das brauche ich dir ja nicht zu sagen“, fügte Hackenholt schnell hinzu, als er Kaselows empörten Blick sah.

Mur und Hackenholt nahmen je einen Stapel der Unterlagen unter den Arm und marschierten in den Besprechungsraum.

„Ich denke, wir sollten nicht allzulange warten, bis wir den Kollegen vom Wirtschaftsdezernat Bescheid geben. Wir brauchen bei den Unterlagen Hilfe von jemandem, der sich damit auskennt“, meinte Mur vorsichtig.

„Ja, da hast du völlig recht. Ich möchte wirklich nur kurz ein paar Seiten durchblättern“, antwortete Hackenholt.

Nach einer halben Stunde war er mit dem ersten Stapel fertig. Er stand auf und rief über die interne Nummer in seinem eigenen Büro an. Wünnenberg meldete sich sofort.

„Komm bitte in den Besprechungsraum und bring auch Manfred und Christian mit“, wies Hackenholt ihn an.

Als alle im Raum versammelt waren, erklärte Mur nochmals, was sie gefunden hatten, und las den Brief vor. Die anderen Unterlagen waren zu umfangreich, als daß sie alle darin hätten herumblättern können. Mur erklärte auch hierzu ihre Theorie. Wünnenberg stieß einen leisen Pfiff aus. „Wenn wir hier tatsächlich die entwendeten Daten haben, dann wird uns Kollege Wenger die Bude einrennen, sobald er es erfährt.“

„Das soll er auch“, meinte Hackenholt, „deswegen wirst du ihn gleich jetzt von hier aus anrufen. Wir brauchen seine Fachkenntnis. Vielleicht kann er uns sofort etwas zu den Unterlagen sagen, wenn er sie sieht.“

Wünnenberg tat wie ihm geheißen und informierte die anderen anschließend, daß der Kollege umgehend zu ihnen in den Besprechungsraum herunterkommen werde.

„Wie machen wir jetzt weiter?“ wollte Stellfeldt wissen. „Das sind alles völlig neue Aspekte. Hätten wir das gestern schon gewußt, hätte ich mir den ganzen Nachmittag sparen können. Es kam sowieso nichts dabei heraus. Alle Reporter, mit denen ich gesprochen habe, konnten mir nichts über Frau von Liebschers Privatleben sagen. Es ist, als ob sie keines hätte, beziehungsweise, als hätte sie darüber eine Nachrichtensperre verhängt.“ Stellfeldt berichtete kurz, mit wem er am Nachmittag alles gesprochen hatte, und Hackenholt staunte, wie viele Klatschreporter Stellfeldt in Nürnberg kannte. Hackenholt selbst hatte nie etwas mit der Presse zu tun. Dafür gab es im Präsidium einen Pressesprecher, und der machte seine Arbeit gut. Natürlich nervte auch dieser manchmal, daß er mehr Angaben benötige, um die Leute von der Presse bei Laune zu halten, aber normalerweise hielt sich der Rummel in Grenzen. Über Peter Sieberts Tod hatte es beispielsweise nur eine kurze Mitteilung gegeben, die noch nicht einmal alle Zeitungen abgedruckt hatten. Peter Sieberts Tod war in den Augen der Presse viel zu unspektakulär.

Berger hatte gleich am Morgen im Krankenhaus angerufen und erfahren, daß Frau Damps die ganze Nacht geschlafen habe. Heute morgen sei sie zwar noch benommen, es gehe ihr aber soweit gut und man werde sie sicher an diesem Tag entlassen. Zumal sich ihre Schwester um sie kümmern könne. Berger hatte daraufhin die Krankenschwester beschworen, ihr möglichstes zu tun, um Frau Damps klarzumachen, daß die Polizei dringend mit ihr sprechen müsse. Sie solle außerdem versuchen, die Adresse von Frau Damps’ Schwester zu bekommen.

„Wie gehen wir jetzt vor?“ wiederholte Wünnenberg Stellfeldts Frage nochmals.

„Wir müssen unbedingt mit Frau Teck und mit Frau von Liebscher sprechen. Beide hätten ein gutes Motiv, wenn Siebert sie erpreßt hat. Wir müssen herausfinden, ob die Teck von diesem Brief wußte. Außerdem müssen wir auch Frau von Liebschers Alibi überprüfen. Es ist wichtig, daß wir herausbekommen, was vor einem halben Jahr vorgefallen ist und wie sich die beiden mit Siebert geeinigt haben, denn irgend etwas muß passiert sein, sonst hätte die Sache anders geendet. Entsprechend müssen wir dann aufklären, was Siebert dieses Mal von Frau von Liebscher wollte“, erklärte Hackenholt. „In diesem Zusammenhang wäre es wirklich hilfreich, wenn du, Christine, nochmals in Sieberts Wohnung gehst und versuchst, Anhaltspunkte für Sieberts Erpressung zu finden. Material, mit dessen Hilfe wir von Liebscher oder Teck mit ihm in Verbindung bringen können.

Außerdem müssen wir mit den Brüdern Degel ein Wörtchen reden. Sie müssen wesentlich mehr wissen, als sie uns bisher gesagt haben.“

An dieser Stelle wurden sie von Hauptkommissar Wenger, der mit einem weiteren Kollegen vom Wirtschaftsdezernat ins Zimmer kam, unterbrochen.

„Nur noch ganz kurz“, bat Hackenholt die neu eingetroffenen Kollegen um einen Moment Geduld. „Ralph, rufst du bitte bei Jürgen und Günther Degel an und bittest sie, heute am späten Nachmittag auf das Präsidium zu kommen? Christine, es wäre nett, wenn du dich so schnell wie möglich auf den Weg zu Sieberts Wohnung machen könntest.“

„Ich bin schon weg“, murmelte Mur, während sie aufstand und aus dem Zimmer ging.

„So, dann wollen wir mal schauen, ob euch das hier etwas sagt“, wandte sich Hackenholt nun Wenger und dessen Kollegen zu. Er erklärte ihnen, woran sie gerade arbeiteten und stellte den Zusammenhang zwischen Frau Siebert und deren Bruder her.

Die Beamten vom Dezernat Wirtschaftskriminalität brauchten nur wenige Minuten, um festzustellen, daß ihnen einige der Unterlagen sehr vertraut waren.

„Genau kann ich dir das erst sagen, wenn wir die Unterlagen hier mit unseren verglichen haben, aber das können wir gleich machen. Spätestens morgen früh bekommst du Bescheid, was davon zu den gestohlenen Daten gehört.“

Wünnenberg beendete gerade das Telefonat mit den Gebrüdern Degel, als Hackenholt und Berger das Büro betraten. Er schien äußerst irritiert zu sein. „Die Herren Degel geruhten heute ursprünglich keinen Termin für die Polizei frei zu haben“, grollte er. „Aber ich konnte sie dann doch davon überzeugen, daß es besser sei, zu einem vereinbarten Termin zu uns zu kommen, anstatt daß wir ihnen jetzt sofort einen Besuch abstatten. Sie konnten sich durchringen, gegen 14.30 Uhr hier zu sein.“

„Gut, dann sollten wir aber umgehend aufbrechen, damit wir rechtzeitig zurück sind. Christian, begleitest du heute bitte Manfred? Mir wäre es lieber, wenn Frau Teck nicht wieder von Ralph und Manfred befragt wird. Sie soll ruhig ein neues Gesicht sehen. Und wir beide“, sagte Hackenholt zu Wünnenberg, „wir reden mit der guten Frau von Liebscher.“

Sie vereinbarten, mit zwei Autos zuerst in die Meuschelstraße zu fahren, um sich dort zu trennen. Sobald Stellfeldt und Berger Frau Teck angetroffen hätten, würden Hackenholt und Wünnenberg zu Frau von Liebscher fahren, die ganz in der Nähe wohnte. Dabei hoffte Hackenholt inständig, daß Frau von Liebscher wirklich vormittags zu Hause war, wie er Sophie Rhoms Erzählung entnommen hatte.

Es kam jedoch anders als geplant, denn kurze Zeit, nachdem Stellfeldt und Berger im Haus in der Meuschelstraße verschwunden waren, klingelte Hackenholts Handy, und Stellfeldt teilte ihm mit, daß nicht nur Frau Teck, sondern auch Frau von Liebscher anwesend sei. Hackenholt wendete seinen Wagen und fuhr zurück zur Meuschelstraße.

Auf ihr Läuten hin wurde ihnen von Christian Berger die Tür geöffnet. Hackenholt blickte sich neugierig in der Wohnung um. Alles sah unheimlich gediegen und elegant aus. Die alten Möbel waren blitzblank poliert, und die Bodenfliesen schimmerten nur so. Die Diele wurde von kleinen Halogenspots erleuchtet. Hackenholt erschien die Wohnung zu exklusiv und steril, um sich darin wohl zu fühlen.

Frau Teck und Frau von Liebscher saßen im selben Zimmer, in das Patricia Teck Stellfeldt und Wünnenberg bei deren ersten Besuch geführt hatte. Stellfeldt saß auf der einen Seite des Tisches, ihm gegenüber saß Patricia Teck. Sieglinde von Liebscher hatte am Kopfende Platz genommen.

Frau von Liebscher war zwar eine gepflegte Dame, sah aber dennoch völlig anders aus, als Hackenholt sie sich nach den Beschreibungen der Kollegen vorgestellt hatte. Er hatte eine etwas ältere Ausgabe von Frau Brunner erwartet. Was er erblickte, wirkte jedoch zunächst wie eine nette, freundliche, ältere Dame, die gutmütig die Welt betrachtete. Sie erinnerte ihn eher an Frau Möllenhäußer. Sieglinde von Liebscher war höchstens 1,65 m groß – soweit er das im Sitzen beurteilen konnte. Sie war vollschlank und trug ein abgewetzt aussehendes englisches Twinset. Ihr Haar war tadellos frisiert, doch die Schminke hatte sie etwas nachlässig aufgelegt. Auch ihre Stimme klang nicht nach einer stahlharten Verhandlungspartnerin, mit der man um Millionen feilschte. Aber gut, Sophie Rhom hatte ihm ja auch erklärt, daß Frau von Liebscher zwar die Haupterbin des Familienimperiums sei, die Familie aber nur noch in den Vorstandsrängen vertreten war. Außerdem hatte sie auch angedeutet, daß Frau von Liebscher bei schwierigen Entscheidungen immer auf Berater höre, da sie vom eigentlichen Geschäft nicht viel Ahnung habe. Sophie war es sichtlich unangenehm gewesen, diese Details über ihre Nachbarin zu enthüllen; er hatte ihr fast jedes Wort einzeln aus der Nase ziehen müssen. Daran dachte Hackenholt nun, als er Frau von Liebscher endlich persönlich kennenlernte.

„Guten Tag", begrüßte Hackenholt die beiden Damen. „Schön, daß wir Sie beide antreffen, wir waren nämlich gerade auf dem Weg zu Ihnen."

„Ja, das hat uns Ihr Kollege schon gesagt. Nur leider verstehe ich das wohl nicht richtig. Was sollte ausgerechnet ich Ihnen über Peter Siebert sagen können?"

„Es wäre dennoch sehr entgegenkommend, wenn Sie uns einen Teil Ihrer kostbaren Zeit schenken." Hackenholt warf ihr sein charmantestes Lächeln zu.

„Wenn ich der Polizei bei den Ermittlungen behilflich sein kann, werde ich das natürlich tun."

„Prima", ergriff Hackenholt die Gelegenheit beim Schopf, „wo können wir uns denn ungestört unterhalten?" Er sah abwechselnd Patricia Teck und Manfred Stellfeldt an. Als keiner von beiden Anstalten machte, ihm ein passendes Zimmer zu nennen, beschloß er kurzerhand, die Befragung in Sieberts Wohnung durchzuführen. Ein leises Quietschen, das über ihnen zu hören war, erinnerte ihn daran, daß die Spurensicherung in Sieberts Wohnung zugange war und sie einlassen würde.

„Kommen Sie bitte mit, Frau von Liebscher", sagte er daher, „wir gehen ein Stockwerk höher. Dort sind wir ungestört. Dann können die Kollegen hier ganz in Ruhe mit Frau Teck sprechen."

Er nickte Wünnenberg zu, der daraufhin vorausging. Hackenholt hielt von Liebscher die Tür auf, so daß ihr nichts anderes übrig blieb, als ihm zu folgen. Stellfeldt wandte sich demonstrativ an Frau Teck, um Hackenholts Aufforderung zu unterstützen.

„Frau Teck, wir haben ja schon ...“, mehr hörte Hackenholt nicht mehr, da Berger die Tür hinter ihm und Frau von Liebscher schloß.

Christine Mur staunte nicht schlecht, als Wünnenberg vor der Tür stand, und knapp dahinter Hackenholt und von Liebscher die Treppe heraufstiegen. Ihre Augen weiteten sich für einen kurzen Moment, bevor sie zur Seite trat und mit ein paar raschen Handgriffen die Unterlagen, die sie auf Sieberts Eßtisch ausgebreitet hatte, zusammenschob und aus dem Zimmer ging.

„Bitte, nehmen Sie doch Platz“, lud Hackenholt Sieglinde von Liebscher ein und rückte ihr einen Stuhl zurecht.

„Frau von Liebscher“, begann der Hauptkommissar, nachdem Wünnenberg sein kleines Diktiergerät in Position gebracht und eingeschaltet hatte, „warum glauben Sie, daß Sie uns nichts über Herrn Siebert sagen können?“

„Ich kannte ihn doch kaum.“

„Aber Ihnen gehört die Wohnung, in der Frau Teck wohnt“, sagte er mit gespieltem Erstaunen. „Da müssen Sie ihn doch gekannt haben, er war hier schließlich der Hausverwalter.“

„Ja, das schon“, gab von Liebscher erleichtert zurück.

„Darüber hinaus hatten Sie keinen Kontakt mit Herrn Siebert?“ setzte Hackenholt sofort nach, der ihr Aufatmen bemerkt hatte und ihr zeigen wollte, daß es dazu keinen Grund gab.

„Nein, wie sollte ich denn? Wir verkehrten doch in ganz unterschiedlichen Kreisen.“

„Wie sind Sie denn mit Herrn Siebert zurechtgekommen, solange Sie hier gewohnt haben?“

„Ich habe nie hier gewohnt. Mir gehört die Wohnung und ich habe sie auch eingerichtet, aber ich war immer höchstens ein paar Stunden hier, wenn ich es in meiner eigenen nicht mehr ausgehalten habe, oder wenn ich meiner Haushälterin entfliehen wollte.“

„Aber während dieser Zeit hatten Sie Kontakt zu Herrn Siebert“, wandte Wünnenberg ein, der die Dame auf die richtige Spur bringen wollte.

„Ja schon, aber wir haben uns nur zu den Eigentümerversammlungen getroffen. Was kann ich Ihnen da schon sagen? Das wird Sie doch sicher nicht interessieren.“

„Stimmt, das interessiert uns wirklich nicht. Über die Eigentümerversammlungen hinaus hatten Sie wirklich keinerlei Kontakt zu Herrn Siebert?“

„Nein, darüber hinaus hatten wir keinen Kontakt“, beharrte sie. „Wir haben uns höchstens mal auf der Treppe getroffen und über das Wetter oder einen anstehenden Urlaub gesprochen, aber das waren auch immer nur ein paar Minuten und außerdem völlig belanglos.“

„Mochten Sie Herrn Siebert?“

„Darüber habe ich mir nie Gedanken gemacht“, wich sie der Frage aus.

„Sie haben niemals Briefe oder Anrufe von Herrn Siebert erhalten? Sie sind nicht irgendwann mal mit ihm essen gegangen?“ fragte Hackenholt nochmals nach.

„Nein, warum sollte ich? Wie kommen Sie darauf?“

„Frau von Liebscher“, sagte Hackenholt in ernstem Ton, „Sie sagen uns nicht die Wahrheit.“

„Wie können Sie das behaupten?“ fuhr sie auf.

Wortlos legte Hackenholt den Ausdruck des Zeitungsartikels auf den Tisch.

Als von Liebscher diesen erkannte, wurde sie rot und rief wütend: „Was ist damit? Das ist alles gelogen. Fragen Sie in der Redaktion nach. Ich habe auf eine Verleumdungsklage verzichtet, weil mir zugesichert wurde, daß es keine weiteren Artikel geben werde. Eine Klage hätte nur noch mehr öffentliches Aufsehen erregt, und das wollte ich unbedingt vermeiden. Außerdem sehe ich beim besten Willen nicht, was das mit Peter Sieberts Tod zu tun haben soll.“

„Das ist ein Ausdruck einer Datei, die wir auf einer von Herrn Sieberts Disketten gefunden haben“, erklärte ihr Hackenholt.

„Ja und?“ fuhr sie hitzig fort. „Das zeigt doch nur, daß er einen solchen Schund las.“

Da war der erste Riß in ihrer Fassade. Hackenholt zog den Ausdruck des Briefes aus der Tasche und legte ihn aufgeschlagen vor ihr auf den Tisch.

Sieglinde von Liebscher starrte den Brief an; ihre Gesichtsfarbe wechselte von feuerrot auf schneeweiß. Sie hielt den Blick angestrengt gesenkt. Wie angespannt sie war, konnte Hackenholt daran erkennen, daß ihre Fingerknöchel weiß in ihren gefalteten Händen hervortraten. Sie sprach kein Wort.

„Hat Herr Siebert Sie erpreßt?“ fragte Hackenholt ruhig.

Auf seine Frage folgte nicht die kleinste Reaktion. Hackenholt ließ einige Zeit verstreichen und fragte dann nochmals: „Hat Herr Siebert Sie erpreßt?“

Zaghaft nickte Frau von Liebscher mit dem Kopf. Als sie wieder aufsah, hatte sich ihr Gesichtsausdruck verändert. Die distanzierte Maske hatte sich verflüchtigt. Jetzt sah man ihr an, wie sehr sie unter dem Brief gelitten hatte. Ihr Gesicht bekam um den Mund herum tiefe Linien. Sie räusperte sich.

„Kann ich mir Ihrer Diskretion sicher sein?“ fragte sie.

„Soweit es nichts mit Herrn Sieberts Tod zu tun hat, selbstverständlich.“

Frau von Liebscher nickte wieder, und man sah ihr an, daß sie sich zusammennahm. Sie fixierte einen Punkt oberhalb von Hackenholts Kopf.

„Wissen Sie, Frau Teck weiß nichts von diesem Brief, und das muß auch so bleiben.“

„Das kann ich Ihnen leider nicht zusichern. Es kann durchaus sein, daß wir sie darauf ansprechen müssen. Insbesondere zu dem Artikel werden wir sie befragen müssen.“

Nach dieser Offenbarung entstand eine Pause. Sieglinde von Liebscher seufzte. Da sie aber nicht der Typ war, der anderen etwas vormachen konnte, entschied sie sich dafür, den Beamten reinen Wein einzuschenken.

„Ich weiß nicht, was Peter sich dabei gedacht hat, aber er hat sich hier im Haus prinzipiell alle Frauen zum Feind gemacht. Er hat sie verachtet und immer versucht, sie durch den Dreck zu ziehen. Er war ein richtiges Scheusal. Im Unterschied zu den anderen hier im Haus stehe ich öfter im Rampenlicht. Bei Patricia war das ebenso, als sie noch die Bewährungshilfe in Regensburg geleitet hat. Diese ganze Sache mit dem Zeitungsartikel hat er eingefädelt, um mich zu diskreditieren. An dem Tag, an dem der Bericht erschien, habe ich seinen widerwärtigen Brief erhalten. Wahrscheinlich hätte ich den Artikel sonst gar nicht so schnell zu Gesicht bekommen. Wer liest schon dieses Revolverblatt? So hat er mich direkt darauf gestoßen. Natürlich habe ich ihn sofort angerufen und gefragt, was er von mir wolle und was das alles zu bedeuten habe. Er meinte, er wolle das nicht am Telefon besprechen, ich solle zu ihm in die Wohnung kommen. Das tat ich auch. Keine Stunde, nachdem ich seinen Brief bekommen hatte, saß ich genau hier an diesem Tisch, auf diesem Stuhl, und er sagte mir süffisant grinsend, daß er ein paar nette Bilder habe und den Leuten von der Zeitung auch sonst noch so einiges erzählen könne. Das beste daran sei, daß er alles bestätigen könne, da es den Tatsachen entspreche und ich dagegen machtlos sei. Das durfte ich nicht zulassen. Patricia hatte sich gerade von ihrer Depression erholt und war auch körperlich wieder auf dem Weg der Besserung, und genau da hat dieses Scheusal den Artikel initiiert. Als ob er wußte, daß ich genau zu diesem Zeitpunkt am verwundbarsten war. Also habe ich mich auf seine Forderung eingelassen. Er wollte 50.000 Euro und mir dafür alle Photos und Unterlagen geben, die er gesammelt hatte. Andernfalls würde er alles der Zeitungsredaktion geben und dafür sorgen, daß jeder die Zeitung lese. Zwei Tage später habe ich ihm das Geld gebracht, und er gab mir einen Umschlag ..." Sie winkte ab.

Hackenholt wagte nicht, sie durch eine Bemerkung zum Weitersprechen zu ermutigen. Er mußte ihr Zeit geben und sie in ihrem eigenen Tempo erzählen lassen.

„Ich habe mit niemandem darüber gesprochen, auch nicht mit meinem Anwalt. Der hat von mir nur das Allernötigste erfahren, nämlich, daß die Zeitung sich auf keinerlei Beweise stützen konnte. Er sollte nur dafür sorgen, daß die nicht eigenständig recherchierten. Zumindest das ist ihm ja auch gelungen."

Sie verstummte.

„Und dann, was hat Herr Siebert in letzter Zeit im Schilde geführt?"

Ihre Augen verengten sich. „So genau hatte ich das noch nicht herausgefunden. Vor einem Monat kam er plötzlich wieder auf mich zu. Wann immer er mir begegnete, grinste er mich unverschämt an, zwinkerte mir zu und sagte immer sehr zweideutige Dinge. Aber woher wissen Sie davon?" fragte sie besorgt.

Hackenholt dachte einen Moment über ihre Antwort nach.

„Frau von Liebscher, Ihnen ist doch klar, daß Herr Siebert mit der Erpressung eine Straftat begangen hat", mischte sich nun Wünnenberg in die Befragung ein.

„Ja", sagte sie langgedehnt. „Aber das wurde mir erst hinterher bewußt. In diesem Moment wollte ich wirklich nur, daß sofort Schluß ist und niemand etwas erfährt, vor allem Patricia nicht. Dafür hätte ich alles gegeben. Das Geld hat mir nicht wehgetan."

Wünnenberg wünschte sich, daß es auch ihm einmal nicht wehtun möge, 50.000 Euro wegzuwerfen.

„Wenn man einem Erpresser einmal nachgibt, läuft man Gefahr, daß er weitere Forderungen stellt."

„Da haben Sie sicher recht, aber daran habe ich damals nicht gedacht."

„Sind Sie sich sicher, daß er nicht doch wieder Geld von Ihnen erpressen wollte, Sie ihm dieses Mal aber keines mehr geben konnten oder wollten, und deshalb ließen Sie ihn im Treppenhaus stolpern?“ hakte Wünnenberg unerbittlich nach.

„Was? Was sagen Sie da? Sie können doch nicht im Ernst denken, daß ich etwas mit der Sache zu tun habe?“ fragte sie ehrlich aufgebracht.

„Ein erstklassiges Motiv hätten Sie“, wandte Wünnenberg ein.

„Nein, ich könnte doch nie, ... nein, das ist doch absurd!“

Hackenholt war fast geneigt, ihr zu glauben. Sie schien eher der Typ zu sein, der Probleme mit Geld aus der Welt zu schaffen gewohnt war. Außerdem fiel es ihm schwer, sich vorzustellen, wie sich die kleine, untersetzte Frau voller Wut auf Siebert stürzte. Sie hätte vielleicht jemanden bezahlen können, der dies für sie erledigte, aber dazu traute er ihr nicht die richtigen Kontakte zu, und ein Auftragsmord wäre anders durchgeführt worden. Dennoch fragte er sie nach ihrem Alibi.

Von Liebscher rieb nervös ihre verkrampften Finger. „Ich war zu Hause, und zwar allein“, sagte sie schließlich. „Aber ich war es wirklich nicht, ganz bestimmt nicht.“

„Wir werden sicher nochmals mit Ihnen sprechen müssen“, erklärte ihr Hackenholt, bevor Wünnenberg sie zur Tür brachte.

In der Zwischenzeit heftete Stellfeldt seine ganze Aufmerksamkeit auf Patricia Teck. Berger hatte sich neben ihm niedergelassen, sein Notizbüchlein auf den Tisch gelegt und saß nun in erwartungsvoller Haltung da.

„Frau Teck, wir haben uns ja schon vor einer knappen Woche unterhalten. Ist Ihnen noch etwas eingefallen, was wir über Herrn Siebert wissen sollten?“

Frau Teck schüttelte den Kopf. „Ich muß zugeben, daß ich seither nicht weiter über Peters Leben nachgedacht habe. Ich hatte keine Veranlassung dazu.“

„Aber sein Tod hat Sie doch sehr betroffen“, wandte Stellfeldt ein, „da macht man sich doch Gedanken.“

„Natürlich machte es mich betroffen zu erfahren, daß er hier, quasi vor meiner Wohnungstür, umgebracht wurde“, entgegnete Teck schroff.

„Anders gefragt, wie standen Sie denn persönlich zu Herrn Siebert?“

„Das habe ich Ihnen doch letztes Mal schon gesagt“, protestierte sie.

„Dann beantworten Sie die Frage jetzt bitte noch einmal.“

„Er wohnte über mir und hat mich nächtelang wachgehalten mit dem, was er in seiner Wohnung veranstaltet hat. Aber ansonsten hatte ich kein Problem mit ihm. Ich habe mich nie mit ihm gestritten, falls Sie das meinen."

„Aber wir haben dennoch den Eindruck gewonnen, daß Sie uns ein paar Dinge, die für uns wichtig gewesen wären, nicht erzählt haben."

„Was sollte das sein?" wollte Frau Teck wissen.

„Zum Beispiel, daß diese Wohnung Frau von Liebscher gehört. Oder, daß Sie sich um die Wohnung im vierten Stock kümmern. Ebenso, daß die Wohnung im vierten Stock der Schwester von Sieglinde von Liebscher gehört, um nur ein paar Dinge zu nennen."

„Aber was hat das denn mit Peter Sieberts Tod zu tun?" brauste Patricia Teck auf. „Das ist für Ihre Ermittlungen völlig uninteressant."

„Was für unsere Ermittlungen von Interesse ist, das müssen Sie schon uns überlassen", schnaubte Stellfeldt. „Was haben Sie uns denn sonst noch verschwiegen, weil Sie dachten, es sei für uns nicht von Interesse?"

Frau Teck sah ihn mit versteinerter Miene an, sagte jedoch kein Wort.

Stellfeldt zog daraufhin eine Kopie des Zeitungsartikels aus seiner Tasche und legte ihn vor ihr auf den Tisch. „Und was ist damit?" wollte er wissen. „Haben Sie den auch vergessen?"

Teck blickte stumm auf den Zeitungsartikel, den ihr Stellfeldt hinschob. Dann, mit einem Mal, faßte sie danach und zog ihn näher zu sich heran. Sie griff nach dem auf dem Tisch liegenden Brillenetui, holte ihre Lesebrille heraus und studierte den Artikel eingehend.

Stellfeldt beobachtete sie die ganze Zeit über scharf, und auch Berger wandte seinen Blick nicht von ihr ab. Beiden fiel dabei die Verwandlung, die in ihrem Gesicht vorging, auf. Noch bevor sie etwas sagte, wußte Stellfeldt, daß sie den Artikel nie zuvor gesehen hatte. Ihr Gesicht zeigte zunächst Erstaunen, dann ehrliche Bestürzung und schließlich grenzenlose Wut.

„Wo haben Sie das her?"

„Das stand vor einem halben Jahr in der Abendzeitung", entgegnete Stellfeldt und deutete auf das am oberen Rand der Kopie stehende Datum.

„Ich lese diesen Artikel gerade zum ersten Mal", bekannte Patricia Teck. „Aber was soll das mit Peter Siebert zu tun haben?"

Stellfeldt fiel auf, daß sie nicht versuchte, den Artikel als völlig abwegig darzustellen.

„Vielleicht hat Herr Siebert Sie damit erpreßt?"

Sie ließ den Artikel sinken und sah ihn völlig entgeistert an. „Mich erpreßt?“

„Ja. Beispielsweise mit Fotos, die den Artikel untermauern. Er könnte damit gedroht haben, diese an die Zeitung zu verkaufen, wenn Sie ihm keine Gegenleistung erbringen.“

Frau Teck schien ehrlich erstaunt zu sein. „Das ist doch völlig absurd.“ Nach einer Weile, in der im Zimmer völlige Stille herrschte, fuhr sie fort. „Ich war zu diesem Zeitpunkt überhaupt nicht in Nürnberg.“ Sie schloß für einen Moment die Augen. „Zwischen November letzten Jahres und diesem Jahr Pfingsten war ich in einem Sanatorium in der Schweiz. Mir ging es gesundheitlich nicht gut. Ich habe Ihnen schon letztes Mal erzählt, daß ich aus gesundheitlichen Gründen in den Ruhestand versetzt wurde. Im Amt ist letzten Sommer eine junge Frau durchgedreht. Auf irgendeine Art und Weise besorgte sie eine Waffe und verschaffte sich eines Nachmittags Zutritt zu meinem Dienstzimmer. Sie hat mich nicht nur bedroht, sondern auch verletzt. Damals habe ich eine schlimme Bauchverletzung davongetragen und war monatelang in einer Klinik. Als die Wunde verheilt war, bekam ich schwere Depressionen. Sieglinde von Liebscher sorgte dafür, daß ich in ein Sanatorium in der Schweiz kam. Ich bin erst im Mai wieder nach Nürnberg zurückgekehrt.“

Stellfeldt konnte sich zwar nicht daran erinnern, in der Zeitung etwas über einen solchen Vorfall im Amt der Bewährungshilfe gelesen zu haben, aber Frau Teck würde wohl kaum so weit gehen, sich eine solche Geschichte auszudenken.

„Herr Siebert könnte Ihnen den Artikel erst vor kurzem gezeigt haben. Vielleicht dachte er, daß er ein bißchen Geld von Ihnen erpressen könne. Schließlich war er arbeitslos.“

Patricia Teck schüttelte heftig den Kopf. „Nein, das stimmt nicht, das hat er nicht! Ich hätte ihm auch gar kein Geld zahlen können, und ich bin mir sicher, daß er das wußte.“

Stellfeldt sah sich übertrieben deutlich in dem Zimmer um. „Da bin ich mir nicht so sicher.“

„Peter Siebert hat nie versucht, mich zu erpressen“, sagte Frau Teck

„Warum mochten Sie ihn dann nicht?“

Sie seufzte. „Er hatte mir gegenüber immer wieder Anspielungen gemacht, daß ich mich von Sieglinde aushalten lasse, aber das ist nicht wahr.“

Stellfeldt ließ es dabei bewenden.

Lila – 6

Sie mußte lang in der alten Anrichte ihrer Mutter nach dem Büttenpapier suchen. Da sie es nicht sofort fand, wurde sie wieder wütend auf sich selbst. Früher hatte sie nie solche Anwandlungen, doch wenn ihr jetzt etwas nicht mehr gelang, war sie sofort gereizt und verärgert über sich selbst. Sie fühlte sich zu allem unfähig, schimpfte auf sich, weil sie die einfachsten Verrichtungen nicht mehr so hinbekam, wie sie es sich vorstellte. Nochmals begann sie zu suchen und dieses Mal stieß sie tatsächlich auf die alte Pappschachtel mit den Karten, die ihre Mutter gekauft hatte, als der Vater gestorben war, und auf denen sie die Antworten zu den wenigen Kondolenzbriefen geschrieben hatte.

Sie trug die Schachtel in ihr Arbeitszimmer hinauf und legte sie geöffnet auf ihren Arbeitstisch. Ihr ging durch den Kopf, daß sie dieses Papier stilecht mit Tusche und Feder beschreiben müsse. So fing sie an, in den alten Schränken zu kramen, kehrte aber unverrichteter Dinge zurück, da sie im tiefsten Inneren wußte, daß sie weder Tusche noch Federhalter finden werde. Solches Schreibzeug gab es im Haushalt ihrer Eltern einfach nicht, und sie selbst hatte schon seit ihrer lange Jahre zurückliegenden Schulzeit nicht mehr mit Tusche gezeichnet. Ihr blieb also nichts anderes übrig, als schließlich doch zu einem normalen Füller zu greifen. Als sie ihn in die Hand nahm, versetzte es ihr einen Stich. Es war der Füllfederhalter, den ihr Lila geschenkt hatte. Der mit der breiten Feder. Lila hatte gedacht, daß sie damit ihre Kalligraphien besser malen könne. Ihre kleine Schwester war immer von den verschnörkelten und geschwungenen Buchstaben fasziniert gewesen.

Jetzt mußte sie einen Brief schreiben. Sie wollte sich mit so wenigen Worten wie möglich begnügen. Es mußten jedoch die richtigen Worte sein, das war ihr bewußt. Ansonsten würde er am Ende nicht kommen, und ihr Plan nicht aufgehen. Daß er nicht käme, zog sie jedoch zu keinem Zeitpunkt ernsthaft in Betracht. Dazu war er viel zu neugierig. Sicher würde er glauben, daß er nun zum Zuge kam, jetzt, nachdem Peter Siebert nicht mehr war. Damit hatte er auch recht, jetzt war die Reihe an ihm.

Sie machte zwei Entwürfe auf normalem Papier. Als sie jedoch merkte, wie ihre Konzentration sie zu verlassen begann, legte sie das Gekritzel unvollendet zur Seite und schrieb die wirkliche Karte. Die, die sie ihm bringen würde. Sie war sogar so umsichtig, sich ein paar Haushaltshandschuhe überzuziehen, bevor sie das Papier aus der Schachtel holte. Fast empfand sie dabei ein Hochgefühl.

Die Kalligraphie, mit der sie die Karte begann, quasi ihr Markenzeichen, das auch er erkennen würde, gelang ihr nicht so schön wie früher. Allein, er würde es sicher nicht bemerken.

Als die kurze Mitteilung fertig war, steckte sie sie in ein beiliegendes Kuvert und schrieb seinen Namen darauf. Eine Adresse brauchte sie nicht zu notieren. Sie würde den Brief selbst in den Briefkasten werfen. Erst kurzfristig wollte sie ihm die Nachricht bringen, so daß er nicht lange darüber nachdenken würde. Morgen. Morgen würde sie bei ihm vorbeigehen. Natürlich mußte sie aufpassen, daß sie ihm dabei nicht begegnete. Das würde sie nicht ertragen.

Erschöpft legte sie den Stift zur Seite und ließ das Kuvert auf dem Arbeitstisch liegen.

13

Im Präsidium machte sich Hackenholt daran, sein Gespräch mit den Gebrüdern Degel vorzubereiten. Er ging die wichtigsten Ereignisse nochmals im Kopf durch, bevor er Stichpunkte notierte. Um 14 Uhr sah er auf die Uhr und versuchte Stellfeldt unter dessen Handynummer zu erreichen. Berger, der das Gespräch entgegennahm, kündigte an, daß sie in zehn Minuten in der Dienststelle seien.

Anschließend rief Hackenholt Mur auf dem Handy an. Sie hatte noch nichts Neues zu berichten. Falls es noch Unterlagen gab, die Siebert gegen Teck und von Liebscher hätte verwenden wollen, hatte er sie entweder gut versteckt oder sie warteten noch darauf, in einem der zahlreichen Ordner gefunden zu werden.

Berger und Stellfeldt betraten gemeinsam Hackenholts Zimmer. Da sie nicht mehr viel Zeit bis zum Eintreffen der Degels hatten, gab Stellfeldt nur einen kurzen Überblick darüber, was sie von Teck erfahren hatten.

Hackenholt bat sie sofort, ein ausführliches Protokoll zu schreiben, und setzte eine weitere Besprechung für 17 Uhr an, bis dahin sollte Stellfeldt auch nachprüfen, was das Sanatorium in der Schweiz über Teck zu berichten wußte.

Obwohl Jürgen und Günther Degel zusammen aufs Präsidium kamen, beschloß Hackenholt, einen der Brüder erst einmal im Wachvorraum warten zu lassen, da er selbst mit beiden sprechen wollte. Nach kurzem Überlegen entschied er, mit Günther Degel zu beginnen. Der Hauptkommissar ging zwar davon aus, daß er weniger wisse als sein Bruder, jedoch eher bereit sei, ein paar Dinge preiszugeben.

Günther Degels Auftreten den Beamten gegenüber hatte sich verändert. Er war mürrischer geworden. Hackenholt überlegte, ob das der Einfluß des Bruders war.

„Herr Degel“, begann er das Gespräch, „uns sind noch ein paar Dinge unklar, von denen wir glauben, daß Sie uns weiterhelfen können.“

„So?“

„Was können Sie uns zum Beispiel über Frau Sattler sagen?“

„Was soll die denn mit der Sache zu tun haben?“ wollte Degel wissen.

„Das wissen wir noch nicht, deswegen frage ich Sie ja gerade. Mich würden die Umstände interessieren, die zu der Trennung geführt haben, und was für ein Verhältnis zwischen den beiden bestand.“

„Darüber kann ich Ihnen nichts sagen, das weiß ich nicht.“

„Hat Ihr Bruder Jürgen zu der Zeit noch in Nürnberg gelebt?"

„Ja, natürlich, er ist erst später nach Brandenburg gezogen."

„Sie haben nie mit Herrn Siebert darüber gesprochen, was zu der Trennung geführt hat?"

„Nein, warum denn? Das war allein Peters Sache."

„Aber spricht man im Freundeskreis nicht darüber, wenn man sich von der Freundin trennt?" warf Wünnenberg ein. „Zumal Herr Siebert sehr unter dieser Trennung gelitten haben soll."

„Nein, ich glaube, Peter wollte nicht darüber reden."

„Herr Siebert soll sich in der Folgezeit sehr verändert haben und immer mehr mit Ihrem Bruder um die Häuser gezogen sein", fuhr Hackenholt fort.

„Da müssen Sie ihn schon selbst fragen", meinte Degel unsicher.

„Wie sieht es mit Frau Damps aus? Auch da würde mich interessieren, was konkret zur Trennung geführt hat."

„Woher soll ich das wissen?"

„Sie haben behauptet, Peter Sieberts Freund gewesen zu sein, dann müssen Sie doch etwas über sein Privatleben wissen! Was versuchen Sie zu verbergen?" fuhr ihn Wünnenberg an, der sich nicht mehr zurückhalten konnte.

„Nichts. Was sollte ich denn zu verbergen haben?"

„Was wissen Sie über Herrn Sieberts Beziehung zu Monika Damps?"

„Sie war eifersüchtig und hat geklammert. Wollte, daß Peter immer bei ihr zu Hause blieb und nicht mit uns wegging. Sie hat behauptet, wir hätten einen schlechten Einfluß auf ihn."

„Wer ist wir?"

„Mein Bruder, ich und der Stammtisch."

„Wie ist sie darauf gekommen, daß Sie einen schlechten Einfluß auf Herrn Siebert hätten?"

„Weil er manchmal ein Bier zu viel getrunken hat. Außerdem war sie eifersüchtig. Sie hat behauptet, es gebe eine andere, zu der er gehe, und wir würden ihn dazu anstiften. Das war natürlich völliger Quatsch."

„Wie ist sie darauf gekommen, daß es noch eine andere Frau in Herrn Sieberts Leben geben könnte?"

„Ach, nur weil er einmal mit Lippenstiftspuren vom Stammtisch nach Hause kam."

„Ich dachte, bei dem Stammtisch gibt es nur Männer?" hakte Hackenholt nach.

„Ja, aber die Bedienungen sind doch eindeutig weiblich", grinste Degel süffisant. „Da hat sich Peter schon mal an eine rangemacht." Er tat die Sache mit einem Schulterzucken ab. „Völlig harmlos. Die Damps war einfach viel zu überdreht."

Hackenholt ließ das so stehen und wechselte das Thema. „Was hat Herr Siebert Ihnen über Sieglinde von Liebscher erzählt?"

Degel blinzelte einen Moment, aber das genügte, um Hackenholt zu zeigen, daß Degel sehr wohl wußte, von wem er sprach. Das mußte wohl auch Degel bemerkt haben, denn er fragte langsam: „Sieglinde von Liebscher ist doch die Frau, die unter ihm gewohnt hat, oder?"

Hackenholt nickte.

„Über die hat Peter nie großartig etwas erzählt", behauptete Degel.

„Herr Degel", sagte Wünnenberg eisig, „was Sie hier veranstalten, ist schon fast eine Behinderung unserer Ermittlungen. Herr Siebert soll mehrmals beim Stammtisch etwas über Frau von Liebscher verlauten lassen haben. Haben Sie da immer weggehört?"

Degel wurde rot. „Ach so, das meinen Sie", murmelte er. „Aber das hat er doch nur so dahin gesagt. Peter hat immer wieder mal über seine Nachbarinnen gelästert."

„Sein Lästern über Frau von Liebscher ging aber so weit, daß daraufhin sogar ein Artikel über sie in der Zeitung erschienen ist."

„Peter hat behauptet, er könne das alles beweisen. Außerdem, wenn die Zeitung das druckt, wird sie es ja wohl auch selbst recherchiert haben", sagte Degel mit einem Schulterzucken.

„Herr Siebert hat Frau von Liebscher mit dem Artikel und seinen angeblichen Beweisen erpreßt. Was hielten Sie denn davon?"

„Was? Nein, das kann nicht sein. Das würde Peter niemals machen! Das wollen die ihm jetzt höchstens anhängen."

„Es gibt eindeutige Beweise dafür, daß Herr Siebert wirklich einen Erpressungsversuch gemacht hat. Mindestens einen."

Degel schüttelte den Kopf, er wollte es nicht glauben.

Hackenholt setzte noch eins drauf. „Und dann würde uns noch interessieren, was Herr Siebert immer über seine Schwester und seinen Schwager erzählt hat. Wie ist es denn zu dem Zusammenbruch von deren Firma gekommen? Wie hatte Herr Siebert da seine Finger im Spiel?"

„Das sind doch alles Lügen. Peter war überhaupt kein solcher Mensch. Er war immer locker und lässig, hat sein Leben genossen und war froh, wenn ihn die anderen in Ruhe gelassen haben. Er hätte nie solche Sachen gemacht. Aber jetzt, wo er tot ist, können Sie ihn ja beschuldigen." Degel war sichtlich erregt. „Peter ist das Opfer, nicht der Täter. Er ist tot. Was versuchen Sie ihm da in die Schuhe zu schieben?"

Obwohl sie noch eine weitere halbe Stunde mit Degel sprachen, konnten sie nichts Relevantes in Erfahrung bringen.

Hackenholt ließ Degel im Besprechungszimmer sitzen und ging in den Wachraum, um den Bruder abzuholen, den er in einen anderen Raum führte. Wünnenberg folgte ihnen, nachdem er Günther Degel weggebracht hatte.

Jürgen Degel gab sich betont lässig, nicht so mürrisch wie sein Bruder. Schon bald wurde Hackenholt klar, warum: Degel beantwortete fast alle Fragen mit einem bedauernden Kopfschütteln und betonte immer wieder, daß das wohl passiert sein müsse, als er in Brandenburg war. Er habe von alledem überhaupt nichts mitbekommen.

Auf Hackenholts Feststellung, er habe doch anfänglich behauptet, Peter Sieberts bester Freund gewesen zu sein, antwortete Degel, daß ihm daran inzwischen auch Zweifel gekommen seien.

Auch den Grund, warum sich Jana Sattler von Peter Siebert getrennt hatte, gab er an, nicht zu wissen. Auf Hackenholts Vorhaltung, Frau Sattler sei in besagter Nacht vor beiden geflohen, behauptete er glatt, sich daran nicht mehr erinnern zu können, daß das aber allenfalls ein Spaß gewesen sei.

Am Ende des Gesprächs, das Hackenholt nach einer Stunde entnervt aufgab, teilte ihm Jürgen Degel noch mit, er plane, am Sonntag wieder nach Brandenburg zurückzukehren.

„Wie Sie sicherlich wissen, wird der Leichnam am Samstag beigesetzt. So lange werde ich noch hier bleiben, auch wenn ich mir inzwischen nicht mehr sicher bin, ob die Freundschaft zu Peter tatsächlich so tief ging, wie ich bislang dachte. Nach der Beerdigung muß ich aber zurück zu meiner Arbeit."

Hackenholt war nach dem Gespräch so geladen, daß er in seinem Zimmer das Fenster sperrangelweit aufriß, tief einatmete und den Kastanienbaum betrachtete, dessen Blätter sich gelb und braun verfärbt hatten und nun langsam abzufallen begannen. Er beobachtete, wie der Wind immer wieder einzelne Blätter herunterzupfte, die dann langsam zu Boden schwebten. Bald würde die Kastanie völlig kahl sein.

Hackenholt war so in seine Gedanken versunken, daß er zusammenzuckte, als Wünnenbergs Stimme hinter ihm erklang.

„Was hast du gesagt?“ fragte er in entschuldigendem Tonfall nach.

„Daß es hier eiskalt ist und wir seit fünf Minuten im Besprechungszimmer auf dich warten.“

Hackenholt sah auf die Uhr. Es war fünf nach fünf. Er hatte geschlagene fünfzehn Minuten am offenen Fenster gestanden.

„Entschuldige, ich habe die Zeit völlig vergessen“, sagte Hackenholt, während er das Fenster schloß.

Im Besprechungszimmer warteten nicht nur Berger und Stellfeldt, sondern auch Kollege Wenger.

„Christine Mur kommt auch noch auf einen Sprung vorbei. Sie hat gerade angerufen“, wußte Berger mitzuteilen.

„Wenn es euch nicht stört, sage ich euch rasch, was wir über die Unterlagen auf Sieberts Diskette herausgefunden haben, und dann könnt ihr ohne mich weitermachen. Ich muß heute zeitig nach Hause, meine Frau hat Theaterkarten“, erklärte Wenger.

Als alle nickten, fuhr Wenger fort. „Eigentlich kann man es in einem Satz zusammenfassen: Alle Unterlagen sind mit den gestohlenen identisch. Ich habe euch einen schriftlichen Bericht erstellt. Darin könnt ihr nachlesen, welche Unterlagen von welcher Firma stammen. Wie euer Herr Siebert an die Daten kam, ist mir schleierhaft. Wir sind in unseren bisherigen Ermittlungen nie auf ihn gestoßen.“

„Das werden wir morgen aus Frau Siebert herausbringen müssen“, meinte Hackenholt.

„Wenn es euch nicht stört, wäre ich gern bei dem Gespräch dabei“, sagte Wenger. „Wir haben nur diesen einen Anhaltspunkt, um wirklich zu klären, wie Siebert an die Daten gekommen ist. Ihn selbst können wir ja nicht mehr befragen.“

„Dann solltest du morgen um 10 Uhr hier sein“, sagte Stellfeldt an Wenger gewandt. „Ich habe nämlich vorhin, als du bei mir angerufen und eine erste Zusammenfassung durchgegeben hast, gleich bei den Eheleuten angerufen und sie für den Vormittag aufs Präsidium bestellt.“

„Prima“, lobte Hackenholt.

„Dann sehen wir uns morgen früh.“ Wenger stand auf und ging.

Es entstand eine Pause, als Hackenholt und Wünnenberg Stellfeldts Berichte und Gesprächsprotokolle lasen, während Stellfeldt und Berger wiederum die Protokolle über die Brüder Degel durchgingen.

In die Stille platzte Mur herein, die fröhlich in die Runde grinsend sagte: „Schaut mal, was ich Frau Rhom abschwatzen konnte.“ Selbstzufrieden schenkte sie sich eine Tasse Kaffee ein und setzte sich, bevor sie die Blechdose, die sie im Arm hielt, auf den Tisch stellte und öffnete.

„Lecker! Kekse!“ stellte Stellfeldt freudig fest und veranlaßte Christine Mur damit, die Dose schnell aus seiner Reichweite zu entfernen.

„Leider ist das alles, was ich für euch habe. Brauchbare Unterlagen haben wir bislang keine in Sieberts Wohnung gefunden. Aber wir werden morgen vormittag weitersuchen“, versprach sie und verabschiedete sich schon wieder, allerdings nicht, ohne vorher nochmals tief in die Keksdose gegriffen zu haben.

Die vier Kollegen wandten sich wieder den Berichten zu. Stellfeldt hatte in seinem noch handschriftlich ergänzt, daß er aus dem Sanatorium einen Rückruf erhalten habe, der ihm Frau Tecks sechsmonatigen Aufenthalt dort bestätigte. Die Beamten diskutierten noch eine Weile darüber, was ihre nächsten Schritte sein mußten, dann war die Besprechung zu Ende.

Als alle aufstanden, war Sophies Keksdose bis auf zwei Plätzchen geleert. Hackenholt nahm die Dose mit in sein Zimmer. Er war froh, einmal mehr einen Grund gefunden zu haben, Sophie Rhom anzurufen oder zu besuchen.

An diesem Abend empfand Hackenholt seine Wohnung kalt und einsam. Er machte sich einen gemischten Salat mit Thunfisch, mit dem er sich an den Eßzimmertisch setzte. Hierbei bemerkte er, daß darauf noch die in Müllers Laden erworbene Damasttischdecke lag, die er bislang vergessen hatte, zum Heißmangeln in die Wäscherei zu geben. Er nahm sie vom Tisch und legte sie sorgfältig zusammen, damit er dies am nächsten Tag erledigen konnte.

Den Abend wollte er vor dem Fernseher verbringen. Da aber das Programm so schlecht war, griff er nach einer Viertelstunde zum Telefonhörer und wählte Sophies Nummer. Es meldete sich jedoch nur ihr Anrufbeantworter. Er legte auf, ohne eine Nachricht zu hinterlassen. Gegen acht Uhr nahm er ein Buch über das historische Nürnberg zur Hand und legte sich ins Bett. Er interessierte sich schon immer sehr für Geschichte im Allgemeinen, und vor ein paar Wochen war er in einem Antiquariat auf ein Buch von 1875 über die Nürnberger Geschichte gestoßen. Es erzählte von Nürnberg ab seiner ersten urkundlichen Erwähnung im Jahre 1050 in der Sigena Urkunde, von der Zeit, als es eine freie Patrizierstadt wurde, welcher der Kaiser die Stadtrechte verlieh, und endete damit, daß Nürnberg im Jahre 1806 seine Unabhängigkeit verlor und an den Freistaat Bayern fiel. Hackenholt las gebannt und vergaß dabei völlig die Zeit. Es war inzwischen nach Mitternacht. Seine Augen brannten. Das Buch war natürlich noch in altdeutscher Schrift verfaßt, was das Lesen nicht gerade erleichterte. Nun legte er es sorgfältig auf seinen Nachttisch und schaltete das Licht aus. Er fiel sofort in einen tiefen Schlaf.

Als er am folgenden Morgen aus dem Haus ging, dachte er sogar daran, die Tischdecke mitzunehmen und brachte diese als erstes in die Wäscherei, bevor er die Richtung zum Präsidium einschlug. Da es seit dem Abend keine neuen Erkenntnisse gab, konnte die tägliche Besprechung ausfallen. Hackenholt verbrachte den Morgen damit, die Ermittlungsakte von vorn bis hinten durchzuarbeiten. Dabei notierte er sorgfältig all die Fragen, die ihm während des Lesens durch den Kopf gingen und auf die er immer wieder zurückkam.

Irgendwann schellte das Telefon, und der wachhabende Beamte kündigte die Eheleute Runge an. Hackenholt rief Hauptkommissar Wenger an und bat diesen, umgehend ins Vernehmungszimmer zu kommen.

Auch dieses Mal teilten sich die vier Beamten in zwei Gruppen auf, um mit Frau Siebert und Herrn Runge gleichzeitig sprechen zu können. Als Berger das Ehepaar in der Wache abholte, mußte er jedoch feststellen, daß ein weiterer Mann bei den beiden saß. Er stellte sich als Anwalt vor und erklärte, die Ehepartner zu vertreten: die Gespräche könnten nur nacheinander geführt werden, da er beide Male anwesend sein wolle, falls man es nicht doch vorziehe, die Eheleute gemeinsam zu befragen. Da Berger das nicht entscheiden konnte, hielt er mit Hackenholt Rücksprache, der ihn bat, alle drei zum Besprechungsraum zu bringen.

In der Zwischenzeit traf Kollege Wenger ein, der angesichts der Neuigkeit, daß der Anwalt dabei sein sollte, angewidert das Gesicht verzog. „Den habe ich schon bei meinen Ermittlungen kennengelernt", maulte er. „Da können wir die Befragung gleich vergessen. Wann immer er bei Frau Sieberts Vernehmungen anwesend war, hat sie kein einziges Wort gesagt."

Hackenholt konnte also abschätzen, was ihn erwartete. Er beschloß jedoch, nicht schon von vornherein klein beizugeben, winkte Frau Siebert und ihren Anwalt ins Besprechungszimmer und bat Berger, Herrn Runge in den angrenzenden Raum zu führen, wo er, von einem Kollegen bewacht, warten sollte.

So kam es, daß Hackenholt, Wünnenberg und Wenger Frau Siebert und deren Anwalt gegenüber saßen. Der Anwalt war ein dicker kleiner Mann, der stark schwitzte, sich ständig mit dem Taschentuch über die

Stirn tupfte und wie ein Walroß schnaufte. Hinter seinen dicken Brillengläsern blickten verwässerte Schweinsäuglein hervor.

Der Mann machte zwar einen trägen Eindruck, zeigte Hackenholt aber vom ersten Moment an, daß er gedachte, das Gespräch zu dominieren.

„Was werfen Sie meiner Mandantin vor?“ wollte er wissen.

„Zumindest hat er das anwaltstypische ‚wenn ich fragen darf‘ weggelassen“, dachte Hackenholt, der inzwischen dazu tendierte, die Abneigung, die Kollege Wenger gegen den Mann hegte, zu teilen.

„Wir werfen Frau Siebert gar nichts vor“, entgegnete Hackenholt ruhig. „Ihre Mandantin wird Sie doch sicher informiert haben, daß ihr Bruder ermordet worden ist.“

Der Anwalt nickte. „Sie hat mich aber auch darüber in Kenntnis gesetzt, daß sie mit ihrem Mann zum fraglichen Zeitpunkt zu Hause war. Hat bei Ihrer Überprüfung einer der Nachbarn etwas Gegenteiliges behauptet?“ fragte er in einem geheuchelt betroffenen Ton.

„Nicht ausdrücklich“, versuchte Hackenholt einer Antwort auszuweichen.

„Ja, sehen Sie“, fiel ihm der Anwalt sofort ins Wort, „dann weiß ich wirklich nicht, warum Sie hier Ihre und unsere Zeit verschwenden.“

„Wir konnten noch nicht mit allen Bewohnern der Anlage sprechen. Außerdem haben die Nachbarn die Aussage Ihrer Mandantin nur bis 23.30 Uhr bestätigt, für die Zeit danach hat sich bislang noch niemand gefunden“, erwiderte Hackenholt in gezwungen ruhigem Tonfall. „Abgesehen davon haben wir Frau Runge heute hergebeten, um eine andere Erkenntnis mit ihr zu besprechen. Wenn Sie mich zu Wort kommen ließen, müßten wir alle unsere kostbare Zeit nicht unnötig opfern.“

Der Anwalt ließ sich durch die scharfen Worte nicht in Verlegenheit bringen. „Welche Erkenntnisse haben Sie denn gewonnen, die wir mit Ihnen diskutieren sollen?“

Hackenholt wandte sich demonstrativ an Frau Siebert. „Frau Siebert, gegen Sie sind mehrere Strafverfahren anhängig.“

„Ich glaube nicht, daß das etwas zur Sache tut“, schritt ihr Anwalt sofort wieder ein.

Hackenholt ignorierte ihn. „Wir haben hier Ausdrucke der gespeicherten Dateien der Disketten, die wir bei Ihrem Bruder gefunden haben. Einige davon enthalten genau die Daten, derer Sie beschuldigt werden, sie gestohlen und verkauft zu haben.“

Er ließ die Frau, während er sprach, nicht aus den Augen. Die Worte verfehlten ihre Wirkung nicht. Frau Siebert erbleichte. Sie war erschrokken, aber Anzeichen von Erstaunen konnte er nicht feststellen. Ihr Anwalt hingegen schnappte hörbar nach Luft, um unmittelbar darauf sofort wieder das Wort an sich zu reißen.

„Sehen Sie, meine Mandantin hat immer ihre Unschuld beteuert."

„Das interessiert mich an dieser Stelle überhaupt nicht, darum wird sich mein Kollege, Herr Wenger, kümmern. Ich habe einen Mord aufzuklären." Er wandte sich wieder direkt an Frau Siebert. „Frau Siebert, wie konnte Ihr Bruder an die Daten gelangen?"

Sie hielt den Kopf gesenkt und nestelte nervös mit den Fingern am Saum ihres Mantels herum.

„Frau Siebert, bitte beantworten Sie meine Frage", bat Hackenholt eindringlich.

„Meine Mandantin beantwortet nur die Fragen, die sie beantworten möchte", hob der Anwalt entschieden hervor. „Sie müssen natürlich nichts sagen", versicherte er der Frau in fast väterlich klingendem Tonfall.

Ein paar Sekunden lang herrschte Stille im Raum, man konnte nur das laute Schnaufen des Anwalts hören, Anette Siebert hielt die ganze Zeit ihren Blick gesenkt.

„Frau Siebert, in Ihrem ureigensten Interesse sollten Sie sich gut überlegen, ob Sie meine Fragen nicht doch beantworten wollen. Wir könnten ansonsten zu der Annahme kommen, daß Sie in den Mordfall verwickelt sind", erklärte Hackenholt. „In meinen Augen haben Sie ein absolut stichhaltiges Motiv, Ihren Bruder umzubringen, weil er Ihnen durch einen Datendiebstahl nicht nur die gesamte berufliche Existenz, sondern das ganze Leben zerstört hat."

„Ich war es nicht", flüsterte die Frau.

„Was waren Sie nicht?" fragte Hackenholt sofort nach. Er mußte sich weit über den Schreibtisch beugen, damit er sie überhaupt verstehen konnte.

„Ich habe meinen Bruder nicht umgebracht." Ihre Stimme war immer noch kaum vernehmbar. „Auch wenn er es verdient hat, ich war es nicht."

„Warum hat er es verdient?" bohrte Hackenholt weiter.

Die Frau schüttelte nur unbestimmt den Kopf.

„Woher hatte er die Daten?" versuchte es Hackenholt andersherum.

Sie zuckte abweisend mit den Schultern und warf ihrem Anwalt einen flehenden Blick zu.

„Wissen Sie es nicht, oder wollen Sie uns an Ihrem Wissen nur nicht teilhaben lassen?"

Nun mischte sich wieder der Anwalt ein: „Meine Mandantin hat Ihre Frage nach dem Mord an ihrem Bruder beantwortet. Sie sagte, daß sie es nicht war. Außerdem war sie an dem fraglichen Abend mit ihrem Mann zu Hause. Sie kann es also gar nicht gewesen sein."

Hackenholt merkte, daß er einen aussichtslosen Kampf führte, versuchte es aber dennoch ein letztes Mal.

„Frau Siebert, überrascht es Sie denn gar nicht, daß wir die Daten bei Ihrem Bruder gefunden haben?"

„Ich denke, das ist alles, was wir Ihnen zu diesem Thema zu sagen haben. Wenn Sie keine anderweitigen Fragen haben, sehen meine Mandantin und ich die Befragung hiermit als beendet an."

Wünnenberg wollte Einspruch erheben.

„Ich möchte nochmals ausdrücklich klarstellen, daß meine Mandantin freiwillig zu dieser Befragung gekommen ist und Ihnen nach bestem Wissen geantwortet hat. Es gibt keinen Grund, sie länger festzuhalten, wenn Sie keine stichhaltigeren Verdachtsmomente haben." Der Anwalt ließ Wünnenberg gar nicht erst zu Wort kommen. An Wenger gerichtet fuhr er fort: „Und Sie sollten Ihre Untersuchung etwas gründlicher durchführen, dann hätten Sie schon vor Monaten erkannt, daß meine Mandantin völlig unschuldig ist."

Damit stand der Anwalt auf und ließ die Beamten sitzen. An der Tür wandte er sich nochmals um. „Was ist mit Herrn Runge? Wollen Sie noch mit ihm sprechen, oder verzichten Sie darauf? Er kann Ihnen sowieso nicht mehr sagen."

Diesen Worten entnahm Hackenholt, daß, selbst wenn Runge etwas sagen wollte, der Anwalt ihn nicht dazu kommen lassen würde. Daher gab er Wünnenberg einen Wink, welcher besagte, daß er auf die Fortsetzung des Gesprächs verzichte und Wünnenberg dem Beamten vor Runges Tür Bescheid geben möge, den Zeugen mit dem Anwalt gehen zu lassen.

„Puh", meinte Wünnenberg, als er wieder in das Zimmer zurückkehrte, in dem noch ernüchtertes Schweigen herrschte. „Der walzt ja alles nieder, was sich ihm in den Weg stellt. Unangenehmer Zeitgenosse."

„Aber ungemein erfolgreich mit seiner Strategie", grollte Wenger.

„Ich muß jetzt erst mal raus hier", stellte Hackenholt fest.

Wünnenberg schlug vor, den kleinen thailändischen Imbiß auszuprobieren, der gleich in der Nähe des Präsidiums eröffnet hatte. Hackenholt war einverstanden.

Während die Kollegen versuchten, von Frau Siebert nähere Auskünfte zu erhalten, brach Stellfeldt zusammen mit Berger zu Degels Wohnung auf. Er wollte mittels eines Überraschungsbesuchs probieren, doch noch etwas aus Jürgen Degel herauszukitzeln, bevor dieser am Wochenende nach Brandenburg fuhr und unerreichbar wäre.

Sie kamen genau in dem Augenblick zur Haustür, als seine Frau einen Kinderwagen hinausschob. Wie es Stellfeldts Art war, beäugte er das Kind im Kinderwagen freundlich und kitzelte es am Kinn, worauf es vor Freude gluckste.

„Süße Kleine, die Sie da haben", meinte er zur Mutter.

Auch sie lächelte bei dieser Bemerkung stolz, und ihr bekümmerter Gesichtsausdruck verschwand für ein paar Sekunden. Dann fragte sie jedoch erheblich zurückhaltender: „Wollen Sie zu uns?"

Stellfeldt nickte.

„Wollen Sie zu mir oder zu meinem Mann?"

„Sowohl als auch und am besten auch noch zu Ihrem Schwager, aber das muß nicht alles auf einmal sein."

„Mein Mann ist in der Zoohandlung, wo sich Jürgen aufhält, weiß ich nicht."

„Haben Sie jetzt einen Termin oder könnten wir uns kurz unterhalten?"

Die Mutter seufzte und hob das Kind aus seinem Wagen. Es streckte sofort seine Ärmchen in Stellfeldts Richtung. Stellfeldt nahm es seiner Mutter vom Arm und schäkerte mit ihm, während die Frau die Tür aufsperrte, den Kinderwagen wieder im Hausflur abstellte und die Beamten in die Wohnung treten ließ.

Stellfeldt trug die Kleine ins Wohnzimmer, wo Frau Degel dem Kind die warme Jacke auszog und es auf eine Spieldecke am Boden legte.

„Geht es um Peter Siebert?" fragte sie schließlich.

Stellfeldt nickte.

„Warum wollen Sie dann zu mir? Er war der Freund meines Mannes, nicht meiner."

„Wissen Sie", sagte Stellfeldt, „Ihr Mann ist uns gegenüber ein wenig gehemmt. Es wäre schön, wenn Sie uns aus Ihrer Sicht etwas über die

Freundschaft der beiden erzählen könnten. Zum Beispiel, was Sie von den gemeinsamen Unternehmungen hielten."

Sie sah ihn leidgeprüft an. „Ich hatte häufig Krach mit meinem Mann, weil ich es nicht mochte, daß er ständig mit Peter herumzog."

„Gab es etwas Bestimmtes, das gegen Herrn Siebert sprach? Mal von gelegentlichem, übermäßigen Alkoholkonsum abgesehen?"

„Gelegentlichem?" Sie legte all ihre Skepsis in dieses eine Wort. „Ständigem. Er hat ständig gesoffen wie ein Loch." Einen kurzen Moment dachte sie nach, bevor sie weitersprach. „Er war mir nie ganz geheuer. Ich konnte mich einfach nicht mit ihm anfreunden. Er wirkte immer so distanziert. Ich weiß nicht, wie ich das erklären soll. Ich hatte manchmal den Eindruck, daß er zu mir nur höflich war, weil ich mit Günther verheiratet bin. Außerdem hatte er nie eine Freundin. Ich meine, in seinem Alter wäre es doch nur natürlich, wenn er eine Freundin hätte und wir an den Wochenenden gemeinsam etwas unternehmen würden, aber so etwas wäre für die beiden nie in Frage gekommen."

Sie zögerte. Stellfeldt, der dies bemerkte, fragte sofort nach: „Gibt es noch einen anderen Grund?"

Sie zuckte mit den Schultern. „Ja, aber das bilde ich mir wohl nur ein."

„Sagen Sie es uns trotzdem", forderte Stellfeldt sie auf.

„Also, mir ist aufgefallen, daß Peter häufig sehr schlecht über Frauen gesprochen hat. Er hat sie oft mit Ausdrücken bezeichnet, die man normalerweise nicht verwendet. Und einmal, als ich mit den Kindern von einem Wochenende, das ich bei einer Freundin verbracht hatte, nach Hause kam, habe ich durch Zufall eine Videokassette im Recorder gefunden. Es war ein Sexvideo. Ich habe meinen Mann zur Rede gestellt, und er hat mir gestanden, daß Peter es mitgebracht habe, als er an dem Wochenende vorbeigekommen war. Wir hatten einen fürchterlichen Streit. Letztendlich versprach mir Günther, mit Peter ein bißchen auf Distanz zu gehen. Außerdem hat er mir gesagt, daß Peter so etwas normalerweise nur mit Jürgen schaut, was mir Jürgen nicht unbedingt sympathischer macht. Ich bin wirklich froh, wenn er hier wieder weg ist. Ich weiß gar nicht, wie das in Zukunft werden soll, wenn er immer bei uns wohnen will."

„Wissen Sie, was das für ein Sexvideo war?"

Sie schüttelte den Kopf. „Nein, ich habe nur versehentlich reingeschaut, weil kein Etikett darauf war. Nur ganz kurz, aber das hat mir gereicht."

„Wissen Sie, was Ihr Mann und Herr Siebert immer unternahmen, wenn sie zusammen ausgegangen sind?“

„Die letzten zwei, drei Monate gingen sie nur noch Freitag abends zusammen in den Biergarten.“

Als von der Wohnungstür die Geräusche eines Schlüssels herein drangen, sprang die Frau erschrocken auf und nahm ihr Kind auf den Arm, das sie schnell wieder anzog. Laut sagte sie: „Da scheinen Sie aber Glück zu haben. Mein Schwager kommt wohl gerade wieder zurück. Ich hätte jetzt auch gar keine Zeit für Sie gehabt, ich muß zum Kindergarten.“

Jürgen Degel stand in der Wohnzimmertür. Beim Anblick der Beamten verschwand das breite Grinsen schlagartig aus seinem Gesicht und wich einer mißtrauischen Miene. In der Hand hielt er einen nachlässig aufgerissenen Brief, den er sofort in seiner Jackentasche zu verbergen suchte.

„War denn die Post schon da?“ fragte Frau Degel verwundert. Als Antwort erntete sie von ihrem Schwager nur einen bösen Blick.

Degel sah die Beamten an, als ob er sich nicht vorstellen konnte, was diese hier zu suchen hätten.

„Das ist ja prima, daß Sie doch hier sind, Herr Degel. Ihre Schwägerin wollte uns erst gar nicht hereinlassen, weil sie dringend außer Haus gehen muß und nicht wußte, wann Sie wieder zurück wären“, griff Stellfeldt Frau Degels Worte auf. Er hatte das Gefühl, daß er die Frau vor ihrem Schwager schützen müsse. „Wir wollten nur nochmals nachfragen, ob Ihnen in den letzten 24 Stunden nicht doch noch ein paar Dinge eingefallen sind.“

Aus dem Augenwinkel sah Stellfeldt, wie ihm die Frau hinter Jürgen Degel ein stummes Dankeschön zunickte und dann schnell aus der Wohnungstür trat.

„Wie kommen Sie darauf, daß mir noch etwas eingefallen sein sollte?“ wollte Degel wissen.

„Nun, wir hatten gestern den Eindruck gewonnen, daß Ihnen der Tod Ihres Freundes sehr nahegegangen ist und Sie wohl verwirrt hat“, kleidete Stellfeldt seine sarkastische Feststellung in unschuldige Worte.

„Da haben Sie einen falschen Eindruck gewonnen“, erwiderte Degel kühl. „Wenn das alles ist, wäre ich Ihnen dankbar, wenn Sie jetzt gehen. Da ich nur noch zwei Tage in Nürnberg bin, habe ich zu tun.“

„Herr Degel, glauben Sie nicht, daß Sie uns noch etwas über Herrn Sieberts sexuelle Ambitionen sagen sollten?“

Degel, der sich schon abgewandt hatte, fuhr herum. „Was meinen Sie damit?“ fragte er scharf. Allerdings schien er sich im selben Moment darauf zu besinnen, daß es nicht zu der Rolle, die er sich ausgesucht hatte, paßte, so unwirsch zu reagieren. Deshalb fügte er in ruhigerem, aber äußerst abweisendem Ton hinzu: „Ich habe Ihren Kollegen gestern schon klargemacht, daß ich in Brandenburg lebe und Peter Siebert sich seit meinem Umzug wohl neue Hobbys zugelegt hat. Mehr kann ich Ihnen daher beim besten Willen nicht sagen."

Damit komplimentierte er die Beamten zur Tür hinaus.

14

Das volle thailändische Take-away-Restaurant hatte ein paar kleine Tische in einer Ecke des Raumes untergebracht, von denen Hackenholt und Wünnenberg einen ergattern konnten, da gerade jemand aufgestanden war, als sie den Laden betraten.

Gegen 13 Uhr kamen sie gesättigt wieder heraus. Der Himmel war wolkenverhangen, und es sah einmal mehr an diesem Tag nach Regen aus. Hackenholt wollte die räumliche Nähe zu Martin Müllers Antiquitätenladen nutzen und die paar Schritte zu dessen Geschäft weiter gehen. Müller hatte bislang keinerlei Anstalten gemacht, Hackenholts Fragen abzuwiegeln oder ihnen aus dem Weg zu gehen. Der Hauptkommissar hoffte inständig, daß Jürgen Degel keinen Einfluß auf ihn hatte.

Der Antiquitätenhändler war in seinem Ausstellungsraum damit beschäftigt, eine Vitrine zu polieren, als die Beamten den Laden betraten. Er sah auf und begrüßte die Kommissare freundlich.

„Was kann ich denn heute für Sie tun?" kam er gleich zur Sache.

„Wir brauchen in der Tat nochmals ein paar Angaben von Ihnen", bestätigte Hackenholt Müllers Annahme, beruflich gekommen zu sein. „Es geht immer noch um Herrn Sieberts Beziehung zu Frauen. Uns wurde angedeutet, daß Herr Siebert neben seiner Freundin noch eine weitere Beziehung gehabt haben soll."

Müller sah ihn bedauernd an. „Also, da fragen Sie mich jetzt wirklich zu viel. Ich kannte ja schon seine Freundin nur aus seinen Erzählungen. Aber daß er daneben noch ein Verhältnis gehabt haben soll? Ich weiß nicht. Das hat er dann zumindest geheim gehalten. Und Geheimniskrämerei sah Peter nicht ähnlich."

„Wenn du dich da mal nicht täuschst", dachte Hackenholt und fragte weiter. „Wie war das mit den Bedienungen?"

„Die Bedienungen vom Stammtisch, meinen Sie?“

Hackenholt nickte.

Müller sah ihn mit verwirrter Miene an. „Was soll denn da gewesen sein? Für Bedienungen hat er sich doch nicht interessiert“, sagte er ratlos. „Warten Sie mal einen Moment.“ Er überlegte, wobei er gedankenverloren über seinen Bart strich. „Wenn ich es genau bedenke, dann haben Sie vielleicht doch recht. Jetzt haben Sie mich mit Ihrer ersten Frage völlig durcheinander gebracht. Also, mit den Bedienungen, das stimmt schon. Da gab es einmal eine, mit der Peter ganz gewaltig geflirtet hat, aber ich nehme nicht an, daß er bei dem Mädchen Erfolg hatte. Das war ein recht junges Ding.“ Müller dachte wieder nach. Diesmal schien er jedoch mit seinen Gedanken abzuschweifen, denn auch nach ein paar Minuten machte er keine Anstalten, weiter zu reden.

„Wann war das denn mit der Bedienung?“ fragte Hackenholt vorsichtig nach.

Der Mann schreckte aus seinen Gedanken. „Entschuldigung. Ich habe gerade noch überlegt. Also insgesamt kann ich mich an zwei Bedienungen erinnern, auf die er ein Auge geworfen hat: die eine hat in dieser Saison zum ersten Mal im Biergarten gearbeitet. Sie war ein junges Ding, Anfang, höchstens Mitte zwanzig. Sie war so ganz anders als die anderen Kellnerinnen. Groß und sehr schlank, mit langen glatten Haaren.“

Als Müller auf Hackenholts Nachfrage versuchte, das Mädchen genauer zu beschreiben, wurde dem Hauptkommissar klar, daß auch diese junge Frau dem von Siebert bevorzugten Typ entsprach.

„Aber dann war sie von einem Tag auf den anderen plötzlich nicht mehr da.“

„Einfach so?“ fragte Wünnenberg perplex.

„Ja, eine andere Bedienung sagte uns, daß sie gekündigt habe.“

„Wie hat die Frau auf Herrn Siebert reagiert?“

„Gar nicht, soweit ich mich erinnern kann. Sie hat ihn und seine Bemerkungen völlig ignoriert. Hat sich eher abweisend verhalten. Deswegen dachte ich auch überhaupt nicht an sie, als Sie zu Anfang nach einer anderen Beziehung fragten.“

„Sie sagten vorhin, daß es noch eine andere Bedienung gab, die Herrn Siebert gefallen habe.“

„Ja, das ist richtig, aber die war nur ein einziges Mal da.“

„Sah sie auch so aus wie die andere Frau, die Sie beschrieben haben?“ wollte Hackenholt wissen.

„Ja, sie sah ihr verblüffend ähnlich, nur daß sie sicher mehr als zehn Jahre älter war."

„Wann war das?"

„Das war erst vor ein paar Wochen, vielleicht einem Monat?"

„Und sie war nur ein einziges Mal da?"

„Ja, ich habe sie zumindest nicht öfter gesehen."

„Wie hat sie auf Herrn Siebert reagiert?"

„Also, wenn Sie mich jetzt so fragen", Müller kratzte sich verlegen am Kopf, „dann hat die schon viel mehr in Peters Sinn reagiert und mit ihm geflirtet. Aber so genau habe ich das auch nicht mitbekommen. Es war ja nur das eine Mal."

Nachdem Stellfeldt und Berger Degels Wohnung verlassen hatten, holte Stellfeldt sein Handy aus der Tasche und wählte Murs Nummer. Auf seine Nachfrage teilte sie ihm mit, daß sie nach wie vor in Sieberts Wohnung zu Gange sei. Stellfeldt kündigte an, kurz vorbeizuschauen.

„Wollt ihr helfen?" fragte Mur ungläubig, als sie ihnen die Tür öffnete.

Stellfeldt grinste sie verlegen an. „Nein, eher im Gegenteil", bedauerte er. „Habt ihr bei eurer Durchsuchung Videokassetten bemerkt?"

Mur dachte einen Moment lang nach. „Ja", sagte sie dann, „ein paar waren da." Dann schlug sie sich mit der Hand gegen die Stirn. „Meinst du, er hat sie aufgenommen?"

Nun war es Stellfeldt, der nicht sofort verstand.

„Er könnte Frau von Liebscher mit einem Video erpreßt haben. Ist es das, was du meinst?" fragte Mur atemlos.

„Ähm, nein, das habe ich nicht gemeint, aber es wäre eine Möglichkeit", gab Stellfeldt zu. „Es ist so: wir haben gerade von Günther Degels Frau erfahren, daß sie mal eine Videokassette gefunden hat, von der ihr Mann behauptete, sie gehöre Siebert und dieser habe sie bei Degels in der Wohnung vergessen."

„Ja, und?" Mur sah ihn enttäuscht an.

„Es soll ein Sexvideo gewesen sein."

„Als ob es davon nicht Millionen gäbe."

„Stimmt, aber ich dachte dennoch, daß wir das nachprüfen sollten."

Mur nickte und machte sich auf ihrem Block eine Notiz. „Ich nehme nicht an, daß ihr das jetzt gleich selbst machen wollt", sagte sie resigniert.

„Doch, wir haben Zeit. Gib uns Handschuhe, und wir schauen uns selbst danach um!"

Die beiden Beamten waren die nächsten eineinhalb Stunden damit beschäftigt, nochmals alles in Sieberts Wohnung nach etwaigen Videobändern zu durchsuchen. Insgesamt fanden sie acht Stück. Alle waren im Arbeitszimmer in einem Rollcontainer unter dem Computer aufbewahrt. Keines war etikettiert, und alle steckten in einfachen Hüllen. Die Kommissare packten sie in eine von Mur zur Verfügung gestellte Plastiktüte und verabschiedeten sich. Stellfeldt versprach, sich sofort bei der Kollegin zu melden, falls eines der Videos Material zum Thema Frau von Liebscher enthalten sollte.

Auf dem Weg zurück zum Präsidium schlug Hackenholt Wünnenberg vor, gleich nach Fürth zum dortigen Stadtparkcafé zu fahren. Da Wünnenberg keinen besseren Einfall hatte, gingen sie direkt zum Parkplatz und holten Hackenholts Auto.

Das Stadtparkcafé hatte zwar geöffnet, war jedoch fast leer. So setzten sich Hackenholt und Wünnenberg an einen Tisch und bestellten eine Tasse Kaffee, bevor sie nach dem Chef fragten.

Sebastian Unger war auch heute sofort zur Stelle. Er war in höchstem Maße über die Fragen bezüglich seiner Bedienungen erstaunt. Nachdem Hackenholt ihm erklärt hatte, warum das für ihre Ermittlungen so wichtig sei und daß sie mit beiden Frauen sprechen müßten, bat Unger sie um einen Moment Geduld und ging die erforderlichen Unterlagen holen.

„Ich habe hier die Personalbögen von allen ehemaligen Mitarbeitern und Mitarbeiterinnen, die wir dieses Jahr hatten. Allerdings sind die Unterlagen alphabetisch geordnet.“ Unger schlug den Ordner auf und zeigte ihnen eine Übersicht über alle darin befindlichen Personen.

„Eine der Frauen wurde auf zwanzig bis fünfundzwanzig Jahre geschätzt, und sie hörte spätestens im Frühsommer wieder auf. Außerdem soll sie letztes Jahr noch nicht bei Ihnen gewesen sein.“

„Nun, das ist kein Kriterium“, meinte Unger. „Viele der Bedienungen machen das nur als Aushilfsjob und suchen sich von Saison zu Saison eine neue Stelle. Die meisten sind Studenten. Im Winter brauchen wir hier viel weniger Personal als im Sommer, da kommt es uns entgegen, daß die Leute keine Festanstellung wollen.“

„Ich habe eine Personenbeschreibung.“ Während Hackenholt die Äußerlichkeiten der Frau aufzählte, schlug Unger zielbewußt eine Spalte auf und legte den Ordner vor den Beamten auf den Tisch. „Ich glaube, Sie meinen Ute Jarosch.“

Hackenholt stach das Bild des Mädchens sofort ins Auge. Sie sah wie Frau Brunner aus, nur eben sehr viel jünger. Er hätte nicht einmal geglaubt, daß sie schon zwanzig Jahre alt war, und sah daher schnell auf das Alter: 22 Jahre.

„Frau Jarosch hat bei uns am ersten März angefangen. Und hier habe ich vermerkt, daß sie am neunzehnten Mai angerufen und telefonisch gekündigt hat." Unger deutete auf eine handschriftliche Notiz. „Sie hat keine Gründe dafür angegeben."

„Das war aber nicht sehr lange", stellte Hackenholt fest. „Kommt es öfter vor, daß die Leute nur so kurz bleiben?"

„Das ist ganz unterschiedlich. Manchen macht die Arbeit Spaß, aber andere haben einen völlig falschen Eindruck vom Kneipenbetrieb und hören wieder auf, sobald sie etwas anderes gefunden haben."

Hackenholt notierte sich Name, Adresse und Telefonnummer der Frau. „Die andere Frau soll erst vor ein paar Wochen bei Ihnen gearbeitet haben", fuhr er fort. „Vielleicht so vor einem Monat. Sie soll äußerlich Frau Jarosch ähnlich gewesen sein, nur wesentlich älter. Sicher zehn Jahre oder mehr."

Unger dachte einen Moment nach, dann blätterte er zum Register des Ordners zurück. „Ich glaube, ich weiß, wen Sie meinen", sagte er langsam, „aber die Frau war nur einen einzigen Abend bei uns. Sie wollte die Arbeit ausprobieren, weil sie noch nie zuvor gekellnert hatte, und hat von sich aus einen Probeabend angeboten. Dem habe ich natürlich zugestimmt, aber es hat ihr dann wohl doch nicht gefallen. Zumindest habe ich nichts mehr von ihr gehört. Deshalb gibt es auch keinen Personalbogen von ihr."

„Können Sie sich erinnern, wie sie hieß?"

„Sie hat nur ihren Namen und die Telefonnummer auf einen Zettel gekritzelt, und sagte, daß sie gerade umziehe und die neue Adresse erst in ein paar Tagen gültig sei. Wenn Sie einen Moment warten, schaue ich im Büro, ob ich die Notiz noch finde. Aber machen Sie sich nicht zu viel Hoffnung, ich bin mir fast sicher, daß ich den Zettel inzwischen weggeworfen habe."

Der Wirt kam kurz darauf mit leeren Händen zurück. „Tut mir leid, ich habe die Notiz nicht mehr."

„Können Sie sich nicht zumindest noch an den Namen erinnern?" fragte Wünnenberg nochmals nach.

Unger schüttelte den Kopf. „Ich würde sie sofort wiedererkennen, wenn ich sie sehe. Ein Gesicht vergesse ich lange nicht, aber bei Namen ist mein Gedächtnis nicht das beste."

„Herr Unger, eins würde mich noch interessieren", sagte Hackenholt nachdenklich. „Uns gegenüber wurde erwähnt, daß sich einer der Herren vom Stammtisch übermäßig für die beiden Frauen interessierte. Ist Ihnen da etwas aufgefallen?"

Der Kneipier sah ihn erstaunt an. „Was meinen Sie mit ‚übermäßig interessiert'?"

„Der Mann soll die Kellnerinnen über das übliche Maß hinaus angesprochen, richtiggehend angebaggert haben."

„Wissen Sie", sagte Unger, in dessen Stimme eine Nuance Widerwillen mitschwang, „das ist in dem Job relativ normal. Unsere Bedienungen sind natürlich angehalten, solche Versuche freundlich, aber doch entschieden abzuweisen."

„Ist Ihnen bei Frau Jarosch oder der anderen Frau etwas aufgefallen?"

„Nein, da ist mir nichts zu Ohren gekommen, und ich selbst habe auch nichts bemerkt. Ansonsten hätte ich gewiß eingegriffen, denn das geht einfach nicht."

Im Auto schaute Hackenholt auf die Uhr. „Es ist erst halb vier. Wir können versuchen, mit Frau Damps zu sprechen, oder wir probieren es mit Frau Jarosch. Was meinst du?"

Sie überprüften die Adressen. Es bedeutete nur einen kurzen Umweg auf dem Weg zu Frau Damps' Schwester bei Ute Jarosch vorbeizufahren.

Das Haus, in dem Frau Jarosch angeblich wohnte, war groß und unpersönlich. Die gesamte Wohnanlage in der Düsseldorfer Straße bestand ausschließlich aus monströsen Wohnblocks. Es war eine eher anonyme Gegend.

Hackenholt schlug seinen Jackenkragen hoch, um sich gegen den kalten Wind zu schützen. Vom Spielplatz drangen ausländische Wortfetzen und Kindergeschrei herüber.

Das Klingelschild neben der Tür war in vier Namensspalten mit je fünf Namen aufgeteilt. Der Name Jarosch war nicht darunter. Hackenholt konsultierte zur Sicherheit nochmals sein Notizbuch, um auszuschließen, daß sie vor der falschen Hausnummer standen.

„Sie wohnt anscheinend nicht mehr hier", stellte Wünnenberg unnötigerweise fest. „Und was jetzt?"

„Vielleicht wohnt sie irgendwo zur Untermiete“, meinte Hackenholt optimistisch. Er klingelte bei einem Namen, von dem er annahm, daß er zu einer Erdgeschoßwohnung gehöre. Eine junge asiatisch aussehende Frau öffnete ihnen die Tür. Hackenholt zeigte ihr seinen Dienstausweis und fragte, ob sie eine Frau Jarosch kenne. Hinter der Frau steigerten sich laute Kinderstimmen zu einem ohrenbetäubenden Geschrei. Die Frau sah Hakkenholt verständnislos an und sagte in unverständlichem Deutsch, daß sie ihn nicht verstanden habe. Zumindest nahm Hackenholt an, daß sie etwas in dieser Richtung habe sagen wollen, bevor sie die Tür zuknallte.

Wünnenberg probierte es unterdessen an der nächsten Wohnungstür. Er hatte mehr Glück. Eine kleine, verhutzelt aussehende Frau öffnete die Tür einen Spalt breit, so daß man ihre gebeugte Gestalt hinter einer dicken Türkette erkennen konnte. Obwohl Wünnenberg ihr seinen Dienstausweis zeigte, konnte er sie nicht davon überzeugen, die Tür weiter zu öffnen.

Es stellte sich heraus, daß die alte Frau schwerhörig war.

Nach mehrfachen Versuchen – Hackenholt war sich sicher, daß inzwischen alle Hausbewohner wußten, wen sie suchten – verstand die Alte.

„Wenn Sie jemanden suchen, müssen Sie mit dem Hausmeister sprechen“, krächzte sie.

„Wo finden wir den?“ schrie Wünnenberg zurück.

„Drüben in Nummer 5.“

Wünnenberg bedankte sich. Den Namen des Hausmeisters wollte er nicht auch noch erfragen, das hätten seine Stimmbänder nicht mehr mitgemacht.

Ein Name war aber gar nicht nötig, denn am Klingelschild der Hausnummer 5 gab es eine Klingel mit der Bezeichnung ‚Hausmeisterloge‘. Die Haustür wurde mit einem Keil offen gehalten, ein Wandschild wies die Beamten ins Souterrain. Dort, gleich links neben der Treppe, prangte wiederum ein Schild an einer schweren Metalltür. Es war in schwungvoller Handschrift gemalt: ‚Hausmeisterloge‘ und darunter die Öffnungszeiten. Hackenholt überflog die Zeiten. Freitags war der Hausmeister bis 18 Uhr zu erreichen. An der Türklinke baumelte jedoch nochmals ein Schild, auf dem Hackenholt lesen konnte: ‚Bin wegen Reparaturen unterwegs. Versuchen Sie es bitte später noch einmal. In dringenden Fällen ...‘ (wobei das ‚dringenden‘ dreifach unterstrichen war). Dann folgte eine Handynummer.

„Komm, lassen wir das, das kostet uns jetzt zu viel Zeit. Vielleicht finden wir Frau Jaroschs neue Adresse anderweitig heraus. Zur Not können wir es morgen noch einmal versuchen“, meinte Wünnenberg.

Von der Meuschelstraße fuhren Stellfeldt und Berger zum Präsidium zurück, wo sie sich in den Videoraum setzten, und Sieberts Bänder sichteten.

Wie üblich spielte Stellfeldt zunächst ein Video nach dem anderen im Vorwärtssuchlauf ab. Dabei stellte sich kein Zusammenhang mit Sieberts Nachbarin heraus. Er rief Mur an, die er aber nur noch zu Hause erreichte, und teilte ihr mit, daß es von seiner Seite nichts Neues gab.

Betroffen bemerkte er, wie viel Zeit verstrichen war. Obwohl er die Bänder im Schnelldurchlauf abgespielt hatte, waren fast zwei Stunden vergangen. Es war schon nach 18 Uhr. Daher schickte er Berger nach Hause. Er würde den Abend damit zubringen, sich die Videos genauer anzusehen, aber das wollte er dem jungen Kollegen nicht sagen. Berger sollte sich nicht verpflichtet fühlen, mit ihm dazubleiben. Es machte keinen Sinn, zwei Beamten den Müll, den die Videos wahrscheinlich enthielten, zuzumuten. Außerdem bemerkte Stellfeldt, daß er wirklich großen Hunger hatte. Er beschloß die Videos einzustecken und sie bei sich zu Hause durchlaufen zu lassen.

Frau Damps' Schwester wohnte in einem modernen Haus. Die Haustür war mit einem Türkranz geschmückt, auf der Treppe stand eine Blumenschale mit Erika.

Eine adrett gekleidete Dame öffnete ihnen. Hackenholt vermutete, daß es Frau Damps' jüngere Schwester sein müsse. Er stellte sich und seinen Kollegen vor und erklärte den Grund ihres Kommens.

Hackenholt hatte sich schon darauf eingestellt, daß die Frau sehr abweisend wäre und er all seine Überredungskunst würde aufbieten müssen, um bis zu Frau Damps vorzudringen. Die Schwester erwies sich indes als erstaunlich umgänglich und bat die beiden Beamten ohne Zögern ins Haus.

„Bitte warten Sie hier einen Moment, ich will versuchen Monika zu überreden, mit Ihnen zu sprechen. Sie müssen ja auch nur Ihre Arbeit machen.“ Sie ging in ein angrenzendes Zimmer und schloß sorgfältig die Tür hinter sich.

Ein paar Minuten verstrichen, bevor sie wieder zurückkam.

„Kommen Sie bitte herein. Ich mußte meiner Schwester versprechen, daß ich bei ihr bleibe. Ich hoffe, das stört Sie nicht."

„Ganz im Gegenteil. Ich bin froh, wenn bei dem Gespräch jemand dabei ist, dem Frau Damps vertraut", antwortete Hackenholt.

Das riesige Zimmer, in das sie die Beamten führte, erstreckte sich über die ganze Länge des Hauses. Auf einer Seite wurde durch einen Tresen ein Küchenbereich abgetrennt. Daran anschließend zog sich die Eßgruppe bis in die Mitte des Raumes. Der dahinter liegende Wohnbereich wurde durch große Palmen abgeschirmt.

Frau Damps saß, in Decken gehüllt, in einem Sessel. Sie stand zwar nicht auf, reichte Hackenholt jedoch die Hand und begrüßte Wünnenberg mit einem Nicken. Ihre Schwester bat die Kommissare, sich zu setzen, und fragte, ob sie Ihnen etwas anbieten könne. Hackenholt nahm eine Tasse Tee an.

Frau Damps räusperte sich. „Ich glaube, ich muß mich noch bei Ihnen entschuldigen."

Hackenholt machte eine abwehrende Handbewegung. „Wenn, dann muß wohl eher ich mich entschuldigen", sagte er.

„Ich weiß auch nicht, was in mir vorgegangen ist", fuhr sie fort, als ob er nichts gesagt hätte, „aber ich habe plötzlich nur noch rot gesehen."

Der Hauptkommissar nickte verständnisvoll. „Wie geht es Ihnen jetzt?"

„Danke, schon viel besser."

Hackenholt bezweifelte dies, denn die Frau sah immer noch bleich aus und hatte dicke schwarze Ringe unter den Augen.

„Frau Damps", begann er vorsichtig, „wir müssen Ihnen leider ein paar Fragen stellen. Ich kann verstehen, daß Sie das jetzt für den absolut falschen Zeitpunkt halten, aber wir können wirklich nicht mehr länger warten."

Die Frau seufzte unglücklich. „Ich will es versuchen."

„Könnten Sie uns vielleicht zunächst einmal ganz allgemein Ihre Beziehung zu Herrn Siebert schildern. Wie Sie ihn kennen gelernt haben und wie lange sie mit ihm liiert waren."

„Ich war mit Unterbrechungen knapp zwei Jahre mit ihm zusammen. Kennen gelernt habe ich ihn über die Firma Ericsson. Ich bin Finanzbeamtin und habe bei Ericsson eine Zeit lang die Bücher geprüft. Er hat mich in meinem dortigen Büro immer wieder aufgesucht und so getan, als ob er mir helfen wollte. Später ist er mir einmal auf der Straße vor seinem Haus begegnet. Wir stellten fest, daß wir quasi Nachbarn waren, und er hat mich zum Essen eingeladen. Er konnte sehr gut kochen. Ich bin völlig seinem Charme erlegen." Sie schluckte. „Ich habe mich anfangs richtiggehend von ihm einwickeln lassen und nur gesehen, wie nett er ist und wie ungewöhnlich er sich für einen Mann verhält. Er hat sich unheimlich um mich bemüht. Allerdings waren wir auch nicht jeden Abend zusammen. Im Nachhinein weiß ich wirklich nicht, wie ich so blind sein konnte und nicht bemerkt habe, wie er tatsächlich war.

Je länger wir zusammen waren, desto launischer wurde er. Unter der netten Fassade tauchte ein Mann auf, der überhaupt keine Selbstsicherheit hatte. Wenn wir uns gestritten haben, fehlten ihm meistens die Worte, oder er hat sich gleich hinter seinen Zigaretten versteckt, hat gezittert und konnte mir nicht in die Augen schauen. Aber andererseits bin ich auch nicht von ihm losgekommen. Wenn er wollte, konnte er völlig normal, nett und einfach klasse sein. Aber wann immer er unter dem Einfluß seiner Freunde stand, war er nicht wieder zu erkennen." Ihre Stimme wurde immer höher und schriller, sie atmete wesentlich heftiger.

Hackenholt sah besorgt zu ihrer Schwester. Diese legte ihr den Arm um die Schulter und murmelte ihrer Schwester ein paar Worte ins Ohr, die Hackenholt nicht verstehen konnte. Frau Damps nickte leicht und beruhigte sich nach und nach wieder, bis sie schließlich von allein weitersprach. „Ich kann es gar nicht richtig ausdrücken. Wenn ich jetzt meine eigenen Worte höre, komme ich mir so dumm vor."

„Inwiefern hat er sich denn verändert, wenn er mit seinen Kumpels zusammen war?"

„Er wurde immer wesentlich aggressiver, hat nicht mehr mit sich reden lassen und behauptet, ich wolle ihn bevormunden. Wir haben uns dann oft wegen absoluter Nichtigkeiten gestritten. Nach einer Weile begriff ich, daß er für mich unerreichbar war, wenn er eine solche Laune hatte."

„Sie sagten, daß Herr Siebert aggressiver wurde. Hat sich das nur verbal geäußert, oder wurde er auch handgreiflich?"

Sie schloß für einen Moment die Augen. Dann sagte sie mit matter Stimme: „Einmal hat er mich durch die ganze Wohnung gejagt, und ein anderes Mal hat er mir einen seiner schweren Kochtöpfe hinterher geworfen."

„Von einer früheren Freundin Sieberts haben wir erfahren, daß er sie zusammen mit einem seiner Freunde bedrängt hatte. Hat er das jemals bei Ihnen versucht?"

Sie zwinkerte kurz, bevor sie mit Bedacht antwortete.

„Ja. Aber das ging wohl mehr von Jürgen Degel aus als von Peter."

Hackenholt war erstaunt, daß sie Siebert immer noch in Schutz nahm. Behutsam wechselte er das Thema. „Sie sagten vorhin, daß Sie mit Unterbrechungen knapp zwei Jahre zusammengewesen seien."

„Ach, wir haben uns ständig getrennt und wieder versöhnt. Das ging fast ein Dreivierteljahr lang so. Mal wollte ich nichts mehr mit ihm zu tun haben, und mal war er es. Aber ich bin doch immer wieder zu ihm zurück, wenn er nach mir rief. Er hat dann stets versprochen, nicht mehr so viel zu trinken, nur noch selten mit seinen Freunden wegzugehen und den Stammtisch zu meiden. Aber meistens haben seine Versprechen nur bis zum nächsten Tag gehalten; dann konnte er sich nicht mehr daran erinnern. Vor einem Monat hat er mir von einem Tag auf den anderen gesagt, daß endgültig Schluß sei und ich mich nie mehr bei ihm blicken lassen solle. Er hat mir nie einen Grund gesagt, warum es jetzt plötzlich endgültig aus sei."

„Sie haben sich doch sicher Ihre Gedanken darüber gemacht."

„Ja, natürlich. Zuerst dachte ich, es liege daran, daß ihn wieder dieser Jürgen Degel angestachelt habe." Sie spie den Namen förmlich aus. „Aber dann habe ich gehört, daß er eine andere Frau hat."

„Wer hat Ihnen das erzählt?" wollte Hackenholt sofort wissen.

„Ich weiß es nicht mehr", sagte sie und errötete dabei heftig.

Hackenholt seufzte resigniert. „Sie sollen einmal behauptet haben, Herr Siebert hätte ein Verhältnis und betrüge Sie. Wie sind Sie darauf gekommen, warum glaubten Sie das?"

„Im Frühling kam Peter einmal mitten in der Nacht nach Hause und brachte Jürgen Degel mit. Beide waren völlig überdreht und aufgeputscht. Ich glaubte zunächst, daß sie wie üblich angetrunken seien, aber das stimmte nicht. Das war auch das eine Mal, als Jürgen Degel mich bedrängt hat. Ich habe versucht, mich zu wehren, und Peter ist mir nicht zu Hilfe gekommen. Er hat nur gelacht. Da bekam ich es mit der Angst zu tun, habe meine Kleider gepackt und bin aus der Wohnung gelaufen. Bis zu mir war es ja nicht weit.

Als ich davon ausgehen konnte, daß keiner da sei, bin ich am nächsten Tag noch einmal zu Peter. Ich hatte meine Armbanduhr in der Nacht bei ihm vergessen und wollte sie aus dem Schlafzimmer holen. Dort lagen noch seine Kleider auf dem Boden. Ich habe sie nur in die Hand genommen, weil sie nach Parfum rochen. Der eine Hemdsärmel war völlig zerrissen, und überall waren Lippenstiftflecken."

„Wissen Sie den Namen der Frau?"

„Nein", sagte Frau Damps matt.

Monika Damps' Schwester räusperte sich. „Ihre Fragen scheinen meine Schwester mehr zu belasten, als ich angenommen habe", meinte sie mit einem besorgten Stirnrunzeln.

Hackenholt mußte zugeben, daß sie Recht hatte. Frau Damps sah erheblich angegriffener aus, als sie vor dem Eintreffen der Beamten gewirkt hatte. Deshalb entschloß er sich, das Gespräch an dieser Stelle abzubrechen. „Ihre Schwester hat völlig Recht, Frau Damps. Bitte entschuldigen Sie, wenn ich zu rücksichtslos war. Ich will Sie heute nicht weiter mit meinen Fragen bedrängen. Wir werden allerdings nochmals mit Ihnen sprechen müssen. Ich habe jetzt nur noch eine allerletzte Frage: sagt Ihnen der Name Ute Jarosch etwas?"

Monika Damps schüttelte schwach den Kopf. Sie hielt die Augen geschlossen und schien mit einem Mal alle Energie verloren zu haben.

Die Beamten fuhren zurück zum Präsidium. Wünnenberg verabschiedete sich gleich auf dem Parkplatz. Obwohl es schon spät war, machte sich Hackenholt daran, die erforderlichen Berichte zu schreiben.

Gegen 20 Uhr schellte Stellfeldts Telefon. Aufgrund der übertragenen Nummer erkannte er, daß es Hackenholt war. „Du bist noch im Präsidium?" fragte er anstelle einer Begrüßung in den Hörer.

„Ralph und ich waren heute nachmittag unterwegs und haben den Wirt im Stadtparkcafé besucht." Hackenholt erklärte, was sie von Unger erfahren hatten, und schilderte ihren erfolglosen Versuch, Ute Jarosch aufzusuchen. Danach gab er auch das Gespräch mit Monika Damps zusammengefaßt wieder.

„Da habt ihr aber ein paar ganz interessante Dinge herausgefunden. Bei uns war es leider nicht annähernd so ergiebig", hob Stellfeldt hervor und berichtete von seinem Nachmittag. Er schloß damit, daß er nun dabei sei, sich die in Sieberts Wohnung sichergestellten Videos anzusehen.

Hackenholt war überaus froh, diese Arbeit nicht selbst erledigen zu müssen. So dankte er ihm, bevor er seine eigentliche Bitte hervorbrachte: „Morgen vormittag ist Peter Sieberts Beerdigung. Ralph und ich werden hingehen. Vielleicht kommen ja interessante Trauergäste. Könntest du in der Zwischenzeit versuchen, etwas über Ute Jarosch herauszufinden? Wir kommen nach der Beerdigung aufs Präsidium und machen gegen halb zwölf eine eingehende Besprechung.“

Zu Hause machte sich Hackenholt wieder einen Salat, obwohl es schon spät war. Danach überlegte er, ob er noch bei Sophie Rhom anrufen könne. Er wollte sie fragen, ob sie am Wochenende Zeit für ihn habe. Sein Geburtstag rückte näher, und er hatte immer noch nichts weiter mit ihr besprochen. Außerdem stand ihre Keksdose noch auf seinem Schreibtisch. Er entschied, einen Anruf zu wagen, denn sie hatte auf ihn nicht den Eindruck gemacht, schon um neun Uhr ins Bett zu gehen.

Aber auch an diesem Abend nahm sie den Hörer nicht ab, es schaltete sich nur ihr Anrufbeantworter ein. Hackenholt begann sich allmählich zu fragen, was sie die Abende über tat. Diesmal hinterließ er eine Nachricht, in der er um einen Rückruf bat und sie fragte, ob sie am Wochenende Zeit für ihn habe.

Es war Freitag, der 11. Oktober, 21.48 Uhr.

Lila – 7

Sie hatte auch heute einen Teil des Vormittags dösend auf dem Sofa im Anbau verbracht. Am Morgen kam sie kaum noch hoch. Die Nächte verliefen alle gleich: obwohl sie bis zum Umfallen müde und erschöpft war, fand sie keinen Schlaf, sondern wälzte sich ständig von einer Seite auf die andere und hoffte wider besseres Wissen, doch irgendwann Schlaf zu finden. Sie war mittlerweile schon daran gewöhnt erst in den frühen Morgenstunden, wenn der Tag zu grauen begann, in einen unruhigen Schlummer zu fallen. Wenn sie dann wieder hochschreckte, fühlte sie sich gerädert und schaffte es kaum, sich vom Sofa aufzurappeln. Jeden Tag blieb sie ein bißchen länger liegen.

Einen geregelten Tagesablauf hatte sie schon lange nicht mehr. Dazu müßte sie die Energie aufbringen, sich an geregelte Zeiten zu halten, und sie fühlte sich manchmal so leer, daß sie an alten Gewohnheiten nicht mehr festhalten konnte.

Heute mußte sie jedoch aufstehen.

Ihre Eltern waren früher begeisterte Frankenweinliebhaber gewesen. Wie es bei alten Menschen oft vorkommt, hatte ihr Vater eine wahre Sammelleidenschaft entwickelt. So waren die geleerten Flaschen nicht in den Altglascontainer, sondern in den Keller zurückgewandert. Er hatte immer protestiert, wenn sie irgend etwas aussortieren und wegwerfen wollte. Auch nach seinem Tod war ihr dies nicht gelungen, die Mutter hing plötzlich an all denjenigen Gegenständen, von denen sich zuvor der Vater nicht hatte trennen können. Da die Mutter über den Tod des Vaters sehr bekümmert war, wollte sie sie nicht unnötig aufregen und verschob das Aufräumen zunächst. Dann wurde die Mutter immer kränkelnder und schwächer, bis sie sich ein halbes Jahr nach dem Tod des Vaters ins Bett gelegt hatte, um ihm zu folgen.

Nach dem Tod der Mutter war sie es selbst gewesen, die nichts an dem Haus verändern wollte und alles so ließ, wie es war. Lila hatte zwar manchmal behutsam nachgefragt, ob sie ihr nicht beim Aussortieren helfen solle, doch sie hatte immer nur geantwortet, daß sie jetzt gerade keine Zeit dafür habe und schob es wieder hinaus.

Nun war sie dankbar dafür, denn für ihr Vorhaben brauchte sie Glasscherben. Viele spitze Glasscherben.

Sie nahm sich ihre dicken, wildledernen Arbeitshandschuhe und eine der großen schwarzen Plastikwannen aus dem Garten und stieg damit die steile Kellertreppe hinunter. Im Keller holte sie aus dem Werkzeugkasten, der noch aus Vaters Zeiten stammte, den großen, schweren Hammer. Mit ihm bewaffnet begann sie die erste der grünen Weinflaschen zu zerschlagen. Schnell fand sie heraus, wie sie zuschlagen mußte, damit ihr die Splitter nicht um die Ohren flogen und sie möglichst große und scharfkantige Bruchstücke erhielt. Immer wieder hielt sie inne und klaubte brauchbare Scherben aus der Wanne, um sie in eine große Plastiktüte zu legen. Dabei achtete sie darauf, kein Glasstück zu nehmen, an dem Etikettreste klebten.

Nach einer halben Stunde schmerzte ihr Arm vom Gewicht des schweren Hammers. Sie hatte drei Kartoffelkisten voller Weinflaschen zerschmettert.

15

Der Samstagmorgen begann mit strahlendem Sonnenschein.

Hackenholt kleidete sich sorgfältig an. Früher hatte er sich nichts aus Beerdigungen gemacht. Das änderte sich erst, als er an einem grauen, kalten Februarmorgen seine langjährige Freundin zu Grabe getragen hatte. Inzwischen konnte er verstehen, daß die Angehörigen auf dieses Zeremoniell besonderen Wert legten.

Es war nicht üblich, daß die Kripo bei Beerdigungen zugegen war, aber in diesem besonderen Fall erhoffte er sich neue Erkenntnisse.

Da ihm noch etwas Zeit blieb, prüfte er in der Küche, welche Vorräte er zu Hause hatte. Der nötige Großeinkauf war schon letztes Wochenende ausgefallen, diesen Samstag mußte er ihn unbedingt nachholen, komme was wolle. Er teilte seinen Notizblock in zwei Spalten und begann, diese zu füllen. Er dachte sogar daran, auch im Badezimmer nachzusehen, wie es mit seinen Körperpflegemitteln aussah. Die Liste wurde erschreckend lang.

Er blickte auf die Uhr. Wünnenberg würde jetzt sicherlich gleich bei ihm klingeln. Sie hatten vereinbart, gemeinsam mit einem Auto zu fahren. Da er davon ausging, daß sein Kollege wie immer relativ knapp dran wäre, sperrte er schon mal seine Wohnungstür ab und stellte sich vors Haus, wo ihm die Sonne warm ins Gesicht schien.

Obwohl Wünnenberg erst zehn Minuten nach der vereinbarten Zeit vor Hackenholts Haus zum Stehen kam, erreichten sie den Friedhof pünktlich.

Die Begräbnisstätte lag außerhalb des kleinen Dörfchens Boxdorf, das man zunächst durchqueren mußte, um an dessen westlichem Ende in eine schmaler werdende Straße einzubiegen, welche sich ein Stück zwischen Äckern entlangschlängelte, bevor sie in ein kleines Wäldchen führte. Nach ein paar Metern stellte sich jedoch heraus, daß es gar kein Wald war, sondern vielmehr nur ein etwas breiterer Baumgürtel, der einen großen, wie eine Lichtung wirkenden Platz umschloß. Hier stand eine kleine verfallene Kirchenruine aus Sandstein inmitten eines alten Friedhofs, welcher von einer hohen Sandsteinmauer umgeben war. Das herrschaftliche Tor aus dem neunzehnten Jahrhundert war kunstvoll geschmiedet. Hackenholt fand es bizarr, daß es außer der Ruine keine richtige Kirche gab. Wünnenberg stellte sein Auto am Straßenrand hinter einer Reihe anderer Fahrzeuge ab.

Da der Friedhof nicht übermäßig groß war, dafür aber offensichtlich schon sehr alt, lagen die Gräber eng beieinander, und die Fußwege dazwischen waren über die Jahrhunderte hinweg ziemlich schmal geworden. Für Hackenholt strahlte die Gräberanlage eine gewisse Idylle aus, obwohl, oder vielleicht gerade, weil sie nicht so akkurat war wie die modernen Friedhöfe heutzutage.

Langsam gingen die beiden Beamten auf die in einzelnen Grüppchen dicht gedrängt stehenden Personen zu. Beim Näherkommen konnten sie eine ausgehobene Grabstelle erkennen. Davor standen Sieberts Eltern, daneben ihr Sohn Konrad. Sieberts Schwester und Schwager waren nicht dabei.

Hackenholts Blick überflog die anwesenden Personen. Auch in der Menschenmenge konnte er Herrn Runge nicht ausmachen. Der Sarg war noch nirgends zu sehen. Die meisten Trauergäste waren ältere Herrschaften, die wenigen Besucher unter fünfzig konnte man an einer Hand abzählen, und die zwei jüngeren Frauen sahen Frau Damps oder Frau Brunner nicht im Entferntesten ähnlich. Keine konnte Frau Jarosch sein. Vielleicht waren es ehemalige Arbeitskolleginnen von Siebert oder, noch naheliegender, junge Leute aus dem Dorf, die mit Siebert aufgewachsen waren. Hackenholt konnte unter den verschiedenen Gruppen auch niemanden aus Sieberts Haus entdecken. Es hätte ihn auch überrascht.

„Die meisten Leute scheinen wegen Sieberts Eltern hier zu sein." Wünnenberg wies mit dem Kinn leicht in die Richtung der Gruppe, die sich um Sieberts Familie bildete.

„Was mich am meisten erstaunt", meinte Hackenholt nachdenklich, „ist, daß kein einziger seiner Stammtischkollegen hier ist. Von denen hätte ich doch wesentlich mehr Loyalität erwartet."

Die Trauerfeier begann, als der Sarg von den Bediensteten geschickt zwischen den Grabplatten zu der ausgehobenen Grube getragen wurde. Der dunkle Holzsarg war lediglich mit einem kleinen Bouquet gelber Rosen verziert. Auch sonst gab es nur wenige andere Blumen. Vielleicht hatten die Eltern ja darum gebeten, keine zu schicken.

Hackenholt fand es ungewöhnlich, daß die Zeremonie völlig ohne Kirchenglocken oder Orgelmusik abgehalten wurde. Die Viertelstunde, in der der Pfarrer sprach, verging rasch. Dennoch begannen einige der Anwesenden unruhig von einem Bein auf das andere zu treten. Für die ältere Generation war es sicherlich anstrengend, stehen zu müssen.

Die Worte des Pfarrers waren zwar für Sieberts Eltern tröstend, insgesamt jedoch nichtssagend. Hackenholt merkte, daß der Besuch reine Zeitverschwendung war.

Als der Sarg in die Grube hinab gelassen wurde, sah er das tränenüberströmte Gesicht von Sieberts Mutter. Zumindest eine, die ehrlich um ihn trauerte. Da die alte Frau so stark schwankte, mußten ihr Mann sie auf der einen Seite und ihr Sohn auf der anderen stützen, als sie zum Grab trat, um ihren kleinen Blumenstrauß auf den Sarg zu werfen. Vater und Bruder warfen jeder eine handvoll Erde in die Grube, bevor sie sich abwandten und die Mutter zum Friedhofsausgang führten. Nacheinander traten die anderen Trauergäste ans Grab und warfen eine handvoll Erde hinab, manche wandten sich auch gleich dem Ausgang zu. Hackenholt beobachtete, wie sie, einer nach dem anderen, durch die Grabreihen schritten, sichtbar erleichtert, ihre Pflicht erfüllt zu haben.

Plötzlich stupste ihn Wünnenberg am Ellbogen und raunte leise: „Schau!“

Hackenholts Blick schweifte einen Moment ziellos über die Gräber, bevor er eine ungewöhnliche Gruppe näher kommen sah. Auch die anderen Trauergäste drehten sich nach dem seltsamen Aufzug um, manche blieben wie angewurzelt stehen.

Insgesamt zählte Hackenholt dreizehn Männer. Einer von ihnen trug einen Weidenkorb in der Hand. Hackenholt erkannte Jürgen Degel. Ausnahmslos alle Männer waren in Frack und Zylinder gekleidet. Nachdem jeder der Männer ein Glas aus dem Korb genommen hatte, verteilten sie sich um Sieberts Grab, so nah und gut es eben ging. Eine Flasche machte die Runde. Jürgen Degel trat an die Stirnseite des Grabes, wo zuvor der Pfarrer gestanden hatte. Die Männer nahmen ihre altertümliche Kopfbedeckung ab und hoben, wie auf ein unsichtbares Zeichen hin, alle ihr Glas. Degel sagte ein paar lateinisch klingende Worte, und prostete dem Sarg laut zu. Die anderen taten es ihm gleich.

Hackenholt fand die Szene äußerst skurril.

Dann packten die Männer ihre Gläser wieder in Degels Korb und verließen genauso schnell und schweigsam den Friedhof, wie sie gekommen waren.

„Ich fasse es nicht“, murmelte Wünnenberg völlig benommen. „Was war denn das?“ Er sah Hackenholt entgeistert an. Etwas Vergleichbares war auch Hackenholt noch nie untergekommen.

Hackenholt bat Wünnenberg, ihn wieder zu seiner Wohnung zurückzufahren, damit er sich umziehen und mit seinem eigenen Auto zum Präsidium fahren könne.

Den größten Teil der Fahrt verbrachten sie schweigend. Beide hingen ihren Gedanken nach. Niemand Unerwartetes war zu der Beerdigung gekommen. Spektakulär war natürlich der Auftritt, den die Stammtischbrüder gegeben hatten. Wünnenberg schüttelte immer wieder den Kopf oder gab ein Schnauben von sich.

Als sie schon fast bei Hackenholt angekommen waren, sagte Wünnenberg endlich: „Mit dem Degel stimmt irgend etwas nicht. Entweder kam er zu der Überzeugung, daß sich Siebert wirklich verändert hatte, oder er weiß etwas, was im Zusammenhang mit Sieberts Tod steht. Würdest du ein solches Spektakel inszenieren, wenn du gerade festgestellt hast, daß dir der Mann, den du für deinen besten Freund gehalten hast, völlig fremd geworden ist? Nein, sein Auftritt heute morgen zeigt ganz deutlich, daß er nach wie vor Sieberts bester Freund war. Es ist nur die Frage, was er weiß und warum er es nicht sagen will."

Hackenholt brummte eine Zustimmung.

Dadurch ermutigt fuhr Wünnenberg fort: „Damit stellt sich die Frage, ob er generell nicht mit der Polizei sprechen mag, also quasi berufsbedingt, oder nur in diesem speziellen Fall nicht."

Hackenholt sah ihn fragend an. Sie standen mittlerweile vor seinem Haus. „Wenn Degel wirklich etwas mit Sieberts Machenschaften zu tun hatte, dann werden wir es nie aus ihm herausbekommen. Der ist viel zu gerissen, als daß er uns davon wissen ließe", meinte er abschließend, bevor er aus dem Auto stieg. „Ich komme in fünf Minuten nach, fahr schon vor und sag den anderen Bescheid, damit wir gleich mit der Besprechung anfangen können."

In seiner Wohnung bemerkte er, daß sein Anrufbeantworter blinkte. Das kam nicht sonderlich häufig vor. Die Kollegen riefen ihn grundsätzlich auf dem Handy an, und seine wenigen Bekannten mieden den Anrufbeantworter. Hackenholt selbst mochte ja auch nicht gern Nachrichten hinterlassen, sondern versuchte es lieber öfter. Es war Frau Rhom. Hakkenholt wählte ihre Nummer.

Nach dem achten Klingelton meldete sich Sophies atemlose Stimme. „Das war ja klar, daß Sie anrufen, wenn ich gerade mit beiden Händen in der Erde buddle", schnaufte sie.

„Was machen Sie denn?" fragte er amüsiert.

„Ich konnte meine Schwester dazu überreden, mir zu helfen, den Garten winterfest zu machen. Wir sind dabei, die Rosenstöcke anzuhäufeln."

Ihre Stimme war kaum zu verstehen, die Hintergrundgeräusche waren zu laut.

„Dann rufe ich völlig ungelegen an", seufzte Hackenholt.

„Nein, das wollte ich damit nicht sagen", lachte Sophie. „Bleiben Sie einen Moment dran, ja?"

Im Hintergrund hörte er, wie sie jemandem etwas zurief, bevor es in der Leitung merklich ruhiger wurde. „So ist es besser, ich bin jetzt im Haus. Draußen verstehe ich Sie so schlecht."

„Ich will Sie nicht aufhalten, ich bin selber gerade auf dem Sprung ins Büro. Ich kam nur durch Zufall noch einmal in meine Wohnung und habe Ihre Nachricht abgehört."

„Müssen Sie eigentlich jedes Wochenende arbeiten?" fragte sie ihn betroffen.

„Nein", versuchte er abzuwiegeln, denn es war ihm unangenehm zuzugeben, daß es durchaus öfter vorkam. „Wir haben nur noch eine kurze Besprechung. Was haben Sie denn für heute geplant?"

„Ich bin mit meiner Schwester noch eine Weile im Garten beschäftigt. Anschließend muß ich einkaufen gehen, ich habe fast nichts mehr im Haus, aber danach habe ich nichts Besonderes vor. Ich möchte bei dem schönen Wetter nur gern etwas rausgehen", antwortete sie.

„Ja, einkaufen muß ich heute auch noch unbedingt, denn ich habe nicht nur fast nichts mehr im Haus, sondern eher gar nichts mehr. Haben Sie Lust auf einen Spaziergang und möchten später mit zu mir kommen, um sich meine Küche anzusehen? Dann könnten wir auch das mit meiner Geburtstagsfeier besprechen", schlug Hackenholt vor.

Einen Moment herrschte Stille, dann sagte Sophie vorsichtig: „Ihre Geburtstagsfeier? Habe ich da etwas nicht mitbekommen?"

Erst in diesem Moment wurde Hackenholt bewußt, daß er gedanklich schon fest davon ausging, daß Sophie, wie er sie bei sich im Stillen nannte, seine Geburtstagsfeier organisierte, sie aber noch nichts davon wußte. Etwas verlegen meinte er: „Ich habe wohl völlig vergessen, Ihnen das zu sagen, aber darüber reden wir später. Wann sind Sie denn fertig?"

„Spätestens um drei Uhr."

„Oh", entfuhr es Hackenholt, der bis dahin garantiert nicht so weit wäre, vor allem, wenn er seine lange Liste bedachte.

Sophie lachte schallend. „So kurz ist Ihre Besprechung dann also doch nicht. Hab ich mir's doch gedacht."

Hackenholt fand es wirklich unerfreulich, daß er so leicht durchschaut wurde.

„Wie lange brauchen Sie denn?“ fragte ihn Sophie nachsichtig.

„Na ja, also ich glaube nicht, daß ich vor halb drei aus dem Präsidium komme, vielleicht eher drei Uhr, und mit dem Einkaufen wird es sicher vier werden. Vielleicht eher halb fünf“, erwiderte er unsicher.

„Ja, dann könnten wir schon fast einen Mondscheinspaziergang machen“, meinte Sophie amüsiert. „Geben Sie mir Ihren Einkaufszettel, und ich kaufe einfach für Sie mit ein. Ich muß sowieso gehen, da ist es egal, ob ich eine oder zwei Listen habe. So sparen wir ein bißchen Zeit.“

„Ich brauche aber ganz schön viel.“

„Das macht nichts, schreiben Sie nur alles so genau wie möglich auf, damit ich nichts Falsches kaufe.“

„Wählen Sie alles nach Ihrem Geschmack aus, ich bin da nicht sonderlich anspruchsvoll.“ Auch wenn das so nicht stimmte, wollte er ihr das nicht gleich auf die Nase binden.

„Ich weiß doch gar nicht, was Sie mögen und was Sie brauchen“, protestierte sie. „Außerdem glaube ich, daß Sie mir jetzt innerhalb von fünf Minuten zum dritten Mal etwas vorgeschwindelt haben. Das hätte ich von einem Kripobeamten nicht erwartet.“ Ohne ihn zu Wort kommen zu lassen, fuhr sie fort: „Sie haben auf dem Präsidium doch ein Faxgerät. Schreiben Sie alles auf und faxen Sie es mir.“ Zur Sicherheit gab sie ihm noch einmal ihre Faxnummer, die er sich auf der Rückseite seines Einkaufszettels notierte. „Alles, was Sie mir bis 13 Uhr geschickt haben, versuche ich zu besorgen, danach bin ich unterwegs. Wenn Sie mit Ihrer Besprechung fertig sind, kommen Sie auf direktem Weg zu mir.“ Sie klang fröhlich und unbeschwert.

Hackenholt war einverstanden. Einerseits war es ihm peinlich, ihr seinen Einkaufszettel zu überlassen. Andererseits war das Einkaufen für ihn eine lästige Qual. Am liebsten öffnete er einfach nur den Kühlschrank und holte etwas heraus. Während des Gesprächs war ihm ein Gedanke gekommen.

Schnell schlüpfte er in etwas legerere Kleidung, damit er am Nachmittag nicht auch noch Sophies Spott herausforderte, indem er in einem zu förmlichen Anzug durch den Wald spazierte. Dann fuhr er auf kürzestem Weg ins Präsidium. Die anderen erwarteten ihn sicher schon ungeduldig, denn aus den ursprünglichen fünf Minuten waren inzwischen fast zwanzig geworden.

Auf der Dienststelle eilte er in sein Büro. Wünnenberg war nicht da. Hackenholt war sicher, daß alle schon im Besprechungsraum saßen. Er nahm ein Blatt Papier und schrieb, seiner Idee folgend, sie möge alles einkaufen, wovon sie denke, daß es für eine ausgewogene Ernährung eines Singles, der nicht gern koche und auch nicht viel Zeit dazu habe, tauge. In Klammern setzte er nach kurzem Überlegen aber doch noch hinzu, daß die Vorräte ihn bis zum nächsten Wochenende durchbringen müßten und er keine besonderen Vorlieben habe. Unter einem Postscriptum vermerkte er, welche Bad- und Küchenreiniger er brauche. Er war sehr mit sich zufrieden, das Problem so einfach gelöst zu haben und war darauf gespannt, wie Sophie diese Aufgabe bewältigen würde. Immer darauf bedacht, daß nur ja keiner den Zettel zu Gesicht bekam, ging er ins Geschäftsstellenzimmer seines Kommissariats und schickte sein Schreiben los.

Als er aus dem Zimmer trat, kam gerade Stellfeldt den Flur entlang. „Da bist du ja“, sagte dieser erstaunt. „Wir suchen dich schon überall. Ist ein Fax gekommen?“ Er beäugte neugierig das Blatt, das Hackenholt noch in der Hand hielt. Dieser faltete es geschwind zusammen und meinte betont harmlos, daß es eine andere Sache betreffe.

Gemeinsam gingen sie in den Besprechungsraum. Wünnenberg sah demonstrativ auf seine Uhr.

„Ich wurde aufgehalten“, war alles, was Hackenholt als Entschuldigung hervorbrachte, und begann eilends, den versammelten Kollegen eine Zusammenfassung der Geschehnisse auf dem Friedhof zu geben.

Hackenholt merkte, daß es ihm schwer fiel, sich zu konzentrieren. Damit schien er aber nicht der Einzige zu sein. Wünnenberg sah nun schon geschlagene fünf Minuten aus dem Fenster, und Hackenholt hätte schwören können, daß er kein einziges Wort mitbekam.

Stellfeldt fragte mehrfach nach, bis er sicher war, daß ihn Hackenholt nicht auf den Arm nehmen wollte. Auch Berger bedauerte zutiefst, bei der Beerdigung nicht dabei gewesen zu sein.

Sodann berichtete Stellfeldt von den Versuchen, Ute Jaroschs Adresse ausfindig zu machen. „Wir haben es heute morgen als erstes über das Melderegister versucht. Danach hätte Ute Jarosch noch unter der Adresse in der Düsseldorfer Straße wohnen müssen. Dann haben wir im Telefonbuch nachgesehen, aber es gibt im gesamten Großraum Nürnberg, Fürth, Erlangen, Lauf und Schwabach keinen Eintrag mit dem Namen Jarosch. Da du mir gestern abend erzählt hast, daß es in der Düsseldorfer Straße einen Hausmeister gibt, bin ich mit Christian hingefahren. Wir hatten mehr

Glück als ihr: der Hauswart war in seinem Büro. Das ist vielleicht ein Loch, kann ich euch sagen. Überall liegt Werkzeug und Müll herum."
Stellfeldt verzog das Gesicht bei der Erinnerung daran und schilderte den Kollegen, was sie vom Hausmeister erfahren hatten. Dieser sei ziemlich erstaunt gewesen, als er hörte, daß sich die Polizisten für Ute Jarosch interessierten. Der Hausmeister sei ein verschlagener, schmieriger Typ und habe zunächst versucht, seinerseits die Beamten auszuhorchen. Auf Stellfeldts beharrliches Nachfragen habe er dann aber doch das Wenige, das er wußte, ausgeplaudert: er behauptete, die Frau sei verstorben. Stellfeldt hatte anfänglich geargwöhnt, daß der Mann sie mit einer anderen, älteren Bewohnerin verwechsele, dies bestritt der Hauswart aber ganz energisch. Da er die Frau beschreiben konnte und diese Beschreibung sich mit den anderen, die sie über Frau Jarosch erhalten hatten, deckte, glaubten ihm die Beamten schließlich. Auf die Frage, woran sie verstorben sei, gab er an, es nicht zu wissen. Er habe sich zwar gewundert, aber die jungen Leute heutzutage, da wisse man ja nie.

Trotz mehrfachen Nachfragens konnte der Mann sich nicht mehr an den Zeitpunkt erinnern. Es müsse ungefähr vor drei Monaten gewesen sein, denn er habe den Sperrmüll selbst aus der Wohnung geschafft. Viel sei sowieso nicht in dem Appartement gewesen, ihre Schwester habe, soweit möglich, alles ausgeräumt und mitgenommen. Außerdem sei es ja auch nur eine Einzimmerwohnung gewesen.

Die Erwähnung der Schwester ließ die Beamten aufhorchen. Sie fragten nach, ob der Hausmeister ihren Namen wisse und wo sie zu erreichen sei.

Der Mann glaubte sich zu erinnern, daß die Frau, genau wie ihre Schwester, Jarosch heiße, sicher war er sich jedoch nicht. Aber genaueres könnten sie vielleicht von der Wohnungsbaugesellschaft erfahren, der die Häuser gehören und die sich um die Vermietung kümmere.

„Damit können wir Frau Jarosch also auch von unserer Liste streichen", sinnierte Wünnenberg niedergeschlagen. „Wenn sie vor drei Monaten gestorben ist, dann kann sie uns keine Hinweise mehr geben, und als Täterin scheidet sie sowieso aus."

„Eigentlich ist es merkwürdig, daß die Einwohnermeldedaten noch nicht bereinigt sind", meldete sich Berger zaghaft zu Wort. „Wäre es nicht doch gut, nachzuprüfen, wann und woran Frau Jarosch gestorben ist? Vielleicht hat gerade ihr Tod etwas mit Siebert zu tun. Stellt euch vor, er hätte sie zum Beispiel angetrunken mit seinem Motorrad überfahren."

„Dann hätten wir aber Sieberts Namen in unserem Computer gefunden“, hielt Wünnenberg dagegen.

„Und wenn es Fahrerflucht war?“ spann Berger seine Idee weiter.

„Ich finde auch, daß Christian recht hat“, mischte sich Hackenholt ein. „Wir müssen zumindest Todeszeitpunkt und Todesursache nachprüfen, damit wir einen Zusammenhang restlos ausschließen können.“

„Ich übernehme das gern“, bot Berger an.

Hackenholt nickte zustimmend.

„Ich bleibe auch da und helfe dir“, sagte Wünnenberg großzügig.

„Was ist bei den Videos herausgekommen?“ wollte Hackenholt nun wissen.

Stellfeldt verzog erneut das Gesicht. „Die hatte ich schon völlig verdrängt.“ Seufzend begann er: „Du hattest recht mit deiner Vermutung. In sechs der acht Filme sehen sich die Frauen sehr ähnlich und sind der von Siebert bevorzugte Typ. Das andere, was ebenfalls immer wieder vorkam, war, daß die Frauen vergewaltigt werden. Teilweise sind es ganz schön brutale Szenen.“

„Das bedeutet also, es geht um Videos, die man nicht im Handel erwerben kann?“ fragte Wünnenberg nach.

„Genau, so etwas darf nicht verkauft werden“, sagte Stellfeldt mit Nachdruck.

„Es wäre interessant zu wissen, woher Siebert das Zeug hatte“, meinte Hackenholt.

„Vielleicht hat die auch Jürgen Degel besorgt, genau wie das Marihuana. Er scheint doch Kontakte zum Milieu zu haben.“

Alle nickten zustimmend. Mehr gab es nicht zu besprechen.

„Wenn wir jetzt fertig sind, gehe ich“, meinte Stellfeldt im Aufstehen. „Es ist schon fast halb drei.“

„Denk aber bitte noch daran, daß du einen Bericht über die Videos schreiben mußt“, erinnerte ihn Hackenholt.

Stellfeldt seufzte. „Das mache ich wohl besser gleich, bevor ich es vergesse.“ Er verließ den Raum und ging in sein Zimmer.

Die anderen gingen aus dem Besprechungszimmer in Hackenholts Büro. Dort wollten Berger und Wünnenberg beginnen, den Todestag von Ute Jarosch zu recherchieren.

Hackenholt blieb unschlüssig in der Tür stehen. „Ich glaube, ich fahre jetzt noch einmal bei den Degels vorbei und frage, was es mit den Videos auf sich hat.“

„Jürgen Degel wird behaupten, er habe noch nie davon gehört, und Günther Degel gibt sicher auch nicht freiwillig zu, daß er mit Siebert eines angesehen hat", prophezeite Wünnenberg. „Außerdem solltest du gerade zu denen nicht allein hinfahren, du brauchst einen Zeugen. Ruf an. Wenn sie da sind, sagst du, daß wir in fünf Minuten bei ihnen sind und sie sich nicht von der Stelle rühren sollen."

Da Hackenholt wußte, wie recht Wünnenberg hatte, wählte er Degels Nummer. Er hatte es fast erwartet: niemand nahm den Hörer ab.

„Tja, damit hat sich das erledigt", meinte Wünnenberg.

„Gut, dann gehe ich jetzt", entschloß sich Hackenholt.

Er wandte sich gerade zum Gehen, als Wünnenberg ihn fragte, ob sie nicht am Abend etwas unternehmen wollten. Seine Freundin habe schon wieder Wochenenddienst und wolle nur ihre Ruhe haben und schlafen. Hackenholt antwortete ausweichend, er wisse noch nicht genau, was er machen werde. Im Grunde verabscheute er es, Ausreden zu gebrauchen, aber er konnte Wünnenberg kaum sagen, daß er jetzt auf dem Weg zu Sophie Rhom sei, ohne schon wieder vor dieser Frau gewarnt zu werden. Er verabschiedete sich daher etwas umständlich und versprach anzurufen.

Im Auto beschloß er spontan, dennoch kurz bei Degels vorbeizufahren, vielleicht waren sie ja zu Hause und gingen nur nicht ans Telefon, weil Jürgen Degel völlig zu Recht befürchtete, daß die Polizei ihn nochmals behelligen könne. Aber auch auf sein Klingeln hin wurde nicht geöffnet. Er ging extra nochmals ganz um das Haus herum und sah, daß alle Fenster in der Erdgeschosswohnung geschlossen waren und sich hinter den Vorhängen nichts rührte. Deshalb fuhr er auf direktem Weg zu Sophies Wohnung weiter.

Als Hackenholt bei Sophie klingelte, fürchtete er schon, daß sie ihn nicht hören würde, denn aus dem offenen Fenster neben der Haustür drang ohrenbetäubend laute Musik. Sie mußte die Türklingel dennoch wahrgenommen haben, da der Summer betätigt wurde und er ins Haus treten konnte. Heute stand sie wieder selbst in der Tür und bat ihn mit einer Geste herein. Selbst wenn sie versuchen sollte, irgend etwas zu sagen, Hakkenholt war sich sicher, daß er es nicht würde verstehen können. Die Musik war atemberaubend laut. Er fragte sich, was wohl Frau Teck dazu sagte. Nicht, daß ihm die Musik nicht gefallen hätte; Sophie hörte Eric Burdons ‚Paint it black'.

Abrupt verstummte die Musik.

„Entschuldigung, aber mir war gerade danach“, sagte Sophie von der Wohnzimmertür her.

„Bei mir brauchen Sie sich nicht zu entschuldigen“, meinte Hackenholt verdutzt, setzte nach einem Moment aber neugierig hinzu: „Wie machen Sie das mit Frau Teck?“

Sophie lachte fröhlich. „Die ist dieses Wochenende nicht hier. Sie ist zusammen mit Sieglinde nach Baden-Baden gefahren, um an einer Podiumsdiskussion teilzunehmen. Wissen Sie, das Beste an diesem Haus ist, daß fast nie jemand hier ist und man meistens tun und lassen kann, was man will.“ Sie zuckte mit den Schultern. „Ich mag laute Musik, und hier kann man sie so wunderbar aufdrehen.“ Sophie schloß das Fenster in ihrem Arbeitszimmer. „Ich bin soweit fertig. Wollen wir los?“

Bislang hatte sie mit keinem Wort seinen Einkaufszettel erwähnt.

„Haben Sie mein Fax bekommen?“ fragte Hackenholt deshalb beiläufig nach. Sie sah ihn an, um ihren Mund zuckte es. Dann ging sie wieder in ihr Arbeitszimmer und kam mit einem Blatt Papier zurück. Es war ursprünglich einmal seine Mitteilung gewesen. Nun war es mit einer handschriftlichen Aufstellung ergänzt, die all die Dinge enthielt, die sie gekauft hatte.

„So wollte ich das haben“, sagte sie, wobei sie das ‚so‘ betonte. „Ich sehe schon, es handelt sich hier um einen männlichen Single, der nicht nur kaum Zeit und Lust zum Kochen hat, sondern auch gern andere Leute ärgert und zu faul ist, eine anständige Einkaufsliste zu schreiben.“

Das konnte Hackenholt nun nicht auf sich sitzen lassen. Er setzte eine möglichst unschuldige Miene auf und sagte: „Ich habe mir natürlich eine ordentliche Einkaufsliste geschrieben, aber ich war neugierig zu sehen, was ich alles bekomme, wenn ich Ihnen freie Hand lasse.“

Sie sah ihn mit hochgezogener Augenbraue an. „Sie haben auch für alles eine Ausrede, oder?“

Hackenholt kramte umständlich in der Jackentasche nach seinem Einkaufszettel, den er ihr stolz vorwies. Sophie war sprachlos. „Warum haben Sie mir den nicht gefaxt?“ fragte sie konsterniert.

„Ich wollte mich wirklich überraschen lassen. Kennen Sie das nicht? Man macht den Kühlschrank auf und sieht, was alles da ist.“

Sophie schüttelte den Kopf. „Wo wollen wir denn jetzt zum Spazierengehen hin? Hatten Sie etwas Bestimmtes im Auge?“ fragte sie, anstatt seine Frage zu beantworten.

„Nein, wir sollten nur schnell gehen, ich stehe nämlich bei Ihnen vor dem Haus im Parkverbot", sagte er grinsend.

„Wollen wir zum alten Kanal fahren? Dort ist es sehr schön, und ein Stück außerhalb sind auch nicht so viele Leute unterwegs", schlug Sophie vor, während sie ihre Schuhe anzog.

„Gern, dort war ich noch nie spazieren." Tatsächlich hatte Hackenholt den alten Kanal nur einmal im Winter gesehen, als er dort zu einem Tatort gerufen worden war.

„Wirklich?" fragte Sophie erstaunt. „Wo gehen Sie denn gern hin?"

„Wenn ich Zeit habe, ist meistens kein schönes Wetter, dann gehe ich in ein Museum", bekannte Hackenholt, während sie zu seinem Auto gingen.

Sophie war überrascht. „Ich muß gestehen, daß ich schon ewig in keinem mehr war. Ich glaube, das geht den meisten Leuten so. Wenn man lange in einer Stadt wohnt, besucht man die Museen seltener als Leute, die dort noch neu sind." Sie dirigierte Hackenholt in die Richtung, in die sie fahren mußten.

„Haben Sie sich denn auch Sehenswürdigkeiten in Nürnberg angeschaut, oder interessiert Sie das nicht so?"

„Doch, das interessiert mich schon, aber ich habe keine richtigen Führungen mitgemacht, sondern mehr darüber gelesen."

Sophie warf ihm einen erfreuten Blick zu. Sie redeten noch eine Weile, immer wieder von Sophies kurzen Streckenanweisungen unterbrochen, über das mittelalterliche Nürnberg und seine berühmten Künstler und Handwerker. Sie schien sich da gut auszukennen.

Schließlich erreichten sie die abgelegene Stelle am alten Kanal, zu der sie ihn dirigiert hatte. Hackenholt parkte sein Auto neben einem alten verfallenden Schleusenwärterhäuschen.

Sophie hatte auch dieses Mal recht: es war ein sehr ruhiges und idyllisches Fleckchen. Der Wald reichte bis fast an den Kanal heran, so daß der Weg dick mit Laub bedeckt war.

Bei manchen Schritten wirbelte Sophie genauso Blätter auf, wie Hakkenholt es bei seinem letzten Waldspaziergang getan hatte. Er freute sich zu sehen, daß sie mit sichtlicher Wonne durch die Blätter stapfte.

Eine ganze Weile lang war nur das Rascheln des Laubs zu vernehmen. Hackenholt genoß die Stille, die sie umgab. Das friedliche Umfeld verschaffte ihm den Raum, seinen Gedanken freien Lauf zu lassen, die aber immer wieder zu seiner Arbeit wanderten.

Ein Gefühl bemächtigte sich seiner, irgendeiner Sache nicht genug Bedeutung beigemessen, irgendwo nicht die richtige Frage gestellt zu haben. Er verstrickte sich immer tiefer in seine Gedanken. Immer wieder ging ihm der Auftritt der Stammtischbrüder auf dem Friedhof durch den Kopf. Immer wieder kreisten seine Überlegungen darum, daß Jürgen Degel ab morgen wieder in Brandenburg sein werde.

Er wußte nicht, ob das wichtig war, aber er bemerkte, daß er bei diesem Gedanken ein ungutes Gefühl bekam. Er hätte versuchen müssen, heute nochmals mit Degel zu sprechen.

Er seufzte. Mit einem Mal wurde ihm bewußt, wo und mit wem er hier war. Abrupt blieb er stehen. Er war so in seine Gedanken versunken, daß er Sophie völlig vergessen hatte. Er schämte sich. Da war er seit Jahren einmal wieder mit einer Frau unterwegs, deren Anwesenheit er schätzte und für die er sich ernsthaft interessierte, und dann konnte er nicht einmal für ein paar Stunden seine Arbeit beiseite schieben.

„Entschuldigen Sie bitte, es tut mir wirklich leid. Ich bin wohl kein besonders aufmerksamer Begleiter.“ In seiner Stimme lag echtes Bedauern.

Sophie lächelte ihn an. „Das passiert mir auch gelegentlich, machen Sie sich nichts daraus.“

Sie waren unterdessen langsam zu einer alten verwitterten Holzbank weitergegangen. „Dürfen Sie mir davon erzählen?“ fragte sie freundlich, während sie sich in die Sonne setzte.

Hackenholt gesellte sich zu ihr und berichtete von der Beerdigung.

„So, wie das klingt, scheint es ein würdiges Spektakel gewesen zu sein. Peter hätte es sicher sehr genossen. Wissen Sie, Peter mochte so verrückte Sachen. Für ihn waren seine Freunde unheimlich wichtig, wichtiger als alles andere. Vor allem Jürgen Degel. Peter ist regelmäßig zu ihm nach Brandenburg gefahren, und wenn Jürgen hier war, dann bekam das immer das ganze Haus zu spüren. Peter hätte von seinen Kumpels etwas Spektakuläres erwartet“, kommentierte Sophie Hackenholts Erzählung.

„Sind Sie sicher?“

„Ja, wie gesagt, für ihn gingen seine Freundschaften über alles.“

„Jürgen Degel hat uns gegenüber behauptet, er sei inzwischen zu der Einsicht gekommen, daß sich Peter Siebert sehr verändert habe, seit er, also Degel, nach Brandenburg gegangen sei. Er meinte, daß Siebert sich neue Hobbys gesucht habe und auch neue Freunde und Freundinnen und er ihn gar nicht mehr richtig kannte.“

Sophie sah Hackenholt ungläubig an. „Wenn jemand Peter gut kannte, dann war es Jürgen.“

„Wir hatten bislang keinen Ansatzpunkt, ihm das Gegenteil zu beweisen und ihn zur Kooperation zu zwingen. Den Ansatz hat er uns erst heute morgen geliefert. Heute nachmittag, als ich nochmals bei Degels vorbeigefahren bin, war leider niemand zu Hause, und morgen fährt er wieder nach Brandenburg.“ Hackenholts Stimme nahm einen angespannten Ton an.

Sophie runzelte die Stirn. Ihr hatte es nichts ausgemacht, daß er seinen Gedanken nachgehangen und sie darüber völlig vergessen hatte, dazu genoß sie seine Gegenwart viel zu sehr, jetzt ging er jedoch zu weit. „Mit anderen Worten“, sagte sie daher gedrückt, „Sie sollten jetzt nicht hier sein, sondern auf der Suche nach Jürgen Degel, um eventuell doch noch etwas aus ihm herauszubekommen.“ Sie hatte die Enttäuschung nicht aus ihrer Stimme heraushalten können.

Es waren dieser niedergeschlagene Tonfall und der angespannte Gesichtsausdruck, mit dem sie konzentriert auf den Boden sah, die Hackenholt veranlaßten, ohne lange über sein Tun nachzudenken, seinen Arm um ihre Schulter zu legen, sie an sich zu ziehen und auf die Haare zu küssen. „Nein“, murmelte er mit Nachdruck, „ich möchte mir diesen schönen Nachmittag mit dir nicht kaputt machen lassen, Sophie.“

Ohne es weiter zu thematisieren, wechselte auch Sophie zum Du. „Deine Arbeit geht vor, du hast einen verantwortungsvollen Beruf.“

Hackenholt kämpfte einen Moment lang mit sich, bevor er in die Tasche griff und sein Handy herausholte. Er tippte Wünnenbergs Dienstnummer ein und wartete. Nach ein paar Mal Klingeln meldete sich die lachende Stimme seines Kollegen. Hackenholt fragte ihn, ob Berger noch bei ihm sei, und als Wünnenberg dies bejahte, bat er sie, nochmals zu versuchen, Jürgen Degel zu erreichen.

Hackenholt steckte sein Handy weg. „Ralph wird sich darum kümmern. Jetzt gehört der Rest des Tages uns allein“, versprach er und drückte sie nochmals aufmunternd. „Wollen wir weitergehen?“

Sophie nickte und hakte sich bei ihm unter. Hackenholt schenkte ihr fortan seine ungeteilte Aufmerksamkeit. Sie lachten gemeinsam, und Hakkenholt ließ sich von ihrer unbeschwerten Art anstecken und merkte, wie er immer mehr abschaltete und seine Arbeit allmählich vergessen konnte.

Irgend etwas hatte sich zwischen ihnen verändert. Ganz tief in ihm drin breitete sich langsam ein lang verloren geglaubtes Gefühl aus. Er hatte bislang kaum von sich selbst gesprochen, aber nun fühlte er, alles erzählen zu können. Sophie spürte die tiefe Ruhe und Zufriedenheit, die er mit einem Mal ausströmte.

Sie beschlossen umzukehren, als sich die Sonne so weit gesenkt hatte, daß sie nicht mehr über die Baumwipfel schien. Die Schatten der Bäume wurden rasch länger.

Nur einmal wurden sie auf dem Rückweg unterbrochen, nämlich als Wünnenberg anrief, um mitzuteilen, daß sie bei Degels nach wie vor, trotz mehrfacher Versuche, niemanden erreicht hätten und nun auch nach Hause gingen. Hackenholt dankte ihm und verabschiedete sich schnell. Er wollte das Gespräch so kurz wie möglich halten.

Als sie wieder bei Hackenholts Auto waren, begann es schon zu dämmern. Es war um einiges kälter geworden.

Sophie schlug vor, bei Degels vorbeizufahren. Falls jemand da sei, wolle sie im Auto warten, bis er seine Arbeit beendet habe. Hackenholt, der das Angebot zunächst ausschlagen wollte, nahm schließlich doch an, als sie ihm ehrlich versicherte, daß es ihr nichts ausmache.

Die Wohnung der Degels lag jedoch immer noch dunkel und verlassen da, so daß Hackenholt erst gar nicht ausstieg, sondern vielmehr gleich zu Sophies Wohnung weiterfuhr. Sie hatte ja noch seine Einkäufe bei sich.

Gemeinsam packten sie alles in einen großen Weidenkorb und eine weitere Tasche und machten sich auf den Weg zu seiner Wohnung.

Es war Samstag, der 12. Oktober, 18.30 Uhr.

Lila – 8

Sie schulterte ihren großen, schwarzen Stoffrucksack, in dem sich all die Dinge befanden, von denen sie glaubte, daß sie sie für ihr Vorhaben brauchen werde. Dann brach sie in Richtung Nürnberger Innenstadt auf. Ihr Ziel war der um diese Jahreszeit verlassene Burggarten.

Die kleinen, versteckt gelegenen Burggärten hatten sie schon seit jeher fasziniert, gerade weil sie heute kaum mehr Beachtung fanden. Sie stammten aus dem Mittelalter, als Nürnberg eine Veste war. Genau genommen waren es früher Bastionen, die der Rat der Stadt Nürnberg vor dem Schwedenkrieg hatte errichten lassen. Zwischen innerer und äußerer Burgmauer eingekeilt, bestanden sie jetzt aus mehreren terrassenförmig aneinander gereihten Gärten, die durch teilweise lange Treppen miteinander verbunden waren. Da sie in keiner Weise mit den riesigen, traumhaft angelegten Gärten der französischen Schlösser zu vergleichen waren, warf so mancher Tourist nur einen kurzen Blick hinter das Tor, welches den Zutritt zu den Gärten gestattete, und wandte sich dann schnell anderen Sehenswürdigkeiten zu.

Aber genau diese Gärten waren ihr Ziel in der kühler werdenden Oktobernacht. Obwohl sie die Zeit wie immer großzügig bemessen hatte, legte sie einen Schritt zu, schließlich wollte sie sich nicht verspäten. Sie mußte unter allen Umständen als Erste dort sein.

Gestern hatte sie den Brief persönlich bei ihm eingeworfen. Sie hoffte inständig, daß er die darin enthaltenen Anweisungen befolgen würde – sie wollte die Sache heute abend zum Abschluß bringen. Das war sie ihrer Schwester schuldig. Vielleicht würde sie es dann schaffen, ihren eigenen Seelenfrieden wieder zu finden.

Sie sah auf ihre Uhr. Es war erst 21.30 Uhr, und sie war fast da. Ihr blieb noch genügend Zeit. Im Brief hatte sie ihm geschrieben, er solle um halb elf in den dritten der aneinander grenzenden Burggärten kommen.

Sie ging über die alte Holzbrücke, die am Hexenhäuschen vorbei über den Burggraben in den alten Burgvorhof führte. Einen Moment schlenderte sie, wie eine verspätete Touristin, zur großen Aussichtsplattform und sah über die Dächer von Nürnberg, bevor sie sich der Nordseite der Burganlage zuwandte. Dabei behielt sie den Eingang zu den Burggärten im Auge. Niemand beachtete das alte, abgelegene Tor. Es waren sowieso nur wenige Leute unterwegs. Außer ihr standen an der Burgmauer nur ein knutschendes Pärchen und ein paar Jugendliche, die sicher aus der nahe gelegenen Jugendherberge stammten.

Sie trat von der Mauer zurück und stellte sich in den Schatten der alten Burggebäude. Als sie sicher war, daß sich niemand für sie interessierte, schlüpfte sie schnell und unauffällig durch das unscheinbare Tor.

Der oberste Burggarten lag verlassen vor ihr. Sie durchschritt ihn zügig, versuchte, sich immer im Schatten der Bäume und der Mauer zu halten, und stieg über die alten unregelmäßigen Sandsteinstufen zum zweiten, tiefer gelegenen Burggarten hinunter. Dieser war etwas kleiner als der erste. Auch war er weniger geschützt, da in ihm nur schmale Buchsbaumhecken standen, die ehemals üppige Rosenbeete umgaben.

Sie trat an den oberen Rand der Treppenflucht, die in den Garten, in dem sie verabredet war, hinabführte, und sah hinunter. Stand man am oberen Ende, so wie sie gerade, konnte man das Ende der Treppe nicht erkennen, und den dort gelegenen Terrassengarten schon gar nicht. Er würde also die Stufen hinuntergehen müssen, um zu sehen, wo sie sich befand. Wie schon die vorherige Treppe, die vom ersten in den zweiten Burggarten führte, war auch diese hier aus alten, handbehauenen und mittlerweile ausgetretenen Sandsteinstufen. Allerdings war sie, einer Freitreppe ähnlich, fast drei Meter breit, und wurde links und rechts von einer alten Sandsteinbalustrade begrenzt. Zu beiden Seiten befand sich dahinter dichtes Gestrüpp, das seit vielen Jahren zwischen der Balustrade und den dicken alten Sandsteinmauern wucherte.

Sie zwängte sich seitlich neben der Treppe etwa fünf Stufen durch das Gebüsch hinab. Für ihren Plan war die Treppe wie geschaffen, da man von der Stelle, an der sie nun stand, jeden sehen konnte, der aus dem ersten Garten herunterkam. Dies wurde heute nacht noch erleichtert: der Mond war mehr als halb voll und nur ein paar vereinzelte Wolkenfetzen zogen über den nächtlichen Sternenhimmel. Von der Wiese im darüber liegenden Garten stieg feiner Bodennebel auf.

Sie war sich absolut sicher, daß er den Garten oben von der Burg aus betreten würde. Nicht nur, weil diese Stelle seiner Wohnung näher lag, sondern vor allem, weil nur die allerwenigsten Menschen von der Existenz der enorm gut versteckten Pforte im fünften Burggarten wußten. Die Mehrheit glaubte, daß man die Gärten nur von der Burggrafenburg aus betreten könne.

Sie sah auf ihre Uhr. Noch eine Dreiviertelstunde. Auf allen Vieren kletterte sie den steilen Abhang neben den Stufen hinauf und legte ihren

Rucksack ab. Ihm entnahm sie den dünnen, schwarzen Draht, den sie im Keller gefunden hatte. Gott allein mochte wissen, warum sie den einmal gekauft hatte. Für ihre heutigen Zwecke schien er jedoch wie geschaffen. Sie befestigte ein Ende der ordentlich aufgewickelten Spule an einem Baluster, indem sie den Draht mehrfach um diesen schlang und dann die Enden fest zusammendrehte. Mit einem kurzen Ruck riß sie an der Drahtspule. Der Draht hielt. Die zusammengezwirbelten Enden lösten sich nicht. Sie wickelte ihn sorgsam von der Spule und führte ihn zur anderen Seite der Stufe, wo sie das Ende zwischen den Balustern hindurch schob. Der Draht lag jetzt unsichtbar auf der fünften Stufe.

Als nächstes holte sie aus ihrem Rucksack den Beutel, in den sie die Glasscherben der zerbrochenen Weinflaschen gepackt hatte. Trotz ihrer Handschuhe mußte sie höllisch aufpassen, daß sie sich nicht an einer der scharfkantigen Scherben schnitt. Sie verteilte sie auf acht der tiefer liegenden Stufen, ließ jedoch die vier anschließenden frei. Das Verteilen der Splitter dauerte eine ganze Weile, da sie die Scherben nicht aus dem Beutel schütteln mochte, sondern jede einzeln mit ihrer scharfkantigen Spitze nach oben hinlegte. Als sie damit endlich fertig war, sah sie erneut auf ihre Uhr. Nun mußte sie sich sputen, es blieben nur noch fünfundzwanzig Minuten bis zum vereinbarten Treffen.

Vorsichtig, um nicht selbst in die Scherben zu treten, ging sie die Stufen wieder hinauf und entnahm ihrem Rucksack als letztes die Plastikdose, in der sie die Schmierseife aufbewahrte. Sie streifte sich ein paar Einweghandschuhe über, solche, die man sonst zum Haarefärben verwendet. Gewissenhaft zählte sie die ersten fünf Stufen ab und begann damit, die sechste, siebte und achte Stufe dick zu bestreichen. Nur einen schmalen Streifen direkt neben der Balustrade ließ sie frei. An dieser Stelle stieg sie selbst wieder nach oben, wobei sie sorgsam darauf achtete, immer ganz nah am Rand zu gehen, um nicht ins Rutschen zu kommen. Sie packte die leeren Behältnisse und Tüten zurück in ihren Rucksack und warf auch die verschmierten Handschuhe hinein. Dann nahm sie sich ein dickes Paar Wildlederhandschuhe heraus und versteckte ihren Rucksack seitlich im Gebüsch, nur eine Armlänge von dem Platz entfernt, an dem sie sich nun hinter der Balustrade in die Büsche kauerte. Sie schlüpfte in die derben Handschuhe und tastete dann nach der Drahtspule, die sie zuvor durch die Balustrade gelegt hatte.

Da sie unter Umständen einige Zeit lang an dieser Stelle ausharren mußte, setzte sie sich in den Schneidersitz. Abermals überprüfte sie, ob sie auch wirklich von den Ästen und Blättern der Büsche verdeckt war. Dann wickelte sie sich den Draht um die rechte Hand. Wenn sie den Arm nun ein kleines Stück zurückzog, lag der Draht nicht mehr flach auf dem Boden, sondern stand eine Handbreit vom Boden ab und wurde so zur tödlichen Stolperfalle.

Sie schloß die Augen. Es rauschte bedenklich in ihren Ohren. Nachdem sie sich zur Ruhe gezwungen hatte, merkte sie, daß auch ihr Puls sich wieder verlangsamte. Zwar kam ihr das eigene Atmen immer noch viel zu laut vor, aber das war sicher nur Einbildung, da um sie herum völlige Stille herrschte.

Die Zeit verging. Endlich näherten sich Schritte. Schwere, laute Schritte, welche die nächtliche Stille zerrissen. Sie wappnete sich innerlich, atmete tief ein und aus. Der Moment war gekommen. Mit einer ruckartigen Bewegung umfaßte sie den Draht fester und straffte ihn. Die Schritte waren jetzt ganz nah. Er ging ohne zu zögern, selbstsicher, wie sie ihn kennengelernt hatte. Nun war er an der Treppe angekommen. Für einen kurzen Moment konnte sie ihn im Mondlicht erkennen. Genauso, wie sie gedacht hatte, stieg er die alten, unebenen Stufen, den schlechten Lichtverhältnissen entsprechend, nicht langsam hinunter. Nein, er stürmte sie in seiner draufgängerischen Art sorglos herab.

Ein scharfer Schmerz durchzuckte ihre Hand, als sein Fuß an dem Draht hängen blieb und er ins Stolpern geriet. Sie sog scharf die Luft ein, um nicht laut aufzuschreien. Trotz der Handschuhe schnitt der Draht in ihre Hand. Der Mann stieß einen überraschten Schrei aus, bevor er auf der Treppe aufschlug. Glas klirrte. Sie hörte ein Stöhnen. Der Körper stürzte die restlichen Stufen hinunter.

Hastig wickelte sie sich den Draht von der schmerzenden Hand und stand auf. Mit einem Griff holte sie die volle Literflasche Weißwein aus ihrem Rucksack, bevor sie sich diesen über die Schultern streifte. Behende sprang sie die Stufen ganz am Rand der Balustrade hinunter, bis sie neben dem zusammengekrümmten Körper stand. Er rührte sich nicht. Sie beugte sich zu ihm hinab und ließ kurz mit der linken Hand ihr mitgebrachtes Feuerzeug aufflackern. Ihr Blick glitt über die Gestalt.

Seine Augen waren geschlossen, sein Gesicht voller kleiner blutiger Schnittwunden. Unter seinem Kopf breitete sich langsam eine Blutlache aus. Als sie ihm einen Tritt versetzte, hörte sie ein schwaches Röcheln.

In diesem Moment vernahm sie über sich Schritte und Stimmen.

„Hallo?“ rief jemand laut. „Ist da jemand?“

Sie wagte kaum zu atmen. Obwohl sie wußte, daß man sie von oben aus nicht sehen konnte, wich sie bei den Rufen instinktiv in den Schatten des Gestrüpps zurück.

„Laß uns noch die Treppe hinunterschauen“, sagte dieselbe, tiefe Stimme. Sie erkannte tastende Schritte auf den Stufen.

„Vorsicht!“ rief plötzlich eine weibliche Stimme. „Halte dich an der Mauer fest, hier ist es auf einmal rutschig, und außerdem liegen überall Glasscherben.“

Die Schritte kamen langsam näher. Sie mußte hier weg. Es blieb keine Zeit, der am Boden liegenden Gestalt die Flasche auf dem Kopf zu zertrümmern, wie sie es ursprünglich vorgehabt hatte. Sie konnte nur hoffen, daß er sich bei dem Sturz genügend Verletzungen zugezogen hatte, um für immer bewußtlos zu bleiben. So wandte sie sich um und rannte über den Terrassengarten. Dabei glitt ihr die Weinflasche aus der Hand, fiel mit einem dumpfen Geräusch zu Boden und barst.

Während sie auf die Treppe, die zur nächsten, darunterliegenden Terrasse führte, zurannte, hörte sie hinter sich lautes Rufen. Die Leute hatten sowohl die am Boden liegende Gestalt als auch sie entdeckt. Noch einmal beschleunigte sie ihre Schritte, so sehr sie konnte, und flog förmlich die kurze Treppenflucht in den vierten Burggarten hinunter. Ihr Puls raste, und ihr Atem ging keuchend, während sie den Garten durchquerte. Hinter sich konnte sie keine Schritte mehr vernehmen. Etwas langsamer lief sie durch die beiden letzten Burggärten. Unten hielt sie sich dicht bei der Mauer, bis sie zu der schmalen, unscheinbaren Holztür kam, die aus der Burganlage führte.

Sie schöpfte ein paar Mal tief Atem, bevor sie die alte Türklinke hinunterdrückte und die Tür mit einem leisen Quietschen öffnete.

16

Als sein Telefon um kurz nach 23 Uhr zu läuten begann, beschloß Hakkenholt, es einfach zu ignorieren. Es bestand immerhin der Hauch einer Möglichkeit, daß es nur Wünnenberg war, der ihn doch noch zum Weggehen überreden wollte. Er spürte, wie Sophie, die eng an ihn gedrückt neben ihm auf dem Sofa lag, beim ersten Klingelton unter seinem Arm zusammenzuckte.

„Einfach nicht darauf achten", flüsterte er leise in ihr Ohr, während er weiterhin über ihren Rücken streichelte. Als nur ein paar Sekunden später sein Diensthandy zu piepsen begann, konnte er es nicht weiter ignorieren. Resignation machte sich in ihm breit; der Anruf konnte nur eines bedeuten. Zögernd löste er sich von Sophie, stand vom Sofa auf und meldete sich verärgert.

Es war Mur. Sie hörte wohl an seinem Tonfall, daß sie störte, und entschuldigte sich kurz, was sie sonst nie tat, bevor sie zur Sache kam. „Ich bin gerade in den Burggärten. Hier ist vor gut einer halben Stunde ein Mann die Treppe hinuntergestürzt." Sie machte eine kurze Pause, bevor sie hinzufügte: „Es ist Jürgen Degel. Er lebte noch, als der Notarzt eintraf, aber er hat eine schwere Kopfverletzung. Es sieht nicht sonderlich gut aus für ihn. Ich dachte, du würdest dir den Tatort gern selbst anschauen. Es spricht einiges dafür, daß ein Zusammenhang mit dem Fall Siebert besteht." Hackenholt murmelte zustimmend und bat die Kollegin, die anderen von seinem Team zu informieren, bevor er resigniert das Gespräch beendete.

Er schloß für einen kurzen Moment die Augen. Jeder, absolut jeder Moment wäre ihm willkommener gewesen als dieser. Langsam drehte er sich zu Sophie um und versuchte, sie anzulächeln, was ihm jedoch kläglich mißlang.

Obwohl sie von dem Gespräch nur seinen Teil mitbekommen hatte, war ihr der Wechsel in seinem Tonfall nicht entgangen. Jetzt stand sie ebenfalls vom Sofa auf. „Komm, gehen wir", sagte sie ohne erkennbare Verärgerung.

Er legte seine Arme um sie. „Es tut mir leid", murmelte er in ihr Haar, bevor er sie zärtlich küßte.

„Ich muß weg, es ist etwas passiert, und ich weiß nicht, wann ich wieder zurück bin. Es wird sicher ein paar Stunden dauern, aber ich würde mich unsäglich freuen, wenn du später noch hier wärst. Bitte bleib hier."

Er gab ihr noch einen kurzen Kuß auf die Stirn, bevor er sich von ihr abwandte und im Hinausgehen nach seiner Jacke griff.

Nachdem Mur Hackenholt angerufen hatte, hatte sie auch Wünnenberg, Stellfeldt und Berger verständigt. Vom ganzen Team war Berger der Erste, der bei ihr eintraf. Er wohnte am nächsten und konnte zu Fuß herlaufen. Hackenholt fand den Eingang zu den Burggärten nur, weil Mur, vorausschauend wie sie war, Berger an der Fußgängerbrücke zum Vestnertor postiert hatte.

Während die beiden Beamten nun durch das dunkle Vestnertor schritten, erzählte ihm Berger das wenige, was er von Mur erfahren hatte. „Es gibt zwei Zeugen, die gesehen haben, wie sich eine dunkel gekleidete Gestalt von dem Mann abgewandt hat und weggerannt ist", informierte Berger den schweigsamen Hauptkommissar.

Als sie bei Mur ankamen, musterte diese ihn aufmerksam, bevor sie ihn wortlos zum Rand der Treppe führte. Auch dieses Mal hatte die Spurensicherung die nächtliche Szene mit Scheinwerfern taghell erleuchtet.

„Auf brauchbare Spuren brauchst du gar nicht erst zu hoffen. Als erstes ist hier das Pärchen, das ihn gefunden hat, mindestens zweimal rauf und runter gelaufen, und dann eine komplette Rettungswagenmannschaft mit Notarzt und Fahrer", teilte sie ihm mit. „Natürlich werden wir trotzdem so gründlich wie möglich arbeiten, aber es würde an ein Wunder grenzen, wenn wir hier noch einen brauchbaren Abdruck bekämen."

Beim Hinabsteigen sah Hackenholt die vielen Glasscherben, die teilweise achtlos zur Seite geschoben worden waren. Außerdem inspizierte er den dünnen Draht, auf den ihn die Kollegin hinwies. Nun, hier unten konnte er sich ein klares Bild vom Ablauf machen. Degel mußte die Stufen hinuntergegangen und über den Draht gestolpert sein. Ein Sturz war daraufhin unausweichlich gewesen. Hackenholt schauderte.

Mur bestätigte seine Gedanken. „Er hatte keine Chance. Bei der Dunkelheit konnte man den Draht nicht erkennen, und die Glasscherben liegen sicher nicht durch Zufall hier, das müssen mindestens zwanzig Flaschen gewesen sein, eher noch mehr."

Sie führte Hackenholt zu der Stelle weiter, an der die zerborstene Weinflasche lag. „Die hat der Täter wohl bei der Flucht fallen gelassen oder weggeworfen. Das Pärchen hat uns bestätigt, gehört zu haben, wie sie auf dem Boden zerbrochen ist."

„Was haben sie sonst noch gesehen?" wollte Hackenholt wissen.

„Ich weiß es nicht, ich dachte, daß ihr mit ihnen sprechen wollt. Sie warten oben, im zweiten Garten."

Hackenholt nickte. Gemeinsam gingen sie zur Treppe zurück. Berger, der ihnen die ganz Zeit gefolgt war und schweigend zugehört hatte, fragte schüchtern: „Wenn ich das richtig verstanden habe, ist das Pärchen von oben gekommen und der Täter weiter in den darunterliegenden Garten geflüchtet."

Mur nickte zustimmend.

„Aber wie ist er dann von dort rausgekommen?" erkundigte er sich verwundert.

Auch Hackenholt sah Mur gespannt an.

„Es gibt eine kleine, versteckte Pforte in der Burgmauer. Ich habe sie nur gefunden, weil ich mir sicher war, daß sich der Täter hier sehr gut auskannte und ganz sicher nicht in eine Sackgasse geflüchtet wäre."

In diesem Moment rief einer von Murs Mitarbeitern nach ihr. Sie überließ Hackenholt und Berger ihren eigenen Gedanken.

Von oben konnten sie Stellfeldts Stimme hören, ihn jedoch nicht sehen. Hackenholt bemerkte, wie gut der Platz gewählt war. Das Pärchen konnte den Täter erst im allerletzten Moment gesehen haben, als es schon fast am Ende der Treppe angekommen war, der Täter aber war schon lange zuvor von ihren Schritten gewarnt worden.

Hackenholt bat Berger, einen Moment zu warten und stieg die Treppe hinauf. Oben sagte er Stellfeldt, daß er sich zusammen mit Wünnenberg, sobald dieser einträfe, um das Pärchen kümmern möge, das Degel gefunden hatte. Sie mußten vernommen und ihre Aussagen protokolliert werden. Dann lieh er sich eine starke Taschenlampe und stieg wieder zu Berger hinunter.

Gemeinsam durchschritten die beiden Beamten den Garten, wobei sie den Weg sorgfältig ausleuchteten. Sie verharrten einen Moment an der Stelle, an der die zerborstene Flasche auf dem Schotterweg lag, bevor sie zu der Treppe, die in den nächsten, tieferliegenden Garten führte, weitergingen. Verglichen mit der vorhergehenden war diese Treppe mit nur sieben Stufen wesentlich kürzer. Der Garten, der sich nun vor ihnen erstreckte, war der bislang kleinste. Er bot nicht sonderlich viel Deckung. Sollte das Pärchen dem Täter nachgelaufen sein, hätte es ihn hier sicher einen Moment lang sehen können. Hackenholt setzte nicht allzu viel Hoffnung auf den Gedanken. Sicher hatten die beiden nicht gewagt, in der dunklen Nacht dem Flüchtenden zu folgen, sondern waren, was viel wahrscheinlicher war, bei Degel geblieben. Betrachtete man es realistisch, war es heutzutage sogar schon anerkennenswert, daß sie Degel nicht sich selbst überlassen hatten.

Nun gingen die Beamten im Schein der Taschenlampe die letzte Treppe hinunter und gelangten in den untersten der Burggärten. Dieser war als Kräutergarten mit akkuraten Beeten angelegt.

Hackenholt sah sich um. Auf den ersten Blick konnte er nirgendwo ein Tor entdecken. Da Mur aber bestätigt hatte, daß es hier eines gebe, schritten sie die Büsche entlang der Mauer ab. Schließlich entdeckten sie die von einem Lebensbaum geschützte, unscheinbare Holztür. Die Beamten begutachteten den Boden entlang des Gestrüpps, fanden aber keinerlei Fußabdrücke, da der Boden von heruntergefallenem Laub bedeckt war. Hackenholt wußte nicht, ob Mur die Tür schon auf Fingerabdrücke untersucht hatte und wagte deshalb nicht, die Türklinke zu berühren. So blieb ihnen nichts anderes übrig, als zurückzugehen.

Als sie wieder am Tatort standen, hielt er nach Mur in ihrem weißen Astronautenkittel Ausschau, sah sie aber nirgendwo. Von einem Streifenpolizisten bekam er die Auskunft, Jürgen Degel sei ins Südklinikum gebracht worden. Hackenholt bat den Kollegen, Mur auszurichten, daß er auf alle Fälle später in der Nacht wieder hierher, an den Ort des Geschehens, zurückkehren werde.

Zusammen mit Berger ging er zu den Autos. Dort machten sie einen kurzen Halt und signalisierten Wünnenberg, er möge aus dem VW-Bus, in dem er mit Stellfeldt und dem Pärchen saß, aussteigen.

Hackenholt wollte wissen, ob sie schon etwas Neues erfahren hätten. Wünnenberg schüttelte den Kopf und erklärte, daß sie soeben erst angefangen hätten. Über die Personalien seien sie noch nicht hinausgekommen. Hackenholt bat ihn, mit den beiden jungen Leuten ins Präsidium zu fahren und diese dort ihre Aussage machen zu lassen, solange die Eindrücke noch frisch waren. Danach sollten sie versuchen, etwas über den jeweiligen Aufenthaltsort der Personen herauszufinden, die bei Sieberts Tod als mögliche Täter bislang in Frage kamen.

Hackenholt selbst wollte nun mit Berger ins Südklinikum fahren, um mit dem Arzt über Degels Zustand zu sprechen. Sodann beabsichtigte er, Degels Bruder Günther aufsuchen. Sie vereinbarten, sich anschließend wieder im Präsidium zu treffen.

Hackenholt gab Berger einmal mehr seinen Autoschlüssel und ließ sich nach Langwasser zum Klinikum chauffieren. Die Zeit nutzte der Hauptkommissar, um seine Gedanken zu sortieren und einzelnen Überlegungen nachzuhängen.

Im Südklinikum kannte er sich mittlerweile gut aus, obwohl es ein Gebäudekomplex war, der auf viele Besucher ziemlich verwirrend wirkte. Der übermüdet aussehende Arzt, den sie dort vorfanden, wußte nichts von einem Patienten aus dem Burggarten, aber er war auch durchgehend im OP gewesen. Einer der Pfleger konnte Hackenholt jedoch weiterhelfen.

Die Rettungsleitstelle hatte vor ein oder zwei Stunden einen Patienten angekündigt, dann jedoch nochmals angerufen und den Patienten wieder abgesagt. Warum, wußte er nicht. Zu dem Zeitpunkt sei es bei ihnen in der Aufnahme gerade mal wieder rund gegangen. Der Pfleger war sogar so freundlich, bei der Rettungsleitstelle anzurufen und sich mit dem dortigen Mitarbeiter am Funktisch Nürnberg verbinden zu lassen. Dann reichte er Hackenholt den Hörer.

Der Rotkreuzmitarbeiter teilte Hackenholt mit, daß der Patient auf dem Weg in die Klinik verstorben sei. Zeitpunkt des Todes: 23.26 Uhr. Auf seine Nachfrage hin erfuhr Hackenholt, daß der Verstorbene vom Personal des Rettungswagens direkt in die Leichenhalle am Westfriedhof gebracht worden sei. Ferner erhielt er den Namen des Notarztes und dessen Rufnummer.

„Der Rettungswagen, den ich zum Unfall geschickt hatte, war von den Johannitern“, erläuterte ihm der Funker. „Wenn Sie mit den Sanis sprechen wollen, dann bleiben Sie noch einen Moment im Krankenhaus. Sie bringen gerade eine Patientin in die Aufnahme und müßten ungefähr in fünf Minuten dort sein.“

„Das wäre prima“, sagte Hackenholt dankbar.

„Bleiben Sie kurz dran.“

Im Hintergrund konnte Hackenholt den Mann ein Fahrzeug rufen hören und eine verzerrte Stimme, die antwortete. Nach dem Wortwechsel meldete sich der Mann wieder am Telefon. „Ich habe der Besatzung Bescheid gegeben, der Fahrer heißt Gerd Lenzer, sie sollten jetzt gerade bei Ihnen vor der Tür ankommen.“

Hackenholt bedankte sich für die unkomplizierte Hilfe und beendete das Gespräch.

Als er aus dem Stationszimmer trat, sah er einen großen Rettungswagen vor der automatischen Schiebetür einparken. Er trat aus dem Weg und ließ die Sanitäter die Patientin in die Aufnahme bringen, wo sie mit einer Schwester und einem Pfleger sprachen. Hackenholt und Berger gingen in der Zwischenzeit hinaus und stellten sich neben den Rettungswagen. Sie mußten nicht lange auf die Rückkehr der Besatzung warten. Der Fahrer wandte sich direkt an die zwei Beamten.

„Sind Sie von der Kripo? Die Leitstelle sagte, daß Sie mit uns sprechen wollen."

Hackenholt stellte sich und Berger vor und zeigte seinen Ausweis. „Wir hörten, daß Sie heute nacht einen Einsatz im Burggarten hatten."

Der Sanitäter nickte. „Ja, wir waren bei dem Unfall."

„Wir untersuchen diesen Vorfall", erklärte ihm Hackenholt. „Als Sie bei dem Mann eintrafen, war er da ansprechbar?"

„Nein", sagte der Fahrer, „er war bewußtlos."

„Hat der Mann während des Transportes noch irgend etwas zu Ihnen gesagt? War er überhaupt noch einmal bei Bewußtsein?"

Diesmal war es die kleine junge Sanitäterin mit Igelfrisur, die Hackenholt antwortete. „Nein, er war die ganze Zeit bewußtlos. Nachdem wir ihn ins Auto geladen hatten, haben wir die Kopfwunde etwas genauer untersucht. Sie sah ziemlich schlimm aus. Außerdem blutete er überall und hatte viele Schnittwunden. Seine Atmung ging nur unregelmäßig. Der Notarzt mußte ihn intubieren und an das Beatmungsgerät anschließen, und dann sind wir auch schon losgefahren, weil wir keine Zeit verlieren wollten. Der Mann hatte ungleich erweiterte Pupillen, die kaum auf Licht reagierten. Wir sind nur wenige Meter weit gekommen, dann hat sein Puls ausgesetzt. Wir haben sofort wieder angehalten und ihn reanimiert, aber es wurde nichts mehr, obwohl wir es fast eine Viertelstunde lang versucht haben."

Hackenholt nickte. „Ist Ihnen irgend etwas Ungewöhnliches aufgefallen, als Sie im Burggarten waren? Bitte denken Sie genau nach. War da vielleicht noch jemand außer Ihnen, ist Ihnen jemand begegnet, oder lag etwas herum?" Hackenholt stellte diese Fragen, ohne viel Hoffnung darauf zu verschwenden, daß die Sanitäter etwas bemerkt haben könnten.

Erwartungsgemäß schüttelten auch alle drei den Kopf.

„Hatte der Mann etwas bei sich? Eine Tasche vielleicht?"

„Nein, eine Tasche hatte er nicht, aber wir haben in der Gesäßtasche seinen Geldbeutel gefunden. Ich habe seine Personalien vom Ausweis abgeschrieben. Das Portemonnaie haben wir natürlich zusammen mit dem Mann in der Leichenhalle abgegeben", fügte die Frau schnell hinzu, um gar nicht erst einen falschen Verdacht aufkommen zu lassen.

Als nächstes bat Hackenholt Berger, in die Stadt zurückzufahren. Er ärgerte sich über die sinnlos verschwendete Zeit. Irgend jemand hatte vergessen, ihn davon zu unterrichten, daß Degel in die Leichenhalle gebracht worden war. So etwas durfte einfach nicht passieren. Wenigstens hatte er mit den Sanis gesprochen.

Er zog sein Handy aus der Tasche und wählte die Nummer des Notarztes, die ihm der Mann von der Rettungsleitstelle genannt hatte. Der Arzt meldete sich prompt, sagte aber im selben Atemzug, daß er gerade zu einem Einsatz gerufen worden sei und jetzt nicht sprechen könne. Er sicherte Hackenholt zu, ihn baldmöglichst zurückzurufen.

Schweigend fuhren sie zum Westfriedhof. Hackenholt war immer noch verärgert über das Informationsdefizit, das ihn heute getroffen hatte.

Vor dem kleinen, unscheinbaren Seiteneingang des Krematoriums brannte immer die ganze Nacht über Licht.

Sie mußten einige Minuten warten, bis sie schlurfende Schritte vernahmen und die Tür aufgesperrt wurde. Ein alter Mann ließ sie ein und führte sie, nachdem sie sich ausgewiesen hatten, in einen großen Kühlraum. Hier wurden die Leichen nicht einzeln in Kühlfächern aufbewahrt, vielmehr waren alle Verstorbenen in einem einzigen großen Kühlraum untergebracht.

Es war ein seltsamer Ort und ein noch seltsamerer Arbeitsplatz. Hakkenholt hätte um nichts in der Welt mit dem Leichenwärter tauschen mögen.

Degels Leiche lag, unter einem Tuch verhüllt, ein wenig abseits in einer Ecke. Der Leichenwärter schob die Bahre weiter in die Mitte des Raumes, wo das Licht besser war. Man merkte dem alten Mann an, daß er hier schon lange arbeitete.

Jürgen Degel war bereits entkleidet. Sein ganzer Körper war voller Schnittwunden. Am schlimmsten hatte es das Gesicht und die Hände getroffen, aber auch sein Oberkörper wies zahlreiche Schnitte auf. Die Beine hatten weniger abbekommen, die Arme waren fast unversehrt geblieben. Hackenholt führte das darauf zurück, daß Degel eine Jacke angehabt hatte. Auch die Hose hatte wohl einige Splitter abgehalten. Hackenholt ging um die Bahre herum und besah sich Degels Kopf von der anderen Seite. Unter den Haaren konnte er eine Wunde erkennen.

Wie auf ein Stichwort hin fragte der Leichenwärter: „Hat Sie Dr. Puellen schon verständigt? Er hat die Obduktion auf neun Uhr terminiert."

Berger schrieb die Uhrzeit in sein Notizbuch. Hackenholt war erfreut zu hören, daß Puellen dieses Wochenende Bereitschaftsdienst hatte, wenngleich er die frühe Uhrzeit weniger erbaulich fand.

„Was haben Sie mit seinen Kleidern gemacht?" fragte Hackenholt als nächstes. Sicher würde das Labor keine Freude mehr daran haben, da zu viele Leute mit ihr in Berührung gekommen waren, aber Routine war eben Routine.

„Die sind draußen." Der Mann wies mit dem Kinn in Richtung Tür.

Hackenholt wandte sich von der Leiche ab und bedeutete dem Mann, daß er die Leiche wieder bedecken könne. Mit einer geübten Bewegung wirbelte der Mann das Tuch durch die Luft, so daß es genau mittig auf dem leblosen Körper zum liegen kam. Sie verließen den Kühlraum, und der Wärter zog die Tür zu.

„Das ist alles, was er bei sich hatte", sagte der Mann, während er aus einem Regalfach eine geschlossene Papiertüte und einen durchsichtigen Plastikbeutel nahm und eine Quittung ausschrieb, die Hackenholt unterzeichnen mußte. Degel schien nichts Überraschendes bei sich gehabt zu haben. In dem Plastikbeutel waren nur eine Uhr und seine Brieftasche. Letztere wollte sich Hackenholt auf dem Präsidium genauer ansehen.

Als nächstes fuhren sie zu Günther Degels Adresse. Die Wohnung im Erdgeschoß lag im Dunkeln. Hackenholt zögerte einen Moment an der Haustür, da er an die kleinen Kinder dachte, die er nicht mitten in der Nacht durch sein Klingeln aus dem Schlaf reißen wollte. Er entschied sich, es zunächst per Telefon zu versuchen.

Er tippte Degels Nummer in sein Handy. Es läutete endlose Male, aber niemand ging dran. Hackenholt legte auf und betätigte mehrfach die Türklingel. Jetzt konnte er es auch nicht ändern.

Irgendwann rührte sich etwas in der Wohnung, ein Licht ging an. Hakkenholt klingelte von neuem, bis unwirsch die Haustür aufgerissen wurde.

Günther Degel stand vor ihnen. Bekleidet war er nur mit einer Unterhose und einem T-Shirt. Als er die Polizisten sah, begann er zu schimpfen. „Das hätte ich mir auch denken können, daß Sie das sind. Und ich habe noch überlegt, ob Jürgen mal wieder den Schlüssel verlegt hat. Aber nein, so würde sich nicht mal der mitten in der Nacht aufführen. Was wollen Sie?"

„Lassen Sie uns zuerst einmal hineingehen, Herr Degel", sagte Hakkenholt. „Hier draußen an der Tür holen Sie sich nur eine Erkältung."

Degel wandte sich unwirsch um. Dabei wäre er fast ins Straucheln gekommen, so daß Hackenholt ihn schnell am Arm faßte. Der Atem des Mannes roch nach Alkohol, aber wie betrunken er war, wurde Hackenholt erst jetzt klar. Degel riß sich los und ging bemüht aufrecht und bedacht die Treppen hinauf, wie es nur Betrunkene tun, die beweisen wollen, daß sie vollkommen nüchtern sind.

Sie gingen ins Wohnzimmer.

„Sind Ihre Frau und die Kinder hier?“ fragte Hackenholt.

Degel schüttelte den Kopf, gab aber keine Erklärung dazu ab.

„Vielleicht sollten Sie sich erst einmal einen starken Kaffee kochen, Herr Degel, und vor allem etwas überziehen“, schlug Hackenholt vor. „Wir müssen ein paar sehr ernste Dinge mit Ihnen besprechen.“

Degel machte eine wegwerfende Handbewegung. „Kommen Sie einfach zur Sache. Wenn Sie mit Jürgen sprechen wollen, haben Sie Pech, der ist nämlich noch nicht hier.“

„Ziehen Sie sich etwas an“, sagte Hackenholt bestimmt. Er hatte nicht vor, mit dem halbnackten Mann auf dem Sofa zu diskutieren. Murrend erhob sich Degel und kam kurz darauf mit einer alten Jeans und einem nachlässig übergezogenen Hemd zurück, welches er nicht in die Hose gesteckt hatte.

„Herr Degel, ich habe sehr schlechte Nachrichten für Sie. Heute nacht ist etwas passiert“, begann Hackenholt, nachdem sich Degel wieder gesetzt hatte, und machte eine kleine Pause, um die Bedeutung des Gesagten bis zu Degels umnebeltem Gehirn vordringen zu lassen. „Heute nacht ist ein Mordanschlag auf Ihren Bruder verübt worden. Als er aufgefunden wurde, war er schon nicht mehr bei Bewußtsein. Er wurde noch vor Ort vom Notarzt versorgt, ist aber auf dem Weg ins Krankenhaus verstorben. Es tut mir sehr leid.“

Als Hackenholt verstummte, war im Zimmer nur noch das Ticken einer Uhr zu vernehmen, das von Minute zu Minute lauter zu werden schien.

Degel hatte dem Beamten mit wachsendem Entsetzen zugehört und, als dieser geendet hatte, die Augen geschlossen und den Kopf gegen die Sofalehne sinken lassen. Nun konnten die Polizisten sehen, wie Tränen unter Günther Degels Wimpern hervordrangen und lautlos über sein Gesicht rannen. Der Mann schien sie nicht einmal zu bemerken. Seine Hände lagen schlaff auf seinen Oberschenkeln.

Hackenholt ließ ihm Zeit, bevor er ein auf dem Tisch liegendes Päckchen Taschentücher nahm und es Degel in die Hände legte. Berger war in die Küche gegangen und hatte Kaffee gekocht. Nun stellte er eine Tasse vor dem Mann auf den Tisch.

Degel zitterte am ganzen Körper. Als er die Tasse mit seinen Händen umschloß, schien er deren Hitze nicht zu bemerken. Er trank nicht, sondern hielt sich nur an der Tasse fest. Seine Tränen waren zwar für den Moment versiegt, aber er war weit davon entfernt, einen gefaßten Eindruck zu machen. Sein Blick stierte ins Leere.

„Wo ist Ihre Frau, Herr Degel?“ fragte Hackenholt behutsam nach.

Wie aus einem Traum gerissen, sah ihn der Mann unschlüssig an.

Hackenholt wiederholte seine Frage.

„Sie ist nicht hier“, war die einzige Antwort, die er ihm abringen konnte.

„Herr Degel, es wäre besser, wenn Sie jetzt nicht allein blieben. Wo ist denn ihre Frau hingegangen? Können wir sie nicht verständigen?“

„Nein“, gab Degel barsch zurück. „Sie ist bei einer Freundin, und dort kann sie von mir aus auch bleiben.“

Hackenholt merkte, daß es zwischen den Eheleuten wohl einen Streit gegeben hatte und fragte für den Moment nicht weiter nach; das würden sie später klären.

„Was hat Ihr Bruder heute nacht gemacht?“

„Das weiß ich nicht.“

„Hat er nicht gesagt, wo er hingehen wollte?“

„Mir hat er zumindest nichts gesagt.“ Degel wurde äußerst abweisend.

„Wann haben Sie Ihren Bruder heute zum letzten Mal gesehen?“ drängte Hackenholt das Gespräch weiter.

„Heute abend, so um 22 Uhr“, lautete die knappe Antwort.

„Was haben Sie und Ihr Bruder da gemacht?“ bohrte Hackenholt nach.

„Wir waren mit Freunden etwas trinken.“

„Wo und mit wem war das?“ fragte Hackenholt äußerlich gelassen weiter, obwohl er innerlich langsam zu kochen begann. Er glaubte nicht, daß es der erlittene Schock war, der Degel so einsilbig hatte werden lassen.

„Wir waren im Raubritter, es waren ein paar Freunde vom Stammtisch mit dabei. Wir haben auf Peter getrunken.“

Bevor Hackenholt nachfragen konnte, wo die Wirtschaft sei, mischte sich Berger geschickt in das Gespräch ein, indem er an Degel gewandt fragte: „Der Raubritter ist doch eine Kellerkneipe in den Gäßchen unterhalb der Burg, beim Dürer-Platz, oder?“

Degel brummte einen Laut, den man als Zustimmung auslegen konnte. In Hackenholts Hirn arbeitete es. Wenn sie so nahe an der Burg gezecht hatten, konnte Jürgen Degel sehr gut auch selbst ein Treffen im Burggarten vorgeschlagen haben.

„Wer hat denn vorgeschlagen, in den Raubritter zu gehen?“ fragte er daher.

„Weiß ich nicht“, antwortete Günther Degel achselzuckend.

„Überlegen Sie, Herr Degel“, ließ Hackenholt nicht locker. „Denken Sie nach, wann Sie das Treffen vereinbart haben, dann fällt Ihnen sicher auch ein, wer es vorgeschlagen hat. Von wem wurden Sie dazu eingeladen?“

Degel zuckte wieder mit den Schultern. „Das war mein Bruder“, meinte er schließlich.

„Wann hat er das vorgeschlagen?“

„Nach der Beerdigung heute morgen. Er hat alle, die da waren, zu einem kleinen Umtrunk eingeladen.“

„Hat er den Ort vorgeschlagen, oder hat das jemand anderes gemacht?“

„Nein, das war er.“

„Wie ging es dann heute abend weiter?“

„Wie meinen Sie das?“

„Wer ist alles gekommen?“

„Fast alle, die auch auf der Beerdigung waren, nur zwei konnten nicht, weil sie Nachtschicht haben.“

Widerwillig nannte Degel die Namen der anderen neun Männer. Berger notierte sie sorgfältig.

„Sie waren also alle in der Kneipe. Wie ging es dann weiter?“ griff Hackenholt das ursprüngliche Thema wieder auf.

„Das weiß ich nicht mehr, wir haben eben einiges getrunken und alte Geschichten erzählt.“

„Sind Sie alle gemeinsam um 22 Uhr gegangen, oder ist Ihr Bruder allein fort?“

„Wir waren alle noch da, wir kamen ja gerade erst so richtig in Fahrt, als Jürgen plötzlich aufstand und sagte, daß er noch einmal weg müsse. Aber hören Sie“, fügte Degel nach einer winzigen Pause an, „ich möchte jetzt allein sein.“

„Ja, das kann ich gut verstehen, wir sind auch gleich fertig“, beschwichtigte Hackenholt, der von Degel noch einige Fragen beantwortet haben wollte. „Hat Ihr Bruder gesagt, wohin er wollte oder mit wem er sich treffen werde?“

„Nein, das hat er nicht“, sagte Degel unwirsch und stand auf, um den Beamten unmißverständlich klarzumachen, daß er nicht mehr länger bereit war, das Gespräch fortzusetzen.

Hackenholt blieb jedoch ungerührt sitzen. „Wie lange sind Sie danach noch geblieben?“

„Wir sind gegen Mitternacht aufgebrochen.“

„Alle zusammen?“

„Ja.“

„Es ist niemand aus Ihrer Gruppe früher gegangen?“

„Nein.“

„Haben Sie nicht erwartet, daß Ihr Bruder wieder zurückkommt? Ich meine, schließlich hat er doch zu dem Treffen geladen.“

„Ich dachte schon, daß er wiederkommt“, gab Degel zu. „Aber ich wußte ja nicht, wohin er wollte.“

Nun erhob sich auch Hackenholt. „Herr Degel, in welchem Zimmer hat Ihr Bruder hier bei Ihnen gewohnt?“

Degel sah ihn verständnislos an.

„Irgendwo muß er doch geschlafen und seine persönlichen Sachen aufbewahrt haben“, erläuterte Hackenholt seine Frage.

Degel drehte sich wortlos um und ging zu einem Zimmer, welches anscheinend als Gästezimmer fungierte.

Der Raum war klaustrophobisch klein und spärlich eingerichtet. Es gab nur ein schmales Bett, ein altes Nachtkästchen und einen Schrank, der auch schon bessere Zeiten gesehen hatte. Das Bett war mit einer Blümchenbettwäsche überzogen.

Hackenholt holte aus seiner Jackentasche zwei Paar Latexhandschuhe und gab eines davon Berger. An Degel gewandt sagte er: „Wir müssen das Zimmer nach eventuellen Hinweisen durchsuchen. Bitte warten Sie im Wohnzimmer auf uns.“

Degel protestierte und versuchte, sich an Berger vorbei ins Zimmer zu drängen. Dieser ließ ihn jedoch nicht passieren.

„Herr Degel, bitte sehen Sie doch ein, daß das notwendig ist. Wir müssen nachsehen, ob Ihr Bruder irgendwelche Hinweise darauf hinterlassen hat, mit wem er sich treffen wollte.“

Der Mann blieb uneinsichtig.

„Es ist doch in Ihrem eigenen Interesse, daß wir den Täter fassen", versuchte ihn Berger zu beschwichtigen.

Degel drehte sich abrupt um und verschwand in Richtung Küche, wo man Flaschen klirren hörte.

Obwohl sie alles sorgfältig überprüften, Berger dabei sogar unter das Bett krabbelte und den Schrank ein Stück verrückte, waren sie in weniger als einer Viertelstunde mit dem Zimmer fertig. Es gab nichts, was für sie von Interesse gewesen wäre.

Der Nachttisch war leer, im Bett lag nur ein gefalteter Pyjama. Hakkenholt sah im Schrank die Kleider des Toten durch, die noch auf Bügeln hingen, fand in deren Taschen aber nichts. Das meiste hatte Degel schon in seine Reisetasche gepackt, die im Schrank auf dem Boden stand.

Hackenholt packte sie nicht aus, sondern beschloß, sie mit auf die Dienststelle zu nehmen, um sie dort in Ruhe durchsuchen zu lassen.

Als sie ins Wohnzimmer zurückkehrten, saß Günther Degel auf dem Sofa. Seine Hand umschloß eine fast leere Bierflasche. Auf dem Tisch neben dem nicht angerührten Kaffee stand eine weitere, bereits geleerte.

Hackenholt fühlte sich zutiefst von dem Mann abgestoßen. In sachlichem Ton erklärte er ihm, daß sie die Reisetasche seines Bruders mitnehmen müßten und übergab ihm ein ausgefülltes Sicherstellungs- und Durchsuchungsformular.

„Außerdem kommen Sie bitte später um 14 Uhr zu uns ins Präsidium, wir müssen weitere Fragen klären." Vorsichtshalber zog er noch eine seiner Visitenkarten aus der Tasche und schrieb die Uhrzeit auf die Rückseite, da er nicht sicher war, wie weit er sich auf Degels Erinnerungsvermögen verlassen konnte, wenn dieser auf die Idee kommen sollte, noch weiter zu trinken. Er legte beides neben die Kaffeetasse auf den Tisch, bevor er und Berger sich von dem zunehmend betrunkener werdenden Mann verabschiedeten und die Wohnung verließen.

Im Auto verstauten sie Degels Reisetasche im Kofferraum neben der Papiertüte und dem Beutel, die sie in der Leichenhalle eingepackt hatten.

Berger fuhr sie schweigend zum Präsidium zurück. Dort angekommen, bat Hackenholt ihn, sich darum zu kümmern, daß die Tüte mit Degels Kleidung schnellstmöglich zur weiteren Untersuchung nach München ins LKA gebracht wurde. Er selbst ging direkt in sein Büro. Als er an seinen Schreibtisch trat, lag darauf ein hübsch geschriebener Notizzettel mit der Information, daß der im Burggraben Gestürzte auf dem Weg ins Krankenhaus verstorben sei und sich nun in der Leichenhalle des Westfriedhofes befinde.

Hackenholt knüllte den Zettel zusammen und warf ihn in den Papierkorb. Seine ganze Wut kochte wieder hoch. Die Wut über die verschwendete Zeit im Krankenhaus, und die Wut, die er über Günther Degels Verhalten empfand.

Dem Mann mußte doch klar sein, daß er jetzt die Karten auf den Tisch legen und ihnen alles erzählen mußte, was er wußte. Oder sollte er etwa auch in der Sache mit drinstecken und das nächste Opfer werden? Hakkenholt wagte den Gedanken nicht zu Ende zu führen. Es war schon schlimm genug, zwei Tote zu haben. Einen dritten durfte es nicht geben.

Als Berger zu ihm ins Zimmer trat, konnte er berichten, daß Wünnenberg und Stellfeldt auch eben zurückgekommen seien. Hackenholt blickte nur kurz auf. Er hatte begonnen, Degels Geldbeutel genauer durchzusehen. Er entnahm systematisch alles, was sich darin befand, bis er sich sicher war, nirgendwo ein Fach übersehen zu haben. Berger setzte sich ihm gegenüber an Wünnenbergs Schreibtisch und listete alles, was sich in dem Beutel befand, in seinem Notizheft auf. Obwohl die Liste immer länger wurde, enthielt die Börse doch nichts Außergewöhnliches. Ein Zettel, der auf einen Termin im Burggraben hinwies, kam nicht zum Vorschein.

Hackenholt war gerade fertig, als sein Handy klingelte. Es war der Notarzt, der sich dafür entschuldigte, erst jetzt zurückzurufen. Hackenholt stellte ihm im Grunde die gleichen Fragen wie den Sanitätern und bekam dieselben Antworten: Der Verstorbene sei bewußtlos gewesen, als er bei ihm eingetroffen sei, und habe das Bewußtsein in der kurzen Zeit, die er noch gelebt hatte, nicht mehr zurückerlangt. Auch dem Notarzt war in den Gärten nichts Ungewöhnliches aufgefallen.

Hackenholt ging in den Besprechungsraum. Während er auf die Kollegen wartete, begann er, die Aussage des jungen Pärchens zu lesen. Die Befragung war sehr gründlich geführt worden. Er sah das Protokoll zweimal aufmerksam durch, dann stießen die Kollegen zu ihm.

Hackenholt faßte kurz zusammen, wie er unnötig ins Südklinikum gefahren sei, nur um feststellen zu müssen, daß Degel niemals dort eingetroffen war. Er erzählte von seinen Gesprächen mit den Sanitätern und dem Notarzt und fuhr dann mit dem Bericht über den Besuch in der Leichenhalle fort. Er schloß damit, daß die Obduktion für Sonntagmorgen 9 Uhr angesetzt sei.

Stellfeldt fragte Berger, ob er mit ihm der Obduktion beiwohnen wolle. Berger sagte sofort zu.

Dann gab Hackenholt das Wort an Berger weiter, den er bat, das Gespräch mit Günther Degel zu schildern. Als dieser geendet hatte, saß Stellfeldt kopfschüttelnd da.

„Man sollte es nicht glauben, daß der sich auch jetzt noch so verhält, obwohl sein Bruder umgebracht wurde. Was muß denn noch alles passieren, bis er uns etwas erzählt. Ich bin dafür, daß wir ihn uns morgen gründlich vorknöpfen."

Hackenholt stimmte dem zu. „Außerdem müssen wir mit allen Männern sprechen, die bei dem Umtrunk dabei waren. Es muß irgendeine Verbindung zwischen den beiden Toten bestehen, die wir in ihren Ausmaßen noch nicht erkannt haben."

Dann unterrichtete Stellfeldt sie von den Ergebnissen ihrer nächtlichen Tour. „Nachdem wir das Protokoll mit dem Pärchen hier auf der Wache fertig hatten, sind wir losgefahren und haben mit der Überprüfung begonnen. Als erstes sind wir bei Frau Damps' Schwester vorbeigefahren, aber obwohl wir Sturm geklingelt und geklopft haben, hat niemand geöffnet. Es brannte auch nirgendwo im Haus Licht. Zur Sicherheit sind wir dann direkt zu Frau Damps' Wohnung gefahren und haben es dort probiert, aber auch da hat niemand geöffnet."

„Gerade bei ihr ist es schade, daß wir sie nicht erreichen konnten", meinte Wünnenberg nachdenklich. „Vor allem würde die Personenbeschreibung gut auf sie passen."

Auf Bergers fragenden Blick erklärte er ihm kurz, das Pärchen habe ausgesagt, daß es eine schlanke, große Frau habe davonrennen sehen. Außerdem solle die Frau lange dunkle Haare gehabt und einen weiten Mantel getragen haben.

„Ich denke, mit dieser Beschreibung müssen wir sehr vorsichtig sein", sagte Hackenholt entschieden. „Es war dunkel. Wie wollen sie da erkannt haben, daß die Frau sehr schlank war, wenn sie doch einen weiten Mantel getragen haben soll? Auch die Größe ist relativ: in der Nacht sehen manche Schatten riesig aus, die in Wirklichkeit nicht so groß sind, und wenn sie nicht gerade Wasserstoff gebleichte Haare hatte, wirken nachts die meisten Haarfarben dunkel. Also können wir nicht aufgrund der Beschreibung davon ausgehen, daß die gesuchte Person irgendeine Ähnlichkeit mit Frau Damps hat", stellte er klar. „Aber wir werden sie natürlich dennoch morgen überprüfen."

Er machte sich eine Notiz auf seinem Block.

„Danach sind wir in der Meuschelstraße vorbeigefahren“, fuhr Stellfeldt fort. „Dort war alles dunkel, bis auf eine Wohnung im Dach. Frau Jakobi hat uns schließlich aufgemacht, nachdem wir sie überzeugen konnten, keine Verrückten zu sein, die sich einen nächtlichen Scherz erlauben. Das Erstaunliche daran war, daß sie selbst zur Haustür herunterkam und diese aufgesperrt hat.“

„Ich dachte, sie schließen die Haustür nachts nie ab“, sagte Berger.

„Genau das hat uns auch irritiert“, nickte Stellfeldt. „Frau Jakobi erklärte uns, daß nur sie und Frau Rauch im Haus seien, und da sie oben nichts mitbekämen, was um sie herum im Haus passiere, hätten sie beschlossen, an diesem Abend die Tür abzuschließen.“

Das klang in Hackenholts Ohren einleuchtend.

„Leider wußte sie nicht so genau, wo alle anderen Hausbewohner waren. Von den Schwartz‘ konnte sie uns sagen, daß alle fünf zum Geburtstag irgendeines Onkels gefahren seien. Frau Teck soll mit Frau von Liebscher übers Wochenende zu einer Tagung weggefahren sein, und von Frau Rhom konnte sie uns nur sagen, daß sie mehrfach versucht habe, mit ihr zu sprechen, sie diese aber den ganzen Abend nicht erreichen konnte und deswegen annehme, daß auch sie weg sei“, erklärte Stellfeldt.

Hackenholt fixierte während dieser Schilderung seinen Notizblock. Ihm wurde bewußt, daß er nun wohl vor versammelter Mannschaft würde sagen müssen, daß er ganz genau wußte, wo sich Sophie zum Tatzeitpunkt befunden hatte.

Nachdem Stellfeldt Sophies Namen erwähnt hatte, fiel es Hackenholt enorm schwer, sich auf das Gespräch zu konzentrieren und seine Gedanken nicht abschweifen zu lassen. Bisher war das kein Problem gewesen, da hatten ihm die Geschehnisse um ihn herum ständig seine ganze Aufmerksamkeit abverlangt.

Er bemerkte, daß Stellfeldt in der Zwischenzeit mit seinem Bericht fortgefahren war. „Frau Jakobi sagte, sie habe den Abend mit der Nachbarin, Frau Rauch, verbracht und sei erst gegen halb zwölf aus deren Wohnung wieder zu sich hinübergegangen. Frau Rauch hat uns das bestätigt. Allerdings haben wir sie aus dem Schlaf geklingelt, und sie machte auf mich den Eindruck, als ob sie uns alles bestätigen würde, nur um wieder ins Bett zu kommen.

Wir haben dann noch an Frau Tecks Tür geläutet, aber wie erwartet hat niemand geöffnet. Bei Frau Rhom haben wir es gar nicht erst probiert, weil sie ja als Täterin für Sieberts Ermordung laut Frau Möllenhäußer nicht in Frage kommt. Außerdem trifft die Beschreibung groß, sehr schlank und lange dunkle Haare nun wirklich nicht auf sie zu."

„Für lange Haare kann man mit einer Perücke sorgen. Außerdem hat Frank vorhin selbst gesagt, daß wir nicht zu viel auf die Beschreibung geben sollten. Ich denke, wir sollten die Rhom morgen auf alle Fälle überprüfen und nach ihrem Aufenthaltsort befragen. Es ist ja auch noch nicht nachgewiesen, daß es sich um dieselbe Täterin handelt", nahm Wünnenberg seine Fehde gegen Sophie wieder auf.

Hackenholt, der nach Stellfeldts Ausführungen schon geglaubt hatte, sich vor seiner Enthüllung drücken zu können, seufzte resigniert.

„Du kannst Frau Rhom auch für die Tat heute nacht von deiner Verdächtigenliste streichen", sagte er ergeben. „Sie war den ganzen Abend bei mir, seit heute nachmittag bis zu dem Zeitpunkt, als ich alarmiert wurde. Sie war keine fünf Minuten allein und hatte nicht die geringste Chance, schnell heimlich zu verschwinden, die Tat zu begehen und anschließend wieder zurückzukommen und so zu tun, als ob sie nicht weg gewesen wäre. Glaub mir, ich hätte es bemerkt."

Hackenholt spürte, wie ihn Wünnenberg ungläubig anstarrte, und fixierte einen kleinen Kaffeefleck in der Mitte des Tisches.

„Dann ist das zumindest einwandfrei geklärt", sagte Stellfeldt betont munter, um die peinliche Stille, die auf Hackenholts Worte folgte, nicht noch länger werden zu lassen. Er nahm seinen Bericht wieder auf und tat so, als wäre er dabei nie unterbrochen worden.

„Zum Schluß waren wir bei Sieberts Schwester. Herr Runge hat uns im Bademantel geöffnet. Er schwor, mit seiner Frau den ganzen Abend zu Hause gewesen zu sein. Allerdings haben sie auch dieses Mal keine Zeugen. Wir werden also wieder mit den Nachbarn sprechen müssen."

Auch hierzu machte sich Hackenholt eine Notiz auf seinem Block.

Für heute nacht war im Grunde alles gesagt.

Als Hackenholt in die Runde blicke, sah er in müde und grau wirkende Gesichter. Er beschloß, alle schnellstens ins Bett zu schicken, damit sie morgen wieder mit voller Leistung arbeiten könnten.

Statt vom Präsidium direkt nach Hause zu fahren, fuhr Hackenholt zur Burg zurück.

Er parkte sein Auto an derselben Stelle, an der es zuvor schon gestanden hatte. Langsam ging er über die Vestnertorbrücke. Nur seine eigenen

Schritte waren zu vernehmen; um ihn herum herrschte absolute Stille, obwohl er sich mitten im Herzen Nürnbergs befand.

Er fragte sich, was Jürgen Degel dazu veranlaßt haben könnte, sich in der Nacht an einem zwar zentralen, aber doch so einsamen und abgelegenen Ort mit seiner Mörderin zu treffen. Zumindest dies war durch die Aussage der beiden Zeugen höchst wahrscheinlich geworden: Degel war von einer Frau angegriffen worden. Wenn Hackenholt an seinen ersten Eindruck, den er sich vom Tatort gemacht hatte, zurückdachte, so sprach vieles dafür, daß es dieselbe Person war, die auch Peter Siebert umgebracht hatte.

Er überquerte den Burgvorplatz und stellte sich an die Stelle, an der das Pärchen gestanden und geknutscht haben mußte, als die Frau auf den Platz trat. Zu diesem Zeitpunkt waren die beiden allerdings so mit sich selbst beschäftigt, daß nur der Mann die geheimnisvolle Frau gesehen hatte. Er schenkte ihr jedoch keine weitere Beachtung. Bewußt fiel sie ihm erst auf, als sie durch das alte, verwitterte Tor in die Gärten schlich. Als später dann auch noch ein Mann kam und sich auffällig umsah, bevor er hastig durch das Tor eilte, wurden die beiden neugierig und folgten ihm.

Was sie zu finden hofften, konnten beide in ihrer Aussage nicht genau sagen. Vielleicht suchten sie auch nur ein verschwiegenes Plätzchen, und die anderen zwei hatten sie erst auf die Idee gebracht, es in den Gärten zu probieren.

Kaum hatten sie sich im ersten Terrassengarten umgesehen, hörten sie den Aufschrei des Mannes. Gemeinsam hasteten sie, so schnell es ihnen in der Dunkelheit möglich war, durch den Garten und stiegen die Treppe hinunter. Da die junge Frau wegen der unebenen Beschaffenheit der Stufen und ihres ungeeigneten Schuhwerks jedoch selbst fast gestürzt wäre, brauchten sie eine Weile, bis sie im zweiten Terrassengarten ankamen. Dort war von dem Mann nichts zu sehen. Außer dem Schrei hatten sie auch nichts mehr gehört. Sie wären fast wieder umgekehrt, wenn der Mann nicht sicher gewesen wäre, daß der Ruf aus größerer Entfernung gekommen war.

So arbeiteten sie sich auch die zweite Treppe hinunter, was schwieriger war, da sie voller Glasscherben und teilweise unheimlich rutschig war, und fanden Degels zusammengekrümmte Gestalt an deren Fuß. Sekunden, nachdem sie den Mann sahen, wurden sie auch der anderen Gestalt gewahr, die wegrannte. Dann hörten sie plötzlich eine Flasche zerbrechen, was ihnen aber erst später klar wurde, als sie die Scherben im Mondlicht sahen. In diesem Moment drückten sie sich vor Schreck nur gegen die Treppenbalustrade und hofften, daß man sie nicht sähe.

Nachdem die Frauengestalt verschwunden war, wandten sie sich dem am Boden liegenden Mann zu. Sie konnten trotz des schlechten Lichts sehen, daß er blutete. Da die Frau Krankenschwester war, fühlte sie seinen Puls, stellte seinen flachen Atem fest und rief den Notarzt.

Das erwies sich allerdings als äußerst schwierig, da die beiden aus den neuen Bundesländern kamen und die hiesige Notrufnummer nicht kannten. Deswegen landeten sie zunächst bei der Feuerwehr, die sie zur Polizei weiterleitete, welche sie schließlich mit der Rettungsleitstelle Nürnberg verband. Damit waren die Probleme aber noch nicht zu Ende. Die beiden konnten nur schlecht erklären, wo sie sich befanden. Der Mann blieb während der ganzen Zeit am Telefon, bis schließlich zwei Polizisten sie fanden, die wiederum den Notarzt und Rettungswagen lotsen konnten.

Obwohl die Polizeibeamten und der Notarzt mit ihren Taschenlampen eine notdürftige Beleuchtung schufen, war es doch viel zu dunkel, um Degel vor Ort versorgen zu können. Die Sanitäter mußten ihre Trage holen und den Verletzten zu ihrem Auto schleppen.

Um auf der Treppe überhaupt gehen zu können, schob einer der Sanitäter einen Großteil der Glasscherben mit dem Fuß zur Seite. Einer der beiden Polizisten, der ihm helfen wollte, entdeckte dabei den noch lose auf den Treppen liegenden Draht, welcher an einem Ende noch an dem Baluster hing.

Als dem Beamten schließlich dämmerte, daß der Verletzte die Treppe vielleicht nicht im Suff hinuntergestürzt war, wie sie zunächst angenommen hatten, war es für die Sicherung der Spuren schon viel zu spät. Resigniert versuchte der Polizist, den Schaden zumindest insofern zu begrenzen, als daß er selbst bei dem Pärchen blieb und es befragte, während sein Kollege mit den Sanitätern und dem Notarzt zum Rettungswagen ging. Nachdem ihm die beiden geschildert hatten, was sie beobachten konnten, verständigte der Polizist die Kollegen vom Kriminaldauerdienst und der Spurensicherung.

Eine Viertelstunde später waren zwei junge Kommissare zur Stelle, die allerdings nicht so recht verstanden, was sie mitten in der Nacht an diesem einsamen Ort sollten. Erst Christine Mur, die einmal mehr Bereitschaftsdienst hatte und kurze Zeit später als Erste ihres Teams am Ort des Geschehens eintraf, erfaßte die Situation in ihren Zusammenhängen und rief umgehend Hackenholt an.

Hackenholt wandte seinen Blick vom nächtlichen Nürnberg ab und ging über den Platz zum Eingang der Gärten. Er war selbst nie zuvor hier gewesen, hatte nicht einmal gewußt, daß es diese Gärten gab. Vielleicht sollte er eines der nächsten Wochenenden dazu nutzen, sich die Burg genauer anzusehen. Unter Umständen hätte ja Sophie Spaß daran, ihn zu begleiten. Der Gedanke an sie durchzuckte ihn. Er wäre am liebsten auf der Stelle umgekehrt, um endlich nach Hause zu fahren. Doch er schritt weiter, durchquerte den obersten Garten und ging vorsichtig die Treppe zum zweiten hinunter. Seine Augen, die sich an das nächtliche Dunkel gewöhnt hatten, waren einen Moment lang von Murs Scheinwerfern, die beharrlich die Nacht erhellten, geblendet. Der Generator, der den Strom für die Scheinwerfer produzierte, tuckerte hörbar vor sich hin. Hackenholt war gerade noch rechtzeitig gekommen. Das Spurensicherungsteam packte bereits zusammen.

Mur erblickte ihn und stieg die restlichen Stufen zu ihm hinauf.

„Degel ist tot; er ist auf der Fahrt zum Krankenhaus verstorben“, informierte Hackenholt sie.

Mur nickte nur kurz. Sie schien schon damit gerechnet zu haben. „Ich schau mir das hier später bei Tageslicht noch einmal an, für heute nacht machen wir Schluß.“

„Hast du schon eine Vorstellung, was passiert ist?“ wollte Hackenholt wissen.

„Es muß ganz ähnlich wie bei Siebert abgelaufen sein“, meinte sie nachdenklich. „Nur mit der Variante, daß der Täter diesmal einen Stolperdraht gespannt und sich nicht allein auf die Schmierseife verlassen hat. Und natürlich die Glasscherben, die sind auch neu.“

„Der Täter, der Degel umgebracht hat, war wahrscheinlich eine Frau. Zumindest schwören die beiden, die Degel gefunden haben, Stein und Bein, daß es eine Frau war, die sie haben davonlaufen sehen.

Mur nickte wieder. „Ja, so etwas habe ich auch schon gehört.“

„Kannst du einen Zusammenhang zwischen dem hier und Sieberts Treppenhaus herstellen?“ fragte Hackenholt hoffnungsvoll.

Sie wies mit dem Finger auf den Draht, den gerade einer ihrer Mitarbeiter aufwickelte. „Wie du gesehen hast, war der Draht hier an dieser Seite um den Baluster gewickelt und so festgemacht, daß er am Sandstein Spuren hinterlassen hat. Auf der anderen Seite aber“, nun deutete die Kollegin auf die gegenüberliegende Seite, „sind an dem Baluster keinerlei Spuren des Drahtes zu sehen.“

Hackenholt ging in die Hocke und besah sich den Baluster von nahem. Es war, wie sie gesagt hatte: der kleinen Säule war nichts anzusehen.

„Sie hat den Draht nur an einer Seite festgemacht und ihn auf der anderen Seite selbst gehalten“, erklärte Mur. „Deswegen bin ich mir sicher, daß sie Handschuhe getragen hat, denn wer würde schon einen Draht mit der bloßen Hand halten? Er würde sofort ins Fleisch schneiden.“ Bevor Hakkenholt diesen Gedanken aufgreifen konnte, fuhr Mur schon fort: „Und es gibt, zumindest bei diesem Licht, keinen Hinweis darauf, daß der Draht Spuren von ihr trägt.“

Hackenholts Gesicht nahm wieder einen resignierten Ausdruck an.

„Was ist mit der Tür unten im letzten Garten?“

Mur schüttelte nur den Kopf. „Sie hatte Handschuhe an, da bin ich mir sicher. An der Türklinke war kein einziger brauchbarer Abdruck. Natürlich werden wir jede Glasscherbe untersuchen, aber mach dir da keine großen Hoffnungen.“

„Dann hat sie sich also hier versteckt, während sie auf Degel gewartet hat?“

„Ja, und zwar genau hier hinter der Balustrade.“ Mur wies auf die Stelle neben ihnen. „Dort habe ich an geknickten Ästen und Zweigen auch zwei Spuren sichern können. Zum einen ein paar Stoffasern und zum anderen ein paar Haare. Wenn das LKA eine DNA-Analyse der Haare vornimmt, können sie uns mit Bestimmtheit sagen, ob es sich bei dem Täter um eine Frau oder einen Mann handelt. Vielleicht haben wir ja Glück und es gibt eine Übereinstimmung zwischen den Haaren hier und denen, die wir in Sieberts Treppenhaus gesichert haben.“

„Immerhin etwas“, stellte Hackenholt fest. Als er merkte, wie dünn das klang, fügte er rasch noch hinzu: „Wirklich gute Arbeit, Christine.“

Sie machte eine unbestimmte Handbewegung. „Ich weiß, daß du dir mehr erwartet hast, aber etwas anderes kann ich dir im Moment nicht bieten.“

Plötzlich konnte Hackenholt gar nicht schnell genug von der Stelle wegkommen. Mit eiligen Schritten ging er zu seinem Auto zurück.

Das erste, was er in seiner Wohnung sah, war Sophies Mantel, der nach wie vor ordentlich über dem Kleiderbügel an der Garderobe hing. Obwohl er nichts anderes erwartet hatte, jubelte er innerlich. Schnell schlüpfte er aus seinen Schuhen, lief auf Socken weiter ins Wohnzimmer und warf seine Jacke nachlässig über die Sofalehne. Alles war still in der Wohnung.

Behutsam öffnete er die Schlafzimmertür. Sophie lag zusammengerollt auf der Seite, das Gesicht ihm zugewandt, und schien tief zu schlafen. Ihr Atem ging regelmäßig und langsam. Er ging neben ihr in die Hocke. Vorsichtig streckte er seine Hand aus und strich ihr zwei lange Haarsträhnen aus dem Gesicht. Das Licht, das aus dem Wohnzimmer durch den offenen Türspalt herein drang, beschien einen Teil ihres Gesichts. Sie wirkte völlig entspannt.

Leise erhob sich Hackenholt und ging hinaus. Im Badezimmer zog er sich aus und legte seine Kleider neben den kleinen Berg, den die Ihren bildeten.

Er duschte gründlich. Das hatte er früher auch immer gemacht, wenn er nach Hause gekommen war. So, als ob er seine Privatsphäre nicht mit seinem Berufsleben in Berührung kommen lassen wollte. Als sein Privatleben leer und bedeutungslos wurde und er niemanden mehr vor den negativen Einflüssen seines Berufes schützen konnte, hatte er diese Gewohnheit aufgegeben. Jetzt war ein guter Zeitpunkt, um sie wieder aufzunehmen.

Zurück im Schlafzimmer schlüpfte er so leise wie möglich unter die breite Bettdecke und hoffte, Sophie nicht doch noch aufzuwecken. Noch während er diesem Gedanken nachhing, drehte sie sich zu ihm um. Ihre Augen waren geöffnet.

„Ich wollte dich nicht wecken, schlaf weiter", flüsterte er, bevor er seine Hand nach ihr ausstreckte und ihr Gesicht streichelte. Sie rutschte näher an ihn heran. Hackenholt legte seine Arme um sie und zog sie ganz zu sich, bis sie sich an ihn schmiegte.

Lila – 9

Anfänglich verschafften ihr die Briefe an ihre Schwester, die sie in deren Tagebücher schrieb, Linderung. Allein, es hielt nicht lange an. Inzwischen war es für sie ein innerer Zwang, alles niederzuschreiben, was sie fühlte. Sie empfand es so, als ob ihre Schwester in unbeobachteten Momenten zurückkäme und in dem Buch nachläse, daß sie auch wirklich etwas unternahm, um ihr Genugtuung zu verschaffen.

Ursprünglich wollte sie gleich nach dem nächtlichen Duschen, als sie nach Hause gekommen war, nach oben in ihr Atelier gehen. Dort bewahrte sie auf ihrem großen Arbeitstisch Lilas Tagebücher auf. Aber dann erfaßte sie eine quälende Ungewißheit. Nicht zu wissen, ob sie Jürgen Degel erledigt oder einmal mehr in ihrem Leben versagt hatte, machte sie fertig. Die üblichen Schuldgefühle stellten sich wieder ein, sie fühlte sich als Versagerin, die es nicht einmal geschafft hatte, ihre letzte große Aufgabe zu erfüllen. Rasende Kopfschmerzen befielen sie wieder: so, als hätte sie einen Reifen um den Kopf, der diesen zusammenquetschte. Ein tiefes Unwohlsein und innere Zerschlagenheit verfolgten sie. Übelkeit stieg immer wieder in ihr auf.

Sie grübelte die ganze restliche Nacht darüber nach, was sie falsch gemacht hatte und was sie nun tun sollte. Je mehr Zeit verstrich, desto schlechter fühlte sie sich.

Die quälende Ungewißheit hielt sie die ganze Nacht wach. Zumindest redete sie sich das ein, denn im tiefsten Inneren wußte sie, daß sie sowieso keinen Schlaf finden konnte.

17

Als Hackenholt am Morgen aufwachte, wurde ihm schlagartig bewußt, daß er viel zu lange geschlafen hatte: er müßte schon längst im Büro sein. Auch wenn sie vereinbart hatten, daß Stellfeldt und Berger die Anwesenheit bei der Obduktion übernähmen und er somit ausschlafen durfte, hatte er doch die Zeit nutzen wollen, um ein paar Dinge in die Wege zu leiten und zu überprüfen.

Überhaupt war er nur aufgewacht, weil er beim Umdrehen an Sophies Körper gestoßen war. Sie lag noch genauso neben ihm, wie sie in der Nacht eingeschlafen war, nachdem sie sich von ihm gelöst hatte. Bei ihrem Anblick fühlte er sofort wieder ein Kribbeln. Er beugte sich zu ihr und küßte sie so lange, bis sie die Augen öffnete.

Beschwingt, aber dennoch mit einem enorm schlechten Gewissen, betrat Hackenholt um kurz vor elf den Besprechungsraum im Präsidium. Das Zimmer war leer, es gab keinerlei Anzeichen, daß es an diesem Tag schon einmal genutzt worden war. Ein wenig verwundert ging er zu seinem Büro weiter. Unterwegs steckte er den Kopf durch Stellfeldts Tür, aber auch dieses Zimmer war verlassen. Hackenholt runzelte die Stirn: er hatte Berger und Stellfeldt längst wieder von der Obduktion zurück erwartet. Die Tür zu seinem eigenen Büro stand zwar offen, aber von Wünnenberg oder den anderen war auch dort weit und breit nichts zu sehen.

Hackenholt setzte sich an seinen Schreibtisch und nahm die diversen Zettel zur Hand, die sich darauf angesammelt hatten. Der Polizeisprecher bat ihn um einen Rückruf. Die zweite Notiz legte dar, daß auch der Staatsanwalt einen ausführlicheren Bericht über die nächtlichen Geschehnisse verlangte.

Hackenholt legte die Papiere ganz schnell wieder weg. Fürs Erste wollte er gar nicht wissen, wer sonst noch etwas von ihm wollte oder welche Informationen die anderen Zettel enthielten. Er würde sich später darum kümmern, daran führte zweifellos kein Weg vorbei, aber im Moment wollte er wissen, wo sich seine Mannschaft herumtrieb.

Er griff zum Telefonhörer und wählte Wünnenbergs Nummer. Erfolglos. Das Gerät war ausgeschaltet, er bekam nicht einmal ein Klingelzeichen, wurde statt dessen direkt mit der Mailbox verbunden. Hackenholt legte auf und wählte Stellfeldts Nummer. Er wußte zwar, daß es Dr. Puellen nicht sonderlich schätzte, wenn die Beamten während einer Obduktion angerufen wurden, aber Hackenholt sah keine andere Möglichkeit. Auch hier hatte er keinen Erfolg. Hackenholt sah auf die Uhr. Halb zwölf. Er wählte Wünnenbergs Privatnummer. Nur der Anrufbeantworter.

Hackenholt seufzte. Hätte er gewußt, daß ihn keiner vermissen würde, wäre er noch ein wenig länger zu Hause geblieben. Er seufzte erneut. Es half nichts, es gab zu viel zu tun, und irgendwo mußte eine Nachricht versteckt sein, wo sie sich alle befanden.

Zunächst ging er die Berichte auf seinem Schreibtisch durch. Als es sich nicht mehr länger hinauszögern ließ, griff er schließlich nochmals zu dem Stapel Telefonnotizen, die er zwar immer noch ohne große Lust, aber nunmehr doch sorgfältig bis zum Ende durchblätterte. Und siehe da, des Rätsels Lösung lag vor ihm: Wünnenberg teilte ihm mit, daß er ihn nicht durch einen Anruf habe wecken wollen. Deshalb habe er sich in der Zwischenzeit mit der Kollegin Glahn zusammengetan. Sie hatten schon Degels Reisetasche durchsucht (ohne neue Erkenntnisse) und seien nun zu Degels Stammtischbrüdern unterwegs. Bis spätestens ein Uhr wollten sie wieder zurück sein. Das Gleiche gelte für Stellfeldt und Berger, die nach der Obduktion auch einen Teil der Zecher übernehmen wollten. Hackenholt könne sich so lange um den Staatsanwalt und den Pressesprecher kümmern.

Hackenholt war Wünnenberg für seine Initiative dankbar. Er griff erneut zum Telefonhörer und wählte die interne Nummer der Pressestelle. Der Pressesprecher nahm seine Arbeit sehr ernst, schließlich war die Polizei auch hin und wieder auf die Hilfe der Presse angewiesen.

Der Mann meldete sich nach dem zweiten Klingeln. Er war froh über Hackenholts Rückruf und berichtete, schon einige Anfragen von den örtlichen Medien über den Vorfall im Burggraben bekommen zu haben.

Hackenholt erklärte ihm, daß es sich nicht um den Burggraben, sondern die Burggärten handle.

Das schien den Mann ein wenig zu beruhigen. „Und ich dachte schon, es ist mal wieder so ein Verrückter in den Graben gesprungen. Darüber berichtet die Presse nämlich besonders gern.“

Hackenholt erklärte ihm, was wirklich geschehen war und daß es kein Unfall, sondern Mord sei. Er verschwieg auch nicht den vermutlichen Zusammenhang zum Mord in der Meuschelstraße, betonte aber, noch keine eindeutigen Beweise zu haben, um diese Annahme zu untermauern.

Der Pressesprecher entschied, den Medienvertretern nur Fakten preiszugeben: Daß ein Mann Samstagnacht eine Treppe in den Burggärten hinuntergestürzt und auf dem Weg ins Krankenhaus verstorben sei. Die Kripo habe die Ermittlungen aufgenommen, die Todesursache werde jedoch erst nach der Obduktion feststehen.

Hackenholt war mit dieser Version vollauf zufrieden, dankte ihm und rief auf der Stelle die Staatsanwaltschaft an. Auch der Staatsanwalt, Dr. Holm, schien neben dem Telefon gestanden und auf Hackenholts Rückruf gewartet zu haben, denn er nahm den Hörer sofort ab.

Hackenholt meldete sich und fragte, ob er zu einem persönlichen Gespräch in die Staatsanwaltschaft kommen könne. Der Ankläger begrüßte diese Initiative, erbat jedoch ein sofortiges Treffen, er wolle nämlich das sonntägliche Mittagessen nicht verpassen. Hackenholt sah auf die Uhr und fragte sich, zu welcher nachmittäglichen Stunde Dr. Holm wohl zu Mittag speise, sagte dessen ungeachtet aber zu, sich sofort auf den Weg zu machen.

Der Staatsanwalt hatte sein Büro im dritten Stock. Ein wenig atemlos betrat Hackenholt dessen Zimmer, da er nicht den Fahrstuhl, sondern die Treppe genommen hatte. Dr. Holm war ein großer und kräftiger Mann, der sich einen gewissen Humor bewahrt hatte. Hackenholt konnte ihn gut leiden. Außerdem war er ein umgänglicher Kerl, der nicht seiner Karriere hinterherhechelte.

Er begrüßte Hackenholt, indem er mit ausgestreckter Hand hinter seinem Schreibtisch hervorkam und ihn zu einer kleinen Sitzecke mit einem Besprechungstisch bat. Das schien der einzige Ort zu sein, der nicht mit Aktenstapeln überfüllt war.

Hackenholt hatte sich schon so manches Mal gefragt, wie Staatsanwälte wohl einen Überblick über ihre Akten behielten.

Er räusperte sich und schilderte seinem Gegenüber, was es mit dem nächtlichen Sturz im Burggarten auf sich hatte. Dabei ging er chronologisch vor und legte dar, wie sich ihm selbst die Situation präsentiert hatte. Er erläuterte das Wesentliche der Aussage des Pärchens, was er von den Sanitätern und dem Notarzt erfahren und was die Spurensicherung bislang gefunden hatte.

Dann leitete er zu seiner Vermutung über, daß die Sache mit dem Mordfall Siebert in Verbindung stehe und schilderte ihre nächtlichen Bemühungen. Er berichtete, daß seine Kollegen gerade unterwegs seien, um der Obduktion beizuwohnen und einen Teil der Zeugen zu vernehmen, mit denen Degel in der Kneipe war.

Zum Schluß stellte er noch dar, wie sich Jürgen Degel bei den Befragungen verhalten hatte, und daß sein Bruder Günther Informationen zurückzuhalten scheine.

Der Staatsanwalt war ein guter Zuhörer und warf nur dann und wann Fragen ein, wenn er etwas genauer wissen wollte oder Hackenholt ihm nochmals einen Zusammenhang aufzeigen sollte.

Als Hackenholt von seiner Besprechung mit dem Staatsanwalt ins Präsidium zurückkehrte, war es schon Viertel nach eins. Das Gespräch hatte länger gedauert als gedacht, aber es war zu seiner Zufriedenheit verlaufen. Vor allem hatte es ihm geholfen, seine Gedanken zu ordnen. Im Geiste hatte er sich eine Liste gemacht, was er Degel fragen wollte und was die Kollegen für ihn herausfinden sollten.

Hackenholt ging einmal mehr an diesem Tag direkt in den Besprechungsraum. Nun hörte er schon vor dem Zimmer die herausdringenden Stimmen. Wünnenberg, Stellfeldt, Berger und Glahn saßen vereint um den Tisch, auf dem sich ein wahrer Wust von Papieren stapelte. Sie schienen dem Staatsanwalt nacheifern zu wollen.

Hackenholt, der das Gefühl hatte, eine Entschuldigung für seine morgendliche Verspätung hervorbringen zu müssen, holte gerade tief Luft, als er von Wünnenberg unterbrochen wurde.

„Da bist du ja. Wir sind heute vormittag ohne dich los. Wir dachten, du wolltest vielleicht ein bißchen länger schlafen. Christine Mur erzählte, daß du heute nacht noch eine Weile bei ihr am Tatort warst."

Hackenholt fragte sich, inwieweit Wünnenberg den wahren Grund seines verspäteten Eintreffens erraten hatte. Dieser machte jedoch nicht die leiseste Anspielung, sondern konzentrierte sich darauf, ihn über ihre bisherige Arbeit zu informieren.

Dabei stellte sich heraus, daß Wünnenberg ausgerechnet an diesem Tag schlecht geschlafen hatte. Seine Freundin mußte früh zum Krankenhausdienst, so konnte er genauso gut selbst auch gleich zur Arbeit fahren.

Er hoffte, Hackenholt damit einen Gefallen zu tun, da er ihn trotz der nächtlichen Arbeit schon früh im Kommissariat wähnte. Als Hackenholt auch nach einer Viertelstunde noch nicht aufgetaucht war, durchsuchte er sorgfältig Jürgen Degels Reisetasche. Es war nichts darin, was für sie in irgendeiner Weise von Interesse gewesen wäre. Nur Wäsche, Schuhe und ein paar Bücher, die er Seite für Seite durchgeblättert hatte. Eine versteckte Tasche oder einen doppelten Boden gab es in Degels einfacher Reisetasche nicht.

Nachdem er diese Tätigkeit abgeschlossen und die Reisetasche wieder eingeräumt hatte, war es schon nach 10 Uhr. Spät genug, um die Stammtischbrüder aus ihren Betten zu holen. So sah sich Wünnenberg im Bereitschaftsraum um und nahm Glahn mit. Für den Tag würden sie sowieso Verstärkung brauchen.

Von unterwegs riefen sie Stellfeldt an und hinterließen ihm eine Nachricht, in welcher sie ihn baten, nach der Obduktion nicht zum Präsidium zurückzufahren, sondern ebenfalls einen Teil der Stammtischbrüder zu übernehmen.

„Das habt ihr prima gemacht", lobte Hackenholt. „Fangen wir also mit der Obduktion an. Was ist dabei herausgekommen?"

„Die Todesursache ist ein Schädelhirntrauma, das Degel bei dem Treppensturz erlitten hat. Er hat sich nicht nur die Schädelbasis gebrochen, sondern auch eine Fraktur in Höhe der Schläfe mit massiven subduralen Blutungen zugezogen. Die Schnittverletzungen waren alle nur oberflächlich, lediglich eine einzelne Scherbe hatte sich etwas tiefer in ihn hineingebohrt, aber das hätte keine weiteren Folgen gehabt. Außerdem war er alkoholisiert: er hatte 1,2 Promille. Der schriftliche Bericht geht uns in den nächsten Tagen zu", faßte Stellfeldt zusammen.

Hackenholt nickte. Die Zusammenfassung enthielt für ihn nichts Überraschendes.

„Währenddessen haben wir mit der Befragung begonnen", übernahm Wünnenberg. „Als erstes sind wir zu Martin Müller gefahren. Bei ihm hatten wir riesengroßes Glück. Er ist Junggeselle und lädt scheinbar manchmal nach dem Stammtisch ein paar der Leute zu sich nach Hause ein. Jedenfalls haben wir nicht nur ihn angetroffen, sondern noch zwei weitere, die auch beim ‚Abschiedstrunk' dabei waren. So nannten sie das nämlich. Sie fielen aus allen Wolken, als wir ihnen mitteilten, daß Jürgen Degel in der Nacht umgekommen sei. Das löste fast so etwas wie eine Panik bei ihnen aus. Einer hat sofort behauptet, jemand habe es auf die Stammtischmitglieder abgesehen."

„Alle drei haben ausgesagt, daß es Jürgen Degel war, der gleich im Anschluß an Sieberts Beerdigung die Einladung zu dem Umtrunk ausgesprochen habe. Er habe gesagt, jeder sei zu einem Abschiedstrunk um 21 Uhr im Raubritter eingeladen", fuhr Glahn fort. Sie blätterte in ihrem Notizbuch. „Er hat Uhrzeit und Ort genannt. Alle waren damit einverstanden. Normalerweise gehen sie nicht dorthin, weil ihre Stammlokale in Fürth sind, aber alle kannten die Kneipe. Sie fanden den Ort nicht ungewöhnlich, weil sie wußten, daß Degel mit Siebert manchmal dort war.

Degel sei an dem Abend wie immer gewesen, vielleicht eine Spur zu fröhlich, wenn man den Anlaß des Umtrunks bedachte. Aber das konnte auch damit zusammenhängen, daß er am Sonntag wieder nach Brandenburg fahren mußte, und am Abend vorher gerne über die Strenge schlagen und sich austoben wollte.

Um Viertel nach zehn mußte er plötzlich weg. Er habe noch einen Termin. Alle hatten das für einen Witz gehalten und meinten, er wolle noch bei einer Frau vorbeischauen."

Das fand Hackenholt interessant. „Habt ihr nachgefragt, an wen sie dabei dachten?"

„Ja", übernahm nun wieder Wünnenberg. „Aber das blieb ziemlich ergebnislos. Einer vermutete, er habe noch etwas mit einer alten Schulfreundin, der er früher manchmal ‚Erwachsenenbesuche' abgestattet hat, aber die ist inzwischen in eine andere Stadt gezogen. Mit der sei schon seit Jahren nichts mehr gelaufen, sagte uns Müller. Er selbst wußte nicht, wohin Degel wollte, aber er habe auf ihn einen beschwingten Eindruck gemacht. Er soll freudig erregt gewesen sein, als ob er endlich etwas erreicht hätte, was er schon immer hätte haben wollen. Der Dritte meinte, daß Degel öfter geheimnisvoll gewesen sei und er sich keine weiteren Gedanken darum gemacht habe."

„Daß er die Zeche übernommen hat, ist ihnen erst später aufgefallen, als sie die Kellnerin zum Zahlen gerufen haben", fuhr Glahn in ihrem Bericht fort.

„Er hat alles gezahlt?" fragte Hackenholt ungläubig.

„Ja!"

„Das würde bedeuten, er hatte nicht die Absicht, noch einmal zurückzukommen, um mit ihnen weiter zu trinken", schlußfolgerte Hackenholt.

Wünnenberg nickte. „Das denke ich auch. Außerdem ist es interessant, wie ihn die anderen beschrieben haben. Er schien zu wissen, mit wem er sich traf und glaubte, daß es für ihn angenehm werde."

Stellfeldt nickte. „So beschrieben ihn auch die zwei Männer, die wir bislang befragt haben. Überdreht, lautstark, gutgelaunt und freigebig. Aber auch sie machten sich keine Gedanken, wo Degel hinwollte, da er wohl so manches Sexabenteuer hatte, wenn er in Nürnberg war."

Glahn ergriff wieder das Wort. „Außerdem haben die drei Männer ausgesagt, daß Jürgen Degel der Erste war, der das Lokal verließ. Die anderen blieben bis kurz nach Mitternacht und verabschiedeten sich dann vor dem Lokal voneinander. Alle sind gleichzeitig gegangen, keiner früher, keiner später."

„Das haben auch die ausgesagt, die wir befragt haben", bestätigte Stellfeldt.

„Habt ihr auch nachgefragt, ob sie weitere Frauen kennen, mit denen Degel in letzter Zeit zu tun hatte?"

„Natürlich", sagte Wünnenberg mit einer Spur von Entrüstung in der Stimme. „Aber sie wußten keine, die wir nicht schon kennen."

„Sie haben sich aber auch nicht sonderlich viel Mühe gegeben, nachzudenken, wenn ihr mich fragt", warf Glahn ein.

„Sie kamen immer wieder auf Sieberts geheimnisvolle neue Freundin zurück", erklärte Wünnenberg. „Aber ihren Namen wußten sie nicht, es dürfte sich dabei also wahrscheinlich um Sieglinde von Liebscher handeln."

Hackenholt nickte.

„Einen anderen Zusammenhang zwischen Siebert und Degel haben wir bislang nicht gefunden", fuhr Wünnenberg fort. „Alle sagten, daß die beiden, schon seit sie denken konnten, miteinander befreundet gewesen seien. Sie gingen viel zusammen weg und kannten so ziemlich jede Kneipe im Großraum. Aber eine Freundin, die zuerst mit dem einen und dann mit dem anderen zusammen gewesen wäre, gab es nicht."

„Im Anschluß daran waren wir noch bei zwei weiteren Herren, aber auch von denen haben wir nichts Neues erfahren. Sie bestätigten im Grunde nur das, was die anderen drei schon gesagt hatten", beendete Glahn den Bericht.

„Wir haben auch nach der Sitzordnung in der Kneipe gefragt", fiel ihr noch ein, als sie nochmals in ihren Mitschriften blätterte. „Neben Jürgen Degel saß sein Bruder und auf der anderen Seite Martin Müller. Den Mann, der ihm gegenüber saß, Thomas Hinrichs, haben wir noch nicht vernommen."

„Ich habe Hinrichs und den anderen, den wir bislang noch nicht befragt haben, aufs Präsidium gebeten", sagte Stellfeldt.

„Gut", faßte Hackenholt zusammen, „dann haben wir diesen Punkt abgearbeitet."

„Ich habe vorhin bei Frau von Liebscher, Frau Teck und Frau Damps angerufen, aber dort ist niemand ans Telefon gegangen", sagte Berger überraschend.

Hackenholt nickte mit Nachdruck. „Da müssen wir dranbleiben, vor allem bei Frau Damps. Ich möchte, daß sofort jemand zu ihr fährt, wenn sie wieder auftaucht.“

Es entstand eine kurze Pause, während alle nochmals in ihren Aufzeichnungen blätterten.

„Und was hast du inzwischen Schönes gemacht?“ brach Stellfeldt schließlich die Stille.

Einen Moment lang dachte Hackenholt, das sei nun endlich die schon vermißte Anspielung auf seine morgendliche Verspätung.

„Warst du bei der Staatsanwaltschaft?“ half Wünnenberg nach, als er Hackenholts Zögern bemerkte.

„Ach so, ja“, nahm dieser den Hinweis erleichtert auf. „Ich habe mit der Pressestelle gesprochen und hatte dann eine Unterredung mit dem Staatsanwalt. Er ist zwar nicht sonderlich glücklich darüber, daß wir noch keine heiße Spur haben, aber das kann man nun mal nicht ändern.“

Dann verteilte Hackenholt die Arbeit. Er selbst und Wünnenberg wollten sich Günther Degel vornehmen, in der Hoffnung, daß er halbwegs nüchtern sein werde. Stellfeldt hatte bereits Termine mit den beiden noch ausstehenden Stammtischbrüdern vereinbart. Blieben noch Berger und Glahn, die zu beschäftigen waren. Hackenholt entschied, die beiden in die Wohnanlage zu schicken, in der Runge und Anette Siebert wohnten. Sie sollten sich dort bei den Nachbarn umhören, was sie diesmal über Runge und seine Frau zu berichten wußten.

Hackenholt hatte gerade damit begonnen, die Gesprächsnotizen auf seinem Schreibtisch zu sortieren, als ein Beamter aus dem Wachraum mitteilte, daß Herr Degel eingetroffen sei.

Günther Degel sah an diesem frühen Sonntagnachmittag aus wie der „Tod von Forchheim“. Ein Spruch, den Hackenholt einmal von einem alten Nürnberger gehört, und der ihm sofort gefallen hatte. Degel war unrasiert und, dem Geruch nach, auch ungewaschen. Seine Kleidung war zerknittert und sah nach der vom vorigen Abend aus. Einziger Unterschied: das Hemd steckte nun in der Hose. Hackenholt fragte sich flüchtig, was wohl Degels Frau zu dem Aufzug ihres Mannes sagen würde.

Er bat Degel, Platz zu nehmen und bot ihm ein Glas Wasser an. Der Mann wirkte, als könne er noch eine Packung Aspirin vertragen, aber immerhin hatte er es geschafft, die vereinbarte Zeit einzuhalten.

Bevor Hackenholt das Gespräch beginnen konnte, platzte Degel heraus: „Ich will Jürgens Reisetasche wiederhaben. Ich hoffe, Sie sind damit fertig!“

Bedächtig nickte Hackenholt. „Ja, Herr Degel, wir sind damit fertig. Die dürfen Sie später mit nach Hause nehmen. Jetzt haben wir aber erst einmal einige Fragen zu klären.“

„Was denn noch?“ stöhnte Degel. „Ich habe Ihnen doch heute nacht schon alles gesagt.“

„Herr Degel, es muß mehr geben, als Sie uns bislang gesagt haben. Sie sind der Einzige, der uns weiterhelfen kann“, versuchte Hackenholt Degel klarzumachen. „Wir gehen davon aus, daß beide Taten zusammenhängen. Das bedeutet, Ihr Bruder und Herr Siebert sind beide mit einer Person in Berührung gekommen, die sie sich zum Feind gemacht haben. Hatte Ihr Bruder Schwierigkeiten? Hat er sich mit jemandem gestritten?“

„Nein, mein Bruder war vom Wesen her ganz ähnlich wie Peter. Auch er hat immer alles locker gesehen. Der wäre nie jemandem auf die Füße getreten.“

„Das kann ich mir nicht vorstellen bei dem Beruf, den Ihr Bruder ausübte“, gab Wünnenberg zu bedenken. „Für einen Rechtsanwalt ist es kaum vermeidbar, zu streiten. Es ist sogar seine Aufgabe, anderen auf die Füße zu treten.“

„Ja, aber das hat er doch nur beruflich gemacht. Privat war er völlig anders.“

„Andere Leute haben Herrn Siebert als äußerst egoistisch beschrieben. Daß er zwar, wie Sie auch schon sagten, immer das machte, was er wollte, aber mehr im Sinne, daß er sich nicht um andere geschert und sich äußerst rücksichtslos verhalten hat. War Ihr Bruder auch so?“ wollte Hackenholt wissen.

„Nein, das stimmt doch alles gar nicht“, protestierte Degel vehement.

„Herr Degel, Sie werden den Tatsachen ins Auge sehen müssen. Herr Siebert war nicht dieser lammfromme Mensch, als den Sie ihn beschrieben haben. Ihr Bruder und Ihr Freund sind tot. Tot, Herr Degel! Verstehen Sie? Kein Unfall! Sondern Mord! Wollen Sie, daß der Mörder davonkommt? Wollen Sie das? Geben Sie mir darauf bitte eine Antwort!“ explodierte Wünnenberg.

Degel schwieg mit zusammengekniffenen Lippen.

„Wir haben bei Herrn Siebert Pornos gefunden“, erklärte Hackenholt in ruhigem Tonfall.

Degel sagte immer noch nichts, man konnte jedoch seinem Gesicht ansehen, daß ihn das Gespräch sichtlich belastete. Seine Finger begannen nervös über seine Beine zu streichen. Hackenholt sah, wie es in ihm arbeitete und er abzuwägen versuchte, was die Beamten wußten und was nicht.

„Was können Sie uns zu den Videos sagen?“ bohrte Hackenholt nach.

„Nichts, das höre ich gerade zum ersten Mal“, log Degel.

„Lügen Sie nicht. Sie haben sich sogar den einen oder anderen Film mit Siebert angesehen. War Ihr Bruder auch dabei?“

Volltreffer. Degel senkte schnell den Blick.

„Hat Ihr Bruder die Videos besorgt, Herr Degel?“

„Das ist doch alles nicht wahr. Erst behaupten Sie, Peter habe diese Frau erpreßt, dann soll er am Bankrott seiner Schwester schuld sein, und jetzt wollen Sie auch noch meinen Bruder in den Dreck ziehen.“ Der Mann wurde laut.

Ebenso laut brüllte Wünnenberg zurück, daß das, was sie bislang wüßten, wohl nur die Spitze des Eisbergs sei.

„Herr Degel, solche Pornos gibt es nicht im Ramschladen um die Ecke oder dem Pornoshop Ihres Vertrauens; solche widerwärtigen Dinger gibt es nur in bestimmten Kreisen“, erklärte Hackenholt bestimmt. „Aber das wissen Sie selbst.“

„Was wollen Sie damit sagen?“ brauste Degel auf. Sein Gesicht lief puterrot an.

„Daß Sie sehr genau wissen, was auf den Videos drauf ist. Mindestens eines haben Sie sich nämlich zusammen mit Peter Siebert angesehen.“

Degel schnappte hörbar nach Luft.

„Dieses Miststück!“ entfuhr es ihm. „Hätte ich mir ja gleich denken können, daß sie mir wieder in den Rücken fällt.“

„Wo ist eigentlich Ihre Frau?“ verfolgte Hackenholt sofort Degels Gedankengang.

„Bei einer Freundin, das habe ich Ihnen gestern schon gesagt.“ In Degels Augen blitzte etwas auf, das Hackenholt nicht sofort einordnen konnte. „Aber Sie sollten sie einmal fragen, wo sie gestern abend war.“

„Was wollen Sie damit sagen?“

„Sie hat sich gestern mit meinem Bruder gestritten, hat ihn beschimpft, angeschrien, daß er nie mehr bei uns wohnen könne. Alles, ohne mich zu fragen, als ob es allein ihre Wohnung wäre. Dabei ist er mein Bruder.“

„Sie werden jetzt doch wohl nicht behaupten wollen, daß Sie Ihre Frau verdächtigen?“

„Warum nicht? Sie hat ihm schließlich gestern gesagt, er solle sich zum Teufel scheren.“

„Was sollte Ihre Frau für ein Motiv haben?“

„Das weiß ich doch nicht, das müssen Sie schon selbst herausfinden.“

„Worum ging es bei dem Streit?“

„Sie hat meinen Bruder als nutzlosen Parasiten bezeichnet und ihm vorgeworfen, daß er nur sein Vergnügen im Kopf habe.“

„Das ist doch etwas wenig für eine Mordanschuldigung, meinen Sie nicht auch?“

„Peter mochte sie auch nie.“

„Ja, Herr Degel, aber angeblich waren Sie an dem Abend als Herr Siebert umgebracht wurde doch der Erste, der vom Stammtisch nach Hause gefahren ist und Ihre Frau hat schon geschlafen, als Sie kamen. Dann erklären Sie mir mal, wie Ihre Frau unter diesen Umständen Herrn Siebert hätte umbringen sollen.“

„Nein, Herr Degel, da müssen Sie sich schon etwas Besseres einfallen lassen, um uns von den wesentlichen Fragen abzulenken“, übernahm Wünnenberg. „Kommen wir jetzt also wieder zu den Dingen, die uns interessieren. Ihr Bruder soll sich hier in Nürnberg regelmäßig ausgetobt haben, insbesondere immer bevor er wieder nach Brandenburg gefahren ist. Ist er da jeweils mit Herrn Siebert losgezogen?“

Eine Antwort auf diese Frage sollten sie indes nicht mehr erhalten. An der Tür des Besprechungszimmers klopfte es. Hackenholt sprang mit gerunzelter Stirn auf. Jeder in seiner Abteilung wußte, daß sie hier gerade einen Zeugen vernahmen und dabei unter keinen Umständen gestört werden durften. Wenn dennoch jemand zu klopfen wagte, konnte das nur bedeuten, daß etwas Wichtiges passiert war. Hackenholt warf Wünnenberg einen besorgten Blick zu, bevor er die Vernehmung unterbrach und zur Tür hinausging.

Es war Sonntag, der 13. Oktober, 14.54 Uhr.

18

Das einzige, was Hackenholt sah, als er aus dem Besprechungszimmer trat, war Mur, die den Gang unruhig auf und ab tigerte.

Wenn die Kollegin ihn dringend sprechen wollte, mußte sie etwas gefunden oder Laborergebnisse bekommen haben, die für ihn von Interesse waren. Letzteres war zum jetzigen Zeitpunkt noch nicht sonderlich wahrscheinlich.

„Was ist passiert?“ fragte er daher ein wenig atemlos.

„Ich muß dir etwas zeigen, ich habe etwas gefunden.“

„Was?“

„Laß uns in dein Büro gehen. Und bring Ralph mit.“

Hackenholt nickte. „Ich rufe nur schnell einen Kollegen, der solange auf Degel aufpaßt. Geh schon mal voraus.“

Hackenholt wandte sich von ihr ab und hastete in Richtung Bereitschaftsraum davon.

Christine Mur saß auf dem Besucherstuhl neben Hackenholts Schreibtisch, als er und Wünnenberg in das Zimmer eilten.

„Was gibt es?“ Hackenholt sah sie begierig an.

Mur steckte sich erst noch einen Kaugummi in den Mund, den sie gerade ausgepackt hatte. Nach mehrmaligem Kauen begann sie:

„Ich habe dir heute nacht schon angekündigt, daß ich mir den Tatort am Vormittag bei vollem Licht noch einmal vornehmen würde.

Vor allem die Stelle, an der die Täterin gekauert hat, habe ich mir noch einmal angesehen. Dort konnte ich noch ein paar Fasern sichern, die ich in der nächtlichen Dunkelheit nicht entdeckt hatte.“

Hackenholt runzelte die Stirn. Das klang nicht nach einem außerordentlichen Fund.

„Dabei bin ich die ganze Strecke hinter der Balustrade durch das Gestrüpp hinuntergestiegen. Ich wollte sehen, ob die Frau das vielleicht auch gemacht und Spuren hinterlassen hat. Eine Zigarettenkippe wäre zum Beispiel nicht schlecht gewesen. Aber teilweise war es so eng zwischen der Brüstung und dem Gestrüpp, daß ich fast stecken geblieben wäre, und die Äste waren nirgends geknickt. Da ist vor mir ganz sicher niemand hinuntergekrochen.

Ganz unten habe ich aber einen kleinen Müllhaufen entdeckt. Wenn man auf dem Weg am Fuß der Treppe steht, sieht man ihn nicht, weil er durch das Gestrüpp verborgen ist und ein paar Äste der Lebensbäume davor fast bis auf den Boden herunterreichen. Aber dahinter ist eine niedrige Abmauerung, und der Wind hat die ganzen Papierchen und Abfälle dorthin geweht. Dort habe ich das hier gefunden."

Mur fischte eine Plastikhülle aus der Tiefe ihrer riesigen Tasche und legte sie vor Hackenholt auf den Schreibtisch. Wünnenberg ging um den Tisch herum und schaute seinem Kollegen über die Schulter.

In der Plastikhülle steckte ein rechteckiges Stück Büttenpapier, welches mit einer äußerst auffälligen Schrift und einer Kalligraphie beschrieben war. Das Papier hatte die Größe einer Postkarte. Die Schrift war allein durch ihre Verschnörkelung schon schwer zu lesen, die Feuchtigkeit während der Nacht hatte dies noch verschlimmert. Die Buchstaben waren nun teilweise verwischt und das Papier mit Schmutzflecken übersät.

Hackenholt schaltete seine Schreibtischlampe ein und hielt die Karte darunter. Langsam las er die darauf geschriebene Nachricht vor:

„Lieber Jürgen, ich würde mich gern mit dir treffen. Peters Tod geht mir sehr nahe. Komm bitte am Samstag um 22.30 Uhr in den dritten Burggarten – dort sind wir ungestört. Gruß, C."

Mur nickte, als wollte sie bestätigen, daß Hackenholt die Schrift richtig entschlüsselt habe. „Ich kann es mir nur so erklären: er hielt den Zettel in der Hand, als er die Treppe hinuntergegangen ist und ließ ihn los, als er stürzte. Der Brief muß dann unbemerkt auf den Boden gefallen sein, und der Wind hat ihn zu dem anderen Müll geweht. Nachdem ich ihn gefunden hatte, habe ich natürlich alles nach dem Kuvert abgesucht, obwohl es eher aussichtslos war, denn dann hätte der Brief im Kuvert gesteckt und nicht lose herumgelegen. Nun, jedenfalls habe ich es nirgendwo gefunden."

„Sofern ihm nicht jemand persönlich den Brief gegeben hat, müßte er an Günther Degels Adresse geschickt worden sein", erkannte Wünnenberg.

Mur nickte. Beide sahen Hackenholt an.

Dieser las den Brief noch einmal leise durch. Seine Lippen formten die Worte. Dann griff er in seine Schreibtischschublade und holte Sieberts Telefonregister hervor. Langsam und sorgfältig blätterte er alle Seiten durch. Es gab mehrere Namen, die mit ‚C' begannen. Manche waren Männernamen, manche Adressen lagen außerhalb Bayerns, zwei waren jedoch zweifelsfrei Frauennamen aus Nürnberg.

Hackenholt blickte in die gespannte Stille, die sich im Zimmer ausbreitete.

„Zwei Frauennamen aus Nürnberg."

„Gehst du da jetzt nicht ein wenig zu schnell vor?“ wandte Mur ein. „Ich finde, wir sollten erst einmal versuchen, das Kuvert zu finden. Dann zeigt sich vielleicht, wo der Brief aufgegeben wurde.“

Hackenholt wiegte zweifelnd den Kopf hin und her. „Glaubst du allen Ernstes, daß jemand aus Hamburg in Frage kommt?“

Mur mußte zugeben, daß dies etwas weit hergeholt schien, beharrte aber weiterhin auf ihrem Standpunkt.

Fieberhafte Überlegung machte sich unter den Beamten breit. In diese Stimmung platzte Stellfeldt herein, der die Befragung der letzten beiden Stammtischbrüder beendet hatte. Er spürte sofort, daß sich etwas Entscheidendes ereignet hatte. Wünnenberg setzte ihn kurz ins Bild, da Hakkenholt und Mur noch heftig die Möglichkeiten gegeneinander abwogen.

Hackenholt war hin und her gerissen. Er wollte so schnell wie möglich die zwei Frauennamen, die mit ‚C‘ begannen, überprüfen, andererseits mußte er natürlich auch dafür sorgen, daß das Kuvert gesucht wurde. Sie konnten Günther Degel nach Frauen mit ‚C‘ im Namen, die sowohl seinen Bruder als auch Siebert kannten, fragen. Sie könnten ihm gegebenenfalls auch den Brief zeigen, um herauszubekommen, ob es sich wirklich um einen echten Namen handelte und nicht um einen Spitznamen, aber dann würden sie ihr Wissen um die Existenz des Briefes an eine außenstehende Person weitergeben, und im Moment war der größte Trumpf, den sie hatten. Und auf Degel konnten sie nicht zählen, er würde vielleicht behaupten, daß er weder den Namen noch die Schrift erkenne, obwohl das Gegenteil der Fall war, und wer konnte schon ahnen, zu was dieser Mann fähig war.

Obwohl Hackenholt alles Für und Wider umsichtig abwog, war er sich doch nicht sicher, die richtige Entscheidung zu treffen.

Sie beschlossen nach längerer Diskussion, Degels Vernehmung für heute abzubrechen. Wünnenberg und Mur sollten ihn nach Hause fahren und dort alle Papierkörbe und Mülltonnen inspizieren. Für sie galt es, unter allen Umständen das Briefkuvert zu finden.

Degel wollten sie für den folgenden Tag erneut vorladen, sofern das nötig wäre. Falls sich bis dahin nichts Bahnbrechendes ereignet hätte, würden sie ihn zuvor zur Identifizierung seines Bruders ins Leichenschauhaus bringen. Vielleicht wäre er danach gesprächiger. Hackenholt griff nicht gern zu solchen Mitteln, aber Degel legte es geradezu darauf an.

Hackenholt ging zusammen mit Stellfeldt erneut die Eintragungen in Sieberts Notizbuch durch. Dieses Mal schrieben sie die Namen, sorgfältig getrennt nach Geschlecht und Wohnort, heraus.

„Es könnte sich aber auch um einen Spitznamen handeln“, gab Stellfeldt zu bedenken. „Was ist zum Beispiel mit Carina Jakobi? Die wird in dem ganzen Büchlein nirgendwo erwähnt.“

Dies konnte Hackenholt nicht abstreiten. Er krauste die Stirn. Sie hatten zwar einen wichtigen Hinweis erhalten, er konnte sie aber auch in eine völlig falsche Richtung führen. Dennoch entschied der Hauptkommissar, die zwei Frauen sofort zu überprüfen.

Sie fuhren mit Stellfeldts Wagen. Die erste Frau, zu der sie wollten, hieß Claudia Bohn und wohnte in der Südstadt. Nachdem sie fast zehn Minuten damit vertan hatten, einen Parkplatz zu finden, schaffte es Stellfeldt, seine alte Rostlaube in eine winzige Parklücke zu quetschen.

Hackenholt bemühte sich die ganze Zeit, nicht zu ungeduldig zu werden, als aber endlich der Motor erstarb, stand er schon, auf Stellfeldt wartend, auf dem Bürgersteig.

Frau Bohn wohnte in einem Altbau, das Haus sah ein wenig heruntergekommen aus. Da die Haustür offenstand, stiegen sie, ohne zu klingeln, in den zweiten Stock hinauf. Auf ihr dortiges Läuten öffnete ein kleines Kind. Hackenholt fragte den Jungen, ob seine Mutter da sei. Der Knirps, der höchstens im Kindergartenalter war, rannte weg und rief dabei laut nach seiner Mutter. Als nächstes erschien ein zweites Kind, auch ein Junge, aber etwas älter als der erste, vielleicht im Grundschulalter. Auch er beäugte die Beamten, um dann, nach seiner Mutter rufend, im Inneren der Wohnung zu verschwinden. Hackenholt fragte sich gerade, ob sie vielleicht selbst rufen sollten, als ein dritter Junge den Flur entlang kam. Er war hochaufgeschossen, seine Arme und Beine waren für seine Kleider zu lang geworden, aber sein Gesicht wirkte noch kindlich.

„Was wollen Sie?“ fragte er abwehrend.

Hackenholt stellte sich und Stellfeldt vor und zeigte ihm seinen Dienstausweis.

„So was gibt es ja wirklich“, sagte der Junge mit weit aufgerissenen Augen, wobei Hackenholt nicht ganz klar war, ob mit ‚so was‘ sein Dienstausweis oder sein Beruf gemeint war.

„Wir müssen mit deiner Mutter sprechen“, versuchte es Stellfeldt. „Ist sie zu Hause?“

„Sie hat sich hingelegt. Da kommt sie nicht so schnell wieder hoch.“

Für Hackenholt sprach der Junge in Rätseln. Bevor er ihn jedoch festhalten konnte, flitzte auch dieses Kind wieder in die Wohnung hinein. Es war jedoch sofort wieder zurück.

„Mama hat gesagt, ich soll Sie hereinlassen."

Der Junge trat von der Tür weg, so daß die Beamten an ihm vorbei in die Wohnung konnten. Dort stand er unschlüssig neben ihnen, als ob er nicht so genau wüßte, was er nun mit ihnen anfangen solle. Zum Glück kam in diesem Moment endlich die Mutter.

Nun wurde Hackenholt auch klar, warum die Frau, wenn sie sich einmal hingelegt hatte, nicht so schnell wieder auf die Beine kam. Sie war hochschwanger. Ihrem Bauchumfang nach zu urteilen, würde es nicht mehr lange dauern, bis das vierte Kind auf die Welt kam.

Sie entschuldigte sich bei den Polizisten dafür, daß sie so lange auf sie hätten warten müssen und führte sie in ein kleines Wohnzimmer.

„Es tut mir sehr leid, daß wir Sie gestört haben", murmelte Hackenholt, der bei ihrem Anblick am liebsten sofort wieder die Wohnung verlassen hätte, um zur nächsten Frau zu fahren, denn diese Dame hätte sich zweifelsohne nicht mitten in der Nacht die unwegsamen Treppen in die Burggärten hinuntergequält.

„Was kann ich für Sie tun?" wollte die Frau wissen.

„Wir überprüfen gerade alle Namen, die wir in einem Adreßbuch gefunden haben."

„Welches Adreßbuch sollte das sein?"

„Vielleicht haben Sie gehört, daß Herr Peter Siebert vor einer Woche verstorben ist", mischte sich Stellfeldt ins Gespräch.

Die Frau nickte. „Ich habe die Todesanzeige in der Zeitung gelesen. Im Moment komme ich kaum noch aus dem Haus, aber mein Mann bringt mir immer die Zeitung mit."

„Woher kannten Sie Herrn Siebert?"

„Das ist schon lange her", meinte die Frau abwehrend. „Wir haben eine Zeit lang zusammen bei Ericsson gearbeitet. Ich habe dort aufgehört, als ich zum ersten Mal schwanger wurde."

Hackenholt nickte und erhob sich. „Bleiben Sie bitte sitzen, wir finden schon allein hinaus."

„Ja, wollen Sie denn gar nichts von mir wissen?" fragte die Frau erstaunt.

„Nein, das war es schon", versetzte Stellfeldt freundlich.

Auf der Straße murmelte Stellfeldt verzagt: „Wollen wir hoffen, daß es uns bei der Nächsten besser ergeht.“

Das hoffte auch Hackenholt inbrünstig. Nicht alle Einträge in Sieberts Telefonregister schienen aktuell zu sein.

Sie fuhren quer durch die Stadt in den Westen Nürnbergs bis nach Gebersdorf. Auf ihr Klingeln wurde ihnen dieses Mal von einem Mann geöffnet. Nachdem Hackenholt sich und seinen Kollegen abermals ausgewiesen hatte, bat er, die Gattin sprechen zu dürfen.

„Das tut mir leid, aber meine Frau ist nicht da“, entgegnete der Mann beunruhigt. „Worum geht es denn bitte?“

Hackenholt erklärte, daß es sich nur um eine routinemäßige Überprüfung von Personen handele, die mit Peter Siebert bekannt gewesen seien.

Dem Mann sagte der Name nichts. „Den soll meine Frau kennen?“ fragte er skeptisch.

„Ihr Name stand zumindest in seinem Adreßbuch“, sagte Hackenholt zögernd.

„Es kann sich aber auch um einen Eintrag handeln, der schon Jahre alt ist“, ergänzte Stellfeldt bedächtig.

„Da kann ich Ihnen beim besten Willen nicht weiterhelfen.“

„Wann erwarten Sie Ihre Frau zurück?“

„Sie ist letzten Samstag mit einer Freundin für zwei Wochen nach Tunesien geflogen.“

Diese Mitteilung mußte Hackenholt erst einmal verdauen; bislang hatte es so geklungen, als sei die Frau nur gerade im Moment nicht da.

„Haben Sie Ihre Gemahlin zum Flughafen Frankfurt gefahren, als sie abgeflogen ist?“ forschte Stellfeldt weiter.

„Ja, natürlich, wie sollte sie ansonsten morgens um vier Uhr früh nach Frankfurt kommen? Was hat das denn nun alles zu bedeuten?“ forderte der Mann zu erfahren.

„Herrn Sieberts Todesumstände sind noch nicht endgültig geklärt, aber wenn Ihre Frau seit letztem Samstag im Urlaub ist, brauchen wir sie nicht länger in Betracht zu ziehen“, sagte Stellfeldt und verabschiedete sich.

Zurück in Stellfeldts Wagen, lehnte sich Hackenholt mit geschlossenen Augen gegen die Kopfstütze. Am liebsten hätte er jetzt laut geflucht. Zaudernd holte er die Liste, die sie nach Sieberts Telefonregister gemacht hatten, aus seiner Tasche und studierte sie eingehend. Er konnte es drehen und wenden, wie er wollte, es waren nur zwei Frauennamen verzeichnet, die mit ‚C‘ begannen.

„Fahren wir zurück ins Präsidium“, brummte er mißmutig.

Als die beiden Ermittler ziemlich ernüchtert gegen halb sechs wieder zur Dienststelle zurückkamen, warteten die Kollegen schon auf sie.

Mur und Wünnenberg hatten die Zwischenzeit genutzt, um Berger und Glahn, die mittlerweile von der Befragung bei Runges Nachbarn zurückgekehrt waren, auf den aktuellen Ermittlungsstand zu bringen.

Mur sah den beiden Kommissaren ihre Frustration an und bemühte sich um einen leichten Ton, indem sie antippte, daß sie nicht so wirkten, als ob ihre Mission von Erfolg gekrönt sei.

Stellfeldt erzählte von ihren mißlungenen Besuchen.

„So ein Mist“, entfuhr es Wünnenberg, der sich während Stellfeldts Erzählung in dessen Unmut hineingesteigert hatte.

„Jetzt beruhigt euch mal wieder“, mahnte Mur. „Wir sind doch gewohnt, daß nie alles wie am Schnürchen läuft.“

„Was ist denn bei euch rausgekommen?“ wandte sich Hackenholt mit sichtbarer Anstrengung Berger und Glahn zu.

„Bei uns ist es richtig gut gelaufen“, bekannte Berger ein wenig verschämt.

„Das ist doch erfreulich, laßt hören“, forderte Hackenholt einladend auf.

„Die Runges sind mal wieder ihrer Lieblingsbeschäftigung nachgegangen“, platzte Glahn heraus. „Sie haben sich so gezankt, daß drei verschiedene Nachbarn mitgehört haben. Das Beste daran ist, einer hat so lange gegen Runges Wohnungstür gepocht, bis dieser sie geöffnet hat, und der Nachbar ihm androhte, die Polizei zu holen, wenn sie nicht sofort still seien. Das hat Runge aber nicht weiter interessiert, er hat dem Nachbarn die Tür vor der Nase zugeschlagen. Anschließend hat das Ehepaar noch lauter als zuvor gestritten. Der Nachbar hat einen Moment lang auch Frau Siebert im Flur hinter ihrem Mann gesehen.“

„Das soll um 23 Uhr gewesen sein“, ergänzte Berger.

„Na, dann sieht es ganz danach aus, als ob die Eheleute aus dem Schneider wären. Manchmal zahlt sich Streiten eben doch aus“, kommentierte Wünnenberg trocken.

„Wir haben versucht, verschiedene Szenarien durchzugehen, aber wir haben keine Möglichkeit gefunden, wie sie es geschafft haben könnten. Selbst wenn der Nachbar sie nicht gesehen hätte, haben noch zwei weitere Hausbewohner unabhängig voneinander genau das gleiche ausgesagt. Und ich hatte nicht den Eindruck, daß die den Runges aus Nachbarschaftsliebe ein Alibi geben wollten."

Hackenholt nickte. Das konnte er sich auch nicht vorstellen. Er mußte sich nur Runges Auftreten in Erinnerung rufen. „Dann können wir Frau Siebert und Herrn Runge von unserer Verdächtigenliste streichen. Wie ist es bei euch gelaufen?" wollte er sodann von Wünnenberg und Mur wissen.

Anstelle einer Antwort zog Mur eine Plastiktüte aus ihrer Tasche. Dieses Mal enthielt sie ein cremefarbenes Kuvert, auf dem der Name ‚Jürgen' geschrieben stand. Wortlos reichte sie die Tüte an Hackenholt weiter.

„Das haben wir in der Altpapiertonne gefunden", informierte ihn Wünnenberg. „Ich habe Degel gefragt, ob sein Bruder manchmal Post erhalten habe, während er in Nürnberg zu Besuch war, aber er behauptete, das sei nie vorgekommen. Schon gar nicht bei seinem diesmaligen Aufenthalt. Natürlich habe ich nichts von unserem Fund erwähnt. Degel argwöhnt immer noch, was wir wohl in seinem Müll gesucht haben."

Der Brief trug keine Briefmarke und keinen Stempel. Außerdem sah das Kuvert aus, als sei es in großer Eile mit der Hand aufgerissen worden.

Hackenholt hielt die Tüte gegen das Licht.

In diesem Moment schnippte Stellfeldt mit den Fingern. „Erinnerst du dich daran, wie wir mit Frau Degel gesprochen haben, Christian?"

Der junge Polizist nickte.

„Da ist doch Degel plötzlich hereingekommen."

Wieder nickte der junge Polizist, dem noch nicht klar war, worauf Stellfeldt hinauswollte.

„Er hatte nicht mit uns gerechnet. Als er hereinkam, hatte er ein unheimlich zufriedenes Grinsen im Gesicht, das aber schlagartig verschwand, als er uns sah."

Auch dies bestätigte Berger mit einem Nicken.

„Und er hatte etwas in der Hand, das wie ein Kuvert aussah. Wenn ich mich richtig erinnere, fragte Frau Degel noch, ob die Post schon da gewesen sei."

Nun fiel es auch Berger wieder ein. „Stimmt, jetzt weiß ich es wieder. Degel wurde böse, als sie das sagte."

„Heißt das, daß er den Brief bekam, während ihr bei Degels auf dem Sofa gesessen habt?" fragte Wünnenberg ungläubig.

„So sah es zumindest aus; als ob er ihn gerade erst gelesen hätte", meinte Stellfeldt nachdenklich.

„Dann müssen wir Frau Degel dazu befragen", entschied Hackenholt.

Resignation machte sich unter den Beamten breit. Sie hatten sich der Lösung des Falles um einige Schritte näher gefühlt, und jetzt standen sie wieder ohne konkrete Ergebnisse da. Natürlich hatten sie noch eine Vielzahl von Spuren, denen sie jetzt in mühevoller Kleinarbeit nachgehen mußten, aber der große Durchbruch, auf den alle gehofft hatten, war trotz des Briefes nicht gekommen.

Alle waren nach dem langen Sonntag erschöpft, so daß Hackenholt sie schweren Herzens nach Hause schickte.

Als er allein war, merkte er, daß er sich selbst zum Umfallen müde fühlte. Morgen würde die Ochsentour beginnen. Er mußte die Kollegen in Brandenburg verständigen und diese bitten, eine Durchsuchung von Jürgen Degels Wohnung in die Wege zu leiten. Sein Team würde all das nachholen, wofür heute die Zeit nicht mehr gereicht hatte. Keiner hatte mehr daran gedacht, mit Frau Damps zu sprechen. Auch Frau Teck und Frau von Liebscher waren nicht überprüft worden. Wenn sie das morgen machten, könnten sie auch gleich nochmals mit Frau Jakobi und Frau Rauch sprechen. Insbesondere Letztere mußte Jakobis Alibi felsenfest bestätigen. Jakobi war Künstlerin. Hackenholt konnte sich durchaus vorstellen, daß sie als Urheberin dieser zierlichen, verschnörkelten Schriftzeichen in Frage käme.

Sie würden Günther Degel wieder aufs Präsidium bitten und ihn so lang hier behalten, bis er alle Namen mit ‚C‘ nannte, die ihm einfielen.

Notfalls mußten sie alle Stammtischbrüder anrufen, um auch von ihnen Personen zu erfragen, deren Name mit ‚C‘ beginnt und die sowohl Jürgen Degel als auch Peter Siebert gekannt hatten. Schlußendlich gab es noch die Möglichkeit, sich durch Sieberts gesamtes Telefonregister zu arbeiten. Irgendwo mußte diese Frau eine Spur hinterlassen haben.

Andererseits fragte sich Hackenholt, ob sie wirklich mit dem Anfangsbuchstaben ihres wahren Namens unterschrieben hatte. So blöd konnte doch wohl niemand sein, der einen Mord begehen wollte. War es vielleicht nur ein Spitzname, der mit dem wirklichen Namen in keinem Zusammenhang stand? Jagten sie einem Phantom hinterher, das es gar nicht gab?

Derweil mußte es ein Name gewesen sein, der Jürgen Degel gut bekannt war, denn wie hätte er sonst darauf kommen sollen, wer den Brief geschrieben hatte, nachdem auch das Kuvert keinen Absender trug? Oder hatte ihm schon allein die Schrift verraten, wer diese Person war?

Jetzt tat Hackenholt endlich das, was er den ganzen Tag schon hätte machen sollen: Er setzte sich an seinen Schreibtisch und begann alle Berichte auf Hinweise über die unbekannte Frau durchzuarbeiten und notierte sich systematisch alles, was sie über die Täterin wußten.

Als er fertig war, sprang er unvermittelt auf und stürmte aus dem Büro. Er hielt es plötzlich nicht mehr länger in dem Raum aus. Das passierte manchmal, wenn sie an einer besonders kritischen Stelle der Ermittlungen angekommen waren und es ihm nicht schnell genug ging. Manchmal verlor sogar er die Geduld.

Hackenholt fuhr in seine Wohnung. Erst als er seine Jacke aufhängte, fiel ihm ein, daß er Sophie hätte anrufen oder, noch besser, gleich zu ihr hätte fahren können. Jetzt war er zu müde, um sich wieder auf den Weg zu machen. In der Küche aß er ein Joghurt und wusch mehrere Äpfel.

Kurze Zeit später fiel er ins Bett. Müdigkeit übermannte ihn innerhalb weniger Minuten und ließ ihn in einen unruhigen Schlaf fallen.

Es war Sonntag, der 13. Oktober, 21.32 Uhr

Lila – 10

Sie hatte stundenlang darüber gegrübelt, wie sie etwas über Degels Zustand herausbekommen konnte. Eine Möglichkeit, die ihr einfiel, war, Degels Bruder anzurufen, aber was sollte sie sagen? Oder sie könnte im Krankenhaus nachfragen, aber auch da wußte sie nicht, welche Geschichte sie erzählen sollte. Außerdem hatte sie ja keine Ahnung, in welches Krankenhaus er gebracht worden war.

Schließlich, in der Nacht zum Montag, kam sie auf die Idee, es mit einer Zeitung zu versuchen. Unter Umständen stand dort etwas, vielleicht berichteten sie sogar wie schwer verletzt er war. Inzwischen war sie völlig davon überzeugt, daß sie es nicht geschafft hatte, ihren Plan erfolgreich umzusetzen, und daß Degel bestimmt noch am Leben sei. Hätte sie doch nicht gezögert, sondern mit der Weinflasche zugeschlagen! Dieser Gedanke trieb sie in den nächtlichen Stunden schier in den Wahnsinn. Mehr denn je fühlte sie sich als Versagerin.

Ein Regionalblatt schien ihr nach Stunden quälenden Grübelns der einzige Ausweg zu sein. Sie mußte sich eine Zeitung besorgen.

Sie überlegte, wohin sie gehen sollte, entschied sich dann jedoch gegen den kleinen Schreibwarenladen. Dort wäre es zwar einfacher, eine größere Auswahl zu bekommen, aber der neugierigen Besitzerin wollte sie auf keinen Fall begegnen. Diese würde sie nur wieder mit wißbegierigen Fragen aufhalten und in ein Gespräch zu verwickeln versuchen. Das konnte sie jetzt nicht ertragen. Einen Supermarkt gab es in der näheren Umgebung nicht. Deshalb entschloß sie sich, die Zeitung des Nachbarn auszuborgen. Wenn sie sich diese gleich jetzt in aller Frühe holte, würde er es nicht einmal bemerken.

Sie schlüpfte in ihren schwarzen Mantel und zog hastig die Haustür hinter sich zu.

Im Nürnbergteil wurde sie fündig. Die dicke Überschrift ‚Mord im Burggarten‘ sprang ihr sofort ins Auge. Fieberhaft las sie den Artikel. Ein Zittern durchlief ihren Körper. Sie mußte das Blatt auf den Tisch legen, sie konnte es nicht mehr halten. Mit einem Mal quollen ihr Tränen aus den Augen. Tränen, die sie, seit sie Lilas Tagebücher gelesen hatte, gern geweint hätte, jedoch nicht hatte weinen können. Seit sie in Lilas Tagebuch gelesen hatte, wie grausam die beiden in jener Frühlingsnacht nach dem Stammtisch im Park über ihre kleine Schwester hergefallen waren, hatte sie nur noch der Wunsch nach Genugtuung aufrecht erhalten. Nun wußte sie, daß sie trotz aller Zweifel ihr Werk vollbracht hatte. Sie schloß die Augen und atmete heftig.

Später, als sie sich endlich wieder beruhigt hatte, ging sie in das Atelier und setzte sich dort an den Tisch, um einen langen Eintrag zu verfassen, in welchem sie die Geschehnisse im Burggarten niederschrieb.

19

Das erste, was Hackenholt am folgenden Morgen im Büro erledigte, war, die Kripo Brandenburg anzurufen und sich mit dem dortigen Kollegen verbinden zu lassen. Er erklärte die Situation und versprach, ihm sofort eine schriftliche Zusammenfassung zukommen zu lassen.

Der Kollege namens Andreas Palmowski sicherte Hackenholt zu, sich persönlich um die Durchsuchung von Jürgen Degels Wohnung zu kümmern, sobald das Fax eingetroffen sei.

Als Wünnenberg auftauchte, bat Hackenholt ihn, sofort ein Ermittlungsersuchen an den Kollegen Palmowski zu schicken, er selbst mußte noch einen Bericht über den gestrigen Tag für den Staatsanwalt zusammenstellen. Danach brach Wünnenberg mit Stellfeldt erneut in die Meuschelstraße auf.

Da es weit und breit keinen Parkplatz gab, stellte Wünnenberg sein Auto direkt vor dem Haus im Parkverbot ab.

Sie klingelten im ersten Stock und wurden von Frau Teck an der Tür empfangen. Als sie sah, wer zu Besuch kam, verzog sie das Gesicht.

„Kommen Sie herein“, sagte sie widerwillig.

Die Kommissare traten ein und folgten ihr in das Zimmer, in dem sie schon bei ihrer ersten Befragung gesessen hatten.

„Frau Teck, am Wochenende ist leider ein zweiter Mord passiert. Ein Bekannter von Herrn Siebert, Jürgen Degel, wurde umgebracht. Kannten Sie ihn?“ Stellfeldt bemühte sich, einen möglichst freundlichen Ton anzuschlagen.

Patricia Teck nickte. „Ich habe ihn einmal kurz kennengelernt. Das heißt, ich kann ein Gesicht mit dem Namen in Verbindung bringen, aber das ist auch schon alles, was ich über den Mann weiß.“

„Wir suchen gezielt nach einer Frau, die sowohl Herrn Siebert, als auch Herrn Degel gekannt hat, und deren Name wahrscheinlich mit ‚C‘ beginnt. Können Sie uns da weiterhelfen?“

„Nein. Wie ich schon sagte, ich kannte die Leute nicht, mit denen Peter etwas zu tun hatte. Wie soll ich dann Frauen kennen, mit denen beide verkehrten?“

„Können Sie uns sagen, wo Sie dieses Wochenende waren?“

„Ich war mit Sieglinde von Liebscher in Baden-Baden. Wir sind Freitagmittag hingefahren und gestern abend erst wieder zurückgekommen.“

Teck stand auf und ging in den Flur hinaus, um ihre Handtasche zu holen. Dieser entnahm sie Zugfahrkarten sowie einen Hotelprospekt. „Hier können Sie sehen, wann wir gefahren sind, der Schaffner hat die Karten kontrolliert und gestempelt, und das hier ist das Hotel, in welchem wir gewohnt haben. Die Rechnung habe ich leider nicht, die hat Sieglinde. Sie wird sie Ihnen sicher zeigen."

Stellfeldt notierte sich die Zugzeiten und den Namen des Hotels. „Was haben Sie am Samstagabend genau gemacht?"

„Wir waren in einem Fernsehstudio. Sieglinde hat an einer Podiumsdiskussion teilgenommen. Deswegen sind wir überhaupt nur nach Baden-Baden gefahren. Sie wurde von einer Wirtschaftsvereinigung zu diesem Abend eingeladen. Außerdem dachte sie, wir könnten uns ein schönes Wochenende machen nach all dem Trubel der letzten Woche."

„Können Sie mir noch den Namen des Diskussionsleiters und des Veranstalters geben?"

Teck zog einen weiteren Brief aus ihrer Tasche und benannte ihm beides.

„Ich danke Ihnen, Frau Teck", sagte Stellfeldt freundlich. „Wir müssen das natürlich von den jeweiligen Personen bestätigen lassen, aber damit dürfte alles geklärt sein."

Die Beamten verließen die Wohnung und stiegen die Treppen ins Dachgeschoß hinauf.

„Kommen Sie herein", sagte Frau Rauch lethargisch, als sie ihre Tür öffnete. „Was wollen Sie denn nun schon wieder? Ich konnte vorgestern nacht ewig nicht mehr einschlafen, nachdem Sie mich wachgeklingelt hatten."

„Genau um diese Sache geht es uns jetzt noch einmal", betonte Stellfeldt.

Sie waren unterdessen ins Wohnzimmer getreten. „Können Sie uns bitte nochmals beschreiben, wie Ihr Samstagabend abgelaufen ist? Mein Kollege wird Ihre Aussage aufnehmen. Es ist wirklich wichtig, daß Sie alle Details bedenken."

„Aber das hatten wir doch schon", entgegnete Rauch mit einer Spur von Ungeduld in der Stimme. Sie nahm sich ein Zigarette. „Ich war den ganzen Abend hier zu Hause, und gegen acht Uhr kam Carina Jakobi zu mir herüber. Sie hatte eine Flasche Rotwein dabei und fragte, ob ich Lust hätte, diese mit ihr niederzumachen."

„Wie lange blieb Frau Jakobi bei Ihnen?"

„Sie ist gegen Mitternacht wieder gegangen, aber ich weiß es nicht ganz genau, weil ich erst auf die Uhr gesehen habe, als ich die Rotweingläser in die Küche brachte."

„War Frau Jakobi die ganze Zeit über bei Ihnen, oder ist sie zwischendurch weggegangen?"

„Nein, sie war die ganze Zeit hier."

„Kann das außer Ihnen noch jemand bezeugen?"

„Nein, natürlich nicht, wir waren doch allein. Im Haus war niemand, deswegen haben wir ja die Tür abgesperrt."

„Worüber haben Sie den Abend lang geredet?"

„Das waren völlig unterschiedliche Sachen. Über Carinas neue Bilderausstellung, die sie für das nächste Jahr plant, und darüber, wie es jetzt hier im Haus weitergehen soll, und natürlich auch über die Sache mit Peter Siebert, aber auch über ein paar Kinofilme, die wir beide gesehen haben. Wir haben einfach über alles geschwatzt, was uns gerade eingefallen ist."

„Kam es schon früher vor, daß Frau Jakobi einfach mal am Abend bei Ihnen vor der Tür stand und mit Ihnen eine Flasche Wein trinken wollte?"

„Ja, da wir beide hier oben wohnen, haben wir uns angefreundet, und da kam es schon manchmal vor, daß wir uns gegenseitig besucht haben."

„Es war also nichts Außergewöhnliches? Sie waren nicht erstaunt, als Frau Jakobi am Samstagabend geklingelt hat?"

„Nein, ganz und gar nicht."

„Gut, wir werden vielleicht nochmals auf Sie zurückkommen müssen, bitte denken Sie in der Zwischenzeit noch einmal gut über den Abend nach, und falls Ihnen noch etwas einfällt, rufen Sie uns an." Stellfeldt gab Frau Rauch eine seiner Visitenkarten.

Sie verabschiedeten sich und gingen eine Tür weiter zu Carina Jakobis Wohnung. Diese bedachte die Beamten mit einem resignierten Blick und stellte klar, daß sie heute nicht viel Zeit habe. Sie erwarte in einer halben Stunde Besuch von einem Kunden und wäre froh, wenn die Beamten bis dahin wieder verschwunden seien.

„Wir werden uns bemühen", meinte Stellfeldt unbestimmt.

„Dann kommen Sie am besten gleich zur Sache", schlug Jakobi vor.

„Ja, richtig. Es geht nochmals um den Samstagabend. Sie sagten uns schon, daß Sie bei Frau Rauch waren. Können Sie sich noch an die Uhrzeit erinnern?"

„Ich bin gegen 20 Uhr zu Susanne hinüber und erst gegen Mitternacht wieder zurück."

„Gibt es irgendjemanden außer Frau Rauch, der bezeugen kann, daß Sie den ganzen Abend bei ihr waren? Oder zumindest in der Zeit von 22 bis 23 Uhr?“

Jakobi sah ihn fassungslos an. „Sie glauben doch nicht im Ernst, daß ich etwas mit dem zweiten Mord zu tun habe! Ich weiß ja noch nicht einmal, wer umgebracht wurde. Das ist doch völlig abwegig.“

„Nein, leider nicht, Frau Jakobi. Deswegen sind wir ja auch so bemüht zu überprüfen, wo Sie waren. Es ist also in Ihrem ureigensten Interesse, wenn Sie uns weiterhelfen.“

„Aber da war niemand außer Susanne“, rief Frau Jakobi völlig verstört. „Wer sollte uns gesehen haben?“

„Hat Sie vielleicht jemand angerufen?“

Die Frau schüttelte stumm den Kopf. Sie war in sich zusammen gesunken. Ihr schien klar zu werden, daß die Beamten ihren Verdacht ernst meinten.

„Ich kann Ihnen niemanden benennen, aber ich war wirklich den ganzen Abend hier“, beteuerte sie verzweifelt.

Stellfeldt wollte detaillierte Gesprächsthemen wissen. Frau Jakobis Antworten deckten sich weitestgehend mit dem, was Frau Rauch gesagt hatte. Sollten sie sich abgesprochen haben, hatten sie es zumindest gründlich durchdacht.

Hackenholt und Berger fuhren in der Zwischenzeit zu Frau Damps' Schwester. Der Hauptkommissar hatte kurz zuvor telefonisch ihren Besuch angekündigt.

Frau Damps saß wieder auf dem Sofa, auf dem sie schon bei ihrem ersten Besuch gesessen hatte, jedoch war sie nicht mehr in eine Decke gehüllt. Sie sah bedeutend besser aus: die Ringe unter ihren Augen waren verschwunden, und ihre Haut hatte nicht mehr den fahlen Teint. Dennoch bestand Hackenholt darauf, daß sich die Schwester auch bei diesem Gespräch dazu setzte. Er war zwar bemüht, Frau Damps die Nachricht von Degels Tod so schonend wie möglich beizubringen, aber man konnte ja nie wissen, wie sie darauf reagieren werde.

Das Gespräch leitete er so unverfänglich wie möglich ein, indem er nach ihren Wochenendaktivitäten fragte.

„Wir haben ein Wochenendhaus am Starnberger See. Sie müssen wissen, ein Großteil unserer Verwandtschaft lebt dort unten. Dieses Wochenende sind wir zu einem großen Familientreffen hingefahren. Ein Großonkel von uns feierte seinen 90. Geburtstag, und die ganze Familiensippe kam zusammen", beantwortete Frau Damps' Schwester die Frage.

„Von wann bis wann waren Sie denn weg?"

„Wir sind am Samstagvormittag losgefahren und erst Sonntagnacht wieder zurückgekehrt."

„Können Sie sich noch erinnern, was Sie am Samstagabend gemacht haben?" forschte Hackenholt weiter.

„Da haben wir Raclette gegessen und die Nachbarn dazu eingeladen. Wissen Sie, das sind ganz reizende Leute, die sich toll um unser Haus kümmern, wenn wir nicht da sind."

Hackenholt nickte unbestimmt. „Wie lange ging das Essen?"

„Die Nachbarn sind gegen halb acht gekommen und verabschiedeten sich erst nach Mitternacht." Nach einem Moment des Zauderns fügte sie hinzu. „Möchten Sie deren Name und Telefonnummer? Sie werden unsere Angaben sicherlich nachprüfen wollen."

Hackenholt war dankbar für ihr Verständnis. Sie holte ein abgegriffenes Notizbüchlein aus ihrer Tasche und nannte beides.

„Ist das denn wirklich nötig, daß Sie diese armen Leute auch noch mit hineinziehen?" wollte Frau Damps nun doch wissen. „Vielleicht sagen Sie uns erst einmal, warum Sie sich dafür überhaupt interessieren."

„Frau Damps", leitete Hackenholt die Unterhaltung bemüht sachte auf die traurige Nachricht über, „am Samstagabend ist leider erneut etwas passiert." Er machte eine kleine Pause, um der Frau Zeit zu geben, sich zu wappnen. „Es wurde ein Mordanschlag auf Herrn Degel verübt, den er nicht überlebt hat."

„Jürgen Degel?" flüsterte Monika Damps ungläubig.

Hackenholt nickte.

Sie schluckte. „Was geht denn da vor? Ich meine, wer kann es denn auf die zwei abgesehen haben?"

Diese Frage konnte ihr Hackenholt nicht beantworten, statt dessen versuchte er sie davon zu überzeugen, daß sie ihm helfen müsse. „Die Verdachtsmomente verdichten sich, daß es sich um eine Täterin handelt. Wir interessieren uns für Frauen, die sowohl Herrn Siebert als auch Herrn Degel gekannt haben."

„Ich weiß gar nicht, was ich dazu sagen soll", meinte Monika Damps hilflos. „Peter und Jürgen waren ständig zusammen unterwegs, wenn Jürgen in Nürnberg war. Ich bin mir sicher, daß er die Wurzel allen Übels ist."

„Können Sie uns etwas über Herrn Degels Leben und seinen Umgang sagen?“

„Ich kannte ihn kaum, aber ich habe ihn abgrundtief verabscheut. Er war vulgär und hatte kein bißchen Anstand.“

„Herr Degel soll sich bei seinen Besuchen in Nürnberg immer ausgelebt haben“, tippte Hackenholt an.

„Ja, so kann man das auch nennen“, erwiderte die Frau erbittert.

„Er soll sich auch mit Frauen getroffen haben“, versuchte es Hackenholt weiter, als sie dazu nicht mehr sagte. „Haben Sie eine Idee, wo er die kennengelernt haben könnte?“

„Ich habe Ihnen ja schon gesagt, daß Peter immer äußerst abweisend wurde, wenn Jürgen in Nürnberg war, und sich sehr unter dessen Einfluß veränderte. Er erzählte mir nie etwas darüber, was sie unternahmen. Ich wollte es auch gar nicht wissen, weil ich mir schon dachte, daß nicht nur Alkohol, sondern auch Frauen im Spiel waren.“

„Aber Sie haben zu keinem Zeitpunkt einen Hinweis auf eine Frau in der Wohnung gefunden, und Herr Siebert hat auch nie einen Namen erwähnt, der Sie hätte aufhorchen lassen?“ fragte Hackenholt nun direkt nach.

Sie schüttelte den Kopf. „Ich habe nichts mitbekommen, nur das eine Mal, von dem ich Ihnen schon erzählt habe.“

„Frau Damps, wir haben bei Herrn Siebert auch Pornos gefunden. Solche, die man nicht im Laden kaufen kann. Wußten Sie davon?“

„Nein“, sagte sie leise, „aber inzwischen verwundert es mich nicht mehr. Er scheint wirklich völlig anders gewesen zu sein, als ich ihn zu kennen glaubte.“

„Können Sie sich vorstellen, woher die Videos stammten?“

Sie zuckte nur mit den Schultern. „Auch da würde ich wieder auf Jürgen Degel tippen. Er schien zu allem seine Verbindungen zu haben. Manchmal hat er Peter auch Marihuana mitgebracht. Zumindest behauptete Peter das, als ich ihn fragte, woher er das Zeug habe.“

„In unserem letzten Gespräch sagten Sie, Herr Siebert habe sich wegen einer anderen Frau von Ihnen getrennt. Wer könnte diese Frau sein? Wer hat Ihnen davon erzählt?“

„Das war Jürgen Degel“, sagte Frau Damps sichtbar verlegen. „Ich traf ihn auf der Straße und konnte ihm nicht mehr rechtzeitig ausweichen. Das war erst vor zwei oder drei Wochen. Er hat mich mit einem ganz fiesen Grinsen gefragt, wie es mir gehe und ob ich mir schon ein neues Opfer gesucht hätte.“ Sie schluckte. „Dann erwähnte er noch, daß Peter eine Neue habe, die echt klasse sei, die putze auch bei ihm und so. Ich habe ihn stehen gelassen und bin wutentbrannt weitergegangen.“

„Wer diese Frau sein könnte, wissen Sie nicht zufällig?“

„Nein. Im Nachhinein bin ich mir auch gar nicht sicher, ob er es überhaupt ernst meinte. Inzwischen glaube ich, er hat das einfach erfunden. Ich hatte eher den Eindruck, daß er mich verletzen, und nicht, daß er etwas über Peter mitteilen wollte.“

Hackenholt nickte bedauernd.

„Jetzt habe ich noch eine wichtige Frage. Welche Personen kennen Sie, deren Namen mit ‚C‘ beginnen und die sowohl Herrn Siebert wie auch Herrn Degel kannten?“

Frau Damps sah den Hauptkommissar skeptisch an. „Wenn Sie mich das jetzt so fragen, fällt mir spontan überhaupt niemand ein. Haben Sie es mit Peters Notizbuch versucht?“

Hackenholt nickte. „Das haben wir uns schon angesehen, doch es könnte weitere Leute geben, die Herr Siebert kannte, die aber nicht in dem Büchlein stehen. Es ist völlig egal, ob es Vor- oder Nachname ist, es kann auch ein Spitzname sein.“

Frau Damps versprach ihm, darüber nachzudenken.

Schließlich holte Hackenholt noch einen kopierten Papierschnipsel mit der Kalligraphie des Briefs aus der Tasche. „Haben Sie bei Herrn Siebert jemals einen Brief oder irgend etwas in dieser Handschrift gesehen?“

Frau Damps sah sich das Papier genau an, bevor sie den Kopf schüttelte. „Nein, so etwas habe ich nie gesehen. Eine so schöne Schrift wäre mir sicher aufgefallen.“

Hackenholt stieg auf dem Präsidiumsparkplatz aus seinem Auto und bat Berger, direkt zu Günther Degel zu fahren, diesen von zu Hause abzuholen und zur offiziellen Identifizierung seines Bruders ins Leichenschauhaus zu begleiten, bevor er ihn zu Hackenholt und Wünnenberg aufs Präsidium brächte.

In seinem Zimmer hängte Hackenholt seine Jacke auf und ging zur Toilette, um sich Gesicht und Hände zu waschen. Er hatte Kopfschmerzen. Im Sozialraum kochte er Kaffee und suchte nach einer Schachtel Aspirin. Dann setzte er sich an seinen Schreibtisch und begann einen Bericht über das Gespräch zu schreiben und die Angaben, die Frau Damps’ Schwester gemacht hatte, zu überprüfen. Als er damit fertig war, sah er auf die Uhr.

Nebenan waren Wünnenberg und Stellfeldt ebenfalls mit ihren Berichten beschäftigt. Stellfeldt blickte auf, begrüßte Hackenholt und setzte ihn grob über die neu gewonnenen Erkenntnisse ins Bild. Er erklärte, Tecks Aussage noch nachprüfen zu müssen, daß es aber so aussehe, als ob sie ein sicheres Alibi habe.

„Ihr solltet bei Degel nachbohren, ob es eine Verbindung zu Frau Jakobi gibt, abgesehen von diesem einen Bild, das ruiniert wurde, meine ich."

Hackenholt machte sich eine Notiz. Dann ging er mit Stellfeldt die Details durch, auf die es ihm bei der telefonischen Befragung der Stammtischbrüder, die Stellfeldt und Berger übernehmen sollten, besonders ankam. Sie sollten bei allen noch einmal explizit nach Frauen fragen, die beide Opfer gekannt hatten und deren Namen mit ‚C' begannen.

Kurz darauf rief Berger vom Wachraum aus an und sagte Bescheid, daß er mit Degel aus dem Leichenschauhaus zurück sei.

Günther Degel saß mit dem Rücken zur Tür, als Hackenholt den Raum betrat. Nachdem er neben Wünnenberg Platz genommen hatte, bemerkte er, wie schlecht Degel aussah. Er schien den Besuch in der Leichenhalle nicht sonderlich gut verkraftet zu haben. Später sollte ihm Berger erzählen, daß er sich im Flur übergeben habe, nachdem ein Mitarbeiter das Tuch vom Gesicht seines Bruders gezogen hatte.

„Kann ich bitte ein Glas Wasser haben?" bat Degel.

„Natürlich", erwiderte Hackenholt und nickte Wünnenberg zu, der sich erhob, um das Gewünschte zu holen. In der Zwischenzeit packte Degel seine Zigaretten aus und steckte sich eine an. Hackenholt bemerkte, wie stark Degels Finger zitterten. Er hatte Schwierigkeiten, sein Feuerzeug zu entzünden. Wortlos schob ihm der Ermittler einen Aschenbecher zu und wartete auf Wünnenbergs Rückkehr. Erst dann begann er mit seinen Fragen.

Obwohl Degel so verstört wirkte, zeigte er immer noch keinerlei Bereitschaft, mit den Beamten zu sprechen. Vielmehr hatte Hackenholt den Eindruck, daß er sogar noch einsilbiger wurde, sofern das überhaupt möglich war.

Er versuchte Degel ernsthaft klar zu machen, daß ein weiterer Mord nicht auszuschließen sei, insbesondere, solange das Motiv nicht klar sei.

Degel blieb indes hartnäckig bei seiner Aussage, sein Bruder sei ein Einzelgänger gewesen, und habe außer ihm und Peter Siebert keine Freunde gehabt. Er bestritt, daß Peter oder sein Bruder sich irgend etwas hätten zu Schulden kommen lassen. Beide waren in seinen Augen ein wahrer Ausbund an Tugend gewesen und hätten niemals mit irgendwelchen Menschen Probleme bekommen. Hackenholt begann sich ernsthaft zu fragen, ob Günther Degel tatsächlich diese irrige Meinung hegte oder nur die Augen vor der Realität verschloß. Obwohl sie mehrere Stunden lang wieder und wieder alle Aspekte durchkauten, konnte Degel ihnen nicht sagen, wo sein Bruder die Frauen kennengelernt hatte, wobei es sowieso nur eine Handvoll davon geben sollte. Sein Bruder sei keiner gewesen, der sehr auf Frauen geachtet habe, natürlich habe er ein bißchen Spaß haben wollen, aber wollte das nicht jeder? Zudem wollte Degel nur Männernamen, die mit ‚C' begannen, kennen. Die Schriftprobe, die sie ihm schließlich von dem Brief zeigten, wollte er noch nie gesehen haben.

Als sie um halb sechs erschöpft aufgaben, wirkte Degel deutlich erleichtert.

„Wo können wir Ihre Frau erreichen, Herr Degel?" wollte Hackenholt abschließend wissen.

„Das kann ich Ihnen nicht sagen, sie ist seit dem Wochenende nicht mehr nach Hause gekommen."

„Aber Sie sagten doch, sie sei zu einer Freundin gegangen", widersprach Hackenholt.

„Ja, aber da war sie nicht. Zumindest behauptet das die Freundin."

„Wir müssen dringend mit ihr sprechen. Wie lautet die Telefonnummer der Freundin?"

„Die weiß ich nicht auswendig." Immerhin konnte er den Beamten Namen und Adresse nennen.

Hackenholt ließ Wünnenberg bei Degel sitzen, während er in sein Zimmer ging, die Telefonnummer nachschlug und sodann bei der Dame anrief. Er stellte sich vor und erklärte, dringendst mit Frau Degel sprechen zu müssen. Die Frau bat um seine Telefonnummer, damit Frau Degel zurückrufen könne, sie wolle deren momentane Telefonnummer nicht einfach so an einen Unbekannten herausgeben. Hackenholt nannte ihr die Nummer der Zentrale und erklärte ihr, nach wem Frau Degel fragen möge. Die Frau versprach sofort zurückzurufen.

Keine zwei Minuten später schellte Hackenholts Telefon, und Frau Degel meldete sich.

„Sie wollten mich dringend sprechen?" fragte sie unsicher.

„Ja, Frau Degel. Es geht um den Tag, an dem meine Kollegen bei Ihnen waren. Sie erinnern sich?"

„Wie sollte ich das vergessen?“

„Während des Gesprächs kam ihr Schwager in die Wohnung. Können Sie sich noch erinnern, was er in der Hand hielt?“

Die Frau dachte einen Moment nach. „Er hatte ein Briefkuvert in der Hand. Ich war erstaunt, daß die Post schon da gewesen sein sollte, weil sie meist erst am Nachmittag gegen 14 Uhr kommt.“

„Wissen Sie noch, wie das Kuvert ausgesehen hat?“

Wieder war es einen Moment lang still in der Leitung.

„Ich glaube, es war cremefarben.“

„Hat er irgend etwas zu diesem Brief gesagt? Hat er erwähnt, von wem er ihn bekam oder daß er eine Einladung erhalten habe?“

„Nein, er hat überhaupt nichts in dieser Richtung erwähnt. Ganz sicher nicht. Ich habe überhaupt nicht mehr richtig mit ihm gesprochen. Statt dessen habe ich nur noch mit meinem Mann gestritten und bin dann mit den Kindern weg, weil ich es nicht mehr ausgehalten habe.“ Sie stutzte einen Augenblick und schloß die Frage an, ob Jürgen etwas ausgefressen habe.

Hackenholt mochte sie nicht am Telefon über den Tod ihres Schwagers unterrichten, konnte ihr aber auch schlecht sagen, daß Degel nichts ausgefressen habe, ohne sich schäbig vorzukommen. So bat er sie, mit ihrem Mann in Kontakt zu treten und fügte an, daß dieser im Moment sicher Beistand nötig habe.

Nachdem er das Gespräch beendet hatte, ging der Hauptkommissar ins Vernehmungszimmer zurück und bat Wünnenberg, Degel zum Ausgang zu bringen.

Inzwischen lüftete er den Raum, um die abgestandene und vom Zigarettendunst geschwängerte Luft hinauszulassen. Er ging in Stellfeldts Büro und drängte nach einem gemeinsamen Besprechungstermin.

Stellfeldt bat um die obligatorischen fünf Minuten, die sich dann auf zehn ausweiteten, aber schließlich saßen alle gegen sechs Uhr um den großen Tisch.

Hackenholt faßte das vormittägliche Gespräch mit Frau Damps zusammen und stellte dar, daß sie für die Tatzeit ein Alibi habe. Dem schloß sich Stellfeldt an, der das gleiche bezüglich Frau Teck und Frau von Liebscher zu berichten wußte. Sodann erzählte Hackenholt von dem ergebnislosen Nachmittag, den er und Wünnenberg mit Degel verbracht hatten, und von Frau Degels Bestätigung, daß ihr Schwager einen Brief erhalten habe, sie aber nichts weiter darüber wisse.

Dieses Stichwort griff Stellfeldt wiederum auf: auch die Stammtischbrüder hätten alle mit Nichtwissen geglänzt. Alles, was bei ihrer nachmittäglichen Telefonaktion herausgekommen war, sei ein Berg Papier, aber kein einziger Hinweis auf eine Frau namens ‚C'. Auch sonst konnte niemand einen engeren Freund Degels benennen. Da es daran nichts weiter zu diskutieren gab, wandten sie sich dem Thema Carina Jakobi zu. Stellfeldt berichtete ausführlich von ihrer Befragung und dem, was Frau Rauch ausgesagt hatte. Sie wogen ab, wie ernsthaft sie in Frau Jakobis Richtung ermitteln wollten.

Die Besprechung endete mit der Aussicht, am folgenden Morgen damit zu beginnen, Sieberts gesamtes Telefonregister durchzutelefonieren, um vielleicht doch noch etwas Neues herauszubekommen.

Nachdem sich alle verabschiedet hatten, ging Hackenholt allein in sein Zimmer zurück. Er wollte abermals ein paar Berichte durchlesen und nachsehen, ob in der Zwischenzeit schon Reaktionen von den Kollegen in Brandenburg gekommen waren. Da er jedoch keine Neuigkeiten vorfand, griff er zum Telefonhörer und rief Sophie an, vielleicht wollte sie ja mit ihm essen gehen.

„Möchtest du wirklich in eine Kneipe gehen?" fragte Sophie, als er eine knappe Viertelstunde später bei ihr war. „Wollen wir es uns nicht lieber hier gemütlich machen, und ich koche uns etwas Leckeres?"

„Das machen wir ein anderes Mal. Am Wochenende, wenn ich am nächsten Tag nicht früh aufstehen und arbeiten muß."

„Hat es damit zu tun, daß du meinen Nachbarinnen nicht über den Weg laufen willst?" fragte sie leise.

Er wich ihrem fragenden Blick aus, gab es dann aber zu. „Ja, solange die Ermittlungen noch laufen, habe ich einfach ein ungutes Gefühl, zu viel privat hier zu sein. Wenn die Sache abgeschlossen ist, ist es etwas anderes."

„Aber das ist doch Quatsch, das hat doch nichts miteinander zu tun!"

„Es tut mir leid", sagte Hackenholt niedergeschlagen.

Es entstand eine Pause, die schließlich von Sophie gebrochen wurde.

„Ich wollte dir noch etwas zeigen."

Hackenholt folgte ihr ins Wohnzimmer. Dort schaltete sie das Licht an und zeigte ihm ihr Telefon. „Ich habe mitbekommen, daß ihr Carina heute in die Mangel genommen habt. Ich weiß, ich muß mich aus deinen Ermittlungen heraushalten, aber ich wollte dir trotzdem etwas zeigen." Sie hielt ihm ihr Telefon hin. „Mein Telefon zeigt an, wer angerufen hat, wenn ich den Anruf nicht annehme. Schau, hier stehen Uhrzeit und Datum und da die Telefonnummer beziehungsweise der Name, wenn ich die Nummer eingespeichert habe."

Hackenholt nickte, er wußte nicht so genau, worauf Sophie hinauswollte.

„Hier kannst du sehen, daß Carina am Samstagabend, als ich bei dir war, dreimal angerufen hat. Einmal um 21.07 Uhr und dann noch einmal um 21.58 Uhr und schließlich um 22.33 Uhr."

Hackenholt nickte. „Jeder könnte mit ihrem Telefon deine Nummer gewählt haben. Außerdem wäre ihr immer noch genug Zeit geblieben, zur Burg zu gehen. Von hier aus sind das höchstens fünf Minuten", versuchte er möglichst sachlich und sanft zu entgegnen.

„Das ist mir schon klar", seufzte Sophie. „Aber sie hat auch auf meinen Anrufbeantworter gesprochen." Sophie bückte sich und spulte das Gerät zurück. „Ich habe bewußt keinen Anruf gelöscht."

Nach einem Pfeifton erklang Carina Jakobis Stimme: „Sophie? Ich sitze gerade mit Susanne bei einem Glas Wein zusammen. Wenn du heimkommst und noch Lust hast, dann komm doch zu uns rauf, wir würden uns freuen." Nach dem Text folgte die Ansage der Uhrzeit: 22.33 Uhr, und nach einem Pfeifton kam schon die nächste Nachricht. Sophie stellte das Gerät schnell auf lautlos.

„Kannst du nicht über die Telekom nachprüfen, daß sie wirklich zu diesen Uhrzeiten bei mir angerufen hat, oder sonst etwas machen?"

Hackenholt dachte nach, seine Antwort blieb dennoch denkbar vage: „Wenn sie nichts mit der Sache zu tun hat, werden wir das feststellen." Er haßte sich für diese Floskel.

Sophie warf ihm einen Blick zu, der nicht allzu viel Zuversicht ausdrückte.

„Du mußt Vertrauen in unsere Arbeit haben", beschwor er sie.

Sophies Blick wurde noch zweifelnder.

„Komm, fahren wir zu mir", schlug Hackenholt vor, um sie abzulenken. „Du kannst kochen, während ich dusche. Außerdem habe ich ja einen vollen Kühlschrank, und es wäre schade, wenn die Sachen verderben."

20

Der Dienstag verlief genauso wie das Wetter: grau, dunkelgrau, schwarz.

Bis Mittag gab es nichts Ereignisreiches zu berichten. Berger saß zusammen mit seiner Kollegin Glahn im Besprechungszimmer und arbeitete sich nochmals durch all die Ausdrucke, die Kollege Kaselow von Sieberts Disketten und CD-Roms gemacht hatte. Hackenholt hatte sie damit beauftragt. Er dachte, daß sich nun mit den neuen Hinweisen auf den Frauennamen mit ‚C' vielleicht etwas entdecken lasse, was bislang übersehen worden war.

Eine Zeitlang half er den beiden Beamten dabei, dann ging er jedoch in sein Büro, um ungestört seinen Überlegungen nachhängen zu können. Indes fand er keine Ruhe, sondern pilgerte angespannt im Zimmer auf und ab.

Wünnenberg saß bei Stellfeldt im Büro. Gemeinsam hatten sie begonnen, Sieberts Telefonregister durchzutelefonieren. Stellfeldt von hinten, Wünnenberg von vorne. Bis sie sich in der Mitte träfen, würden noch einige Stunden vergehen.

Gegen Mittag gingen alle zusammen zum Essen in die Kantine. Keiner wußte irgendwelche Neuigkeiten zu berichten. Auch der Kollege aus Brandenburg hatte sich noch nicht wieder bei Hackenholt gemeldet, so daß dieser allmählich wie auf Kohlen saß.

Der Nachmittag zog sich mindestens genauso schlimm hin wie der Vormittag, wenn nicht sogar noch schlimmer. Hackenholt wanderte weiterhin unruhig durch die Räume und fragte immer wieder bei den zwei Gruppen nach, ob sie nicht doch irgend etwas entdeckt hätten. Gegen vier Uhr hielt er es nicht mehr aus und rief seinen Kollegen Palmowski in Brandenburg an. Leider erreichte er ihn nicht persönlich, sondern nur eine Schreibkraft, zumindest dachte Hackenholt das, bis sich herausstellte, daß er mit Palmowskis Vertretung sprach. Der Kollege hatte am Abend einen Herzinfarkt erlitten und lag nun auf der Intensivstation.

Die deutlich jüngere Kollegin war gerade erst dabei, sich in all die Unterlagen einzuarbeiten, die sie auf Palmowskis Schreibtisch vorgefunden hatte. Bis zu Hackenholts Telefax war sie noch nicht vorgedrungen. Hackenholt mußte sich auf die Zunge beißen, um nicht laut loszubrüllen.

So eindringlich wie möglich schilderte er der Kommissarin, an welchem Fall er in Nürnberg gerade arbeite und wie wichtig es für sein Team sei, daß Jürgen Degels Wohnung durchsucht werde. Es seien schon mehr als 32 Stunden nutzlos verstrichen.

Die junge Polizistin zeigte zwar größtes Verständnis für Hackenholts Situation, konnte ihm jedoch nicht versprechen, daß sie es noch an diesem Tag schaffen werde, sich um sein Problem zu kümmern – bei ihnen gehe gerade alles drunter und drüber. Sie wollte die Durchsuchung jedoch bis spätestens Mittwochmittag erledigt haben.

Hackenholt warf den Hörer auf die Gabel. Als habe das Telefon ihm diesen Angriff übel genommen, begann es sofort wieder zu klingeln, sobald der Hörer auf die Gabel krachte.

Es war Martin Müller, der Antiquitätenhändler. Der Hauptkommissar fragte, was er für ihn tun könne. Der Mann machte einen etwas verlegenen Eindruck, faßte sich schließlich aber doch ein Herz und begann: „Gestern hat Ihr Kollege, Herr Stellfeldt, bei mir angerufen und noch einmal ganz explizit nach Frauen in Peter Sieberts Leben gefragt. Das hat mich die ganze Zeit nicht mehr losgelassen, ich habe immer wieder darüber nachdenken müssen."

Hackenholt merkte, daß er den Telefonhörer fester umklammerte. „Ist Ihnen jemand eingefallen?" fragte er mit gepreßter Stimme.

„Ja, aber es ist vielleicht nicht von Bedeutung. Ich dachte, daß ich es Ihnen trotzdem besser sage."

„Ja? Wer ist Ihnen denn eingefallen?" drängte Hackenholt.

„Also, es ist so", begann Müller. Hackenholt hätte ihn am liebsten sofort unterbrochen, aber er schaffte es so gerade, seine Ungeduld zu bezähmen.

Müller räusperte sich. „Ich habe hier für den Laden eine Putzfrau, und die putzt auch manchmal bei mir in der Wohnung."

‚Gott steh mir bei', dachte Hackenholt, ‚wo soll das nur hinführen?!'

„Und die hat vorhin angerufen und gesagt, daß sie krank sei und morgen nicht kommen könne."

„So, so", entfuhr es Hackenholt, der sich nicht mehr beherrschen konnte. „Ich fürchte, ich verstehe nicht ganz, was das mit Herrn Siebert zu tun hat."

„Peter hatte seit kurzem eine Putzfrau", entgegnete Müller schlicht.

Eine Putzfrau. Das war nun wirklich das Allerletzte, worauf Hackenholt gehofft hatte.

„Wissen Sie, wie sie heißt?" fragte er schwach.

„Nein, tut mir leid, aber Peter hat davon erzählt, daß sie so toll sei und er sich schon viel früher eine Putzfrau hätte nehmen sollen.“

Hackenholt bedankte sich bei dem Mann für den Anruf. Er versuchte, seine Enttäuschung so weit wie möglich aus seiner Stimme zu halten, aber es gelang ihm nicht sonderlich gut.

Nachdem das Gespräch beendet war, saß der Hauptkommissar einen Moment lang, sein Gesicht in die Hände gestützt, da. Siebert hatte eine Putzfrau gehabt. Das hielt er für durchaus möglich, denn die Wohnung war ihm für einen Junggesellen mit Sieberts Hintergrund ziemlich sauber erschienen. Andererseits war es extrem unwahrscheinlich, daß sich die beiden Männer gemeinsam Sieberts Putzfrau zum Feind gemacht hatten, vor allem wenn dieser die Frau noch nicht so lange beschäftigte. Und wäre eine Putzfrau nicht einfach nicht mehr wiedergekommen, statt ihren Arbeitgeber und dessen Freund zu ermorden? Auch wenn es unwahrscheinlich klang, er durfte nichts ausschließen, immerhin konnte sie eine wertvolle Zeugin sein.

Hackenholt stand auf und ging in Stellfeldts Zimmer hinüber. Wenn Siebert wirklich eine Putzfrau hatte, so mußte sich die Nummer irgendwo in seinem Telefonregister finden.

„Habt ihr schon mit Sieberts Putzfrau gesprochen?“ wollte er von den beiden Kollegen wissen, nachdem sie ihre jeweiligen Telefonate beendet hatten.

„Wie kommst du jetzt darauf? Siebert war arbeitslos, der hatte sicher keine Putzfrau“, war Stellfeldts entgeisterter Kommentar.

Aber Wünnenberg schnippte mit den Fingern und holte Sieberts Telefonregister unter den Kopien, die sie davon gefertigt hatten, hervor. Ganz vorne auf der Innenseite des Einbands hatte Siebert das Wort ‚Putze‘ notiert, darunter stand eine Handynummer. Er zeigte Hackenholt den Einband: „Meinst du das?“

Hackenholt zuckte mit den Schultern. „Ich weiß nicht, aber Putze könnte schon Putzfrau bedeuten, wenngleich es sicher nicht gerade von sonderlicher Wertschätzung für die Dame zeugt.“

„Unter ‚P‘ wie Putzfrau ist zumindest kein Eintrag“, vermeldete Stellfeldt, der in seinen Kopien nachgeblättert hatte.

„Und ansonsten hat auch noch keine der Damen, mit denen ihr gesprochen habt, erwähnt, daß sie bei Siebert geputzt hat?“ wollte Hackenholt wissen.

Beide schüttelten den Kopf. „Wir haben aber auch nicht ausdrücklich danach gefragt“, gab Stellfeldt zu bedenken.

Hackenholt nickte. „Und was ist mit der Nummer da auf dem Einband? Habt ihr dort schon angerufen?“

Wünnenberg blätterte in einem Aktenordner, in dem sie die Notizen über die erledigten Telefonate abhefteten. „Ja, ich habe angerufen, aber es war nur eine Mailboxansage dran.“

Hackenholt besah sich den Eintrag auf der Innenseite des Einbandes nochmals genau. Kein Name, keine Adresse, nur die Nummer und das Wort ‚Putze‘ darüber.

„Ich möchte, daß ihr es unter der Nummer immer wieder versucht. Vielleicht kann sie uns etwas darüber sagen, ob ihr einmal eine andere Frau in Sieberts Wohnung begegnet oder ihr die Schrift beim Aufräumen aufgefallen ist.“

Als Hackenholt sich schon wieder zum Gehen abwenden wollte, fragte Wünnenberg: „Was ist mit heute abend, gehen wir zum Squash, oder, ähm, hast du etwas anderes vor?“

Hackenholt drehte sich um und grinste Wünnenberg spitzbübisch an. „Klar gehen wir zum Squash. Es ist Dienstag.“

In seinem Zimmer setzte er sich wieder an den Schreibtisch und zog die dicken Aktenordner heran, die diese beiden Fälle inzwischen füllten. Das Gefühl, etwas übersehen zu haben, wurde wieder stärker. Er schloß die Augen, um sich besser konzentrieren zu können, aber das Gefühl ließ sich nicht greifen.

Er begann erneut, die Zeugenaussagen durchzuarbeiten. Irgendwo mußte der Grund für seine Unruhe versteckt liegen. Bis um halb sechs war ihm nichts ins Auge gesprungen, das er mit seinem Gefühl in Einklang hätte bringen können. Wünnenberg trat ein und teilte mit, daß Stellfeldt gerade nach Hause gegangen sei und er Berger und Glahn auch gesagt habe, daß sie für heute Schluß machen sollten. Hackenholt nickte geistesabwesend.

„Ich habe noch zweimal die Telefonnummer der Putzfrau angerufen, aber es war immer nur die Mailbox dran.“

Nun blickte Hackenholt doch auf. „Mist. Wir müssen es unbedingt morgen weiter versuchen.“

Wünnenberg nickte. „Ich gehe dann auch. Wann wollen wir uns treffen?“

„Wie immer um acht Uhr?“

Wünnenberg nickte nochmals. „Also, bis dann."

Hackenholt wälzte noch eine knappe weitere Stunde die Akten, kam aber nicht mehr so richtig voran. Es fiel ihm schwer, sich zu konzentrieren. Seine Kopfschmerzen vom Vortag drohten zurückzukehren.

Gegen halb sieben löschte er das Licht und verließ sein Büro. Zu Hause machte er sich den Rest des samstagabendlichen Essens warm. Normalerweise aß er vor dem Sport höchstens einen Salat, aber wenn er heute abend wieder nichts aß, fürchtete er, daß das leckere Essen schlecht werden würde.

Der Zettel, den er zusammen mit dem Zweitschlüssel für seine Wohnung am Morgen für Sophie auf den Küchentisch gelegt hatte, war verschwunden und durch einen neuen ersetzt worden.

‚Ich freue mich auf heute abend.' Nicht mehr und nicht weniger hatte sie geschrieben.

Beschwingt packte er seine Sportsachen in die große Tasche. Danach legte er sich auf das Sofa, um noch eine halbe Stunde seinen Gedanken nachzuhängen.

Gerade, als Hackenholt dabei war seine Schuhe anzuziehen, klingelte das Telefon.

„Gott sei Dank, daß ich dich noch erwische. Ich habe schon gefürchtet, du wärst bereits unterwegs." Wünnenberg klang ziemlich außer Atem. „Ich kann nicht zum Squash. Wir haben einen Rohrbruch im Keller. Mich hat gerade unser Hausmeister rausgeklingelt. Alles steht unter Wasser."

„Oh nein, so ein Pech", stöhnte Hackenholt mitfühlend.

„Jetzt warten wir auf die städtischen Wasserwerke, damit die das Wasser absperren, und dann können wir mit dem Auspumpen beginnen", fuhr Wünnenberg fort. „Und dabei haben wir noch Glück gehabt. Es ist wohl erst vor einer Stunde passiert. Als der Hausmeister in den Keller kam, stand das Wasser nur zwei Zentimeter hoch. Jetzt ist es schon fast auf Knöchelhöhe angestiegen. Der Hausmeister meinte, es sei purer Zufall gewesen, daß er ausgerechnet heute abend etwas an der Heizung überprüfen wollte."

Mehr gab es nicht zu sagen. Hackenholt verabschiedete sich und wanderte ergeben wieder auf sein Sofa zurück. Bis Sophie kam, würde es noch dauern. Sie hatte für den heutigen Abend einen Kochauftrag. Ursprünglich hatte sie danach gar nicht mehr zu ihm kommen wollen, aber er hatte sie am vergangenen Abend so inständig darum gebeten, daß sie ihm schließlich doch zusagte.

Er überlegte, wie er nun die Zeit bis dahin nutzen könne, und entschied sich, in seinem Nürnbergbuch weiterzulesen.

Als er merkte, daß er denselben Absatz zum dritten Mal las, schloß er das Buch und ließ seinen Gedanken freien Lauf. Irgend etwas in dem Gespräch mit Wünnenberg erinnerte ihn an etwas, das er vergessen hatte. Er ging das kurze Telefonat nochmals durch. Das Wasser, der Keller, der Hausmeister. Nein, mit Wasser hatte es nichts zu tun. Hausmeister und Keller. Der Hausmeister. Welcher Hausmeister? Plötzlich fiel es ihm wieder ein: Ute Jarosch, die junge Bedienung aus dem Stadtparkcafé. Ihr Name hatte sie zu dem Hausmeister in der Düsseldorfer Straße geführt. Der Samstag schien Hackenholt Lichtjahre zurückzuliegen. Am Samstagabend war Degel gestorben. Darüber hatte Hackenholt völlig vergessen, daß Wünnenberg und Berger noch hatten herausfinden wollen, wann und woran die junge Frau gestorben war.

Hackenholt stand auf und wählte Wünnenbergs Nummer. Es meldete sich nur der Anrufbeantworter. Er probierte es unter der Mobilnummer.

Wünnenberg nahm nach dem zweiten Klingeln ab.

„Ich weiß, daß es ein ungünstiger Moment ist, aber mir ist gerade etwas eingefallen, an das ich mich nur erinnert habe, weil du von dem Hausmeister gesprochen hast."

„Ja?"

„Du wolltest doch am Samstagnachmittag mit Berger herausfinden, wann und woran Ute Jarosch gestorben ist."

„Ja, aber dabei kam nichts heraus, wir haben nichts gefunden. Sag mal, hat das nicht Zeit bis morgen? Ich stehe hier mitten im größten Trubel."

Hackenholt brummte etwas, das wie eine Zustimmung klang, und legte auf. Er beschloß, der Sache selbst nachzugehen.

Anstelle aufs Präsidium zu fahren, schlug Hackenholt am Mittwochmorgen den Weg zur städtischen Wohnungsbaugesellschaft ein. Er hatte Glück: das Büro war schon seit 7.30 Uhr geöffnet.

Nachdem er sich ausgewiesen und bestätigt bekommen hatte, daß das Anwesen in der Düsseldorfer Straße von der Gesellschaft verwaltet wurde, erklärte Hackenholt einer ältlichen Sachbearbeiterin sein Anliegen. Die Frau nickte, konnte sich aber nicht mehr an den Vorgang erinnern.

„In den Häusern herrscht ein reges Kommen und Gehen. Da kann ich mir wirklich nicht alle Namen merken. Aber wenn der Wechsel dieses Jahr stattfand, wie Sie sagten, muß ich die Unterlagen noch hier im Büro haben."

Eine Weile tippte sie am Computer herum.

„Da haben wir es. Die Wohnung wurde Ende Juni gekündigt. Warten Sie einen Moment, ich hole mir die Akte."

Sie stand auf und trat an einen mächtigen Aktenschrank. Zielsicher griff sie nach einem Ordner. Während sie ihn aufschlug, murmelte sie leise ‚Ute Jarosch' vor sich hin.

„In dem Appartement wohnt jetzt Frau Budczeka, aber das interessiert Sie wahrscheinlich nicht." Sie blätterte ein paar Seiten zurück und las stumm eine Notiz durch.

„Ja, jetzt weiß ich es wieder", stieß sie dann hervor. „Das war die junge Frau, die so plötzlich gestorben ist. Schreckliche Sache. Ihre Schwester kam zu uns und bat, wegen der besonderen Umstände nicht auf die Einhaltung der Kündigungsfrist zu bestehen. Sie sagte, sie habe die Wohnung schon geräumt und wollte wissen, ob wir sie zu einem früheren Termin anderweitig vermieten könnten. Da wir immer eine lange Warteliste haben, machten wir eine Ausnahme."

Sie sah Hackenholt erwartungsvoll an. Der Hauptkommissar ermunterte sie mit einer Geste fortzufahren.

„Das ist im Grunde genommen alles. Wir haben einem vorzeitigen Kündigungstermin zugestimmt, nachdem der Hausmeister die Wohnung inspiziert und uns bestätigt hatte, daß sie leer geräumt und sauber sei."

„Haben Sie den Namen und die Anschrift von Frau Jaroschs Schwester?"

„Ja, natürlich. Wir haben ihr einen Brief mit einem Scheck über die Mietkaution geschickt, weil wir die Bankverbindung nicht wußten."

Die Frau griff nach einem Notizblock auf ihrem Schreibtisch, und schrieb die Adresse auf. „Die Schwester heißt Konstanze Koch und wohnt im Wildenfelsweg. Eine Telefonnummer habe ich aber nicht."

„Können Sie sich erinnern, woran Frau Jarosch gestorben ist?" wollte Hackenholt, schon im Aufstehen begriffen, noch von der Frau wissen.

Sie schüttelte jedoch den Kopf. „Nein, das weiß ich nicht, aber sie war ja noch so ein junger Mensch, da wird es sicher eine Krankheit oder ein Unfall gewesen sein."

Hackenholt bedankte sich und verließ das Gebäude.

Danach fuhr er zum Rathaus. Im dortigen Büro, welches für Sterbefälle zuständig war, mußte er einen Moment auf einen freien Sachbearbeiter warten. Dieser fragte ihn sodann mit gebührend gedämpfter Stimme, was er für ihn tun könne, bis er bemerkte, daß Hackenholt nicht gekommen war, um persönlich einen Sterbefall anzuzeigen.

Der Hauptkommissar erklärte ihm, wonach er suchte. Der Mann tippte die Personalien von Ute Jarosch in den Computer. Hierbei kam es ihnen zugute, daß sich Hackenholt im Stadtparkcafé nicht nur Frau Jaroschs Namen und Adresse, sondern auch ihr Geburtsdatum notiert hatte. Nach wenigen Knopfdrucken zeigte der Bildschirm das Sterbedatum an.

„Können Sie auch die Todesursache feststellen?" wollte der Hauptkommissar von dem Angestellten wissen.

Dieser nickte. „Natürlich, wir brauchen ja eine Kopie des Totenscheins, und auf dem muß immer die Todesursache vermerkt sein."

Er drückte weitere Knöpfe auf seiner Tastatur. Dann runzelte er die Stirn.

„Hier steht, daß Frau Jarosch an einer Tablettenintoxikation verstorben ist."

Hackenholt war sprachlos. Das bedeutete, daß es den Namen Ute Jarosch in einer Polizeiakte geben mußte, denn bei allen unnatürlichen Todesfällen mußte automatisch die Polizei hinzugezogen werden. Wünnenberg hatte anscheinend am Samstag richtig geschlampt, sonst hätte er den Namen routinemäßig im Computer abgefragt.

Reichlich betreten bedankte sich Hackenholt bei dem Mann und verließ schnell das Rathaus.

Zurück auf dem Präsidium setzte er sich sofort an seinen Computer und tippte verärgert Ute Jaroschs Namen ein. Das System zeigte ihm ein Aktenzeichen an. Während Hackenholt sich irritiert fragte, was Wünnenberg und Berger am Samstagnachmittag gemacht hatten, notierte er es und ging mit dem Zettel in der Hand in den Keller, wo sich ihr internes Archiv befand. Der Archivar brauchte nicht lange, um die Akte zu holen. Hackenholt unterzeichnete einen Beleg, der ihm gestattete, die Unterlagen mit in sein Büro zu nehmen.

Schon im Gehen blätterte er die wenigen Seiten durch, die der dünne Aktendeckel enthielt. Es gab einen Bericht von einer Kollegin, dem zu entnehmen war, daß Frau Jaroschs Schwester einen Abschiedsbrief erhalten hatte und daraufhin sofort zur Wohnung ihrer Schwester gefahren war. Zu diesem Zeitpunkt war Frau Jarosch jedoch schon knapp zwei Tage lang tot gewesen. Der hinzugezogene Hausarzt hatte die Polizei verständigt, und alles hatte seinen geregelten Lauf genommen. Eine Obduktion war angeordnet worden. Das Ergebnis lautete Tod infolge von Tablettenmißbrauch. Fremdverschulden schied aus. Die Akte war geschlossen worden.

Hackenholt sah einen Moment lang nachdenklich aus seinem Fenster auf den nun schon fast ganz kahlen Kastanienbaum, ohne diesen wirklich wahrzunehmen.

Damit endete auch diese Spur in einer Sackgasse. Siebert hatte nichts mit Ute Jaroschs Tod zu tun. Es blieb ihm nichts anderes übrig, als dort weiterzumachen, wo er gestern abend aufgehört hatte: er mußte sich wieder den Akten widmen und weiter die Zeugenaussagen durchlesen, doch zunächst ging er in Stellfeldts Zimmer hinüber.

Stellfeldt war allein und telefonierte. Als er das Gespräch beendet hatte, erklärte er auf Hackenholts Frage, daß Wünnenberg am Abend eine Überschwemmung im Keller gehabt habe und deshalb erst gegen Mittag auf die Dienststelle komme.

Hackenholt seufzte. „Und Christian?"

„Der sitzt drüben im Besprechungszimmer und geht weiter die Ausdrucke durch."

„Hast du es bei der Putzfrau probiert?"

„Ja, da schaltet sich aber nach wie vor nur die Mailbox ein."

Hackenholt ging zu Berger. Dieser wirkte ein bißchen verloren hinter all den Papierstapeln. Der Hauptkommissar sagte ihm, daß er sich mit in sein Büro setzen könne.

Konzentriert arbeiteten die beiden Beamten bis Mittag durch: Berger las einen Ausdruck nach dem anderen, und Hackenholt studierte die Gesprächsprotokolle. Dann kam Wünnenberg herein und gab zum Besten, wie sie noch in der Nacht Herr über die vermeintlichen Fluten im Keller geworden seien und daß jetzt im Keller Gebläse stünden, die die Feuchtigkeit aus dem Mauerwerk ziehen sollten. In diesem Moment stieß Stellfeldt dazu und fragte, ob sie zum Mittagessen mitkommen wollten. Hackenholt hatte keine sonderliche Lust, schon wieder die Kantine zu besuchen. Als sein Telefon mitten in der Diskussion klingelte und Christine Mur sich erkundigte, wann sie Besprechung hätten, beschlossen Stellfeldt und Berger, allein essen zu gehen. Sodann wollten sie sich der schon gestern ausgefallenen Tagesbesprechung widmen.

Die Zwischenzeit nutzte Hackenholt, um erneut in Brandenburg anzurufen. Diesmal erwischte er nicht einmal mehr die Vertretung des erkrankten Kollegen. Die Schreibdame des Kommissariats teilte ihm jedoch mit, daß sie das Durchsuchungsprotokoll gerade nach Nürnberg faxe.

Als Hackenholt ins Geschäftszimmer ging, um die Unterlagen abzuholen, zeigte das Gerät an, daß 20 Seiten gesendet wurden. Hackenholt war verwundert. Er setzte sich gleich neben dem Fax an einen unbesetzten Schreibtisch und begann zu lesen. Er fragte sich, was das wohl für eine riesige Wohnung sei, damit man ein zwanzigseitiges Durchsuchungsprotokoll schreiben konnte. Doch dann bemerkte er, daß jedes Zimmer einzeln und haarklein beschrieben wurde. Alles war aufgelistet: jeder Schrank, jede Kommode, jedes Regal. Hackenholt fand das erstaunlich, er hatte erwartet, daß der Beweis- und Dokumentationsbeamte ein Video der Wohnung drehen würde.

Als er auf Seite 20 angekommen war, wußte er zwar haarklein, wie Degels Wohnung aussah und daß dort auch Marihuana gefunden worden war, aber das, worauf er gehofft hatte, enthielt der Bericht nicht. Von Pornos war weit und breit keine Spur. Nichts wies auf die Anwesenheit einer Frau hin. Auch schien die Wohnung nicht in einem annähernd so gepflegten Zustand wie Sieberts zu sein. Die Kollegen hatten einen Terminkalender sichergestellt, welcher jedoch nur geschäftliche Termine und Telefonnummern, aber keinerlei private Einträge enthielt, wenn man davon absah, daß manche Wochenenden mit ‚Nürnberg' oder ‚Peter' gekennzeichnet waren. Ein Adreßbuch war nicht gefunden worden. Allerdings hatte die Kommissarin nicht gewagt, im PC des Verstorbenen zu stöbern und ließ anfragen, ob sie den Computer durch ihren Spezialisten überprüfen lassen solle.

Hackenholt rief noch vom Geschäftsstellenzimmer aus die Schreibkraft an und bat sie, Degels Terminkalender so schnell und sicher wie möglich nach Nürnberg zu schicken. Ferner ließ er der Frau Kollegin ausrichten, daß er sie bitte, den Computer überprüfen zu lassen. Sein Team sei auf jede noch so kleine Information angewiesen. Als ihm einfiel, sich nach dem Gesundheitszustand des dortigen Hauptkommissars zu erkundigen, hatte er das Gespräch bereits beendet.

Hackenholt erhob sich und ging mit dem Fax in sein Zimmer zurück. Wünnenberg sah ihn verwundert an, als er eintrat.

„Wo warst du so lange? Wir hatten doch ausgemacht, uns zur Besprechung zu treffen. Christine war schon da, ist aber wieder gegangen, weil sie meinte, sie habe im Moment zu viel zu tun, als daß sie hier so lange herumsitzen und auf dich warten könne."

Hackenholt zuckte nur mit den Schultern. „Ich habe endlich das Fax wegen Degels Wohnungsdurchsuchung bekommen. Es ist äußerst ausführlich."

„Und? Gibt es etwas Aufschlußreiches?"

„So, wie es aussieht, nicht. Degel hatte einen Terminkalender, aber der soll nur Geschäftstermine enthalten. So ein Telefonbüchlein, wie wir bei Siebert gefunden haben, bewahrte er zumindest nicht in der Wohnung auf. Die Kollegin mutmaßt, daß Degel seine Adreßverwaltung über den Computer erledigt hat."

Wünnenberg nickte: „Ja, das wäre möglich, so mache ich das auch. Warum haben sie nicht in seinem PC nachgesehen?"

„Weil sie das nicht selbst machen, sondern einen Fachmann hinzuziehen werden."

Wünnenberg verdrehte die Augen. „Als wenn man da etwas falsch machen könnte."

Stellfeldt steckte den Kopf zur Tür herein. „Wollten wir nicht schon vor einer halben Stunde mit der Besprechung anfangen?"

„Ja doch!" brummte Hackenholt entnervt. „Ich muß nur erst noch Christine anrufen und sie bitten, sich nochmals zu uns zu bemühen."

Als sie dann endlich alle versammelt waren, legte Mur sofort los: „Das Labor hat Bescheid gegeben: die DNA-Analyse der im Burggarten sichergestellten Haare hat ergeben, daß es sich um Frauenhaar handelt. Wir liegen also mit unserer Vermutung, daß wir nach einer Täterin fahnden, völlig richtig. Das LKA ist allerdings mit der Auswertung der Haare aus dem Treppenhaus noch nicht so weit, daß sie sagen könnten, ob es auch da eine Übereinstimmung gibt. Darüber hinaus haben sie mitgeteilt, daß die Substanz, die auf den Stufen im Burggarten verteilt worden war, in ihrer chemischen Zusammensetzung mit derjenigen, die wir in Sieberts Treppenhaus sichergestellt haben, zu 100 Prozent übereinstimmt."

Mur tippte mit ihrem Stift auf den Notizblock. „Ferner haben wir die eingesammelten Glasscherben überprüft. Wie schon vermutet, gibt es darauf nicht einen einzigen Fingerabdruck. Auch am Draht war nichts zu finden, nicht einmal Rückstände von Fasern, geschweige denn Blut. Bei den Scherben handelt es sich um gebrauchte 1-Liter Weißweinflaschen. Ich schätze gut zwanzig Stück, genau kann man das aber nicht sagen. Bei allen Flaschen ist das Etikett abgelöst worden. Ich gehe davon aus, daß die Täterin die Scherben schon als solche mitgebracht hat, da es zu auffällig gewesen wäre, die Flaschen erst im Burggarten zu zerschlagen. Außerdem befanden sich keine Flaschenhälse unter den Bruchstücken. Mit dem Brief und dem Kuvert verhält es sich hinsichtlich etwaiger Fingerabdrücke ganz ähnlich. Wir haben nichts feststellen können. Das Briefpapier ist handelsübliches Büttenpapier, wie man es in jedem gut sortierten Schreibwarenladen oder einer Papierhandlung bekommt."

Mur machte eine Pause und sah in die Runde. „Das war's. Wenn ihr keine Fragen habt, gehe ich wieder."

Im Anschluß faßte Hackenholt in wenigen Worten zusammen, was er aus Brandenburg erfahren hatte. „Wir werden also darauf warten müssen, daß sie sich Degels Computer vornehmen, falls in seinem Terminkalender wirklich nur geschäftliche Eintragungen sein sollten", schlußfolgerte er. „Den Kalender müßten wir morgen vormittag erhalten. Die Schreibkraft wollte sich darum kümmern, daß er heute noch rausgeht."

„Was machen wir in der Zwischenzeit?" wollte Stellfeldt wissen.

„Hast du die Putzfrau erreicht?" gab Hackenholt die Frage zurück.

Stellfeldt schüttelte den Kopf. „Immer nur die Mailbox. Ich versuche es stündlich. Hoffentlich ist sie nicht gerade jetzt verreist."

„Wer fährt um diese Jahreszeit schon in den Urlaub?" brummte Wünnenberg mißmutig.

„Wir müssen unbedingt versuchen, mit dieser Frau zu sprechen. Sie kann eine wirklich wertvolle Zeugin sein", wiederholte Hackenholt mit Nachdruck.

Berger sah ihn erstaunt an. „Wie kommt ihr auf eine Putzfrau?"

Da Berger den gestrigen Tag mit Glahn im Besprechungszimmer gesessen hatte, um die Ausdrucke aus Sieberts Computer durchzusehen, hatte er Martin Müllers Anruf nicht mitbekommen. Hackenholt erzählte ihm davon und auch, wie sie in Sieberts Telefonregister die Notiz gefunden hatten.

Berger sah einen Moment lang verwirrt drein, dann schlug er sich an die Stirn.

„Du meinst Sieberts neue Freundin, die auch die Wohnung geputzt haben soll?"

Hackenholt sah ihn perplex an.

„Frau Damps hat davon gesprochen", versuchte Berger dem Hauptkommissar auf die Sprünge zu helfen. „Sie sagte, Jürgen Degel habe sie vor kurzem auf der Straße angesprochen und ihr erzählt, daß Peter Siebert eine Neue habe, die auch für ihn putze."

Hackenholt nickte langsam.

„Mehr weiß sie nicht über die Frau?“ hakte Stellfeldt sofort nach.

„Nein, sie wußte keinen Namen.“

Es entstand ein Moment der Stille. Alle dachten fieberhaft nach, was das bedeuten könnte.

„Dann kommt jetzt also doch wieder diese geheimnisvolle Unbekannte ins Spiel, von der wir glaubten, sie sei Sieglinde von Liebscher. Aber die hat ganz sicher nicht bei Siebert geputzt“, meinte Stellfeldt nachdenklich.

Hackenholt seufzte. „Ich glaube, es ist an der Zeit, herauszubekommen, wer sich hinter der Mobilnummer verbirgt. Ich werde bei der Staatsanwaltschaft beantragen, daß uns die Mobilfunkgesellschaft die Daten des Anschlußinhabers offenlegt.“

Alle nickten zustimmend.

„Da wäre noch etwas“, sagte Hackenholt mit Bedacht, als sie schon zurück an ihre Arbeit gehen wollten. „Erinnert sich noch jemand von euch an Ute Jarosch?“

Berger sah ihn überrascht an.

„Klar“, meinte Stellfeldt. „Warum?“

„Ich war heute morgen bei der Wohnungsbaugesellschaft und danach im Rathaus. Dabei hat sich herausgestellt, daß Frau Jarosch an einer Tablettenvergiftung gestorben ist.“

„Also kein geheimnisvoller Unfall mit Sieberts Motorrad bei Nacht und Nebel“, meinte Stellfeldt an Berger gewandt.

Dieser zuckte die Schultern. „Hätte doch sein können.“

„Ich wünschte fast, es wäre so“, seufzte Stellfeldt, „zumindest bliebe mir dann das vermaledeite Herumtelefonieren erspart.“

Hackenholt bedachte ihn mit einem irritierten Blick. „Die Frau hat Selbstmord begangen, und die Akte darüber lag die ganze Zeit bei uns unten im Archiv. Ich frage mich, was ihr den ganzen Samstag über gemacht habt!“

„Ich habe nur da weiter gemacht, wo Manfred aufgehört hat“, verteidigte sich Wünnenberg. „Christian und ich haben sämtliche Friedhofsregister durchgesehen. Weil Manfred sagte, daß es keinen Eintrag im Einwohnermelderegister gebe, ging ich davon aus, daß er die ganzen Routineabfragen schon gemacht hätte.“

Hackenholt sah mit einem müden Blick in die Runde. „So etwas darf einfach nicht vorkommen.“

„Ich glaube das war mein Fehler", bekannte Berger bedrückt. „Ich habe Ralph gesagt, wie weit ich mit Manfred bei den Traueranzeigen gekommen bin."

„Nun, diesmal ist ja kein Schaden entstanden", meinte Stellfeldt versöhnlich.

Nach der Besprechung rief Hackenholt in der Staatsanwaltschaft an und erklärte, warum er die Offenlegung des Mobiltelefonanschlusses brauche. Der Staatsanwalt sicherte ihm zu, sich sofort um die Sache zu kümmern, wollte aber im Gegenzug einen ausführlichen schriftlichen Bericht haben.

Der Donnerstag begann nicht sonderlich vielversprechend: die Grippewelle hatte mittlerweile die Reihen der Kollegen der Schutzpolizei stark gelichtet, so daß diese personell unterbesetzt war, was dazu führte, daß Christian Berger nicht länger in Hackenholts Team abgestellt werden konnte. So teilten die Kollegen die anliegende Arbeit untereinander auf.

Hackenholt wandte seine Aufmerksamkeit von den Akten Degels am Morgen per Kurier eingetroffenen Terminkalender zu. Dieser war jedoch in der Tat genauso aussagelos, wie die Kollegin in Brandenburg angekündigt hatte. Obwohl der Hauptkommissar ihn mit äußerster Sorgfalt durchblätterte, fand sich kein Name mit ‚C' und schon gar kein Frauenname, der als Hinweis dienen konnte. Dafür fand Hackenholt heraus, daß Jürgen Degel mit großer Regelmäßigkeit nach Nürnberg gekommen war und Siebert ihm seinerseits alle zwei, drei Monate einen Besuch abgestattet hatte. Die Männer hatten sich mindestens einmal im Monat gesehen. So sehr konnte sich Siebert also doch nicht verändert haben, dachte Hackenholt grimmig.

Am späten Vormittag wurde er bei der abermaligen Durchsicht des Terminkalenders unterbrochen. Die Kommissarin aus Brandenburg rief an und teilte mit, daß sie soeben Degels Computer geholt hätte und der Spezialist sich noch am Nachmittag damit beschäftigen wolle. Sobald ein Ausdruck des Adreßverzeichnisses vorläge, würde sie es ihm zukommen lassen.

Gegen Mittag schaute Stellfeldt bei Hackenholt vorbei und meldete, daß er mit der Telefonaktion weitestgehend fertig sei. Zwar habe er noch immer nicht alle Personen erreicht, aber bei jedem eine Nachricht hinterlassen und um Rückruf gebeten. Stellfeldt wußte auch zu berichten, daß Wünnenberg, der von Berger die Durchsicht der Computerausdrucke übernommen hatte, es nach wie vor stündlich unter der Nummer der Putzfrau versuche.

Dies erinnerte Hackenholt daran, daß er bei der Staatsanwaltschaft nachfragen sollte, was mit der Offenlegung des Namens der Anschlußinhaberin sei. Er hatte bislang noch nichts von der Mobilfunkgesellschaft gehört.

So hakte er zunächst in der Geschäftsstelle der Staatsanwaltschaft nach, ob die Anfrage tatsächlich am gestrigen Tag per Fax an die zuständige Gesellschaft gegangen war. Sobald er das Schreiben als Abschrift in den Händen hielt, rief er bei der Mobilfunkfirma an.

Nachdem er fast zehn Minuten in einer Warteschleife verbracht hatte, ohne überhaupt mit jemandem gesprochen zu haben, war seine Laune nicht gerade glänzend, als sich endlich eine Telefonistin aus dem Callcenter meldete. Sie teilte ihm in mindestens genauso genervtem Ton wie dem, den er selbst angeschlagen hatte, mit, daß sie seit neun Uhr morgens einen Systemabsturz aufgrund eines massiven Stromausfalls hätten und derzeit überhaupt nichts machen könnten. Die Techniker arbeiteten fieberhaft an der Behebung des Problems, mehr wisse sie nicht. Sie warte jede Minute darauf, daß das System wieder arbeite. Dennoch stellte sie ihn zur eigentlichen Sachbearbeiterin durch, die aber nur bestätigen konnte, das Schreiben der Staatsanwaltschaft Nürnberg-Fürth erhalten zu haben. Immerhin sicherte sie ihm zu, sich, sobald das System wieder laufe, mit größter Priorität um sein Anliegen zu kümmern und ihm ein Fax mit den gewünschten Angaben zukommen zu lassen. Hackenholt mußte sich wohl oder übel damit zufrieden geben.

Den weiteren Nachmittag nutzte er, um in einer Kalenderübersicht alle Wochenenden schwarz zu umkringeln, an denen Degel in Nürnberg gewesen war. Diejenigen Wochenenden, die Siebert in Brandenburg verbracht hatte, kennzeichnete er grün. Das Muster, das sich ergab, machte nur noch deutlicher, wie regelmäßig sich die beiden Männer getroffen hatten. Mehr vermochte Hackenholt trotz aller Anstrengungen nicht dahinter zu erkennen.

Dann brachte ihm eine der Schreibdamen das ersehnte Fax aus Brandenburg. Der dortige Experte hatte das gesuchte Adreßverzeichnis gefunden und ausgedruckt. Hackenholt überflog die Einträge. Manche Namen glaubte er wiederzuerkennen, andere schienen ihm neu. Am meisten interessierte ihn die Rubrik der Namen, die mit ‚C‘ begannen. Diese Rubrik war indes vollkommen leer. Mit einem Stöhnen stand Hackenholt auf und ging zu Stellfeldts Büro hinüber. Gemeinsam glichen sie die Liste der Namen mit denjenigen ab, die sie in Sieberts Telefonregister gefunden und kontaktiert hatten. Danach war nur noch etwa ein Viertel des sowieso nicht sonderlich umfangreichen Telefonregisters übrig. Die verbliebenen Nummern hatten alle ausnahmslos eine Brandenburger Vorwahl. Obwohl es nicht sonderlich wahrscheinlich war, daß sie so auf eine heiße Spur stießen, bat Hackenholt Stellfeldt, alle zu überprüfen. Er selbst kehrte wieder in sein Zimmer zurück. Er war frustriert. Der Fall schien festzustecken. Um nicht in einer völlig trübseligen Stimmung zu versinken, beschloß er spontan, heute lieber sofort nach Hause zu gehen und sich ein paar freie Stunden zu gönnen, um dann am Freitagmorgen in aller Frühe mit klarem Kopf nochmals alles durchzuarbeiten.

Er ging ein letztes Mal in Stellfeldts Büro und teilte ihm mit, er sei zu Hause zu erreichen, falls bei den Telefonaten etwas Interessantes herauskäme. Gerade als er sich verabschieden wollte, rief eine der Schreibdamen nach ihm und kam den Gang entlang auf ihn zugeeilt.

Es war Donnerstag, der 17. Oktober 2002, 16.40 Uhr.

Lila – 11

Langsam wanderte sie durch das kleine Haus, in dem sie seit dem Tod ihrer Eltern alleine wohnte. Lila hatte nicht wieder einziehen wollen. Sie hatte sie verstehen können. Warum sollte sie mit ihrer wesentlich älteren Schwester zusammen wohnen? Lila war immer ein sehr selbständiger Mensch gewesen.

Sorgfältig löschte sie ein ums andere Mal das Licht, wenn sie ein Zimmer wieder verließ. In manchen Räumen verweilte sie und hing Erinnerungen nach, die ihr plötzlich in den Sinn kamen. Gerade in den letzten Stunden fielen ihr immer wieder Situationen ein, die oft Jahre zurücklagen und aus einer glücklicheren Zeit stammten.

Sie ging ins Eßzimmer. Dort suchte sie aus einem Stapel die einzige Photographie aus neuerer Zeit heraus, auf der sie zusammen mit ihrer Schwester zu sehen war.

Das Bild hatte lange in ihrem Atelier gestanden, bis sie es in der Nacht, als sie die Wahrheit las, von dort wegnahm und mit dem Gesicht nach unten hier zu den anderen Bildern legte. Ihr kam die glückliche Zweisamkeit mit ihrer Schwester, die darauf dargestellt wurde, wie eine Verhöhnung der Realität vor.

Als sie nun den Rahmen endlich gefunden hatte, holte sie aus der Anrichte die Schachtel, in der schon seit Urzeiten die Geschenkbänder aufbewahrt wurden. Die Rolle mit dem schwarzen Band war noch zur Hälfte voll. Sie schnitt ein langes Stück ab und knotete daraus eine Schleife, welche sie um das Bild legte. Dann stellte sie es im Wohnzimmer zu den anderen auf den Konsoltisch und zündete die Kerzen an.

Schwerfällig stieg sie in ihr Atelier im Obergeschoß und legte dort das schwarze Gemälde, das sie in jener, aus ihrer Sicht lang vergangenen Nacht gemalt hatte, auf die Staffelei. Jenes Bild, das sie dazu brachte, endlich Lilas Tagebücher zu lesen. Sie hatte es daraufhin Lila genannt und malte diesen Namen mit einem ihrer feinen Pinsel in das rechte untere Eck. In genau dem Farbton, den die Astern vor ihrem Fenster hatten. Sie schrieb den Namen nicht in gewöhnlichen Buchstaben, sondern in der von ihrer Schwester so bestaunten Kalligraphie. Heute würde sie das nicht mehr schaffen. Ihre Hand zitterte zu stark. Zu viel Zeit war seither vergangen, zu sehr hatte sich ihr eigener Gemütszustand verändert. Das Wort Ruhe war für sie zu einem Fremdwort geworden.

Sie setzte sich an ihren Arbeitstisch, auf dem die Farbtuben langsam einzutrocknen begannen. Nie mehr würde sie diese anrühren. Lilas Tagebücher lagen vor ihr. Sanft strich sie über das Oberste, bevor sie zu dem Füllfederhalter griff und den letzten Eintrag, den sie machen wollte, begann.

21

Die Schreibdame, die nach Hackenholt gerufen hatte, wedelte mit einem Stück Papier. „Das ist gerade für Sie gekommen. Darauf haben Sie doch gewartet, oder?“

Hackenholt glaubte zunächst, die Kollegin aus Brandenburg habe eine Seite vergessen und reiche sie hiermit nach. Doch als er den Briefkopf sah, erkannte er, daß es das Fax von der Mobilfunkgesellschaft war. Er überflog die wenigen Zeilen, die das Schreiben umfaßte. Außer einer kurzen Entschuldigung für die Verzögerung enthielt es nur die Mobilnummer, sowie Name und Adresse des Anschlußinhabers.

Sobald er diesen jedoch gewahr wurde, krampfte sich sein Magen zusammen. Auf dem kürzesten Weg lief er in sein Büro zurück und suchte eilig nach dem Zettel, den ihm die Angestellte der Wohnungsbaugesellschaft geschrieben hatte. Er legte ihn auf seinen Schreibtisch neben das Fax. Auf Letzterem stand Constanze Koch, auf Ersterem Konstanze Koch. Vom Aktenschränkchen, das als Ablage diente, holte er die Akte über Ute Jaroschs Selbstmord, welche bislang noch nicht wieder den Weg ins Archiv zurückgefunden hatte. Auch dort sprang ihm nun der Name ins Auge. Constanze Koch. Hackenholt stöhnte laut auf. Die Buchstabenverwechslung tat ihm weh.

Die Frau, von der sie glaubten, sie habe nicht nur für Siebert geputzt, sondern sei unter Umständen seine neue Freundin gewesen, war die Schwester der verstorbenen Ute Jarosch. Die Schwester des Mädchens, das Siebert im Stadtparkcafé kennengelernt hatte. Die Schwester des Mädchens, das sich in den Selbstmord geflüchtet hatte. Nun hatten sie endlich eine neue Spur; eine, von der Hackenholt intuitiv spürte, daß es die richtige war.

Hackenholt wollte schon mit Stellfeldt zu Constanze Kochs Adresse aufbrechen, als dieser einwandte, daß es schneller ginge, wenn sie einen Kollegen von der Streife mit einem Funkwagen als Wellenbrecher im nachmittäglichen Feierabendverkehr mitnähmen. So eilte Hackenholt zum Bereitschaftsraum. Dort fand er, worauf er gehofft hatte: Berger und Glahn saßen einträchtig an einem Tisch vor einem Becher Kaffee und unterhielten sich. Ohne viel zu erklären, bat der Ermittler die beiden uniformierten Kollegen um Hilfe.

Hackenholt folgte Bergers Streifenwagen. So kamen sie zügiger voran. Wie die Angestellte der Wohnungsbaugesellschaft gesagt hatte, lag Constanze Kochs Haus ein ganzes Stück außerhalb von Nürnberg. Es war eine äußerst ruhige und beschauliche Wohngegend. Fast alle Anwesen waren einzeln stehende Einfamilienhäuser mit einem großen Garten.

Der Wildenfelsweg war eine Sackgasse. Frau Kochs Haus lag als letztes vor einer Kehre, die den Autofahrern das Wenden in der schmalen Straße gestattete. Berger parkte dem Haus schräg gegenüber, Hackenholt genau davor. Sie stiegen aus und betrachteten das Haus. Häuschen wäre wohl der passendere Ausdruck gewesen. Es machte auf Hackenholt einen leicht verwahrlosten und verlassenen Eindruck. Natürlich konnte das daran liegen, daß der Garten verwildert aussah und die Pflanzen noch nicht zurückgeschnitten waren. Allein die Farbtupfer der allerletzten lila blühenden Astern boten in all den Brauntönen noch einen freundlichen Anblick. In diesem Moment wußte Hackenholt, daß das Gefühl, das ihn beschlichen hatte, Beklemmung war.

Knapp schilderte er den Kollegen von der Schutzpolizei, wer in dem Haus wohne, und wie Constanze Koch in dem Mordfall Siebert als neue wichtige Spur aufgetaucht sei. Zu mehr ließ ihm seine innere Rastlosigkeit keine Zeit.

Die Gartenpforte, ein niedriges, stark verwittertes Holztürchen, war nur angelehnt. Hackenholt mußte sich bücken, um es zu öffnen. Sie durchschritten den Vorgarten und klingelten. Im Haus rührte sich nichts.

Hackenholt klingelte erneut, länger anhaltend diesmal, mit kurzen Unterbrechungen. Auch jetzt drang kein anderer Laut als der der Türglocke aus dem Inneren des Hauses, keine Schritte, kein Ruf. Hackenholt wartete einen Moment, bevor er es ein weiteres Mal versuchte.

Berger sah ihn fragend an: „Sollen wir um das Haus herumgehen?"

Hackenholt nickte. Glahn und Stellfeldt blieben vor der Haustür stehen. Berger ging links um das Haus herum, der Hauptkommissar selbst nahm den Weg rechtsherum.

Auf der Rückseite des Anwesens trafen sie wieder aufeinander. Dort hatte das Haus einen Anbau. Es war ein Wintergarten, der an drei Seiten aus Glas bestand. Davor war eine kleine, mit heruntergefallenem Laub bedeckte Terrasse. An zwei Seiten des Wintergartens waren die Rolläden heruntergelassen. Man konnte nur durch die Stirnseite ins Haus sehen.

Berger preßte sein Gesicht gegen die Scheibe und schirmte seine Augen gegen das einfallende Licht ab. Hackenholt tat es ihm gleich. Der Raum, in den er blickte, war verwinkelt und nicht gut einsehbar. Dennoch glaubte er im hinteren Teil des Zimmers etwas flackern zu sehen.

„Sind das Kerzen?“ fragte Hackenholt skeptisch.

„Ja, ich glaube schon.“

„Dann kann sie nicht weit sein.“

In diesem Moment hörten die Beamten, wie erneut ausgiebig geklingelt wurde. Wenn jemand im Haus war, so mußte er das Läuten hören. Indes rührte sich auch jetzt nichts.

„Schau mal“, meinte Berger, der immer noch durch die Fensterscheibe spähte, „dort hinten, das Sofa.“

Hackenholt blickte erneut durch die Scheibe. „Sieht fast so aus, als liegt dort jemand“, sagte er schließlich. Die Beklemmung, die in den letzten Minuten immer mehr zugenommen hatte, war kaum noch zu bändigen.

Hackenholt klopfte an die Scheibe, aber die Gestalt bewegte sich nicht, drehte nicht den Kopf und erhob sich auch nicht. Er rüttelte an der Terrassentür. Sie war verschlossen. Berger trat zurück und lief zum Kellereingang, aber auch die dortige Tür war zugesperrt.

„Was machen wir jetzt?“

Zwar erwog Hackenholt kurz, den amtlichen Weg zu wählen und die Feuerwehr zur Wohnungsöffnung zu holen, entschied dann aber, von seinem Gefühl geleitet, daß er keine Zeit verstreichen lassen durfte. Sie mußten sofort ins Haus. Gemeinsam mit Berger besah er sich die Kellertür. Es war eine alte, teilweise schon morsche Holztür. Berger lief los, um das Brecheisen aus dem Streifenwagen zu holen.

Bereits nach wenigen Sekunden gab das Holz der Tür mit einem splitternden Geräusch nach. Stellfeldt hatte sich inzwischen zu ihnen gesellt. Glahn stand nach wie vor an der Haustür Wache. Sobald die Tür offen war, eilte Hackenholt von Stellfeldt gefolgt ins Innere des Hauses. Berger postierte sich an der Kellertür.

Das erste, was Hackenholt im fahlen Licht des Kellers sah, als er den Lichtschalter betätigte, war eine große schwarze Mörtelwanne, die zu gut einem Drittel mit Glasscherben gefüllt war. Daneben standen noch einige Kisten mit leeren Weißweinflaschen. Krampfartig zog sich sein Magen zusammen.

So schnell wie möglich eilten die beiden Beamten die schmale Kellertreppe hinauf. Im Haus roch es muffig. Eine klamme Kälte, die sofort durch die Kleider drang und den Kriminalisten ein unbehagliches Gefühl gab, empfing sie. Sie gelangten in einen kleinen Eingangsbereich, von dem Zimmertüren abzweigten. In eine Mauernische war eine Garderobe eingepaßt. Dort erblickte er einen nachlässig aufgehängten schwarzen wollenen Mantel und einen großen Stoffrucksack. Hackenholt starrte den Umhang einen Moment lang an, bevor er sich abwandte und die nächstgelegene Tür öffnete. Sie führte ins Wohnzimmer. Er rief nicht Constanze Kochs Namen. Wer auf das anhaltende Klingeln und den Radau, den das Öffnen der Kellertür gemacht hatte, nicht reagierte, würde das auch nicht auf sein Rufen hin tun.

Wie schon von außen zu sehen war, befand sich rechter Hand ein kleiner Konsoltisch, auf dem Kerzen brannten. Der Luftsog, der beim Öffnen der Zimmertür entstand, ließ sie aufflackern. Dem Tischchen gegenüber, ein wenig weiter zur Mitte des Raumes hin, stand ein Sofa. Darauf ausgestreckt lag ein Frauenkörper.

Der Hauptkommissar ging neben der Frau, die ihn aus ihren offenen, ausdruckslosen Augen ansah, in die Hocke. Constanze Koch war eine große, schlanke, gut aussehende Frau mit langen, dunklen Haaren. Sie sah ihrer jüngeren Schwester sehr ähnlich.

Bereits in dem Moment, als er Constanze Koch auf dem Sofa liegen sah, wußte er, daß er die Mörderin gefunden hatte. Er brauchte nicht auf das Ergebnis der DNA-Analyse zu warten. Für ihn fügten sich mit einem Mal alle Puzzleteilchen zusammen.

Er machte sich Vorwürfe, weil er zu langsam gewesen war, Zusammenhänge zu spät erkannt, und der Täterin so die Möglichkeit gegeben hatte, sich ihrer Verhaftung zu entziehen.

Es bestand nicht der geringste Zweifel, daß sie tot war. Dennoch legte er ihr routinemäßig zwei Finger an den Hals und tastete nach einem Puls. Sodann wandte er sich zu Stellfeldt um, der an der Zimmertür stehen geblieben war.

Auf dem Couchtisch standen eine Whiskyflasche und vier leere Schachteln Schlaftabletten.

Personenverzeichnis

Frank Hackenholt	Kriminalhauptkommissar
Ralph Wünnenberg	Kriminaloberkommissar
Manfred Stellfeldt	Kriminaloberkommissar
Simone Honka	Kriminalkommissarin
Christian Berger	Streifenpolizist
Birgit Glahn	Streifenpolizistin
Christine Mur	Leiterin der Spurensicherung
Herbert Kaselow	Computerspezialist
Dr. Maurice Puellen	Rechtsmediziner
Familie Möllenhäußer	Kriminaldirektor
Dr. Beate Sunders	Tochter des Kriminaldirektors
Peter Siebert	Opfer
Eltern Siebert	Eltern des Opfers
Anette Siebert	Schwester des Opfers
und Wolfgang Runge	Schwager des Opfers
Konrad Siebert	Bruder des Opfers
Sophie Rhom	Nachbarin EG
Patricia Teck	Nachbarin 1. OG
Familie Schwartz	Nachbar 3. OG
Familie Dauville	Nachbar 4. OG
Carina Jakobi	Nachbarin 5. OG
Susanne Rauch	Nachbarin 5. OG
Jürgen Degel	Peter Sieberts bester Freund
Günther Degel	Jürgen Degels Bruder
Martin Müller	Stammtischbekannter
Wolfgang Gruber	Stammtischbekannter
Jana Sattler-Brunner	Peter Sieberts Ex-Verlobte
Monika Damps	Peter Sieberts Ex-Freundin
Sieglinde von Liebscher	Patricia Tecks Freundin
Sebastian Unger	Wirt des Stadtparkcafés
Ute Jarosch	Bedienung im Stadtparkcafé